I0715214

JASON ANSPACH

NICK COLE

GALAKTISHE GESETZLOZE

BUCH 1

BAND III

GALAXY'S EDGE

Copyright © 2017,2021
Galaxy's Edge, LLC
Alle Rechte vorbehalten.

Dies ist ein Werk der Fiktion. Jede Ähnlichkeit mit realen Personen, ob lebend oder tot, ist zufällig und vom Autor nicht beabsichtigt.

Kein Teil dieser Veröffentlichung darf ohne vorherige schriftliche Genehmigung des Herausgebers und des Urheberrechtsinhabers in irgendeiner Form oder mit irgendwelchen Mitteln elektronisch, mechanisch, durch Fotokopie, Aufzeichnung oder auf andere Weise vervielfältigt, in einem Abrufsystem gespeichert oder übertragen werden.

ISBN: 978-1-949731-89-7

Alle Rechte vorbehalten.
Aus dem Englischen von Marcel Aubron-Bülles
Redaktion: Mona Gabriel
Herausgegeben von Galaxy's Edge Press

Coverabbildung: Fabian Saravia
Covergestaltung: Ryan Bubion Satz: Kevin G. Summers

Besuchen sie uns im Internet:
InTheLegion.com | facebook.com/atgalaxysedge
Englischsprachiger Newsletter (Sie erhalten eine kostenlose Kurzgeschichte):
InTheLegion.com

VORWORT

Utopion

Nachdem der alte Legio gegangen war, saß Exo noch lange in der stillen Bar. Er legte die Hände um sein halb leeres Whiskey-Glas — einen doppelten Whiskey — und sah zu, wie das Eis langsam schmolz.

»Noch einen?«, fragte der Barkeeper. Exo schüttelte den Kopf. »Nee.«

Der Barkeeper warf sich das Spültuch über die Schulter und begann, die leeren Gläser des alten Manns wegzuräumen.

»Hey«, sagte Exo und deutete mit dem Daumen auf die Tür, durch die der alte Legionär gerade gegangen war. »Kommt der Kerl öfter hierher?«

»Einmal die Woche oder so. Warum?«

Exo atmete tief durch. »Weiß nicht. Nur... Ich habe noch nie so eine Geschichte über General Rex gehört. So wie ich das immer mitbekommen habe, war er ein Kriegsverbrecher.«

»Ah, das bringen sie euch neuen Legionären heute bei?«

»Die bringen uns gar nix bei. Habe ich bloß mal gehört.« Exo lockerte seine Schultermuskeln und seine Halswirbel knackten. »Und neu bin ich schon gar nicht.«

»Tja, du hast es von einem Mann gehört, der ihn persönlich kannte. Ist immer am besten, dem Legio Glauben zu schenken—«

»— der vor Ort war«, vollende Exo den Satz und betrachtete seinen Drink. Er nahm einen kleinen Schluck. »Ja, ich weiß.«

Der Barkeeper trug die leeren Gläser zur Spülmaschine und stellte sie hinein. Dann klatschte er sein Spültuch auf das noch vorhandene Kondenswasser und fing an, die Thekenoberfläche wieder glänzend sauber zu wischen.

»Also, was ist passiert?«, fragte Exo.

»Du hast gehört, was passiert ist. Ich war nicht dabei. Aber ich habe diese Geschichte schon so oft gehört, dass ich manchmal das Gefühl habe, dort gewesen zu sein.«

»Nein. Das meine ich nicht. Nicht das mit der heißen Braut und den... den... Killer-Bots oder was auch immer. Ich meine den General. Was ist mit ihm passiert?«

Der Barkeeper stützte sich mit den Händen auf die Theke und beugte sich zu Exo vor. »Das weiß niemand.«

»Twark-Scheiße.«

Exo wusste genau, dass der Mann nicht die Wahrheit sagte. Denn Exo hatte dieses Talent, die Fähigkeit, jemandem direkt in die Augen zu sehen ohne zu blinzeln. Und den Vorhang zur Seite zu reißen, hinter dem sich die Lügen eines Manns verbargen, allein durch schiere Willenskraft. »Dann erzähl mir doch, was du gehört hast, wenn du's schon nicht weißt.«

Der Barkeeper lehnte sich zurück. »Um damit abschließen zu können?«

»Klar.«

Der Barkeeper bückte sich kurz, um einige frische Gläser hervorzuholen, fuchtelte den aufsteigenden Dampf mit seinem Spültuch zur Seite und begann die sauberen Tumbler abzutrocknen. Mit demselben, immer noch dreckigen Spültuch. »Ich habe einen Freund. Naja, der Freund eines Freundes. Der war früher mal bei den

Dark Ops. Hat unter dem General gedient. Und wenn du ihn fragst, wenn er ein paar Gläser zu viel getrunken hat, dann wird er dir von dem Gerücht erzählen.«

»Was ist das für ein Gerücht?«, fragte Exo, dessen Geduld bereits schwand. »Der General ist verschwunden. Und egal, wie sehr sich das Haus der Vernunft auch bemühte, sie haben ihn nie finden können. Weil der General kein Soldat mehr ist.«

Der Barkeeper beugte sich zu Exo vor und bedachte ihn mit demselben gnadenlosen Blick.

»Er ist ein Kopfgeldjäger.«

KAPITEL 1

Einige Jahre später
Weltraumhafen Ackabar

Die *Viridian Cyclops* senkte sich auf den trockenen, sandgestrahlten Beton der Ladebucht herab. Die Manövriertriebwerke an ihrem plumpen Rumpf feuerten kurz. Captain Hogus drehte das Raumschiff so, dass die Frachtrampen auf die riesigen Sprengtüren zeigten, die sich zur zentralen Laderampe hin öffneten. Das einzige andere Raumschiff in der riesigen Landebucht war ein verlassen da stehender, leichter Frachter, den man wohl gerade ausschlachtete. An den Markierungen ließ sich ablesen, dass es sich um die *Obsidian Crow* handelte. Vielleicht würde sie der Cyclops ein paar Einzelteile liefern, die er dringend für den nächsten Flug zum Rand brauchte.

Die *Cyclops* war ein alter, schwerer, tellarianischer Frachter, den man schon vor zwanzig Jahren außer Dienst hätte stellen sollen. Der Hauptantrieb nahm das gesamte untere Deck ein, eine halbe Untertasse voller Punktschweißnähte mit unzähligen, notdürftig angebrachten Überbrückungskabeln. Platz für Fracht, mit der man hätte Geld verdienen können, gab es kaum. Daher hatte man das bauchige Oberdeck umgebaut, um diesen Missstand zu beheben. Die beiden Passagierunterkünfte in den Kuppeln waren nun Lagerflächen für Frachtgut. Die Besatzung hatte natürlich weiter ihre Unterkünfte, und das Cockpit stand aus der linken Passagierkuppel heraus. Am Rumpf war immer noch das gelbe, vom Kampf gezeichnete Symbol aus Adler und Schwert zu sehen, das die alte, tellarianische Spinward Trading Company in den frühen Tagen der Republik genutzt hatte. Die Firma war schon lange aus den Handelswegen verschwunden, die heute die Galaxie miteinander verbanden. Ohne Zweifel war sie von irgendeinem republikanischen Riesenunternehmen geschluckt worden.

Der gigantische Turm des Weltraumhafens von Ackabar besaß auf praktisch jeder Etage eine Landebucht. In seiner Mitte befanden sich die Aufzüge für Passagiere und schweres Frachtgut, die in die Stadt führten. Die hektische Aktivität an den Passagieraufzügen fiel dem einäugigen Captain der *Viridian Cyclops* sofort auf. Zivilisten und Frachtpersonal rannten panisch an ihm vorbei, auf dem Weg zu den anderen Raumschiffen in den anderen Landebuchten.

»Ackabar Tower«, rief Hogus in die Leere und ignorierte das Geplapper seines ersten Offiziers, einem Wobanki. Der im Dschungel aufgewachsene Katzenmensch war sehr effizient, aber er nervte seinen Captain ständig mit irgendwelchen Zwischenberichten, die hunderte rote Warnleuchten und Sensorensignale im Cockpit ständig auslösten. Hogus hatte gelernt, die meisten Warnsignale zu ignorieren. Er wusste schon, dass das Schiff im Begriff war auseinanderzufallen. Es fiel auseinander, seitdem er es vor sechs Jahren gestohlen hatte.

Er tätschelte den Hyperraum—Computer. Solange das hübsche Ding funktionierte, war alles in Ordnung. Er tätschelte ihn immer zweimal, wenn er sich sicher sein wollte, dass er auch weiterhin funktionieren würde, wenigstens für einen weiteren Flug. Er legte die Hauptschalter für die Landescheinwerfer um und ließ anschließend das Fahrwerk ausfahren, indem er die Notfallschalter an der Schalttafel über seinem Kopf betätigte.

Der schwer gezeichnete Frachter reagierte mit lauten Knackgeräuschen, die ihn erzittern ließen.

»Frachter im Anflug auf Bucht 16.« Die Anflugkontrolle von Ackabar. »Bitte um Stimmidentifizierung. Wir haben im Augenblick Schwierigkeiten mit unserem Transponderidentifikationssystem.«

»Hier spricht Captain Hogus.«

Die *Cyclops* senkte sich schlagartig auf den Boden der Landebucht. Ihre drei riesigen Landegestelle fingen ihr Gewicht ab, auch wenn alle Hydrauliksensoren überbeansprucht ächzten und leise Warnsignale von sich gaben. *Typisch*. Hogus stand auf, um aus dem rückseitigen Fenster der Pilotenkuppel einen Blick auf das Heck des Frachters zu werfen.

»Es brennt nichts«, murmelte er lächelnd. »Diesmal nicht.«

Der Wobanki schwafelte etwas von einer Fehlfunktion in der Antriebsentlüftung. Hogus verpasste der Katze einen leichten Schlag, die mit einem bedrohlichen Knurren beantwortet wurde.

»Ignoriere es doch einfach!«, rief Hogus. »Das macht das Schiff immer!«

Dann sprach er wieder mit der Anflugkontrolle: »Ackabar Tower, was in Tarkedes Namen ist hier los? Sieht ja aus wie das Festival des Callus, nur ohne das Saufen. Ich habe das dumpfe Gefühl, dass hier gleich ein dolomianischer Bulle vorbeikommt und die Leute mit einem seiner Schädel aufspießt!«

Eins dieser wilden Biester, das Jagd auf Zivilisten machte, war für ihn die einzig mögliche Erklärung, warum die Leute alle wie wild umherrannten. Als ob es sich um irgendein uraltes Festival, ein wüstes Gelage handelte, das nur in obskuren Erzählungen dieses absoluten Kaffs bekannt war. Obwohl natürlich für einen alten Schmuggler wie ihn praktisch jeder Raumhafen einem einzigen, immerwährenden Festival glich.

Aber die Worte, die er als Nächstes von der Anflugkontrolle zu hören bekam, ließen Captain Hogus das Herz stillstehen.

»Probleme mit der Republik.«

Diese vier Worte machten mit einem Schlag alles klar.

Hogus wusste, dass in genau in diesem Augenblick alle anderen Leute hier das dachten, was er sich auch gerade überlegte. Alles stehen und liegen zu lassen und so schnell wie möglich abzuhauen, einen Steigflug hinzulegen und zu hoffen, dass der Navigationscomputer irgendwelche Sprungziele berechnen konnte, die nicht hier waren. Klar, theoretisch galt Ackabar als republikanisches Protektorat, aber es lag weit in den Randbezirken. Eigentlich lag es am Rand der Galaxie. Hier draußen konnte die Republik nicht viel ausrichten. Nicht seit dem Yranianischen Aufstand. Auch schon davor nicht.

Der Wobanki plapperte weiter. Er war ganz offensichtlich dafür, das Fahrwerk klarzumachen und alles für einen sofortigen Start bereitzumachen. Sie hatten im Orbit keine republikanische Korvette gesehen, aber die Legion tauchte normalerweise zuerst mit Angriffsshuttles auf. Dann sprangen die großen Zerstörer zum Ziel und richteten eine Blockade ein. Niemand konnte rein oder raus, bis alle Gebühren bezahlt waren. Und alle Haftbefehle vollstreckt. Natürlich.

Hogus wusste von mindestens sechzehn Haftbefehlen, die auf seinen Namen ausgestellt waren. »Warte mal einen Moment«, murmelte er und rieb sich das unrasierte Kinn, das von seinen Hängebacken fast verdeckt wurde. »Warte einen Moment.« Er dachte nach. Dann schnallte er seine beachtliche Gestalt aus dem Pilotensitz ab und kletterte aus dem engen Cockpit hinaus. Er stellte die Hilfsstromaggregate auf Stand-by. »Die brauchen wir wahrscheinlich«, knurrte er. Auch die Hauptschalter der anderen Systeme schaltete er auf Bereitschaft um.

Dann polterte er den Hauptkorridor der *Cyclops* entlang, und seine Blasterpistole klatschte gegen sein fleischiges Bein. Er konnte den Wobanki noch immer panisch aus dem Cockpit plappern hören.

»Na dann, flieg doch auf einem anderen Schiff mit! Hier gibt es schließlich Geld zu verdienen!«, rief Hogus über die Schulter zurück.

»Captain!«

Es war eine leise Stimme. Ein hell klingender Sopran. Und sie ließ ihn auf der Stelle stillstehen. Diesen Effekt hatte das Mädchen immer auf ihn. Vollständige Kontrolle. Er gehorchte ihr gedankenlos, weil... Nun, er wusste nicht warum. Er wusste nur, dass er ihr gegenüber hilflos war, und er hasste es. Er arbeitete nicht für sie. Sie war irgendeine Patriziertochter aus einer Familie, die ihren Status aber schon seit einiger Zeit verloren hatte.

Dann erinnerte er sich, dass der Transportvertrag bezahlt war, was bedeutete, dass er mit ihr fertig war. Sie war nicht mehr sein Problem. Er ignorierte sie daher und rannte zum Heck, obwohl er genau wusste, dass sie und ihr verdammter Bot ihm folgen würden.

»Captain!« Ein fordernder Tonfall. Gebieterisch. Daran gewohnt, das Sagen zu haben.

Seine einzige zahlende Passagierin auf diesem Flug vom Schandfleck am Rand der Republik, den die Leute Wayste nannten.

Er rannte zur Frachttür. Es war die Einzige, die noch funktionierte.

»Captain —«

»Keine Zeit, Mädel!«

»Captain, was ist da draußen los?«

»Die Republikaner sind hier. Sie übernehmen die Hauptstadt, und dann ist der Spaß vorbei. Ich werde dir nichts berechnen, wenn du wieder mitkommen willst. Vergiss das — du musst nur die Hälfte bezahlen. Aber es gibt eine Menge andere, die hier möglichst schnell verschwinden wollen, egal, wie die Unterkünfte aussehen. Und ich habe Platz zum richtigen Preis für jeden, der Probleme mit der Republik vermeiden und versuchen will, an der Blockade vorbeizukommen, die ohne jeden Zweifel jetzt schon diesen Planeten im Würgegriff hat.«

»Captain, ich möchte nicht mit Ihnen mit.«

Hogus brachte seine umfangreiche Gestalt zu einem plötzlichen und ungläubigen Halt. Seine abgetragene Lederjacke öffnete sich wie zwei riesige Flügel, und seine Blasterpistole hüpfte gefährlich an seiner Hüfte auf und ab. Er hatte die Waffe immer entsichert, weil... So war das Geschäft.

Wer in aller... Wer würde denn hierbleiben und zusehen wollen, wie die Republik hier die Kontrolle übernahm? Das war...

… das dümmste Verhalten, das irgendjemand seiner Ansicht nach an den Tag legen konnte.

»Okay, dann!« Er trat an das Lukenbedienfeld, schlug mit der Hand auf das grüne Viereck, das sich aufzuleuchten weigerte, schlug nochmal drauf und wartete, bis sich die äußere Frachttür langsam in den Rumpf über ihnen zurückzog. »Ganz wie du willst. Damit ist der Flug vorbei. Und du steigst hier aus. Vielen Dank für den Flug. Tschö-tschöö.«

Draußen rannten die Leute weiter zu den riesigen Landebuchttoren, wo sich bereits riesige Raumschiffe in den purpurfarbenen Wirbel des ackabarianischen Himmels erhoben. Aber auf ihre Landebucht kam niemand zu. Es war die Sorte Ort, den Schmuggler und heruntergekommene Raumschiffe aufsuchten, um nicht aufzufallen und weniger ›Gebühren‹ zu bezahlen — in Form von Bestechungsgeldern an die ansässigen Verwaltungsbeamten.

Das kleine Mädchen sah mit besorgtem Blick zu ihm auf. Sie hatte dunkle Haare. Zöpfe. Sie trug ein langes Kleid - zerrissen, aber sauber. Ihre Stiefel waren groß und klobig. Ein Minenarbeiter aus dem dalowianischen Gürtel würde solche Dinger in den Wäldern von Iskatoon tragen. Sie hatten den Farbton von Ochsenblut. Ihr Gesicht war blass. Und der pfirsichfarbene Hauch auf ihren Wangen, den er bemerkt hatte, als er vor drei Tagen zum ersten Mal darüber nachgedacht hatte, sie von Wayste wegzubringen, war verschwunden.

»Sie haben mir gesagt, dass ich hier einen Kopfgeldjäger finden könnte, Captain.« Die Frachttür stand immer noch halb offen, denn sie schloss sich unerträglich langsam. Während des Anflugs durch das purpurfarbene, nebelumhüllte Zwielicht über dem alten

Ackabar hatte der Wobanki ständig darüber lamentiert. Er hatte seinen ersten Offizier einfach ausgeblendet. Die heftigen purpurfarbenen Explosionen der Wolkenstürme, die ebenso atemberaubend wie gefährlich waren, hatten seine gesamte Aufmerksamkeit in Anspruch genommen. Er wusste, dass die Cyclops bei nur einem Blitz einen Kurzschluss bekommen und wie ein Stein vom Himmel fallen würde. Hogus liebte sein Raumschiff, aber es war eine fliegende Todesfalle.

»Äh.... ja. Habe ich. Tja, also hier kann man sicher einen finden. Einen Kopfgeldjäger, meine ich.«

Sie musterte ihn verächtlich, wie sie es schon auf dem gesamten Flug getan hatte, selbst als er ihr anbot, ihr ein Upgrade in die ›erste Klasse‹ zu verschaffen — was bedeutete, ihr die Suite seines ersten Offiziers zu überlassen. Natürlich gegen einige zusätzliche Credits.

Es war ja offensichtlich, dass sie bei ihrer Geburt mehr Glück gehabt hatte als er. »Ich war davon ausgegangen, Captain, dass Sie mir zeigen könnten...«

Hogus wartete. Wenn er ihr helfen sollte, in einer der hundert Kneipen, in der sich solcher Abschaum in der Regel rumtrieb, einen Auftragsmörder zu finden, dann wollte er, dass sie das laut aussprach.

»Zeigen Sie mir...« Sie zögerte, als ob es ihr unangenehm wäre, ihre Bitte auszusprechen.

Die Frachttür war endlich stehen geblieben — fast vollständig geöffnet —, und Hogus tauchte darunter hinweg und ging die Rampe hinab. Einige der Lichter entlang ihrer Ränder leuchteten nicht mehr, was bei dem Allgemeinzustand des Raumschiffs dem zu erwartenden Durchschnitt entsprach.

Das Mädchen folgte ihm stotternd, begleitet von ihrem Bot. »Ich war davon ausgegangen, dass Sie mir zeigen würden, wo ich einen finden könnte«, brachte sie schließlich hervor.

»Was für einen?«, rief Hogus, tauchte unter dem Schiff hindurch und öffnete eine Zugangsluke. Er grunzte und fluchte, während er sich bemühte, das Stromkabel rauszuziehen und die Cyclops mit dem Versorgungsnetz der Stadt zu verbinden.

»Einen Kopfgeldjäger!«, rief sie. »Wo kann ich einen finden?« Hogus war schon wieder aufgesprungen und rannte zu den kaputten Entlüftungsreglern. Wenn er den Antrieb nicht innerhalb der nächsten drei Minuten entlüftete, würde es die Hyperraumantriebseindämmung zerreißen und den Hauptstabilisator zerquetschen. Er ließ das Bedienfeld aus der externen Zugangsluke ausfahren.

Alle Computerbefehle waren in Jabbari geschrieben, was er hatte lernen müssen, nur um das verdammte Schiff fliegen zu können. Wie ein tellarianisches Raumschiff eine Jabbari-Programmierung erhalten hatte, würde er niemals verstehen. Die Galaxie war ein Ort der Geheimnisse und Wunder — Hogus' Lieblingserklärung für alles. »Geheimnisse und Wunder«, das war sein Leitspruch für alles vom einen Ende des Raumgebiets, das man als Spinward March kannte, bis zum anderen.

Er dachte darüber nach, als die Legionäre die Landebucht stürmten. Und natürlich auf alles schossen.

Blasterfeuer erwischte Hogus mitten in der Brust, und er stürzte zu Boden. Republikanische Legionäre waren hervorragende Schützen.

»Mylady!«, brachte der KRS-88-Bot mit seiner tiefen Stimme hervor. »Ich schlage vor, dass wir diese Landebucht sofort verlassen. Die Behörden sind vor Ort, und sie scheinen... mordlustig zu sein.«

Eine Gruppe republikanischer Legionäre feuerte nun aus geschützter Position, die sie neben den Hauptsprengtüren bezogen hatten, auf die *Cyclops*. Im Grunde schossen sie nur auf das Cockpit, wo sich noch der Wobanki aufhalten musste. Ihre spiegelnde Panzerung gab das schwache, purpurfarbene Zwielicht des Himmels und der Bogenlichter wieder, die die Landebucht einrahmten, und hinter ihren schlichten, emotionslos gestalteten Helmen wirkten sie selbst wie Bots.

Prisma Maydoon versteckte sich hinter einem Spannungswandler-Bot, während blaue Blasterblitze durch die Landebucht zuckten. Mehrere Treffer an kritischen Punkten des Frachters sorgten dafür, dass er nun sicher nicht mehr fliegen konnte. Aus einigen blank liegenden Einzelteilen und zerfetzten Luken schossen Flammen hervor.

KRS-88 huschte auf seinen dürren Bot-Beinen vorwärts. Sein wuchtiger, dreieckiger Oberkörper war in typisches Dienerschwarz gehüllt. »Miss Prisma, ich schlage vor, dass wir nun aufbrechen. Ich bestehe darauf.«

»Sichert die Landebucht und bringt alle Flüchtigen zur Strecke!«, sagte die funkverzerrte Stimme eines Legionärs-Sergeants. »Wir rücken weiter auf das Ziel vor.« Eine Reihe Legionäre huschte aus der Landebucht.

Einige Buchten weiter erhob sich ein riesiger Starlifter. Es bewegte sich langsam aus dem Raumhafen heraus, und die Kommandobrücke auf dem Hammerkopfbug schob sich wie das vorspringende Maul eines riesigen Aals nach oben. Es folgte das lange Rückgrat des schweren Transporters mit den Frachtcontainern und schließlich die waagerecht angeordneten Triebwerke, die alle acht weiß glühten und kurz vor dem Punkt standen, in den Hyperraum springen zu können.

Aus der Stadt raste eine Rakete heran. Vor Prismas Augen durchschlug sie die Triebwerke auf der Backbordseite des Starlifters. Trümmer — und Menschen — fielen auf den Raumhaufen hinab. Das Raumschiff stürzte irgendwo jenseits der Landebuchten unten in der Stadt ab. Auf das Geräusch sich verbiegenden Metalls folgte kurz danach eine unglaubliche Explosion. Selbst die Legionäre haute es aus den Socken.

Das war Prismas Chance. Sie rannte zu den weiter entfernten Zugangstüren, die zu den verdunkelten Maschinenwerkstätten führten und sich an der Landebucht entlangzogen. KRS-88 schlurfte ihr hinterher und wies sie ständig darauf hin, vorsichtig zu sein. Jenseits der Maschinenwerkstätten, in denen große Triebwerke an rostigen Ketten hingen, um sie auszuschlachten, entdeckte sie einen Frachtaufzug. Prisma begann die Befehle einzugeben, um den Aufzug zum funktionieren zu bringen. Das lokale Netz hatte eine schlichte Verriegelung, aber die Notfallprotokolle erlaubten den Zugang per Überbrückung.

KRS-88 sprach in seinem bedrohlich klingenden, tiefen Bass von Vorsicht und Besonnenheit, was genau der Grund war, warum ihr Vater sich für dieses Modell entschieden hatte, um sie in ihrem Alltag zu beaufsichtigen.

Damals, als er noch zu einer Wahl in der Lage gewesen war.

»Ich schlage vor, dass wir die örtlichen Behörden aufsuchen und sie darauf hinweisen, dass du vor dem beschützt werden musst, was meiner Einschätzung nach nur fürchterliches Rowdytum sein kann. Wir leben in gefährlichen Zeiten, junge Miss, und—«

»Crash!«, brüllte Prisma.

»Ja, junge Dame?« Prisma hatte dem Bot befohlen, auf diesen Spitznamen zu reagieren.

Vor ihnen öffnete sich die Tür zu dem großen Aufzug. Er war mindestens genauso groß wie der, den sie auf dem republikanischen Träger *Freedom* gesehen hatte. Sie betraten ihn, und es klapperte und ächzte um sie herum, während sie langsam in Richtung der weitläufigen Stadt unter ihnen hinabsanken.

»Crash...« Prisma sah sich verzweifelt nach etwas um, von dem sie genau wusste, dass es hier sein sollte. In dem Wissen, dass es nie wieder so sein würde. Nie wieder. »Hacke dich ins Stadtnetz ein und finde heraus, wo ich einen —«

»Ja, Kopfgeldjäger finden kann, junge Miss, ich weiß.« KRS-88 seufzte und trippelte zum Interface, über das er sich mit dem örtlichen Netz verbinden konnte. »Dein blutrünstiger Wunsch nach Rache, junge Miss, ist für mich unverständlich. Das ist ein sehr biologisches Konzept. Ich gebe zu, dass es mich belastet, dass mein Herr tot ist, aber jemand anderen zu töten wäre unlogisch. Es würde aus den Geschädigten Mörder machen, genau wie die ursprünglichen Mörder. Ich verstehe nicht —«

KRS-88 neigte seinen insektenähnlichen Kopf plötzlich leicht zur Seite. »Miss, das Ortsnetz wurde aufgrund des Republikanischen Mandats 239.0919 blockiert.«

»Halt die Klappe, Crash. Ich muss wissen, ob hier irgendwo Kopfgeldjäger sind.«

»Ich suche sofort, Miss.«

Fünfundvierzig Stockwerke tiefer kam der Aufzug schließlich mit einem *Klonk* zur Ruhe. Riesige Verriegelungen öffneten sich, und die Sprengtüren glitten zur Seite. Vor ihnen erhoben sich die glatten Flächen der Stadt, verwinkelt und verbaut wie futuristische Pyramiden, über den engen Gassen, die von der Einflugschneise wegführten.

»Der Informationsdienst der Stadt hat ziemliche Angst, junge Miss. Aber es wurde mir mitgeteilt, dass die Republik nach jemandem sucht, der als Tyrus Rechs bekannt ist. Dieser Rechs scheint eine lange Liste an ausstehenden Haftbefehlen zu haben, die vor allem mit dem Beruf des Kopfgeldjägers zu tun haben, neben vielen anderen schrecklichen Dingen.«

»Was denn?«

»Junge Miss?«

»Was hat dieser Rechs angestellt? Was sind seine Verbrechen? Warum glaubt der städtische Informationsdienst, dass er ein Kopfgeldjäger ist?«

»Nun...«, setzte KRS-88 an, als ob er sich nur widerwillig einer weiteren, sinnlosen Aufgabe widmete. »Er scheint unrechtmäßig getötet zu haben. Mehrfach. Illegales Durchsetzen des Rechts. Auch hier mehrere Anklagen. Abfeuern einer Blasterpistole. Natürlich auch hier mehrere Fälle. Raubüberfall. Körperverletzung bei republikanischem Personal. Steuerflucht. Hassverbrechen. Weigerung einer Vorladung zu folgen. Miss, bei all diesen Punkten sind mehrfache Einträge vorhanden. Oh, und er hat sich als Kopfgeldjäger ausgegeben, ein Verstoß gegen das Republikanische Mandat 20.0020567F. In Bezugnahme auf das Republikanische Gesetz über die Missachtung der Rechtsprechung —«

»Wir sind zufrieden mit ›als Kopfgeldjäger ausgegeben‹, Crash. Denn genau danach suchen wir.«

»Junge Miss—«

»Ich weiß. Kopfgeldjäger sind gefährlich und gewalttätig.«

»Ja. Genau das wollte ich sagen. Und...« Der Bot zögerte. »Was denn, Crash?«

»Es scheint, dass dieses Individuum, dieser ›Rechs‹... Nun ja, die republikanischen Legionäre ordnen ihn wohl bei ihrem aktuellen Einsatz als hochrangiges Ziel ein. Die örtlichen Behörden haben alle Bots und Bürger angewiesen, nach ihm Ausschau zu halten. Sein letzter bekannter Aufenthaltsort ist eine Imbisshalle mit dem Namen Jaris Cantina. Ich weiß nicht, wer dieser Jaris ist, aber in seiner Cantina kam es mehrfach zu Morden, und in den letzten sechzig Zyklen hat man einundzwanzig Beschwerden wegen mangelnder Lebensmittelhygiene eingereicht. Meine Güte! Wir sollten dort möglichst nicht essen. Anscheinend sind die frittierten bandalorianischen Schlangen besonders widerwärtig. Ich esse natürlich nichts.«

»Bring mich dorthin, Crash.«

KAPITEL 2

Privatfrachter *Indelible VI*
Die unbekannten Einöden, Bantam Prime

Am Kontrollpanel im Cockpit leuchtete das Licht für die interne Kommunikation der *Indelible VI* blau auf. Mit jedem fünften Blinken ertönte ein elektronisches Piepsen. Captain Aeson Keels Blick schweifte ständig hin und her zwischen der Kommunikationskontrolle und Ravi, seinem Turban tragenden Navigator, der auf dem Platz neben ihm saß.

Gerade rückte Ravi den ausladenden azurblauen Turban auf seinen dichten schwarzen Haaren zurecht. Dann sagte er mit seinem schweren Pandschabi-Akzent: »Ich glaube, du solltest mal drauf reagieren.«

Keel starrte noch einen Augenblick lang auf das Bedienfeld, beugte sich dann in seinem Kapitänsstuhl aus parminthianischem Leder vor und legte schließlich einen Hebel um. »Ja?«

Aus den Lautsprechern ertönte erst ein lautes Husten, dann sprach eine jugendlich klingende, aber an einen Befehlston gewöhnte männliche Stimme. »Die Prinzessin und ich haben hier drinnen kaum genug Luft zum atmen.«

Keel runzelte die Stirn. Ihnen den Zugang zur internen Kommunikation zu erlauben war eine dumme Idee gewesen. »Das liegt daran, dass in Ihrem Raum normalerweise keine lebende Fracht geschmuggelt wird, General. Ich habe nur so viel Luft aus den Lebenserhaltungssystemen zu Ihnen umgeleitet, damit Sie beide überleben können. Alles andere würde die Republik misstrauisch machen.«

Er schaltete die Verbindung wieder aus, lehnte sich in seinem Stuhl zurück und legte die Füße auf die Cockpitkonsole. Er drehte den Kopf zu seinem Navigator. »Ich dachte, das wäre offensichtlich. Ich meine, nenn mir mal einen Frachtercaptain, der für die nicht-bewohnbaren Teile seines Raumschiffs die Lebenserhaltung einschaltet.«

Ravi sah nicht einmal von seinem Bildschirm mit den Raumkarten auf. »Mir war nicht klar, dass es solche Leute überhaupt gibt.«

»Ganz meine Rede.« Keel rieb sich über den Dreitagebart an seinem Kinn. »Wie lange noch, bis Lieutenant Keine-Ahnung-wer-sie-ist am Treffpunkt ankommt?«

Ravi ließ kurz die Steuerung alleine werkeln. »Ich schätze, etwa fünfzehn oder zwanzig Minuten, bis die ersten Einheiten eintreffen, um den Landebereich zu sichern. Bei dem felsigen Untergrund können sie keine großen Kampfpanzer einsetzen, also kommen sie wahrscheinlich im Kampfgleiter. Sonst würde sich ihre Ankunft wohl um eine Stunde verzögern.«

»Ich warte gerne eine Stunde extra, wenn dafür keine Panzer da sind. Sonst müssten wir sofort starten, um unsere Hauptkanonen einsetzen können. Nur so hätten wir überhaupt eine Chance. Die Geschütztürme der *VI* können ein paar Kampfgleiter unter Kontrolle halten, wenn wir ein Problem bekommen.«

Ravi nickte. »Außerdem finde ich, dass du dir deine Blasterpistole holen solltest, bevor du auf die Legionärsvorhut triffst.«

Keels Hand glitt an seine Hüfte und griff instinktiv nach der schweren Blasterpistole, die sich nicht an ihrem Platz befand. »Tja«, sagte er und fühlte sich unwohl, waffenlos zu sein. »Ich habe sie auf dem Werkstatttisch liegen lassen. Ich versuche immer noch die letzten Brandspuren wegzukriegen, die wir uns beim letzten Abholen eingefangen haben. Weißt du, ich habe darüber nachgedacht, die Partikel—«

Pieps-pieps. Pieps-pieps. Die interne Kommunikation piepte erneut, und das blaue Licht blinkte munter.

»Ernsthaft jetzt?«, brüllte Keel und ließ seine Füße von der Konsole auf den Boden knallen. Er beugte sich vor und öffnete den Kanal. »Jaaaa?«

Eine weibliche Stimme ertönte nun über den Lautsprecher, die hörbar angespannt und ausgetrocknet klang. »Als königliche Prinzessin des endurianischen Systems und Mitglied der Rebellion der Mittleren Kernwelten gegen die Republik weiß ich es sehr zu schätzen, dass Sie den General und mich vor dem Angriff auf Jarvis Rho gerettet haben. Sie haben unsere Leben gerettet, als Sie uns auf Ihrem Schiff untergebracht haben. Aber ich befürchte, dass dies alles umsonst war. Wir ersticken gerade in Ihrem Schmuggelfrachtraum.« Sie gab das trockene, schmerzhaft klingende Husten einer Patientin von sich, die sich von einer besonders schlimmen Tuberkulose erholte.

Keel aktivierte den Kanal, um mit ihr zu sprechen. »Eure Hoheit, ich kann Ihnen versichern, dass das eine rein mentale Angelegenheit ist. Sie ersticken überhaupt nicht.« Er schaltete den Kanal stumm und sah zu Ravi hinüber. »Sie erstickt doch nicht, oder?«

Ravi schüttelte den Kopf. »Die Abschirmung der Frachträume verhindert zwar, dass ich ihre Lebenszeichen erfassen kann, aber die Luftqualität habe ich die ganze Zeit im Blick. Im Schmuggelfrachtraum sind die Luftwerte weder für Menschen noch für Menschenähnliche auch nur annähernd problematisch.« Er führte Daumen und Zeigefinder zu einem Kreis zusammen. »Die sind in allerbester Ordnung.«

Erneut kam eine Nachricht über die Lautsprecher. »Es muss doch etwas geben, was Sie tun können?« Die Stimme der Prinzessin klang schon fast wie ein Flehen.

»So anspruchsvoll.« Keel knabberte an seinem Daumen und überlegte sich, was er als Nächstes tun sollte. Sich mit einer Prinzessin gut zu stellen könnte in der Zukunft eine ganze Reihe an Vorteilen mit sich bringen. Selbst wenn er von dem Augenblick an, an dem die Republik dies herausfinden sollte, ein Fadenkreuz auf seiner Stirn tragen würde. Aber die waren ja auch Idioten, und wen konnten sie schon schicken, der es in einem Blasterduell mit ihm aufnehmen würde?

»Ravi, ich glaube, sie wird nicht aufhören sich zu beschweren, bis ich da mehr Luft reinpumpe. Wie hoch sind die Chancen, dass ein Scan-Team das bemerkt?«

»Neunzig Prozent, Sir.«

Keels Augen wurden riesig. »So schlecht, hm? Wie wahrscheinlich ist es, dass sie es bemerken, wenn ich die Leitung auf beiden Seiten auf stumm schalte und es einfach blinken lasse?«

»Fünfundsiebzig Prozent.«

Keel verzog das Gesicht und fragte: »Naja, wie stehen die Chancen, dass das ein Offizier das genauer untersuchen würde?«

Ravi spielte mit der Spitze seines schwarzen Barts. »Da sind einige Variablen zu bedenken, einschließlich seines Temperaments, seines Ehrgeizes, seines Zeitplans, wie hoch die aktuelle Bedrohungslage ist...«

»Gib mir einen Durchschnittswert.«

»Fünfzig Prozent.«

»Zu hoch.« Keel runzelte die Stirn und rechnete durch, ob das zusätzliche Geld, was er von den Rebellen bekommen würde, verbunden mit einem kleinen Zuschuss von Seiten der Prinzessin und ihrem Liebhaber, dem General, das Risiko wert war, sie der Republik vorzuenthalten. Wenn die Republik herausfand, dass er zwei der wichtigsten Ziele bei ihrem Angriff auf die Rebellen hatte gehen lassen — und das war ein Angriff, den Keel selbst geplant und durchgeführt hatte —, dann würden sie ihm vielleicht eine Strafe aufbrummen oder ihm nur die Hälfte bezahlen, nachdem sie sie in Gewahrsam genommen hatten. Wenn allerdings die Rebellen herausfanden, dass er ihre Mondbasis auf Jarvis Rho vernichtet und acht ihrer wichtigsten Leute gefangen genommen hatte, einschließlich der Prinzessin und ihres Generals, nur um sie zum nächsten republikanischen Außenposten zu bringen, dann würden sie ihn vermutlich umbringen. Zumindest würden sie es auf gute, alte RMK-Art versuchen, was bei dieser armseligen Rebellion nicht besonders viel zu bedeuten hatte.

Vielleicht sollte er die Probleme, die sich unter dem Deck seines Schiffs befanden, ein für allemal lösen.

Keel stand auf und ging an der zweiten Sitzreihe im Cockpit vorbei. Im schmalen Korridor, der vom

Korridor in den gemeinsamen Bereich des Raumschiffs führte, öffnete er eine Konsole. Kabel und Schalter lagen blank vor ihm.

Erneut ertönte der Lautsprecher und gab die Stimme der Prinzessin wieder. »Captain? Captain Keel?«

»Schaltest du mal das Kommunikationsrelais wieder auf aktiv, Ravi?«

Ravi legte einen Hebel um, sah zu Keel hinüber und nickte, um klarzumachen, dass er sprechen konnte.

»Prinzessin«, rief Keel aus dem Korridor, »ich glaube, ich kann das Problem lösen.«

»Mögen Sie gesegnet sein, Captain Kee—«

Keel riss eins der Kabel aus der offenen Konsole. Funken sprühten herab, trafen auf seine Weste und erloschen auf den Deckplatten aus Impenetrastahl. Das Betriebslicht für die interne Kommunikation wechselte von einem regelmäßigen blauen Blinken zu einem durchgehend roten Glühen.

Keel wischte sich die Hände ab und schlenderte gemächlich zurück ins Cockpit. »Das wäre erst mal erledigt. Wir reparieren das Kommunikationssystem, wenn wir wieder einen Raumhafen anlaufen.«

Ravi bedachte den Captain mit einem verächtlichen Blick. »Das ist ein sehr verlogenes Verhalten. Sie glauben zu lassen, dass du ihnen mit frischer Luft helfen würdest.«

Keel legte eine Hand auf seine Brust, als wäre er von Ravis Worten tief getroffen. »Verlogen? Ich? Ravi, sie ist eine Prinzessin. Ich muss sie zumindest glauben lassen, dass ich alles in meiner Macht stehende tue, um vor ihr in die Knie gehen zu dürfen, sonst wird sie unter Umständen irgendwann in ferner Subraumzukunft nicht bereit sein, mir den Gefallen zu erwidern. Außerdem ist es viel leichter, die interne Kommunikation lahmzulegen, als ihr die republikanischen Scan-Vorschriften zu erklären. Du hast sie doch gehört — sie war dabei, eine psychosomatische Erkrankung zu entwickeln. Was denn?«

Ravis gezwirbelter Oberlippenbart zog sich zu einem süffisanten Lächeln zusammen. Er lachte sein tiefes, sanftes Lachen: »Haa, haa, haa.«

»Was denn?«, fragte Keel erneut. »Was findest du daran so lustig?«

Ravi antwortete ihm endlich, wenn auch weiterhin grinsend. »Du glaubst, die Prinzessin wird dir helfen, weil sie die entsprechenden Verbindungen und gesellschaftlichen Einfluss hat.«

»Ja, natürlich?«

»Ha, ha, hi, hi.«

Keel konnte es nicht leiden, wenn er einen Witz nicht verstand, vor allem dann nicht, wenn er offensichtlich die Pointe dieses Witzes war. Er funkelte Ravi wütend an und wartete darauf, dass ihm sein Navigator erklärte, was daran so lustig war. Er hätte ihn auf der Stelle erschossen, wenn er die Energie wert gewesen wäre. Und wenn er seine Blasterpistole bei sich gehabt hätte.

Ein gedämpftes Geräusch aus dem Gemeinschaftsbereich des Raumschiffs beendete Ravis Gelächter und Keels beginnende Frustration. Es hörte sich wie ein Schrei an — aus weiter Ferne, aber deutlich zu hören.

Keel wirbelte herum. »Was war das?« Ohne auf Ravis Antwort zu warten stampfte er furchtlos in den Korridor.

»Das ist unsere geheime Fracht«, rief ihm der Navigator vom Cockpit hinterher. »Die Prinzessin und ihr General. Sie schreien ganz schön laut, und ihre Stimmen dringen sogar durch die Wände des Schmuggelverstecks.«

»Jetzt reicht's mir!« Keel ging den Korridor entlang, der zum Gemeinschaftsbereich führte. Er trat zum Arbeitstisch, um sich seine Blasterpistole zu holen, entschlossen, diesem Problem ein Ende zu bereiten.

Von hier aus konnte er die Schreie deutlich hören, die unter seinen Füßen zu ihm hinaufdrangen.

»Captain! Captain Keel! Die Betriebsleuchten sind rot! Wir können Sie nicht erreichen! Captain!«

Keel schob ein ölverschmiertes Tuch und den borstigen Putzstock seiner Blasterpistole zur Seite. Er schnappte sich seinen Waffengürtel, der über einer der Arbeitstischlampen hing und schnallte ihn sich um die Hüfte — leicht schräg, damit er schneller ziehen konnte, wie einer der Revolverhelden aus diesen alten, gemeinfreien Western-Holos - und nahm sich seine wuchtige X6-Intec-Blasterpistole. Er stürmte in Richtung des Frachtraums, überlegte es sich aber noch einmal und kehrte zur Werkbank zurück, um letzte Brennspuren am Pistolenlauf zu entfernen.

Ravi tauchte aus dem langen Korridor auf, der zum Cockpit führte. »Ravi, wie groß ist die Wahrscheinlichkeit, dass jemand die beiden hört?«

»Wenn wir davon ausgehen, dass ihre Stimmbänder nicht versagen?« Ravi breitete hilflos die Arme aus. »Ich weiß nicht, was ich sagen soll, Captain. Solange das Scan-Team nicht völlig taub ist, werden sie sie natürlich hören.« Keel zielte mit der Blasterpistole auf die Deckplatte, unter der sich der Schmuggelfrachtraum befand, und brachte seine Stiefelspitze an den Aufklappmechanismus, unter dem sich das geheime Deck verbarg. Er hielt inne, schüttelte den Waffenlauf zwei Mal, als wäre er eine Verlängerung seines Fingers und eilte dann in Richtung Unterkünfte. »Ich habe eine Idee.«

Auf dem Weg zu den Schlafräumen steckte Keel die Waffe weg. Eine Automatiktür zu seiner Unterkunft öffnete sich zischend, als sie seine Bio-Signatur abtastete. Am Fuß seines Betts stand eine uralte Truhe, deren Holz fast schon versteinert war. Eine Relikt aus der Zeit, als Schiffe noch auf Wasser fuhren. Er klappte den Deckel auf und nahm eine armonianische Wolldecke heraus, die er für die langen Reisen von den Kernwelten an den Rand der Galaxis bereithielt, wenn die Heizungsregelung der *VI* mit der unglaublichen Kälte des Weltalls nicht immer klarkam.

Wenn man die Decke zusammenrollte, wog sie locker dreißig Kilo, und Keel musste sie mit beiden Händen aus der Truhe wuchten, um sie wie einen weichen, bequemen Sack aus Duraton tragen zu können. Die Naturfasern dieser Vliesdecken stammten von Tieren, die es geschafft hatten, Jahrtausende in einer eiskalten Einöde zu überleben. Wer die höchsten Gipfel der Galaxie hinaufstieg, schützte seine Ausrüstung mit armonianischer Wolle.

Keel eilte zum Schmuggelfrachtraum zurück und ließ die Decke über die Deckplatte fallen, um sie anschließend wie einen kleinen Teppich auszubreiten. Die heiseren Rufe, die unter ihnen ertönten, verstummten sofort. Nur das Summen der Lebenserhaltung war noch zu hören.

Keel neigte den Kopf leicht zur Seite, als ob er sagen wollte: »Das ist besser«, verschränkte die Arme und lehnte sich an eins der Schotts, die Füße übereinandergeschlagen.

Ravi warf einen Blick auf die Vliesdecke. »Das wird die Temperatur im Frachtraum mit Sicherheit ansteigen lassen, Captain, und zwar nicht zu knapp. Du hältst es ja selbst kaum eine Viertelstunde unter der Decke aus.«

»Hör auf mir beim Schlafen zuzuschauen, Ravi.«

»Ja, ich weiß, dass du das gesagt hast, aber es ist auf diesem Raumschiff sehr oft sehr langweilig.« Ravi schürzte die Lippen und blickte auf den nun verdeckten Frachtraum hinab. »Ich wüsste zu gerne, wie lange sie in diesem… Schwitzkasten bleiben sollen, um einen alten Knastbegriff zu benutzen.«

Keel zuckte mit den Achseln. Die Prinzessin hatte ihm schließlich keine andere Wahl gelassen.

»Ich gebe zu«, fuhr Ravi fort, »dass ich dachte, du würdest sie töten.«

»Das war Plan B.«

Ravi führte seine Fingerspitzen missbilligend zusammen. »Es ist immer noch möglich, dass sie an einem Hitzeschlag sterben, wenn sie zu lange da drin bleiben.«

»Tja, dann müssen wir halt hoffen, dass das mit der Übergabe möglichst schnell abläuft. Solange es keine Komplikationen mit der Republik gibt, muss niemand sterben.«

Ein lautes Krachen vibrierte durch die Laufplanke der Indelible, die aus Impenetrastahl bestand. Keel richtete sich auf und blickte ungläubig in Richtung der Rampe. »Wer klopft denn da an mein Raumschiff?« Er ging zu den Überwachungsbildschirmen, die über der Werkbank in die Wand eingelassen waren.

Ravi folgte ihm, und seine azurblaue Chola nahm seine Bewegungen elegant auf. »Es handelt sich mit 83-prozentiger Wahrscheinlichkeit um Legionäre, die die Ankunft des republikanischen Übergabe-Teams ankündigen.«

»Natürlich ist es die Republik.«

Auf einem der Monitore war die graugrüne Thermalansicht zweier republikanischer Legionäre zu erkennen, die unter dem Raumschiff warteten. Einer der beiden hob gerade den Schaft seines Blastergewehrs nach oben und schlug damit gegen die Außentür. Diese Typen hatten einfach keine Geduld.

Keel wusste, dass er die Laderampe hinunterlassen musste, sonst würden sie vermutlich auf die Idee kommen, ihre Schneidbrenner auszupacken. »Na dann, Ravi. Wir gehen nach draußen.«

Ravi, der zwischen Keel und der Tür stand, bewegte sich aber nicht. »Ich kann das Schiff nicht verlassen, Captain.«

Keel ging durch Ravi hindurch wie die Lebenden durch einen Geist. Er blieb an dem schwarzgelben Knopf stehen, mit dem er die Laufplanke hinablassen konnte. »Warum denn? Warum nicht?«

Das Hologramm flackerte kurz, und Ravi sah an sich hinab, bis sein schimmerndes Selbst wieder ausreichende Festigkeit erlangte. »Weil unser TT-3-Hoverbot vor zwei Zwischenhalten in Los Larynth zerstört wurde, als du ihn mit einer Fliege verwechselt hast. Obwohl du schon mehrfach versprochen hast, ihn zu ersetzen oder zu reparieren, ist bisher nichts passiert. Interessant, dass du aber die Zeit hattest, deine Blasterpistole wie besessen zu polieren.«

»Okay, immer mit der Ruhe.« Keel drückte kurz seinen Nasenrücken zusammen und seufzte dann. »Ich brauche dich da draußen. Wie weit kannst du dich vom Schiff entfernen?«

»Ich gehe davon aus, dass ich nur bis zum Anfang der Laderampe kann, bevor die internen Holoprojektoren mich nicht mehr darstellen können.«

Ein weiteres, lautes Krachen war an der Tür zu hören.

Keel legte seine Hand auf das Bedienfeld für die Rampe und sagte: »Okay. Auf geht's.«

Er gab der Tür einen ordentlichen Tritt in der Hoffnung, dass die Legionäre auf der anderen Seite schlau genug waren, Platz zu machen, und betätigte dann den Knopf. Über dem Ausgang blitzte ein gelbes Licht auf, während sich ein weißer Nebel aus den Entlüftungsstutzen an den Rampenstützen bildete und Keel das Gefühl vermittelte, er würde in einer Wolke stehen.

Die Rampe senkte sich rasch, was sich schon oft genug bei einem blitzschnellen Angriff für Keel als entscheidend erwiesen hatte. Viel wichtiger war das aber immer, wenn er verdammt schnell verduften musste.

Der Nebel löste sich langsam auf.

Die Legionäre waren nirgendwo zu sehen.

KAPITEL 3

LS-19 wuchtete sich auf Händen und Knien nach oben. Seine Panzerung kratzte über die felsige Oberfläche an der Landezone. Sein keuchender Atem übertönte fast die Knochenleitaudio seines Helms. Nur wenige Augenblicke vorher hatte er noch auf den Rumpf eines alten, leichten Frachters der Naseen eingeprügelt.

Und dann war die Rampe heruntergekracht.

Ohne auch nur im Ansatz die nach republikanischen Arbeitsschutzregelungen notwendigen Warnsignale von sich zu geben. Das allein reichte LS-19, um das Raumschiff im Namen der Republik unter Sicherungsrecht zu stellen.

Aber im Augenblick dachte er nicht daran, ob Gesetze gebrochen worden waren oder jemand gepfändet werden sollte. Er atmete in schnellen, kurzen Zügen, um sich wieder zurechtzufinden. Sein über Jahre eingebläuter Selbsterhaltungsreflex hatte gerade so genug Zeit gehabt zu reagieren und der herabkrachenden Rampe auszuweichen.

Atmung unter Kontrolle bringen. Atmung unter Kontrolle bringen. Atmung unter Kontrolle bringen.

Diese Nachricht blinkte im Visier von LS-19 oben links auf und legte sich über die optische Abtastung der felsigen Landezone. Er kniff die Augen zusammen, um die Nachricht lesen zu können, und verfluchte sie dafür, dass er deswegen die Aufmerksamkeit von seiner Umgebung nehmen musste. Sein Atem ließ den Bildschirm mit jedem Ausatmen beschlagen und sein Sichtfeld verschwimmen, aber sein Atemhauch führte einen aussichtslosen Kampf. Die LegionWorks Typ-N-Umgebungskontrollen erwachten leise surrend zum Leben, entzogen der Atemluft die Feuchtigkeit und lagerten sie für spätere Rehydrierung ein. Sein Helm hielt ständig die optimalen Kampfwerte ein, in diesem Fall 21.8° Celsius.

Durch die Nase einatmen.

Die volle Lungenkapazität ausnutzen. Setzten Sie Zwerchfell- und Bauchmuskulatur ein.

Ausatmen durch den Mund.

LS-19 befolgte die Befehle, die auf seinem Helmvisier angezeigt wurden. Sie waren von republikanischen Wissenschaftlern programmiert worden, die sicherstellten, dass die Legionäre auch weiterhin die besten Soldaten der Galaxie blieben. Die Anweisungen wiederholten sich, bis sich seine Atmung beruhigte, und dann verschwanden sie. Zurück blieb nur das vertraute Netzwerk-Head-up-Display auf seinem Visier.

LS-19 begutachtete die Unterseite des Frachters, etwa drei Meter von der Laderampe entfernt. Man konnte einige Fugen erkennen, wo eigentlich nur Platten aus solidem Impenetrastahl sein sollten. Natürlich konnten das die Spuren schlecht ausgeführter Schweißnähte sein, die auf Risse hindeuteten, was bei einem so alten Schiff nicht ungewöhnlich wäre. Man hatte aber auch schon davon gehört, dass die leichten Frachter der Naseen mit widerrechtlich verborgenen Waffensysteme ausgestattet waren. Er packte sein Gewehr, kam mühsam auf die Beine und achtete darauf, sich zu bücken, um nicht mit seinem Helm gegen die Schiffsunterseite zu knallen.

Auf der L-Frequenz war plötzlich die Stimme seines Gruppenleiters zu hören, LS-87. »Neunzehn. Statusbericht?«

»Einsatzbereit. Wie ist Ihr Status, Lieutenant?«

»Öh, mir geht's gut.« Eine kurze Stille folgte. »Oh! Einsatzbereit. Deckung erfolgt von Aufklärungsgleiter... ähm... drei.«

Idiot, dachte LS-19. Wie die meisten Legionärsoffiziere hatte ein planetarer Gouverneur LS-87 auf seinen Posten ernannt. Er war kein Soldat, bloß ein Politiker, der Krieg spielen wollte, bis seine Betreuter der Ansicht waren, es wäre an der Zeit, ihn auf seine Heimatwelt nach Hause zu holen und zu einer Wahl antreten zu lassen.

Früher war das mal anders gewesen.

»Neunundachtzig, Statusbericht?«, fragte LS-19 ab. LS-89 war bei ihm gewesen, als die Rampe heruntergekracht war. Vielleicht hatte er es nicht rechtzeitig geschafft.

Der Gruppenleiter wiederholte die Anfrage über die L-Frequenz. »Neunundachtzig, Statusbericht?«

Als Antwort kam ein Rauschen, das von zwei lauten Klickgeräuschen übertönt wurde, was als Bestätigung galt. LS-89 war am Leben, aber es hatte ihm den Funk zerschossen. Wenn es ihm das Mikrofon zerschlagen hatte, dann musste der Helm hart getroffen worden und sein Gesicht ziemlich zermatscht sein. Aber der Soldat hatte sich seinen Spitznamen verdient. Sie nannten ihn Lucky.

»Hört sonst noch jemand dieses Knacken und Rauschen?«, rief der Gruppenleiter in den Kanal.

LS-19 unterdrückte ein Stöhnen. »Bestätigt, Neunundachtzig«, sagte er mit der Ruhe des Altgedienten. »Bestätigen Sie Verlust der Sprachausgabe.«

Klick, Klick.

»Verlust der Sprachausgabe bestätigt. Bestätigen Sie Einsatzbereitschaft.«

Klick, Klick.

»Bestätigt. Meldung: Befinden Sie sich in einer Notlage?«

LS-19 spitzte die Ohren, um die Antwort auf jeden Fall mitzubekommen, und deckte dabei die Umgebung mit seinem Blastergewehr ab. Er lockerte die Sicherung an einer Blendgranate, für den Fall, dass ein doppeltes Klicken ertönten sollte.

Klick.

»Keine Notlage, bestätigt«, ertönte nun die Stimme des Gruppenleiters, dem offensichtlich wieder eingefallen war, was bei Verlust der Sprachausgabe zu tun war. »Hinweis, die... ähm... Rampe ist heruntergeklappt. Ich habe von meiner Position aus keinen freien Blick auf die Besatzung.«

LS-19 fluchte laut. »Dieser bescheuerte Lademeister hätte mich und Lucky zu Pfannkuchen verarbeiten können. Wir haben kein Warnsignal erhalten.«

»Verstanden«, erwiderte der Gruppenleiter. »Der... ähm... Kommunikationsturm auf der Schiffsoberseite ist auf Rot geschaltet.«

LS-19 drückte einen Knopf an der Unterseite seines Helms, um ihn stumm zu schalten. »Wäre schön gewesen, wenn wir das *vor* dem Klopfen gewusst hätten, du nutzlose, verschissene Raumratte! Ich schwöre bei Oba, republikanische Ernannte sollten sich alle bei den Bäumen entschuldigen, dass sie die Luft wiederherstellen müssen, die von ihnen verschwendet wird!«

Er konnte sich gut vorstellen, dass Lucky gerade ähnlich deutliche Worte von sich gab. Weder er noch sein Kamerad waren begeistert davon, einem Ernannten zu unterstehen — einem aus politischen Gründen berufenen Gruppenleiter. Dass selbst die viel gerühmten Legionäre nicht in der Lage waren, die ehrgeizigen und erschreckend Inkompetenten davon abzuhalten, Offizierspatente zu erhalten, sprach Bände über den Niedergang der Republik. Das Offizierskorps der Legion brachte jeden einzelnen Soldaten unter seinem Befehl in Gefahr. Lieutenant Ahnungslos im Kommandogleiter war bedauerlicherweise der Normalfall. Die Schlimmsten von diesen Typen bezahlten einen ordentlichen Aufschlag dafür, eine Ernennung bei den Legionären zu erhalten. Das war eine todsichere Methode, um später in Amt und Würden gewählt zu werden.

LS-19 entdeckte Lucky. Seine Panzerung war mit rotem Staub überzogen, und an seinem Helm prangte eine fünf Zentimeter tiefe Delle. Die Legionäre nickten einander zu und nahmen zügig Position vorne an der Rampe ein, jederzeit bereit, feindliche Ziele mit überwältigender Feuerkraft auszuschalten.

LS-19 vertraute darauf, dass Lucky den Turban tragenden Kerl oben an der Rampe aufs Korn nahm, und er selbst zielte direkt auf den Menschen, der die bei Schmugglern üblichen Klamotten trug.

Abschaum.

LS-19 aktivierte mit einer schnellen Zungenbewegung die externen Lautsprecher seines Helms. »Hände hoch! Hände hoch!«

Der Mensch neigte den Kopf zur Seite und hob langsam die Hände, als ob ihm der Befehl lästig sei. Das war eindeutig der Captain dieses Raumschiffs.

»Sehr schön. Keiner bewegt sich!«

»Immer mit der Ruhe, okay?« Der Captain klang tief getroffen und zugleich ziemlich gönnerhaft. »Ich habe keine *bewaffneten* Rebellen mitgebracht.«

Die Waffen der Legionäre bewegten sich keinen Millimeter. »Identifizieren Sie sich und ihr Raumschiff. Mit Transpondercode und per Stimme.«

»Aeson Keel, Captain der *Indelible VI*. Und ich kann die Schiffs-Identifizierung nicht per Transponder schicken. Unsere Kommunikationsgeräte stehen auf Rot.« Er deutete auf die Rot schimmernde Signalleuchte, die unterhalb seines Kragens an seinem schiefergrauen Hemd angebracht war. »Seht ihr?«

Die Soldaten senkten ihre Waffen. »Na gut«, sagte LS-19.

Er deutete auf den Mann mit dem Turban. »Wer ist er?«

Keel warf einen Blick über seine Schulter, als ob er sich nicht sicher sei, wer hinter ihm stand. Dann musterte er die ausdruckslosen Helme der Legionäre. »Das ist Ravi.«

»Mir ist egal, wie er heißt. Welche Funktion hat er an Bord?«

»Ich bin der Navigator der *VI*.«

»Na gut.« LS-19 entspannte sich ein wenig. Das durchgehend rot leuchtende Signal war eine ausreichende Erklärung dafür, dass er beinahe von der Laderampe zerquetscht worden war. Der Captain wäre davon ausgegangen, dass die Aufklärung der Legionäre das große rote Kommunikationssignal bemerkt hätte.

Was sie auch hätte tun müssen.

Lucky trat von einem Fuß auf den anderen und ließ den Blick über den Horizont schweifen.

»Wenn keine Kommunikation möglich ist, dann können Sie auch nicht die Frachtpapiere übertragen«, sagte LS-19. »Wie praktisch.«

Keel zuckte mit den Achseln. »Werdet ihr sie nach verborgenen Schäden untersuchen?«

»Klappe halten und einfach ein Datenpad bringen.«

Als Keel die Rampe wieder hinaufging, um der Anweisung Folge zu leisten, ließ LS-19 kurz seine Zunge vorschnellen, um die externen Helmlautsprecher wieder zu deaktivieren. Die Helme waren schalldicht, was es den Legionären erlaubte, ungestört über den L-Kanal zu sprechen, der nicht einmal freundlich gesinnten republikanischen Offizieren und Soldaten zur Verfügung stand. Die Legionäre unterstanden lediglich der Befehlskette, die bis an die Spitze des Republikanischen Rats für Wohlstand & Sicherheit reichte. »LS-19 an Kommandogleiter. Lieutenant, was hat Ihnen die Kommando-KI zur Schiffsregistrierung und dem Captain mitgeteilt?«

»Ich, ähm, habe den Namen nicht mitbekommen. Bitte um Wiederholung.«

LS-19 erlaubte sich auch über die offene Leitung einen Seufzer. »Schiffsname: *Indelible VI*. Captain: Aeson Keel.«

»Roger«, antwortete der Gruppenleiter vom Aufklärungsgleiter. »*Indelible VI*. Captain Aeson Keel. Information wird zum Komm-Sat hochgeladen. Weiterhin Aufklärung.«

»Negativ zur Aufklärung, Sir«, sagte LS-19. »Landungszone ist gesichert, und LS-89 hat keinen Zugang zur L-Frequenz. Protokoll sieht Ablösung vor.«

»Natürlich. Ja. Okay, ich komme zu Fuß, um LS-89 abzulösen. Neunundachtzig, geben Sie nach Übernahme die Daten an Komm-Sat weiter.«

In der Stimme des Lieutenants schwang leichte Verärgerung mit. Er war der Gruppenleiter und hätte diese Entscheidung treffen müssen. Hatte er aber nicht. Hätte es auch vermutlich gar nicht gewusst. Also hatte LS-19 die Verantwortung übernehmen müssen. Er mochte es nicht, einen Legio an seiner Seite zu wissen, der ihm im Notfall nur mit Klickgeräuschen antworten konnte.

Vier Menschen und zwei Humanoide kamen die Rampe heruntergeschlendert. Alle trugen die zerlumpten olivgrünen Uniformen, die die Rebellen in diesem Raumsektor so gerne anzogen. Man hatte den Gefangenen die Arme an den Handgelenken mit Synthdraht zusammengebunden, und sie trugen außerdem an den Beinen Energiefesseln, die dafür sorgen würden, dass jeder einzelne von ihnen einen lähmenden Stromschlag erhielt, sollte auch nur einer von ihnen aus der Gruppe auszubrechen versuchen.

Keel kam als Letzter, und zielte mit einer schweren Blasterpistole auf den letzten Gefangenen. Er warf LS-89 das Datenpad zu, der es mit Müh und Not fangen konnte, während Keel die Gefangenen in Rührt-euch-Stellung vor der Rampe anhalten ließ.

Keel ließ seine Waffe an seine Seite sinken und sagte: »Die Abmachung war Bezahlung bei Ablieferung. Also, bezahlt mich.«

»Du wirst warten müssen, bis der Befehlshaber hier ist«, sagte LS-19 über seine Helmlautsprecher. Er warf einen Blick Richtung Horizont, wo der Lieutenant auftauchen musste. Aber es war noch nichts von ihm zu sehen.

»Na gut«, antwortete Keel. »Aber ihr habt nur fünfzehn Standardminuten, bis ihr mir einen Zuschlag für die Verzögerung schuldet.«

Lucky trat an LS-19s Seite, um gemeinsam einen Blick auf das Ladungsverzeichnis zu werfen. Der schweigsame Soldat deutete mehrfach hintereinander auf das Datenpad. LS-19 beugte sich über den Bildschirm.

»Captain Keel!«, rief LS-19 und packte sein Gewehr nun wieder mit erhöhter Bereitschaft. Auf seinem Head-up-Display erhielt er die Anweisung, seine Waffe noch einen weiteren Grad anzuheben, um perfekt zielen und schießen zu können. »In den Lieferpapieren steht, dass du vom Kopfgeldjäger Wraith acht Gefangene erhalten hast. Wo sind die anderen beiden?«

»Ach, nein. Das werdet ihr mir aber jetzt nicht anhängen.« Keel marschierte mit gerunzelter Stirn zu den Legionären hinüber. »Hier.« Er deutete auf eine R-verifzierte Bemerkung im Datenpad. »Seht ihr das? ›LZV.‹ Ladung und Zählung durch Verschiffer. Ich habe abgeliefert, was man mir in den Frachtraum gepackt hat, und ich trage keine Verantwortung für Überschuss, Fehlbestand oder Beschädigung. Fliegt mal schön zu dem, der diese Rebellen gefangengenommen hat, und fragt den nach dem Rest.«

Die Legionäre bewegten ihre Laufmündungen drohend in Richtung Keel, sorgten aber dafür, dass sie nicht direkt auf ihn zielten. Sie machten nur deutlich, dass sich die Dinge schnell ändern konnten. Sehr schnell.

LS-19 erhöhte die Lautstärke seiner Außenlautsprecher. Die erhöhte Lautstärke sorgte dafür, dass Befehle 1,4-mal besser befolgt wurden. »Captain, übergeben Sie Ihr Raumschiff zur sofortigen Durchsuchung und Beschlagnahme.«

»Oh, hört schön auf damit.« Keel sah zu seinem Navigator hinauf, der auf der Raumschiffladerampe verharrte. »Durchsuchen könnt ihr es natürlich, aber beschlagnahmen? Kommt nicht infrage. Ich kenne mich ziemlich gut aus, Legio. Die Gebühren, um die

Beschlagnahme wieder loszuwerden, sind höher als die Bezahlung für diesen Job.«

LS-19 wiederholte seinen Befehl und sprach jedes Wort sauber aus, um deutlich zu machen, dass er auch meinte, was er sagte: »Übergeben Sie Ihr Raumschiff zur sofortigen Durchsuchung und Beschlagnahme.«

»Und was ist, wenn ich mich weigere?«

Der Captain versuchte offensichtlich Zeit zu schinden, aber auch darauf hatte der Legionär eine Antwort parat. »Sollten Sie sich weigern, sind Sie automatisch im Sinne der Republikanischen Verordnung N.779.631-2 schuldig: Widerstand gegen einen Amtsträger. Wenn in der Einschätzung des genannten Amtsträgers der Widerstand den Einsatz tödlicher Gewalt rechtfertigt, wird diese zum Einsatz kommen und durch ihre Verwendung als berechtigt begründet. Ich werde Sie nicht erneut auffordern.«

»Ich hatte das dumme Gefühl, dass so was passieren würde.« Keel schüttelte den Kopf. »Man weiß einfach nicht mehr, was man heutzutage von der Republik erwarten kann. Ich nehme mal an, dass ihr Jungs die Sache ziemlich ernst nehmt, nicht wahr?«

»Zweiundneunzig Prozent«, rief Ravi von der Rampe. Keel verstand seinen Navigator sofort. Ravi teilte ihm gerade mit, wie wahrscheinlich es war, dass diese Legionäre nicht blufften. Bei denen hier handelte es sich um echte Draufgänger, die auch gerne mal die üblichen, rechtlichen Regelungen des galaktischen Handels ignorierten, nur um die Chance zu haben, vielleicht einen Schmuggler ausheben zu können — oder die beiden fehlenden, hochrangigen Rebellen zu finden. Die Sache wäre viel einfacher gewesen, wenn die Übergabe von einem Offizier übernommen worden wäre anstelle dieser

Frontschweine. Aber natürlich hatte er auch für eine solche Situation vorgeplant.

»Tja, ich muss also irgendwo noch zwei Leute finden, hm?«

Ravis Lippe zuckte, da er die Worte seines Captains klar verstanden hatte. Er berechnete die Ausrichtung der Blastergewehre der Legionäre im Vergleich zu Keels Blasterpistole, rechnete Keels Reaktions- und Schusszeiten ein — die im Vergleich zu den meisten Humanoiden der bekannten Galaxie wesentlich schneller waren —, und fügte seiner Berechnung noch die Reaktionszeiten der Legionäre hinzu, die er als durchschnittliche Reflexzeit der besten republikanischen Stoßtruppen vorliegen hatte. Außerdem multiplizierte er die Verletzungen, die der schweigsame Legionär bei seinem Sprung möglicherweise erlitten hatte, um nicht von der Laderampe erschlagen zu werden, mit 1,09997543 und gelangte somit zu einem Endergebnis.

Es sah nicht gut aus. »Dreißig Prozent.«

Keel fauchte und durchbohrte die Legionäre mit seinem Blick. Jeder Muskel, jede Sehne in seinem Körper war bereit, die Waffe zu ziehen und zu schießen.

Die Legionäre warfen sich kurz einen Blick zu, bevor sie sich wieder auf Ravi konzentrierten.

»Siebenunddreißig Prozent«, sagte Ravi.

»Reicht immer noch nicht«, sagte Keel und hoffte, dass die Legionäre etwas taten, was seine Chancen erheblich verbesserte.

LS-19 deutete mit seiner Waffe auf Keel. »Wovon redet der?«

»Zehn Prozent«, sagte Ravi.

»Halt die Schnauze!« Die Legionäre richteten ihre Waffen auf das Hologramm.

»Sechsundsechzig Komma Neun Prozent.«

Keels Blasterpistole zuckte mit der Geschwindigkeit eines Stachelrochenschwanzes nach oben. Er schoss auf den schwarzen Bodysuit aus Synthpren, der direkt unterhalb des Legionärshelms am Hals zu erkennen war. Der rote Blasterblitz schoss durch den Hals des Soldaten und traf auf das Visier seines Kameraden. Beide Legionäre krachten auf der felsübersäten Landezone zu Boden, und Rauch stieg von ihren Leichen auf.

Keel lächelte und steckte seine Waffe weg. »Ein Schuss!« Er schüttelte den Kopf, so sehr war er von seiner eigenen Treffsicherheit beeindruckt.

»Ja«, sagte Ravi. »Und wenn du bereit gewesen wärst, zwei Schüsse abzufeuern, wie ich es dir für diese Situation vorgeschlagen hatte, dann wären deine Chance um einiges besser gewesen.

Keel zuckte mit den Achseln, immer noch breit grinsend.»Ichwussteschon,dassichesmitzweiSchüssen schaffe.« Er sah zu den völlig verblüfften Gefangenen hinüber. Den Rebellen waren vor Überraschung die Kinnladen heruntergeklappt. Wenigstens die hätten doch beeindruckt sein müssen, wie gut er geschossen hatte. »Ein Schuss!«, brüstete er sich.

Die Rebellen schienen nicht ganz sicher, was sie sagen sollten. »Ach, als ob einer von euch das hätte besser machen können.«

Keel marschierte die Reihe gefangener Rebellen entlang. Sie wirkten verängstigt — wahrscheinlich weil sie auf ihre nahende Hinrichtung warteten. »Hört gut zu«, sagte Keel und deutete auf die beiden toten Legionäre hinter sich. »Ich kehre jetzt auf mein Schiff zurück. *Ohne euch.* Schnappt euch die Waffen der Legionäre und richtet einen Verteidigungskreis ein, bevor die restlichen republikanischen Einheiten auftauchen. Ich warte darauf, dass mir die Republik meine Credits überweist, und dann mache ich mich vom Acker.«

Ein Rebell, der die Insignien eines Captains trug, ergriff das Wort. »Sie werden uns doch nicht einfach hierlassen?«

Keel tat so, als ob er es sich überlegen würde, und nickte dann. »Tja, genau das habe ich vor.«

»Was zur—« Die durch seine Helmlautsprecher gefilterte Stimme eines Legionärs ertönte, der gerade die Landezone erreichte. Keel sah überrascht auf und richtete seine Blasterpistole auf den Neuankömmling, der die Abzeichen eines Lieutenants auf seiner Panzerung trug. Der Legionär blickte kurz von Keel zu den beiden toten Legionären, drehte auf dem Absatz um und rannte davon, während er hektisch seinen Helmkanal aktivierte. »LS-87 an Liberty-Kommando!«

Keel runzelte ein wenig die Stirn. Der Versuch des Legionärs Kontakt zu seinem Kommandoposten aufzunehmen würde nicht funktionieren. Die *VI* hatte die Legionärskanäle von dem Moment an blockiert, als Keel auf die beiden Soldaten gefeuert hatte. Der Legionär lief im Zickzack über das vor ihm liegende Gelände, weil er ihm... entkommen wollte? Keel hob seine Blasterpistole mit der gleichgültigen Haltung eines langjährigen Säufers, der mal wieder Darts spielte und betätigte den Abzug, sodass seine Waffe wieder einen hellroten Blasterblitz abgab. Der Schuss traf den Soldaten zwischen den Schulterblättern und ließ ihn vornüber zu Boden gehen. Er rutschte noch ein Stück weiter, bis er an einem karmesinroten Felsen liegenblieb.

Keel steckte seine Waffe wieder weg und wandte sich an die Gefangen. »Seine Waffen könnt ihr auch haben. Viel Glück. Ihr werdet's brauchen.«

Die Rampe der *VI* begann sich zu heben, sobald er einen Fuß darauf setzte.

Keel sah über die Schiffsmonitore zu, was die Rebellen anstellten. Erst standen sie nur völlig entgeistert da, aber schließlich rannten sie los, um sich die N6-Blastergewehre zu schnappen. Sie begannen sich gegenseitig mit einem Vibromesser zu befreien, das sie aus dem Ausrüstungsgürtel eines der Legionäre geholt hatten.

Keel wechselte das Batteriepack seiner Waffe aus und bedachte die Rückseite des Turbans seines Navigators mit einem finsteren Blick, während er ihm zurück ins Cockpit folgte. Er ließ sich auf den Sitz des Steuermanns fallen und begann Hebel umzulegen, als er die Abflugsequenz des Raumschiffs einleitete. »Was war das da eben?«

Ravi hob eine Augenbraue, während seine Hände über die Konsole huschten und der Schiffscomputer Hebel aktivierte, als die holografischen Finger über sie hinwegglitten. »Was war was?«

»Das da.« Keel deutete mit seinem Daumen auf einen nicht näher bestimmten Ort außerhalb des Schiffsrumpfs. »Es waren *drei*? Hättest du mich nicht warnen können?«

Ravi zuckte mit den Achseln und griff über seinen Kopf, um zusätzliche Luft in den Schmuggelfrachtraum umzuleiten. »Ich bin der Ansicht, das Schiff hätte mir das mitgeteilt, wenn du ihm nicht so viele Kommunikationskabel und anderes Zeug rausgerissen hättest.«

Keel starrte Ravi ausdruckslos an, weil er auf dieses Argument nichts entgegnen konnte.

Ravi ging in aller Ruhe die Abflugs-Checkliste weiter durch. »Schilde online.«

Nachdem Keel den 140 Zeichen langen Schlüssel eingegeben hatte, lehnte er sich in seinem Stuhl zurück und hielt den Blick auf den Monitor gerichtet. Das Credits-Symbol seines außermondlichen Bankkontos drehte sich, während eine sichere Verbindung aufgebaut wurde. »Ravi, mit dem Geld, das ich gerade für die Übergabe dieser Gefangenen erhalten habe, werde ich Olivet Systems ein wenig F&E machen lassen, wie man auf ein Hologramm schießen und es umbringen kann.« »Ja, das wäre eine sinnvolle Verwendung deiner Ressourcen, Sir. Ich wünschte, ich hätte —«

Der Bildschirm blitzte kurz auf, dann war die Animation für eine unterbrochene Verbindung zu sehen: breite rote Pfeile, die sich in die vier Ecken des Bildschirms bewegten.

Keel runzelte die Stirn. »Signal verloren? Das sollte eigentlich nicht passieren, außer der Mond von Scharon explodiert...«

BUMM!

Das Raumschiff schwankte brutal hin und her, und Keel wurde aus seinem Stuhl auf das Deck geschleudert. Er sah zu Ravi hinauf, dessen Holoprojektoren ihn weiterhin ruhig darstellten, obwohl um sie herum das Cockpit wie wild schaukelte. »Wer feuert auf uns, Ravi?«

Das Hologramm runzelte die Stirn, als es auf die Sensorenbildschirme schaute. »Es scheint, dass die Republikaner doch eine Möglichkeit gefunden haben, einen Kampfpanzer in die Landezone zu schaffen.«

KAPITEL 4

Ackabar City, Ackabar

Auf ihrem Weg zu Jaris Cantina, um dort den gefährlichen Kopfgeldjäger Tyrus Rechs aufzuspüren, wichen Prisma und KRS-88 mehreren Gruppen republikanischer Legionäre aus. Im wirbelnden Göttertrank des Himmels über dem Weltraumhafen pendelten Landeshuttles voll gepanzerter Legionäre und mit Spezialeinheiten zur Oberfläche, um Widerstandsnester auszuschalten und die Aufräumarbeiten zu unterstützen, da nun eine vollständige Abriegelung im Gange war.

»Junge Miss«, verkündigte KRS-88 fest. »Wir haben ganz eindeutig gegen mehrere einheimische und republikanische Gesetze verstoßen. Ich schlage daher vor, dass wir uns sofort stellen, damit Ihre Sicherheit—«

»Ich höre dir nicht zu, Crash«, rief Prisma über ihre winzige Schulter zurück, während sie von dem sie überragenden Dienst-Bot weghuschte, den ihr Vater ihr zugeteilt hatte. »Wir müssen diesen Kopfgeldjäger finden. Er ist vielleicht genau das, was wir brauchen.«

»Müssen wir, junge Miss?«, fragte der Bot in automatisierter Herablassung.

»Ja, Crash! Wir brauchen einen... Helden! Ich brauche—«

»Junge Miss«, unterbrach sie KRS-88, als sie sich im Schatten einer Gasse verbargen und darauf warteten, dass eine in der Nähe befindliche Gruppe Legionäre den

Beschuss einer Gruppe gomariischer Sklavenhändler beendete.

Schließlich rannte die Gruppe mit gezückten Waffen den fliehenden Sklavenhändlern hinterher.

»Junge Miss«, setzte KRS-88 erneut an. »Kopfgeldjäger sind keine Helden. Sie sind niederträchtige Kriminelle. Viele sogar rücksichtslose Mörder. Also, sie sind—«

»Genau das brauche ich jetzt, Crash. Ich brauche so jemanden. Ich brauche einen Mörder.« Sie stolperte kurz. Blieb stehen. Starrte angestrengt auf den Boden zu ihren viel zu großen, unpassenden Schuhen. »Ich brauche... Gerechtigkeit«, flüsterte sie.

Es war nicht Gerechtigkeit, die sie wollte. Aber es war das Einzige, das ihr noch geblieben war.

»Ich versuche nur, Sie zu beschützen, junge Miss. Genau das ist, was ihr Vater von mir erwartet hätte. Mehr nicht.« Sie wusste, dass der Bot in der Lage war, ihren emotionalen Zustand genau einzuschätzen. Er hatte gelernt, ihre Reaktionen zu verstehen, um ihr besser zu Diensten sein zu können. Und natürlich war er dabei gewesen. Er hatte alles aufgezeichnet, was geschehen war.

Prisma bedachte KRS-88' gut zwei Meter große, metallene Gestalt mit einem kühlen Blick. Sie biss die Zähne zusammen, damit bloß keine Worte aus ihrem Mund entwischten. Worte, mit denen sie sich selbst verraten würde. Irgendetwas, das dazu führen könnte, dass sie erneut zusammenbrach.

»Wie Sie wünschen, junge Miss«, murmelte der Bot.

In Jaris Cantina entdeckten sie die Leichen. Zwölf gomariische Sklavenhändler. Überall auf dem Boden lagen Blasterpistolen. Der Gestank verbrannten Ozons hing noch in der Luft.

Nur ein dickbäuchiger Barkeeper stand noch da, der Besen in seiner Hand vergessen. Er starrte ungläubig auf das Gemetzel und den Trümmerhaufen, von dem er umgeben war. Er wirkte fassungslos, und Prisma konnte das gut nachvollziehen. Man hatte sein Geschäft im wahrsten Sinne des Wortes zerschossen, und es schien, dass viele seiner Kunden tot waren.

Er starrte auf den glitzernden Credit, den Prisma ihm auf die Theke gelegt hatte. »Dieser Kopfgeldjäger, der kam hier ganz still und unauffällig rein«, sagte er.

Er seufzte mit einer Schwermut, die die ganze unvorstellbare Größe der Galaxie von einem Ende zum anderen zu umfassen schien. Dann nahm er den Credit zur Hand und drehte ihn hin und her, als ob er sich in einer Art Trance befände.

»Kommt hier einfach rein, ganz ruhig. Aber ich wusste es ganz genau und alle anderen auch, dass das Ärger bedeutete. Richtigen Ärger. Er trug so eine uralte Legionärspanzerung. Voller alter Stammesabzeichen. Von allen möglichen Stämmen. Hat nicht mal seinen Helm abgenommen. Er hatte so eine riesige, alte Projektilwaffe an der Hüfte. Eine aus den Barbarischen Kriegen. Nicht die normale Blasterpistole, die alle anderen Leute haben. Schau dir nur die Löcher bei Deke Cansain an! Fünfzehn. Echt. Der arme Kerl hat nicht mal mehr ein Gesicht. Wenn ich so drüber nachdenke, dann solltest du dir das besser nicht anschauen, Mädchen. Das lässt dich bloß viel zu früh altern. Wer in den Höllen des Arcturus-Mahlstroms benutzt denn noch eine solche Handwaffe? Die hatte sogar noch einen Rückschlag! Und trotzdem hat er sie alle blitzschnell erledigt. Überall Rauch und dann das Knallen wie bei dieser alten Waffe, die ich mal bei einer Dorbi-Jagd gesehen habe. Hat sie alle umgebracht, und dann hat er mich gefragt, wo...«

Der Barkeeper verstummte plötzlich. Und dann, als ob ihm wieder einfiele, wo er sich befand, begann er gemütlich den Boden zu fegen, obwohl das überhaupt nichts brachte.

»Sprechen Sie ruhig weiter«, ermunterte Prisma ihn.

Der Barkeeper, dessen Gesicht durch Strahlenschaden verzerrt war, starrte erneut auf den Credit.

»Die sieht man in letzter Zeit nicht mehr so häufig«, sagte er und deutete auf den Credit. »Die Republik will, dass das alles im Netz steht. Da können sie dann all dein Geld nachverfolgen. Das... das ist eine Menge Geld. Richtiges Geld. Damit kann ich eine Menge tun. Aber es reicht nicht, um zu verraten, wo er hingegangen ist. Ich müsste Ackabar verlassen, wenn ich es dir sagen würde.«

»Also haben Sie ihm gesagt, wo er als Nächstes hingehen soll?«, fragte Prisma.

Der Mund des Manns bewegte sich eine ganze Zeit lang, ohne einen Ton hervorzubringen. Als ob er die nächsten Worte immer wieder durchkauen wollte. Aus Angst davor, dass sie ihm alle Luft rauben würden.

Dann stammelte er: »Äh, n-natürlich. Er hat mir ja das Ding mitten ins Gesicht gehalten. Also musste ich ja. Ich musste.«

»Nun«, sagte Prisma, während sie auf einen der Stühle an der Bar kletterte und sich zu dem gequälten Gesicht des Manns vorbeugte. »Da sind sie bestimmt auch schon alle tot. Verstehen Sie, was ich meine?«

Der Barkeeper ließ seinen Blick über die Leichen schweifen. Was immer hier geschehen war... Es hatte ihn offensichtlich tief erschüttert. So viel Zerstörung, so viel Gewalt. Sein Gesichtsausdruck machte mehr als deutlich, dass er nicht mehr bei Sinnen war.

Er nickte langsam und flüsterte dann: »Junga.«

»Was ist ein Junga?«, fragte Prisma.

»Der Junga. Junga ist eine Person. Der Junga. Ist der Chef des Verbrechersyndikats in diesem Parsec und darüber hinaus. Oder besser gesagt, ›war‹ der Chef. Vielleicht auch nicht. Junga hatte ein paar richtige Schwergewichte auf seiner Gehaltsliste. Aber ich muss sagen — dieser Kopfgeldjäger hat sich wie ein xanthanischer Aal bewegt. Naja, du weiß schon... nur noch schneller. Wenn das überhaupt möglich ist. Der ist gefährlich. Und alle Leute, die so gefährlich sind, werden irgendwann umgebracht, nur um mal ehrlich zu sein. Ehrlich, hör mir zu, Kleine. Wenn ich du wäre, würde ich in genau die entgegensetzte Richtung gehen. Nicht zu Junga. Ernsthaft.«

Aber natürlich kam Prisma nicht auf den Gedanken, auf ihn zu hören. Trotz mehrerer Einwände von KRS-88, einschließlich derer mit den hochtrabenden Worten, folgte sie der Spur des Chaos und der Leichen, die der Kopfgeldjäger hinterlassen hatte.

Jungas Versteck befand sich in den Brechern. Irgendwo weit verborgen hinter jahrtausendealten Wrackteilen. An diesen Ort ging niemand, für den nicht zwielichtige Geschäfte der Normalzustand waren. Die Brecher nannte man die Gegend in Ackabar, wo alte Raumschiffe ausgeschlachtet wurden, um wenigstens ein paar Ersatzteile verkaufen zu können. In gewisser Weise waren sie ein Museum der Raumfahrtgeschichte. Neben Frachtern, die gerade mal zwanzig Jahre alt waren, lagen Dinger, die vor tausend Jahren mit Müh und Not Lichtgeschwindigkeit erreicht hatten. Riesige, strahlend leuchtende Kolonieschiffe glichen Skeletten gestrandeter Wale. Es waren nur noch die metallenen Rückgrate dessen übrig, was früher einmal den Höhepunkt aller Technologien dargestellt hatte, im Einsatz für die ersten optimistischen, so hoffnungsvollen Pilger, die die Reise ins Weltall gewagt hatten.

Bevor man den Hyperraumantrieb entwickelt und sich alles geändert hatte. Jungas Festung sah aus wie das riesige Baumhaus eines Piraten, der es sich aus längst vergessenen Raumschiffen und allem möglichen Gerümpel zusammengebaut hatte. Es umschloss die Aufbauten eines alten Kolonieschiffs, an dessen Hauptgrat sich Bunker und Laufstege bis zu einem großen Turm entlangzogen, der unterhalb des metallen Rückgrats dieses uralten, baufälligen Monstrums hing. Der Turm wirkte bedrohlich und Unheil verkündend, wie eine dieser Baumgruppen in einem Wald, denen man an einem Wintertag auswich.

»Miss...«

»Sag es nicht, Crash. Wir gehen da jetzt rauf. Wir müssen.«

Am Zugang zu dem Steg, der zu den Überresten der Aufbauten des uralten Raumschiffs führte, lagen die Leichen zweier gomariischer Söldner in voller Kampfrüstung. Die einzelnen, milchigen Augen in den beiden verunstalteten Köpfen starrten ihnen ausdruckslos entgegen.

Prisma wusste, dass sie drinnen den Mann finden würde, der alles wieder in Ordnung bringen konnte.

Doch da irrte sie sich.

KAPITEL 5

**Raumhafenbehörde Ackabar, Transportsystem-
knotenpunkt, Ackabar**

Der Kopfgeldjäger Tyrus Rechs nutzte seine Projektilwaffe nicht immer. Aber wenn er es tat, dann hinterließ er ziemlich viele große, rauchende Löcher in allen Leuten, die sich zwischen ihm und seinem Ziel befanden.

Die Belohnung für Junga Dootabanu war nichts Besonderes. Er war einfach nur eine weitere Echse, die sich am Rand der Galaxie wand und sich von Laster, Korruption und Bestechung ernährte. Nur ein weiterer Widerling, den die Leute erledigt haben wollten und wofür sie bezahlten, denn die Republik war wahrscheinlich zu sehr mit anderen Dingen beschäftigt, als sich darum zu kümmern.

Das sollte was bedeuten, dachte sich der Mann in der alten MK1-Legionärs-Panzerung. Das ordentliche Zeug, das man damals in den Barbarischen Kriegen gemacht hatte, nicht das massengefertigte, schimmernd polierte Zeug, das zwar toll aussah, aber gegen Blasterfeuer überhaupt nicht half. Glänzende Uniformen für Kinder, die darin getötet wurden und sich dabei fühlten, als sie hätten etwas Edles für die Galaxie getan, die alles andere als edel war.

»Was?«, fragte er sich selbst. »Was sollte es mir bedeuten?«

Das machte er in letzter Zeit ziemlich oft. Mit sich selbst reden. Aber er war nun mal alles, was er hatte, also tat er es einfach.

Wenn man lange genug lebte, war man nun mal allein.

Jemand, den er mal gekannt hatte, jemand Wichtiges, hatte ihm das gesagt. Oder sollte es eine Warnung gewesen sein?

Er quälte sich durch das Labyrinth der Passagierkorridore der Raumhafenbehörde, das zum Aufzugsknotenpunkt führte und dann hinab in die Stadt Ackabar. Die Republik war bisher noch nicht aufgetaucht, um allen Leuten das Leben zu ruinieren. Das würde erst in etwa fünf Minuten passieren. Aber das störte ihn nicht. Er hatte einen Job zu erledigen. Das war das Einzige, was für ihn noch von Bedeutung war.

Und zwei Verfolger hatten sich an ihn drangehängt.

Wahrscheinlich zwei von Jungas Schlägern. Leute, die den Raumhafen mit ihren Blasterpistolen im Blick behielten. Von denen waren wahrscheinlich noch mehr vorhanden. Aber die beiden, die eindeutig zu erkennen waren, waren die, um die er sich gerade Gedanken machte. Interessierten sie sich für ihn, weil sie von Natur aus neugierig waren? Oder warteten sie auf etwas?

Der Kopfgeldjäger trug eine schwere Blasterpistole mit sich, die er mit Holzkohle abgerieben hatte, um jede Spiegelung zu verhindern. Bei dieser Waffe handelte es sich um das durchschlagsstarke Zeug, das mindestens ein Mitglied einer jeden Legionärstruppe mit sich führte — die Sorte, die dreißig Schüsse in vier Sekunden abgeben konnte. Die Sorte, mit der man praktisch nicht zielen konnte, selbst wenn man wusste, was man da tat. Er nutzte sie nur, um alles in der Nähe Deckung suchen zu lassen. Zur Kontrolle über Menschenmengen.

Und dann trug er noch die große, alte Handwaffe an der Hüfte. Die benutzte er für Tötungen. Und für Gefangennahmen. Seine Kunden hielten nicht viel davon, wenn ein Ziel sich einfach in Nichts auflöste.

Das hier war eine Tötung.

Fünfzigtausend Credits. Der komplette Betrag lag in einem Bankfach auf Neu-Kessia für ihn bereit. In echt. Nicht digital. Todesnachweis im richtigen Leben und anschließend die Bezahlung persönlich mitnehmen.

Macht das einen Unterschied?

Was?

Die Credits. *Machen die einen Unterschied?*

»He!«, brüllte ihm einer seiner Verfolger hinterher.

Von einem Moment zu anderem verwandelte sich der Ausdruck auf dem fiesen, kleinen Gesicht vom selbstzufriedenen Grinsen des coolsten Gesetzlosen diesseits von Dalore zu den weit aufgerissenen Augen eines überraschten Mordopfers.

Der Kopfgeldjäger war in einen der Versorgungskorridore abgebogen und hatte den großen, dicken Blasterpistolenschalldämpfer aufgeschraubt, den er in einer der zahlreichen Panzerungstaschen mit sich führte. Er setzte ihn nicht gerne ein. Nicht wenn er nicht musste. Er dämpfte nämlich den Schall nicht sonderlich lang. Hatte eine ziemlich kurze Haltbarkeit. Absolut illegal.

Aber in diesem Fall war es notwendig gewesen.

Er verwandelte seine beiden Verfolger in dem bläulichen Licht des Versorgungsgangs in Luft. Einem vulkarianischen Tyrannokalmar gleich lockte er seine Opfer in die blauen Tiefen der wogenden See und empfing sie mit dem Tod.

Jemand hätte eine Reihe von leisen, metallisch klingenden Zischgeräuschen hören können. Wenn jemand vor Ort und Soldat gewesen wäre, dann hätte er genau gewusst, was dieses Zischen bedeutete. Aber den meisten Leuten war das nicht klar.

Eine halbe Sekunde später verließ der Kopfgeldjäger den schmalen Gang, allein.

Er schaltete das Netzhaut-Tracking im Head-up-Display seiner Panzerung an und ließ eine Redundanzkontrolle durchführen. Es war sicherlich jemand für seine beiden Verfolger verantwortlich gewesen. Wenn er auf seinem Weg durch die nächsten Gänge ein Gesicht mehr als drei Mal auftauchen sah, dann wäre das definitiv diese Person.

Und tatsächlich zeigte sich ein Hool — schwerfällig, mit irrem Blick — innerhalb der Zeit, die er brauchte, um einen Haken durch einige der Hauptkorridore zu schlagen. Der Hool versuchte seine giftigen Rückenstacheln unter einem alten grauen Reisemantel zu verbergen, der auch schon bessere Zeiten gesehen hatte.

Der Kopfgeldjäger hatte ziemlich viele Hools umgebracht... Damals...

Damals in den...

Bevor die Barbarischen Kriege zu Ende gegangen waren. Fiese Viecher.

Die Galaxie war ein gefährlicher Ort. Das war sie schon immer. Das hatte ihm mal jemand vor langer, langer Zeit gesagt. *Das war sie schon immer.* Im Turm am Raumhafen durchschritt er das Logistikzentrum. Leiser Altari-Trance-Pop und digitale Werbespots plätscherten durch den Raum. Es fühlte sich an, als ob er durch einen Dschungel aus Spam zu gehen versuchte. Der Kopfgeldjäger passte den Moment genau ab und stieg genau dann in einen Aufzug, als sich seine Tür bereits schloss. Aber das war nicht der entscheidende Punkt. Er hatte darauf geachtet, dass ein weiterer Aufzug in seiner Nähe offen stand, damit ihm der Hool nach unten folgen konnte.

Im Aufzug zog der Helm tragende Kopfgeldjäger eine Diamantfaserkette aus seinem Ausrüstungsgürtel und brachte ihn an der Deckenluke an. Er zerrte kurz an der Kette, und die Luke krachte klappernd vor ihm zu Boden. Seine alte Panzerung verfügte über kybernetische Verstärkungen. So was wurde heute nicht mehr hergestellt. Wenn man eine Blasterpistole besaß, musste man nicht stark sein. Aber damals, während der Barbarischen Kriege, war ein Kampf Mann gegen Mann keine Seltenheit gewesen. Tatsächlich eher die Regel.

Die Galaxie war ein gefährlicher Ort. *Das war sie schon immer.* Der Kopfgeldjäger trat unter die Öffnung und aktivierte mit seiner Handgelenkschaltung die Schubdüsen. Sein Kopf war der Joystick, mit dem er seinen Flug steuerte. In seinem Raketenantrieb steckten zwei Minuten Flugzeit, aber er brauchte nur einen kurzen Energieschub.

Einen Augenblick später stand er oben auf dem hinabrasenden Aufzugskorb, der sich in inmitten einer riesigen Kathedrale aus Schatten und Maschinerie bewegte. Hunderte Aufzüge rasten vor seinen Augen hinauf und hinab, wie ein dem Chaos verfallener Kolbenmotor, ohne Sinn und Verstand.

Er entdeckte den Aufzug, in den der Hool eingestiegen war, und sprang in die Leere. Ohne die Hilfe des Raketenantriebs. Er musste sich genügend Energie aufsparen, und da sich der Aufzug noch über ihm befand und an einem Nanokabel nach unten raste, sollte ein gut abgepasster Sprung eigentlich reichen. Er musste nur leicht nachsteuern, ein kurzer Energieschub seines Raketenantriebs, und schon landete er mit einem metallischen Krachen auf dem anderen Aufzug. Seine gepanzerten Stiefel schalteten die magnetischen Stabilisatoren zu, um ihm auf dieser Oberfläche sicheren Halt zu bieten.

Der Hool würde sich ohne jeden Zweifel wundern, was da auf seinem Aufzug los war.

Wenn er ein schlauer Hool war, würde er sofort schießen. Was er war.

Ein Blastertreffer ließ die Luke schmelzen, gefolgt von drei weiteren Schüssen, während der Aufzug seinen schnellen Abstieg in die Dunkelheit fortsetzte.

Der Kopfgeldjäger wechselte auf Infrarot und wagte einen schnellen Blick hinab in den Aufzugskorb. Der Hool war unter ihm und bewegte sich mit geisterhafter Geschwindigkeit. Er hatte seinen Mantel zurückgeworfen, und er hatte seine Stachel, an deren Spitzen sich tödliches Gift befand, ausgefahren.

Jede Person, die noch alle fünf Sinne beisammen hatte und sich in der Galaxie auskannte, würde nun ernsthaft darüber nachdenken, sich besser nicht mit der mörderischen und nahezu perfekten Tötungsmaschine anzulegen, die selbst ein durchschnittlicher Hool darstellte. Allein das tödliche Gift würde die meisten Leute abschrecken, selbst wenn sie schwer bewaffnet waren. Ein Tropfen bedeutete den sofortigen Tod. Kein medizinisches Heilmittel bekannt. Keine zweite Chance. Der Durschnittshool trug etwa fünf Liter davon mit sich herum. Sie nannten das Blut.

Aber der Panzerung war das Gift egal.

Der Kopfgeldjäger ließ sich in den Aufzugskorb fallen.

Der Hool zischte ihn durch seine messerscharfen Zähne an und ging sofort zum Angriff über. Seine Rückenstacheln richteten sich vor Wut noch weiter auf, und seine Giftsäcke sammelten bereits die nötigen Neurotoxine, um das Nervensystem seines Opfers damit zu fluten.

Der Kopfgeldjäger schlug dem knurrenden Außerirdischen mit dem Lauf seiner schweren Blasterpistole mitten ins Gesicht.

Der Hool krachte zu Boden. Mit seiner gepanzerten Hand packte er seinen gezahnten Hals... und drückte zu.

»Ich suche nach Junga«, sagte er. Das Wesen gab erstickte, heulende Geräusche von sich.

Der Kopfgeldjäger warf einen schnellen Blick auf das Display im Aufzug. In wenigen Augenblicken würden sie das Erdgeschoss erreichen.

»Junga«, flüsterte er eiskalt. Die Stimme, die aus seinem Außenlautsprecher ertönte, glich den Gletschern auf Katabatik, die sich über tausend Jahre lang gegenseitig zermalmten. »Wo finde ich ihn? Sag es mir sofort!«

»No baba gobaki, Junga!«, flehte das um sich schlagende Wesen. »No baba gobaki, Junga! Hassun«, schien er versprechen zu wollen.

»Du lügst«, knurrte der Kopfgeldjäger. Er hob die schwere Blasterpistole in einer Hand und rammte dem Hool ihre Mündung in den Unterleib.

»Aiiiaaaiiiaaaiiii...«, schrie der.

Sie waren fast an ihrem Ziel angekommen. Gleich würden sich die Raumfahrthafenbehörden einschalten. Und das wäre gar nicht gut.

»Assimm! Assimm!«, blökte der Hool. »Junga gotakiru... Jaris Cantina. Assimm! Assimm! Icko hassun. Icko hassun.« Die Softwareanalyse bestätigte dem Kopfgeldjäger, dass der Hool ihn anlog. Aber sie konnte ihm nicht sagen, wobei er log. Jaris Cantina war aber ein Anfang. Und... ihm lief die Zeit davon.

Erdgeschoss.

Er brach dem Hool das Genick, schlug auf den Knopf für das oberste Stockwerk und stieg aus. Irgendein Frachtertyp versuchte sich hineinzuquetschen. Der Kopfgeldjäger schob ihn zurück ins Gedränge und ging immer weiter, bis die Aufzugtüren sich geschlossen hatten und die Leiche des Hools in Richtung Himmel trugen.

Dann begannen um den Kopfgeldjäger herum alle Leute zu schreien. Die erste republikanische Angriffs-Korvette war über Ackabar aufgetaucht. Es waren bereits Transportshuttles in Richtung des Raumhafen-Towers unterwegs. Dann erschienen zwei weitere Raumschiffe am Himmel. Sirenen begannen zu heulen.

Es war wie das Ende der Welt. Schon wieder.

KAPITEL 6

Privatfrachter *Indelible VI*
Bantam Prime

Der hellgrüne Blitz aus der Kanone des republikanischen Panzers erhellte das Cockpit für einen Sekundenbruchteil, bevor das Krachen der Waffe zu hören war. Die *Indelible VI* erzitterte, als ihre Schilde den Angriff absorbierten, und die Kommunikationsnetzkabel, die Keel in seinen Fingern gehalten hatte, fielen völlig miteinander verknotet in die Konsole zurück.

»Es ist nie einfach«, murmelte Keel vor sich hin. »Warum kann es nicht ein Mal einfach sein?«

Ravi drehte sich im Stuhl des Navigators zu ihm herum. »Das liegt wahrscheinlich daran, dass du selbst der Grund für all diese Komplikationen bist.«

»Das war eine rhetorische Frage!« Keel fand das weiß-dotterfarben-gestreifte Kabel, nach dem er gesucht hatte und stopfte es in den Kommunikationsport, was einen kurzen Funken und ein anschließendes Ploppen zur Folge hatte. Die Kommunikationskonsole wechselte von rotem Dauerlicht auf blaues Pulsieren. Keel grinste ein wenig.

BUMM!

Das Raumschiff wurde von einem weiteren Treffer durchgeschüttelt. Keel sprang in seinen Stuhl. »Wie viel kann das arme Ding noch aushalten, Ravi?«

»Bei der aktuellen Schussrate ist während der nächsten beiden Treffer ein Schildversagen zu fünfundsiebzig Prozent wahrscheinlich. Da sie allerdings offensichtlich unter unserem Raumschiff auf die Rebellen schießen, ist bei einem Schildversagen nur schwerer Schaden an unserem Landefahrwerk zu erwarten.«

»Tja, immerhin.« Keel aktivierte den Kommunikationskanal. »Hier spricht Captain Keel. Hören sie auf, mein Raumschiff zu beschießen!«

»Captain!« Die Stimme der Prinzessin ertönte. »Captain, vielen Dank, dass Sie die Luftzufuhr erhöht haben. Haben Sie bemerkt, dass die Kommunikation versagt hat? Der General und ich —«

»Ich möchte Sie nicht unterbrechen, euer Hoheit«, sagte Keel, und seine Stimme nahm den sanften und gepflegten Ton eines Höflings an, »aber ich muss Sie bitten — in aller Dringlichkeit bitten —, diesen Kanal zu verlassen, damit ich die Republikaner da draußen bitten kann, nicht weiter auf mein Raumschiff zu schießen.«

»Republikaner? Sind sie uns gefolgt?«

Keel deaktivierte die Leitung. »Argh! Raus aus der Leitung, Lady!« Er sah zu Ravi hinüber, der nur mit den Achseln zuckte.

Keel riss sich sichtlich zusammen und nahm dann wieder Kontakt zur Prinzessin auf. »Nein, euer Hoheit. Ich glaube nicht, dass sie von Ihrer Anwesenheit wissen. Wir sind unglücklicherweise in eine kleine, lokale Streitigkeit reingeraten, und ich muss die Republik wissen lassen, dass wir damit nichts zu tun haben.«

Es trat eine kurze Pause ein. Keel konnte spüren, wie sich die Prinzessin und der General über das Rauschen hinweg absprachen.

»Nun gut, Captain.«

Das blaue Licht wechselte zum sanft-grünen Leuchten des Standby. Endlich. Ravi, sprich alle republikanischen Frequenzen an, die wir haben. Nur nicht die Legionärsfrequenz. Wir möchten ja nicht, dass die neugierig werden.«

»Okay, du kannst jetzt sprechen.«

»Hier spricht Captain Keel vom leichten Frachter Loose Dutchman. Hören sie auf, auf mich zu schießen!«

»Wer hat Ihnen die Freigabe zu dieser Frequenz erteilt?« Die Stimme gehörte zu einer Frau. Ihr kühler Tonfall machte deutlich, dass sie nicht die Sorte Mensch war, die Befehle von Zivilisten entgegennahm.

»Die wurde zusammen mit der Frachtübergabe erteilt.«

»Und welche—«

Bumm!

Das erneute Donnern der Kanone übertönte ihre Stimme und ließ das Raumschiff erzittern.

»Feuer einstellen!«, blaffte sie. »Und welche Fracht sollte das sein?«

»Die Rebellen unter meinen Raumschiff, die eure Legionäre nach der Übergabe nicht ordentlich unter Kontrolle gebracht haben. Und das ist nicht meine Schuld!«

»Ich hatte angenommen, dass Wraith selbst die Übergabe erledigen würde.«

Keel verdrehte die Augen. »Der hatte wahrscheinlich wichtigere Dinge zu tun. Er hat mir den Auftrag weitergegeben.«

»Aha.« Die Stimme am anderen Ende der Leitung wirkte nachdenklich, aber entschlossen. »Die Schilde Ihres Frachters sind ziemlich beeindruckend, wenn sie vier direkte Treffer eines Kampfpanzers aus republikanischer Produktion überstehen.«

Keel grinste teuflisch und sagte: »Man nimmt ja keinen Job in einem Kriegsgebiet an, ohne sich zusätzlich abzusichern, Officer...«

»Lieutenant Lynn Pratell. Die Rebellen werden wir schon bald gefangen nehmen. Und dann werden wir Ihr Raumschiff beschlagnahmen, bis wir mit dem Kopfgeldjäger klären können, ob er Ihnen tatsächlich den Job überschrieben hat.«

Keel warf einen Blick zu seinem Navigator. »Ich habe das wohl nicht richtig durchdacht, Ravi.«

Ravi hielt inne, und Keel spürte deutlich, dass sich sein Navigator einen Kommentar verkniff. »Die Legionäre, die du... aus dem Weg geschafft hast... waren offensichtlich einer Einheit der Republiksarmee zugeteilt, wenn ein Lieutenant der Republiksarmee die Befehle gibt. Vielleicht könnte man die Rebellen dazu bringen, eine größere Bedrohung darzustellen? Wie du ja weißt, sind Offiziere der Republiksarmee weniger daran interessiert zu gewinnen, sondern vor allem daran, Niederlagen zu vermeiden, ganz im Gegensatz zu den Legionären. Wenn wir das hinbekommen, dann besteht die Möglichkeit, dass wir die von dir üblicherweise verlangten sechzig Prozent Wahrscheinlichkeit erreichen, dass die Republik deinen Wünschen entgegenkommen wird. Vielleicht jagen sie uns aber auch in die Luft.«

Keels starrte Ravi entgeistert an. »Wie lautet denn dein Vorschlag?«

Ravi aktivierte die Außenlautsprecher des Raumschiffs, mit dem sie normalerweise den Raumhafenteams mitteilten, dass sie kurz vor dem Abflug standen, und sprach zu den Rebellen. »Ihr habt eine bessere Überlebenschance — dreizehn Prozent —, wenn ihr euch von dem Fahrwerk wegbewegt, dass ihr jetzt als Deckung benutzt. Die neue Position ist hinter dem großen Felsbrocken auf Markierung sechs. Dann könnt ihr das Feuer ohne Schildinterferenzen eröffnen und habt immer noch genügend Schutz vor den Salven des Kampfpanzers. Konzentriert das gesamte Feuer auf den dritten Kampfgleiter. Bei republikanischen Kampfformationen, die nicht von Legionären geführt werden, befindet sich dort die Kommandostelle.«

Keel warf von seinem Cockpitmonitor aus den Blick nach draußen über die Außenkameras, und er konnte sehen, wie die Rebellen kurz zögerten, bevor sie sich wie von Ravi vorgeschlagen zur neuen Formation zusammenrotteten. Dann rannten sie zu dem Felsen hinüber und gaben eine konzentrierte Salve ab. Die geballte Feuerkraft aus ihren gestohlenen N6-Legionärsgewehren prallte auf den gepanzerten Kommandogleiter der Republik, und orangerote Blasterblitze schlugen auf seinem Rumpf ein. Einer der Treffer durchschlug die Bugwindschutzscheibe und erwischte den Fahrer in der Brust. Ein weiterer mähte den Bordschützen des Gleiters nieder, als der seinen Geschützturm gerade herumriss, um dem Angriff zu begegnen. Der Soldat in Tarnkleidung brach über den Läufen seines Geschützturms zusammen.

Unterhalb des Gleiters blitzte kurz ein Licht auf — einer der beiden Repulsoren hatte versagt und war explodiert. Die Nase des schwebenden Gleiters sackte zu Boden und krachte auf den felsigen Untergrund, während der hintere Repulsor laut aufheulte im Versuch, seine Hälfte des Transporters in der Luft zu halten. Mehrere Besatzungsmitglieder, unter ihnen eine rothaarige Frau in der schicken schwarzen Uniform eines republikanischen Lieutenant, brachten sich mit

Sprüngen aus dem Fahrzeug in Sicherheit und duckten sich, um dem Blasterfeuer zu entgehen.

Während die nun nach unten zeigende Nase des Kommandogleiters über die spitzen Felsen der Landezone rutschte, richteten alle anderen republikanischen Gleiter das Feuer auf die unerwartet effektiven Rebellen und erwiderten es. Die Luft knisterte vor Energie und füllte sich mit dem Gestank von Ozon, als das Blasterfeuer weiter zunahm. Die verbliebenen Mitglieder des Legionärstrupps eilten zu dem ausgeschalteten Kommandogleiter und erwiderten mit ihren eigenen N6 das Feuer, während zwei von ihnen in das Fahrzeug stiegen, um es nach Überlebenden zu durchsuchen, die nicht aus eigener Kraft hatten fliehen können.

Ein Rebell hatte eine optimale Schussposition auf dem Felsen gefunden und feuerte, bis der Lauf seines Gewehrs orange zu glühen begann. Die republikanischen Einheiten gaben sich alle Mühe, aber sie fanden kein Mittel, um die Rebellen in ihrer perfekten, natürlichen Deckung aufs Korn zu nehmen, zu der Ravi sie gelotst hatte. Alle Zwillingsturmschützen brachten sich in ihren Gleitern in Sicherheit, während die Legionäre sich mit verzweifelten Sprüngen aneinander vorbei aus der Schusslinie zu bringen versuchten. Zwei der gefürchteten Elitekämpfer rannten auf eine hohe Felswand zu in der Hoffnung, aus dieser erhöhten Position den Gegner angreifen zu können.

Aber diese Mühe hätten sie sich sparen können.

Die 300-mm—Hauptkanone des Kampfpanzers schwenkte langsam, zielte genau und gab einen Schuss ab. Der Panzer zuckte kurz zurück, als die hellgrüne Energieladung mit 2.500m/Sekunde auf ihr Ziel zuschoss.

»Hui!«, rief Keel, der den Blick nicht von seinem Monitor nehmen konnte. Es war ein Volltreffer, der den Rebellen zur Hälfte zerfetzte. Nur noch die Beine waren auf dem Felsen zu sehen. »Ravi, hast du das gesehen?«

Ravi starrte nur mit gerunzelter Stirn auf die Monitore und berechnete ohne jeden Zweifel die sich ständig verändernden Risiken, die er über die Außenkameras der *Indelible VI* wahrnehmen konnte.

Die restlichen Rebellen suchten Schutz, indem sie sich mit dem Rücken an den Fels drängten, sodass nicht ein einziger Zentimeter von ihnen dem Panzer ein Ziel bieten konnte. Blasterblitze schlugen im Boden rund um den Felsen ein, als die Schützen an ihren Zwillingstürmen und auch die Legionäre erneut das Feuer eröffneten.

Einer der Rebellen, jünger als die anderen und praktisch noch ein Kind — sein Gesicht war zwar schmutzverschmiert, zeigte aber nicht die geringste Spur eines Barts — geriet in Panik. Mit weit aufgerissenen Augen rannte er los, um dem Schlachtfeld zu entkommen. Seine Begleiter versuchten ihn noch zu erwischen und flehten ihn an stehen zu bleiben, bevor sie alle durch die Stromstöße der Energiefesseln gelähmt wurden. Doch als der Soldat den eigentlichen Maximalabstand überwand, den die Energiefesseln erlauben sollten, geschah nichts.

»Ich dachte, du hättest gesagt, sie wären mit Lähmungsfesseln ausgestattet?«, sagte Ravi.

Keel zuckte mit den Achseln. »Das waren Kopien. Die sind viel billiger. Solange sie daran glaubten, dass sie die trugen, haben sie uns keinen Ärger gemacht.«

Ein Legionär, der die Abzeichen eines Master Sergeants trug, ging auf ein Knie und gab einen einzelnen Schuss auf den Flüchtenden ab, der ihn zwischen den Schulterblättern traf. Der Rebell fiel mit dem Gesicht voran auf den felsigen Untergrund. Einige der anderen Rebellen verließen ihre Deckung, um auf den ungeschützten Master Sergeant zu feuern, und erledigten ihn mit einer Salve aus ihren Blastergewehren. Die Hauptkanone des Kampfpanzers feuerte unaufhörlich auf den Felsen der Rebellen, aber das harte Gestein ließ sich davon nicht beeindrucken.

»Es tut mir leid«, sagte Ravi, »aber ich verstehe nicht, warum du die Rebellen befreit und diese Legionäre umgebracht hast. Ich habe schon miterlebt, wie du dich aus viel schlimmeren Situationen rausgeredet hast.«

Keel antwortete ihm nicht. Er beobachtete den Kampf mit dem ausdruckslosen Gesicht eines professionellen Poke-Jack-Spielers, der in aller Ruhe seine Karten betrachtete.

Die beiden vorderen Kampfgleiter bewegten sich von dem ausgeschalteten Kommandogleiter weg, um dessen brennende Hülle hinter sich zulassen, verstopften damit aber die schmale Straße, die zur Landezone führte.

Keel schnippte mit den Fingern. »Da ist es.«

Er warf einen Blick auf das Kommunikationssystem. Ravi tat dasselbe und hob eine Augenbraue, als es von Grün auf Blau wechselte und damit eine ankommende Nachricht ankündigte. Keel aktivierte die Kommunikationsfrequenz. »Hier spricht Keel.«

»Captain Keel.« Es war die Stimme des Lieutenants von eben. Sie war aus dem zerstörten Kommandogleiter entkommen. »Ihr Frachter steht uns im Weg zu diesen Aufrührern, die der Republik feindlich gesinnt sind. Ich befehle Ihnen, Ihr Raumschiff aus dem Weg zu schaffen, oder wir werden gemäß der Bikaine-Vereinbarung das Feuer auf Sie eröffnen.«

»Hör mal zu, Schätzeken.« Keel hielt mit einem verschmitzten Grinsen inne und hoffte, ein verächtliches Zischen über den Lautsprecher zu hören. Da der Lieutenant aber nüchtern und professionell blieb, sprach Keel weiter. »Die Schilde an meinem Raumschiff sind nicht das Einzige, was daran verändert wurde, um eine Kriegszone zu überstehen.«

Ravi drückte auf einen Knopf, was zwei Vierfachgeschütze aus dem Unterleib der Indelible hydraulisch heulend ausfahren ließ. Die Geschütztürme drehten sich, bis sie die beiden Gleiter im Visier hatten. Die beiden Gleiter, die langsam auf die *VI* zugefahren waren, blieben ruckelnd stehen.

»Es läuft jetzt wie folgt, Lieutenant Pratell. Meine Schilde halten noch lange durch, aber die Treffer haben Schäden an meinen Repulsoren angerichtet, und da hier viel zu viele riesige Felsen in meinem Weg sind, kann ich nicht mit Maximalgeschwindigkeit abheben. Sollten Sie also darüber nachdenken, auf mich das Feuer zu eröffnen, bevor mein Reparatur-Bot die nötigsten Reparaturen durchführt, dann wird Ihr Panzer mich sicherlich irgendwann erledigen, aber vorher werde ich Sie und ihre Kampfgleiter in Staub verwandeln. Habe ich mich deutlich ausgedrückt?«

Keel legte die Hände an den Hinterkopf und lehnte sich in seinem Stuhl zurück. Er war mit sich selbst sehr zu zufrieden. »Sieh einfach zu, Ravi. Sieh zu.«

Ravi runzelte die Stirn. »*VI* hat mir gerade bestätigt, dass die Repulsoren voll einsatzbereit sind.«

»Ich habe sie angelogen, Ravi.«

Es knisterte wieder im Kommunikationskanal. »Nun gut, Captain. Wir werden unsere Position halten, bis Sie abheben können. Pratell, over.« Keel beugte sich vor. »Nicht so schnell, Lieutenant. Ich sagte die nötigsten Reparaturen, keine vollständige Reparatur. Ich erwarte von der Republik eine Entschädigung für alle verursachten Schäden.«

»Captain Keel, die Republik hat Wraith vorab für diesen Einsatz bezahlt. Ich nehme an, dass Sie auch angemessen entschädigt wurden. Wenn nicht, dann sollten Sie ihren nächsten Vertrag mit dem Kopfgeldjäger vielleicht besser aushandeln.«

Keel musste innerlich lächeln und sagte: »Dass die Republik für alle mir entstandenen Schäden aufkommt, steht in meinem Vertrag. Hunderttausend Credits für Reparaturen. Zahlbar sofort. Bezahlen Sie's, und ich bin Ihnen sofort aus dem Weg, Lieutenant.«

Lieutenant Pratells ungläubiger Tonfall machte deutlich, wie wütend sie war. »Hunderttausend Credits. Was rein zufälligerweise die Obergrenze dessen ist, die ich als Lieutenant freigeben darf?«

»Na, was für ein Zufall.« Keel ließ sich in seinen Stuhl sinken und sah zu Ravi hinüber, der interessiert lauschend über seinen Bart strich. Zusätzliche Hunderttausend Credits wären ein wichtiger Beitrag, um sie für all ihre kommenden Aufträge vorzubereiten. Vielleicht würde Keel ja ein paar Credits dafür einsetzen, die neuesten Upgrades für die TT-3-Bots zu bekommen, die Ravi auch außerhalb des Raumschiffs darstellen konnten. Dann könnten sie mal rausfinden, was ein Hacker mit dem Zeug anstellen konnte, das man aus Revolution Robotics rausgeschmuggelt hatte.

Der republikanische Lieutenant zögerte. »Ich... Ich brauche die Bestätigung von Wraith.«

»Unglaublich!« Keel hob entgeistert die Hände hoch. »Ravi, jag ihren Gleiter in die Luft.«

Ravi warf dem Captain einen Blick zu, während sein Finger noch über dem Auslöser schwebte.

Keel winkte ab. »Nein, tu das nicht. Warum muss ich genau die eine republikanische Offizierin treffen, die sich Sorgen darum macht, ein paar Steuerdollar zu sparen?« Er aktivierte den Kanal wieder. »Stand by, ich kontaktiere Wraith.«

Keel stand aus seinem Stuhl auf und schlug mit der Faust auf die Konsole vor ihm. »Ich werde Wraith mit ihr sprechen lassen. Die zusätzlichen Hunderttausend sind die Mühe wert. Die Übertragung sollte irgendwo aus dem Arogas-System kommen.«

Ravi nickte ihm zu, als Keel das Cockpit verließ.

Als der Captain an der zerknüllten Wolldecke vorbeikam, rief er über die Schulter zurück: »Und warum macht mir jede Frau, mit der ich heute gesprochen habe, das Leben so schwer?«

Ravi starrte durch die Cockpitfenster auf die Blitze des Blastergefechts zwischen den Rebellen und den republikanischen Soldaten. Er hörte, wie sich die Tür zu Keels Unterkunft zischend öffnete und wieder schloss, und widmete sich dann dem AV-Scanner, mit dem er das Gespräch im Kommandogleiter des Lieutenants abhören konnte. Wraith kommunizierte immer von Angesicht zu Angesicht.

Republikanischer Kommandogleiter
Bantam Prime

Lieutenant Pratell standen die Haare zu Berge, als ein Warnsignal in ihrem neuen Kommandogleiter die Gesprächsverbindung ankündigte. Sie zwang sich, das Zittern an ihren Schultern und an ihrem Rückgrat zu unterdrücken, und atmete tief durch, um ruhig und deutlich sprechen zu können. Wraith kommunizierte nur von Angesicht zu Angesicht — wenn man ihn überhaupt erreichte. Grauhaarige Weltraumveteranen sagten, das läge daran, dass Wraith sich deiner Seele bemächtigte, wenn er mit dir kommunizierte. Die Wissenschaft und die Vernunft hatten Pratell gelehrt, dass dies nicht stimmte. Die Seele war bloß Teil eines fantastischen Aberglaubens.

Ihr schien es viel wahrscheinlicher, dass Wraith das Gesicht seines Gesprächspartners sehen und ihn somit durchschauen wollte. Er würde ihre Ängste, oder was immer ihre Gesten oder Mimik ihm über den Holoscreen verrieten, zu seinem Vorteil nutzen. Also würde Pratell vollkommen ruhig und gelassen bleiben und sich ganz auf ihre an der Akademie gelernte Selbstsicherheit verlassen.

Sie räusperte sich und fragte sich einen Moment lang, ob der Fahrer ihres Gleiters das als Hinweis auf Schwäche oder Angst verstehen würde. »Auf den Bildschirm mit ihm.«

Die Innenbeleuchtung ihrer Kabine wurde abgedunkelt, als ein sechseckiger Bildschirm aktiviert wurde und das geisterhafte Abbild von Wraith erschien. Der Kopfgeldjäger hatte sich direkt vor seine Holocam gestellt, sodass praktisch der gesamte Bildschirm von seinem legionärsähnlichen Helm ausgefüllt wurde. Es handelte sich um eine Modifizierung der MK-100-Serie, die vor gut zehn Jahren herausgekommen war und die letzte brauchbare ihrer Art dargestellt hatte. Er war in einem geisterhaften Grauton gehalten, den der Legende zufolge auch die berühmte Victory Company getragen hatte. Pratell spürte, wie Wraith sie musterte und mit Blicken durchbohrte. Seine Augen wurden von dem tiefschwarzen Visier verborgen, das dem Sonnenschutz glich, den sonst nur Piloten von Kampfjägern in ihren Helmen hatten. Ein Lichtfleck von der Holocam wurde wie ein Sonnenfleck von seiner Maske reflektiert.

Einer der Fahrer schluckte hörbar. Die beiden Männer taten so, als ob sie gar nicht bemerkten, mit wem sie es zu tun hatten, und werkelten geschäftig an ihren Konsolen herum.

Wenn auch nur eines der Gerüchte zutraf...

Sie warfen Pratell kurze Blicke zu, wahrscheinlich um herauszufinden, ob sie vom Anblick des berüchtigten Kopfgeldjägers auch so fasziniert war. Er war vielleicht der letzte Mann in der gesamten Galaxie, der ganz nach seinen eigenen Bedingungen für die Republik Aufträge erledigte.

»Wraith«, setzte Pratell an und verfluchte sich dafür, dass ihre Stimme unmerklich zitterte. »Ein gewisser Captain Keel verlangt, dass—«

»Bezahl ihn.« Wraiths Stimme klang so eiskalt, so rau wie Sandkörner, die ein Staubsturm der Kategorie 4 gegen eine Wand aus Duraton schleuderte. Er wandte sich von der Kamera ab.

Die Holoverbindung wurde getrennt und durch das sich drehende Wappen der Republik ersetzt. Die Kabinenbeleuchtung wurde wieder hell.

Die Gleiterfahrer sahen Lieutenant Pratell erwartungsvoll an.

»Sofortige Übertragung der entsprechenden Credits an Captain Keel.«

»Jawohl, Lieutenant.«

»In dem Augenblick, in dem sein Raumschiff abhebt, knallt ihr jeden einzelnen dieser Rebellen ab.«

»Lieutenant? Unsere Befehle lauteten, die Rebellen der Mittleren Kernwelten gefangen zu nehmen, damit sie verhört werden können.«

»Nein. Keine Überlebenden.«

KAPITEL 7

Lieutenant Pratell verließ ihren Kommandogleiter und ging auf die Überreste der getöteten Rebellen zu. Ihr armseliger Widerstand war in dem Augenblick beendet worden, als der unverbesserliche Captain Keel in seinem Raumschiff abhob. Am Ende hatten sie nicht mal ihren Kampfpanzer gebraucht. Die republikanischen Kampfgleiter hatten einfach den Felsbrocken flankiert, hinter dem sich die Rebellen verschanzt hatten, und die aufständischen Verbrecher mit gnadenlosem Beschuss aus ihren Zwillingstürmen erledigt. Die Legionäre durchsuchten nun die Leichen, um vielleicht doch noch brauchbare Informationen entdecken zu können.

»Madam«, hörte sie die knisternde Stimme eines Legionärs durch seinen Helmlautsprecher sagen, »ich habe einen Überlebenden gefunden.«

Da sie nicht sicher war, welcher der Legionäre sie angesprochen hatte, funkelte sie einfach den an, der neben einer der noch rauchenden Leichen dieser verdammten Rebellen kniete. Seine Pupillen starrten leblos in den orangefarbenen Himmel über ihnen.

»Dann töten Sie ihn«, befahl ihm Pratell. Die schiere Tatsache, dass sie ihren Befehl wiederholen musste, ließ ihren Blutdruck ansteigen. Es war ja schon schlimm genug, dass der Gefangenentransfer unter ihrer Aufsicht gescheitert war. Jetzt würde sie sich nach der Rückkehr nach Fort Bantam auch noch den Fragen eines Effizienz-

Bots stellen müssen, um ihre erteilten Befehle zu verteidigen.

»*Warum war es notwendig, dass Sie Ihre Befehle wiederholen mussten?*«, würde sie der Bot von seinem Platz hinter dem halbmondförmigen Schreibtisch fragen, der nur deswegen zwischen ihnen stand, um den Vorgang... normaler wirken zu lassen. Als ob der Bot tatsächlich Arbeitszeit in dem Raum ableistete, in dem die Einsatznachbesprechungen erfolgten, und nicht in irgendeinem Schrank stand und Energie sparte.

»*Wie hätten Sie ihre Anweisungen erteilen können, ohne den geringsten Zweifel an Ihren Absichten zu erregen?*«

»*Haben Sie den Eindruck, ihre eigenen Befehle zu hinterfragen?*«

»*Wie hätte sich dieses Zögern für die Republik als schädlich erweisen können?*«

»*Wie haben Sie...*«

»*Warum haben Sie...*«

»*Wenn Sie sich an der Stelle von...*«

Pratell biss die Zähne zusammen und wünschte sich fast, der Legionär würde ihr widersprechen. Und ihr einen Grund geben, ihn anzubrüllen. Um deutlich zu machen, dass man ihren Rang nicht infrage stellte.

»Nein, Madam. Das ist einer von uns.« Der Legionär, den sie gerade ansah, war nicht der, der gerade mit ihr sprach. Schon in ihrer Kindheit war es ihr schwergefallen, den Ursprungsort von Geräuschen zu bestimmen. Schreckliche Geräusche in der Nacht hätten von den Straßen vor dem Hochhaus ihrer Eltern kommen können oder aus dem Schrank in ihrem Zimmer. Sie war konnte das nie unterscheiden.

Sie drehte sich dorthin, wo zwei der drei toten Legionäre lagen — die, die bereits tot gewesen waren, als sie hier eintrafen. Die so unfähig gewesen waren, dass die Rebellen sie getötet hatten.

Einer der beiden, auf dessen Panzerung die Kennung LS-19 zu lesen war, wurde von einem republikanischen Sanitäter und einem weiteren Legionär behandelt. Sie nahmen ihm den Helm ab und brachten Dermalpflaster an seiner von einem Blastertreffer zerfetzten Haut am Hals an.

LS-19 versuchte zu sprechen, brachte aber nur ein widerlich klingendes Gurgeln zustande. Eine Mischung aus Blut und Spucke lief über seine Lippen.

»Ruhig, Kumpel«, sagte sein Kamerad zu ihm und drückte beruhigend die Hand des Sterbenden. »Du wirst in kürzester Zeit wieder fit sein.«

Der Sanitäter zog verwirrt die Augenbrauen zusammen. »Er hat eine Panikattacke.«

Die Antwort des Legionärs zischte durch seinen Lautsprecher. »Legios haben keine Panikattacken.«

»Nun ja, er hört nicht auf, mit seinen Fingern gegen mein Handgelenk zu tippen. Ich werde ihn ruhigstellen.«

»Nein.« Der Legionär — er trug die Abzeichen eines Corporal, aber Pratell konnte sich ihre Nummern oder doofen Spitznamen nie merken — schob den Sanitäter zur Seite und beugte sich zu dem Verletzten hinunter.

Pratell sah interessiert zu, wie der sterbende Legionär hektisch auf den funkelnden, gepanzerten Unterarm seines Kameraden klopfte. Sie konnte das rhythmische Geräusch gut hören, wie jemand, der mit seinen Fingern auf einen Tisch klopfte.

»Bist du sicher?«, fragte der Legionär, der sich um LS-19 kümmerte.

Mittlerweile hatten sich die überlebenden Soldaten um ihren sterbenden Kameraden versammelt.

»Sicher in Bezug auf was?« Pratell hatte keine Ahnung, was los war, aber so, wie sich die Legionäre verhielten, musste es wichtig sein. Sie erhielt keine Antwort.

Das Klopfen wurde langsamer... langsamer... und hörte auf. Die Arme des verwundeten Legionärs erschlafften und wurden dann sanft auf seine Brust gelegt.

»Sicher in Bezug auf was?«, wiederholte sie ihre Frage.

»Es handelt sich um einen nonverbalen Code, den wir an der Akademie lernen«, sagte der Legionärs-Corporal, als er aufstand.

»Und was hat er Ihnen mitgeteilt?«

»Er hat ein Wort ständig wiederholt... Doppelspiel.«

Wut ließ Pratells Gesicht rot anlaufen. Sie rang Tränen der Enttäuschung nieder. Sie hatte es gewusst — gewusst —, dass der Captain etwas vor ihr verborgen hatte. Sie war davon ausgegangen, dass er ihnen einfach nur eine falsche Schiffskennung mitgeteilt hatte. Aber drei Legionäre zu ermorden und so zu tun, als wäre es ihr eigenes Versagen gewesen — ihr Versagen —, und damit auch noch Gelder von der Republik zu erpressen...

Sie drehte sich auf dem Absatz um und rannte zum nächsten Kampfgleiter. Sie lief am Cockpit vorbei und ging zum Frachtraum, um dort die Kommunikationskonsole zu nutzen, weil sie verhindern wollte, dass die Fahrer ihr Gespräch mithörten. »Hier spricht Lieutenant Pratell. Ich muss sofort mit Commander Ardent sprechen.«

Es schien eine Ewigkeit zu dauern, bevor das Display zum Leben erwachte und das aufgedunsene Gesicht des Commanders zeigte.

Er musterte Pratell argwöhnisch. »Nun, sagen Sie mir doch freundlicherweise, was so wichtig sein kann, dass man mich vom Tisch wegruft?«

»Commander, ich habe verlässliche Informationen, dass der Frachtercaptain, der die Gefangenenübergabe beaufsichtigte, in Wirklichkeit die Gefangenen freigelassen und damit den Tod mehrerer Legionäre verursacht hat. Er hat der Republik außerdem eine... beachtliche Summe abgenötigt und einen Kampf erzwungen, der dazu geführt hat, dass alle gefangenen Rebellen der Mittleren Kernwelten getötet worden sind.«

Commander Ardent fuhr sich mit der Hand über das Kinn. »Das ist so nicht korrekt, Lieutenant.« Sein Tonfall war kühl und zurechtweisend. »Die Gefangenen, die man an uns übergeben hat, waren bereits ihren Verletzungen erlegen, die sie bei diesem überraschenden Angriff erlitten hatten. Der Captain hat sie ohne den geringsten Zwischenfall abgeliefert. Die Legionäre wurden bei einem unglücklichen Gleiterunfall getötet. Verstehen wir uns?«

»Aber, Sir, dieser Captain ist eine Bedrohung für die Republik. Die Art und Weise, wie er auf unverschämte Weise—«

»Lieutenant Pratell!«, brüllte der Commander, dessen Gesicht rot anlief und mit einen Mal schweißnass glänzte. »Ich habe hart dafür gearbeitet, mich durchgebissen, um mich den Mittleren Kernwelten zu nähern, aber schauen Sie sich doch um. Wir sind hier immer noch so ziemlich am Rande der Galaxie. Offiziere, die ihre Aufgaben nicht erfüllen können, werden einfach nur noch weiter an den Rand versetzt. Das werde ich nicht zulassen!« Er stand auf, und sein beachtlicher Umfang füllte kurz den Bildschirm aus, bis die Kamera wieder auf sein Gesicht fokussierte. »Auf keinen Fall!«

Pratell wusste sehr gut, dass sie in diesem Augenblick nicht nachhaken sollte. Sie schwieg, während der Commander seine Emotionen wieder unter Kontrolle brachte.

»Lieutenant, ich hatte den Eindruck, dass wir eine Abmachung haben. Ihre Karriere kann sich ein... *Versagen* dieser Größenordnung nicht leisten. Nun, ich möchte nur das Beste für meine vielversprechendste Offizierin.«

Du willst einfach nur, dass dich niemand fragt, warum du die Gefangenenübergabe nicht persönlich beaufsichtigt hast, denn so lautete der Befehl. Pratell schluckte schwer bei dem Gedanken, dieses Problem ansprechen zu müssen, entschied sich aber, ihr Glück noch einmal zu versuchen — auf sehr vorsichtige Weise. »Sir, ja, aber die *Inscrutable* hat Position zwischen uns und dem Wüstenmond bezogen. Wenn wir sie kontaktieren, dann könnte sie Keel aufhalten, bevor—«

»Es reicht, Lieutenant.« Commander Ardent wischte ihren Vorschlag mit einer wütenden Geste beiseite. »Die Fragen und Berichte, die das nach sich ziehen würde, werde ich nicht riskieren. Ich habe Gäste an meinem Tisch, die auf meine Rückkehr warten. Ich erwarte, dass Ihr Bericht die Umstände dieses Vorfalls wiedergibt... auf angemessene Weise.«

»Jawohl, Commander.«

Der Bildschirm schaltete sich ab, und Pratell biss sich auf die Unterlippe. Es gab mehr als nur einen Weg, diesen Captain Keel aufzuhalten.

Indelible VI
Hyperraum

»Hier, Prinzessin, nehmen Sie meine Hand.« Captain Keel streckte seine Hand in den Schmuggelfrachtraum und zog die Prinzessin aus ihrem drückend heißen Versteck heraus. Der General hielt seine Hand auch nach oben, aber Keel hatte seine gesamte Aufmerksamkeit auf die Prinzessin gerichtet, sodass der Mann mit seltsam erhobener Hand unter ihnen stand.

»Vielen Dank«, sagte die Prinzessin. »Und bitte, nennen Sie mich Leenah.«

»Natürlich, Leenah.«

Die Prinzessin hatte eine fast menschliche Gestalt. Ihre hell rosafarbene Haut und die roten Ranken, die wie Haare von ihrem Kopf herabhingen, waren die einzigen Elemente, die ihre nicht-menschliche Herkunft verrieten. Keel hatte diese Spezies noch nie zuvor gesehen, aber fand die Prinzessin recht attraktiv, vor allem dann, wenn sie von der *Indelible VI* gekühlte und gefilterte Luft einatmete. Tief einatmete. Keel war sich sicher, dass es in dem Frachtraum schon heiß gewesen sein musste, bevor er die Wolldecke darübergelegt hatte. Ihr in Weiß und blaugrünen Tönen gehaltener Overall klebte ihr schweißnass am Leib.

»Am Ende des Korridors finden Sie eine Dusche, wenn Sie sie benutzen möchten«, sagte er zu ihr. »Direkt neben der Unterkunft des Navigators. Ravi braucht tatsächlich keinen eigenen Raum, also können Sie ihn bis zu unserer Ankunft auf Pellek benutzen. Nicht dass der Sprung lange dauern wird.« Er warf einen Blick über seine Schulter. Der General wuchtete sich gerade recht ungeschickt aus dem Frachtraum und hatte ein Bein über die Kante gebracht. Die Prinzessin schenkte Keel ein freundliches

Lächeln. Vielen Dank, Captain. Sie haben sich so selbstlos verhalten. Erst verstecken Sie uns vor der Republik, und jetzt bieten Sie uns Ihre Unterkünfte an.«

Keel erwiderte ihr Lächeln mit einem schelmischen Grinsen. »Ich gebe mir alle Mühe.«

»Es gibt da etwas, das ich gerne wüsste«, sagte der General, während er sich abklopfte. Er war einen ganzen Kopf kleiner als Keel, und er war jung. Viel zu jung, um solch einen hohen Rang einzunehmen, außer die Rebellen der Mittleren Kernwelten waren so verzweifelt, dass praktisch jeder Anführer werden konnte. Oder vielleicht hatte ihn ein reicher Vater oder Mäzen wesentlich höher in der Befehlskette untergebracht, als er es verdient hatte. Keel machte sich eine gedankliche Notiz, sich mit dem jungen Mann gut zu verstehen, sollte er auch nur eins der üblichen Anzeichen hervorragender Erziehung und bester Herkunft zeigen.

Er breitete einladend die Arme aus. »Fragen Sie einfach, General...?«

»Lem Parrish. Was genau ist eigentlich draußen vorgefallen, während wir in dem Frachtraum steckten? Es hörte sich an wie ein Großangriff.«

Keel nickte nüchtern und atmete tief durch. »Ja, es war ziemlich schlimm.« Er schlug die Hände zusammen und beugte sich nach unten, um die Deckplatte wieder über den Schmuggelfrachtraum zu ziehen. »Aber das ist Schnee von gestern!«

»Captain, laufen wir immer noch Gefahr, von der Republik gefangen genommen zu werden?«

Die Prinzessin legte ihre Hand sanft auf Keels Schulter. Keel richtete sich wieder auf, um in ihre violetten Augen sehen zu können, und antwortete: »Nein. Wir haben ohne weitere Probleme die republikanische Fregatte

Inscrutable passiert. Ich habe gewartet, bis wir den sicheren Hyperraum erreicht hatten, bevor ich sie aus ihrem Versteck geholt habe.«

»Es scheint, dass wir Ihnen Dank schulden, weil Sie uns nun zum zweiten Mal das Leben retten, Captain«, sagte Parrish.

»Ach was, Sie schulden mir gar nichts, General. Allerdings werden wir unter Umständen einige Reparaturen an den Schildgeneratoren durchführen müssen...«

Parrish nickte.

»Vielleicht kann ich ja einen Blick drauf werfen?«, schlug die Prinzessin vor. Keel rieb sich mit der Hand über den Nacken. Der Gedanke, dass sich jemand außer ihm selbst auf dem Raumschiff umsah, gefiel ihm nicht sonderlich.

Denke immer an den größeren Zusammenhang...

»Natürlich können Sie sich mein Schiff anschauen, Eure Hoheit.«

Keel ergriff Leenahs Hand mit sanfter Geste. Sie war überraschend schwielig. Wahrscheinlich eine Art evolutionäres Nebenprodukt. Er geleitete sie zum Duschraum, was den General allein in dem kleinen Aufenthaltsraum neben dem Schmuggelfrachtraum zurückließ. »Wir verlassen gleich den Hyperraum und werden das Pellek-System bald erreichen. Der Sprung ist schnell erledigt. Nachdem wir angedockt haben, werde ich Ihnen eine Führung geben, bevor wir uns nach Tannespa aufmachen. Ich muss einige Vorräte einkaufen, und dann bringe ich Sie zu einem Raumhafen Ihrer Wahl.«

Die pneumatische Tür öffnete sich mit einem sanften Klingelton und einem leisen Zischen. »Danke, Captain«, sagte Leenah, als sie über die Schwelle schritt. »Die RMK sind Ihnen zu Dank verpflichtet.«

»Es ist mir eine Ehre, dessen können Sie versichert sein.« Keel verbeugte sich, was der Prinzessin ein strahlendes Lächeln entlockte. Sie genoss die königliche Behandlung offensichtlich.

Sehr gut. Eine weitere Bewundererin in einer weiteren Ecke der Galaxie konnte nicht schaden, das war klar.

Der Trick daran war nur, dass diese Bewunderer auf gar keinen Fall aufeinandertreffen durften. Wie damals in dieser unterseeischen Spielhölle auf Kashir. Die Erinnerung daran war Keel noch immer unangenehm.

Keel kehrte zum Aufenthaltsbereich zurück, wo er den General am Arbeitsplatz der Indelible beim Betrachten einiger kalibrierter Schraubenschlüssel vorfand.

»Vorsichtig mit denen, okay?«, sagte Keel und schob sich das Halfter auf der Hüfte zurecht. »Ich habe sie gerade erst für meinen Blaster anpassen lassen.« Er tätschelte die Waffe an seiner Seite. »Hat mich fast einen kompletten Sprung von Ackabar nach Wendall Prime gekostet, also...«

General Parrish legte die Schraubenschlüssel vorsichtig wieder auf den Arbeitsplatz. »Wissen Sie, Leenah würde *wirklich* gerne einen Blick auf Ihre Schildgeneratoren werfen.«

Keel schnaubte. »Warum denn? Aus Neugier? Ich kann ihr einfach die Bedienungsanleitung zeigen.« Er stemmte die Fäuste in die Seite und beugte sich vor, um Parrishs Blick zu begegnen. »Ich mag es nicht, wenn Leute sich auf meinem Schiff herumtreiben.«

»Sie ist eine gute Flottenmechanikerin.«

»Wer? Die *Prinzessin*?«

Der jugendlich wirkende General lächelte, aber seine Antwort wurde von einem schiffsweiten Alarmsignal übertönt, gefolgt von Ravis Stimme.

»Captain Keel, ich glaube, du solltest sofort herkommen!«

Keel runzelte die Stirn und ging den Korridor entlang zum Cockpit. »Sie sollten sich vielleicht anschnallen, General«, rief er über die Schulter zurück.

Als ob das Raumschiff seine Aussage unterstreichen wollte, begann es zu schlingern. Die *Indelible VI* verfügte wie die meisten schnellen Raumschiffe über Trägheitsdämpfer, aber plötzliche ruckartige Bewegungen wie etwa Ausweichmanöver oder Kollisionen geschahen einfach zu schnell, um eine volle Bewegungskompensation möglich zu machen.

Als Keel sich der Cockpittür näherte, öffnete sie sich zischend und gab den Blick auf Ravi frei, der hektisch mit der Steuerung hantierte. Sie hatten den Hyperraum verlassen und waren gerade im Pellek-System angekommen. Das Cockpit wurde von Blitzen erhellt. Flammengrüne Laser, die von weit weg auf sie abgefeuert wurden, prallten harmlos an den Schilden ab.

Keel sprang auf seinen Sitz und klappte eine Reihe Hebel um. »Abhauen oder schießen, Ravi?«

»Das kommt drauf an, wer auf uns feuert. Ich fühle mich nicht wohl bei dem Gedanken auf offizielle Vertreter zu schießen, wie du—«

»Ravi! Prioritäten!«

Der Schnurrbart des holografischen Navigators zuckte leicht. »Die Sensoren der *VI* haben vier K-13-Preyhunter identifiziert, die vom Planeten zu uns hinaufgeflogen sind.«

»Das sind alte Starfighter«, murmelte Keel vor sich hin. Preyhunter waren doppelflüglige Einsitzer mit jeweils einer Blasterkanone am Flügelende. Sie waren zu Atmosphärenflügen in der Lage und ebenso im Weltall flugfähig, und obwohl sie alt waren, so besaßen sie doch Schilde und jeweils einen Baryonen-Torpedo. Er zog das Raumschiff nach oben in einen Looping, bis sie geradewegs auf die feindlichen Raumschiffe zusteuerten. Dann drückte er kurz zweimal auf einen dreieckigen roten Knopf, was dazu führte, dass das Bugkamerabild das Cockpitfenster überlagerte und die Starfighter heranzoomte. Sie waren ziemlich ramponiert, die in Braun und Gelb gehaltene Lackierung abgeplatzt, sodass an mehreren Stellen der metallisch blaugraue Rumpf darunter zu erkennen war. »Ja, das sind sie.«

»Wer denn?«, fragte Ravi.

»Pellekanische Piraten. Siehst du das?« Er deutete auf das vergrößerte Logo an einem der Schiffe — eine goldene Eiche, vor der sich ein gehörnter ridoranischer Schädel befand.

»Ja, jetzt sehe ich es«, sagte Ravi. »In einem solchen Fall bin ich damit einverstanden, die Waffensysteme zu steuern.«

»Sehr schön. Ich bin ohnehin der bessere Pilot.«

Die Blitze prasselten weiter harmlos auf sie ein. Die vier Preyhunter feuerten pausenlos. Aber der Abstand zwischen ihnen schrumpfte schnell, und nachdem die Schilde doch einiges von diesem republikanischen Hauptpanzer hatten einstecken müssen, würden sicherlich auch diese Lasertreffer einige Folgen haben.

»Ravi, wie viele von den Explosionssprengköpfen haben wir noch?«

»Drei von sechs.«

»Ich brauche nur einen. Feuere direkt ins Zentrum ihrer Formation.«

Ravi machte den Raketenwerfer der Indelible einsatzbereit. »Sie werden reichlich Zeit haben auszuweichen.«

»Das ist der Plan, Ravi. Teile und zerstöre.«

Ravi nickte ihm kurz zu und feuerte die Rakete ab. Sie raste auf die sich nähernden Preyhunter zu, und ihre einzelne Antriebsrakete ließ sie wie einen leuchtend blauen Kometen wirken. Die Piraten flogen Ausweichmanöver und sprengten auseinander wie ein Haufen erschrockener Gronks.

»Ist ja fast schon ein Wunder, dass sie nicht ineinander geknallt sind. Hätte uns Arbeit erspart«, sagte Keel, als er die *VI* in einer Korkenzieherrolle auf die Spur des Preyhunters ganz links außen brachte. Dieses Manöver führte dazu, dass sich ein weiterer Starfighter unter sie setzen konnte. »Ravi, Unterseitenkanonen!«

Die *Indelible VI* erzitterte, als das Trommelfeuer seiner doppelten Vierlingstürme begann. Leuchtend rote Energieblitze trafen den linken Flügel des Preyhunters und hinterließen rußverschmierte Löcher und blank liegende Schaltkreise.

»Hast du sie erwischt?!, fragte Keel und konzentrierte sich auf den Piraten direkt vor ihnen. Der Pilot drehte wie wild Rollen, um ihnen zu entkommen.

»Außer Gefecht, aber nicht erledigt, Captain.«

»Lass mich mich gerade mal um meinen Freund hier kümmern...«

Auf dem Bugfenster nahm die Laserprojektion des Zielcomputers der *VI* das Bild des feindlichen Raumschiffs aufs Korn. Das Bild wurde mit einem Mal hell und blinkte, während ein hoher Ton klarmachte, dass das Ziel erfasst war. Keel feuerte die Bugblasterkanone ab, die direkt mit seiner Steuerung verbunden war. Rote Blasterblitze wurden in schneller Folge abgefeuert und trafen den Ionenantrieb des Preyhunters. Der kleine Einsitzer verwandelte sich in einen Feuerball.

»Ha, ha!«, schrie Keel.

»Die beiden anderen sind hinter uns«, sagte Ravi. Sein Gesicht ließ keine Emotionen erkennen.

»Ich versuche sie mit dem Heckgeschützturm zu erwischen.«

Eine Salve feindlichen Beschusses ließ die *VI* erzittern, als die Schilde die aufprallende Energie mit Mühe absorbierten.

»Das ist nicht gut.« Keel bremste ab und steuerte das Raumschiff nach unten, in einem Neunzig-Grad-Winkel. Eins der sie verfolgenden Raumschiffe reagierte nicht rechtzeitig und bot sich Ravi in einem fast schon gemütlichen Vorbeiflug. Der Navigator feuerte und ließ den Fehler des Piloten zu einem tödlichen werden.

»Das andere Raumschiff ist uns immer noch auf den Fersen, Captain. Ich denke, dass es sich hierbei um den besten Flieger der Piraten handelt.«

Keel flog weiter nach unten und legte dabei wilde Rollen und Ausweichmanöver hin, um dem Dauerfeuer zu entkommen. »Vielen Dank, Ravi, dass du mich auf diese Dinge hinweist.«

Die *VI* erzitterte erneut, als ihre Schilde mit Treffern eingedeckt wurden. Einen Sekundenbruchteil lang verdunkelte sich die Beleuchtung im gesamten Raumschiff.

Das interne Kommunikationssignal ertönte. »Captain, ist alles in Ordnung? Ist es die Republik?«

»Ruhe dahinten, General!«, brüllte Keel. Er wandte sich an Ravi. »Wir müssen den Kerl abschütteln. Festhalten.«

Ein Bild tauchte in der oberen Ecke des Cockpitfensters auf. Die Prinzessin, nur in ein weißes Handtuch gehüllt, das ihre rosafarbenen Schultern entblößte. Sie bemühte sich, auf den Beinen zu bleiben, während die Indelible in einem wilden Zickzackkurs versuchte, dem Laserfeuer zu entkommen.

»C-Captain!« rief Leenah, bevor sie sich überschlug. Ihre Füße und das herabwogende Handtuch waren alles, was auf dem Bild noch zu sehen war.

Der Preyhunter feuerte erneut. Die Indelible wurde durchgeschüttelt, und erneut versagte die Beleuchtung. Als sie sich wieder aktivierte, war sie merklich dunkler.

»Wir haben die Schilde verloren!«, sagte Ravi in fast schon ungläubigem Ton. »Du solltest ihm doch ausweichen!«

»Das ist nicht meine Schuld!«, beschwerte sich Keel. »Sie hat mich abgelenkt.«

»Vermutlich kommt es zu einem Hüllenbruch, wenn wir nochmal eine solche Salve—«

»Ich weiß! Ich weiß!« In seinem Kopf ging Keel hektisch die Manöver durch, mit der er ihren sturen Angreifer loswerden konnte. »Halt dich fest. Halt dich einfach fest.«

Er hatte sich entschieden und steckte alle verfügbare Energie in den Antrieb. Die plötzliche Beschleunigung drückte ihn in seinen Stuhl. Er konnte sich nicht vorstellen, wie Leenah gerade auf dem Boden des Duschraums umherrutschte. Nun ja, eigentlich konnte er das. Und tat es auch. Er schüttelte den Kopf, um sich von diesen Gedanken zu befreien. Er musste sich konzentrieren, oder sie würden alle verdampft.

Als die *Indelible VI* davonraste, passte der Preyhunter seine Geschwindigkeit an, damit ihm seine Beute nicht entkam. Die Wahrheit war, dass die *VI* einen K-13 locker hinter sich lassen konnte, und Keel ging davon aus, dass der Pirat hinter ihnen annahm, dass genau das gerade geschah.

Er schätzte die Situation richtig ein.

Der Pilot des Preyhunters feuerte mehrfach in dem verzweifelten Versuch, den sich entfernenden leichten Frachter kampfunfähig zu schießen oder gar zu zerstören. Keel steuerte das Raumschiff auf und ab, als ob er das Muster einer Wellenlänge nachzuempfinden versuchte. Der Preyhunter tat es ihm immer nach, und bei jedem Mal verpasste er den Frachter.

»Jetzt!«, brüllte Keel sich selbst an. Er zog den Frachter brutal nach oben und führte eine Kehre aus, die ihn an ihrem Ende direkt auf den sie zufliegenden Preyhunter zusteuerte. Da der Pirat glaubte, dass es sich einfach nur um eins der üblichen Ausweichmanöver handelte, ließ er für einen Augenblick seine Unterseite ungeschützt. Er bemerkte seinen Fehler und versuchte ihn zu korrigieren, aber dieser kurze Augenblick war alles, was Keel brauchte. Er und Ravi schossen gleichzeitig und ließen das Raumschiff verdampfen, kurz bevor die *Indelible VI* durch die Feuerkugel flog, die mal ein Pirat gewesen war.

Keel korrigierte den Kurs und raste mit Höchstgeschwindigkeit auf die letzte, bekannte Position des beschädigten Preyhunters zu.

Ravi starrte seinen Captain eine Zeit lang an, bevor Keel, der im Angesicht seiner eigenen Heldentaten lächeln musste, ihm einen Blick zuwarf.

»Was soll der Gesichtsausdruck?«, fragte Keel.

»Hätte auch nur ein einziger Treffer uns bei deinem Frontalangriff erwischt, dann hätte die Wahrscheinlichkeit unserer Zerstörung bei vierundachtzig Prozent gelegen.«

»*Hätte*, Ravi. Ich habe ihm keine Chance gelassen. Kein Grund, sich Sorgen zu machen.«

»Es fällt mir schwer, etwas anderes zu tun als mir Sorgen zu machen, Sir.« Ravi nutzte die Sensorenphalanxen der *VI*, um die nähere Umgebung zu überprüfen. »Der letzte Preyhunter versucht, in die Atmosphäre von Pellek zurückzukehren. Wir sollten ihn in Raketenreichweite haben, bevor er sich in Sicherheit bringen kann.« Er schaltete den Bordraketenwerfer scharf.

»Nein, nein«, sagte Keel und winkte ab. »Ich möchte ihn nach da unten fliehen lassen. Wir folgen ihm und finden heraus, wo er landet. Dann töten wir seine Familie. Und all seine Freunde. Auch den Hund, wenn er einen hat.«

»Oh«, sagte Ravi, und sein Tonfall hätte nicht sarkastischer sein können. »Ein Umweg nur für die Rache. Wie erfreulich. Ja, das ist genau das, was wir jetzt tun sollten, wo wir keine einsatzfähigen Schilde und zwei gesuchte Rebellen an Bord haben. Ich frage mich, warum ich nicht selbst auf diese Idee gekommen bin. Und was, wenn wir diese Piraten tatsächlich kennen? Lao Pak gehört zu den Pellek...«

»Wir sollten auch seine Lehrer töten, wenn wir sie ausfindig machen können.«

»Ich werde mich bei all diesem Morden zurückhalten. Wie du dich vielleicht erinnerst, kann ich das Raumschiff nicht verlassen?«

»Ich bringe sie für dich um.«

»Lass mich aus dieser Angelegenheit bitte raus.«

»Wie du möchtest, Ravi. Ganz wie du möchtest.«

KAPITEL 8

»Captain Keel, wo gehen Sie hin?«

General Parrish hatte sich in dem Augenblick dem Captain an die Fersen geheftet, als dieser das Cockpit verlassen hatte. Anscheinend hatte er direkt hinter der Sprengtür auf ihn gewartet, die den Piloten und seinen Navigator vom Rest des Raumschiffs trennte. Sie waren gelandet, und jetzt würde der jugendliche Rebell auf Antworten bestehen.

»Nach draußen.« Keel zog den Gürtel seines Oberschenkelholsters straff, bevor er seine Blasterpistole entnahm. Er nahm das Batteriepack aus der Waffe und musterte es kurz in der hellen Deckenbeleuchtung der Indelible. Zufrieden, dass er genügend Energie hatte, schlug er das Batteriepack mit einem leichten Klaps zurück in seine Halterung. »Ravi, heißt uns da unten jemand willkommen?«

Der Navigator sprach über die interne Frequenz mit ihnen. »Nur der einzelne Preyhunter auf dem Landeplatz in der Nähe. Der Pilot scheint seine Checkliste nach der Landung durchzugehen.«

»Lao Pak?«

»Ich sehe immer noch keinen Hinweis auf Lao Pak oder den Rest seiner Piraten, Captain. Aber es besteht eine vierundsiebzigprozentige Chance, dass er in aller

Hektik hierher unterwegs ist. Wir sind für eine normale Landung ziemlich schnell reingekommen.«

»Das war ja auch der Plan.« Keel hob die Hand, um die Schnellausstiegsrampe auszufahren. »Der kleine Penner wird dafür bezahlen, mich zu hintergehen.«

General Parrish baute sich vor Keel auf. Der Captain starrte ihn mit gerunzelter Stirn an. War der junge General schon immer so klein gewesen, oder war ihm das gerade erst aufgefallen?

»Captain Keel... Lao Pak? Piraten? Ich muss wissen, was hier los ist.« Es klang nach einer Bitte, nicht nach einem Befehl. Hier war jemand nicht gewohnt, Befehle zu erteilen. Oder zumindest nicht, wenn die Person am Ende der Befehlskette nicht gezwungen war zu gehorchen.

Keel konnte sich gerade noch verkneifen, die Augen zu verdrehen. Der General, die Prinzessin. Sie konnten ihm noch von Wert sein. »Das stimmt, General. Piraten haben uns in einen Hinterhalt gelockt, als wir den Sprung nach Pellek abgeschlossen hatten. Wir haben einen Überlebenden zu Lao Paks kleiner Piratenhöhle verfolgt. Er sollte eigentlich unser Freund sein. Ich werde zu ihm gehen und mich für das Empfangskomitee bedanken.« Keel schlug mit der Handinnenfläche auf den Auslöseknopf und schloss die Augen, während sich beim Herabkrachen der Laderampe der Indelible draußen zischend eine weiße Gaswolke bildete.

»Brauchen Sie Unterstützung?« Der General deutete auf eine glänzende, verchromte Waffe an seiner Hüfte. Es war eine teure und ziemlich zielsichere Pistole, nur bedauerlicherweise fehlte es ihr am richtigen Wumms.

»Nein.« Keel stapfte die Rampe hinab und rief über die Schulter zurück: »Aber Sie können gerne mitkommen, wenn Sie wollen.«

Der General zog seine Pistole und hielt sie mit beiden Händen hoch, wie er es bei der planetaren Polizeitruppe gesehen hatte, und rannte die Rampe hinunter, Keel auf den Fersen. Seine Schritte befanden sich im Einklang mit seinem schnellen Herzschlag. Die Planetenatmosphäre fühlte sich sehr trocken an und schien einem die Feuchtigkeit sogar aus den Mundwinkeln stehlen zu wollen. Er konnte durch seine Stiefel spüren, wie die Hitze auf sie herabbrannte. Der Landeplatz selbst war offensichtlich aus verschrotteten Schiffsrümpfen zusammengeflickt worden, die man erst plattgeklopft und dann zusammengeschweißt hatte. Captain Keels Schiff wirkte hier wie eine einzelne Schlangenbohne auf einem Essteller. Diese Art Landeplatz hatte man so eingerichtet, dass selbst die riesigen Tiefenraumfrachter hier landen konnten.

Man wusste ja nie, was sich ein Pirat angeln würde.

Parrish sah sich neugierig um. In weiter Ferne war mit Müh und Not ein Raumhafen zu erkennen, von den tanzenden Hitzewellen fast vollständig verborgen. Ihnen näher befand sich eine Art... Lager. Das musste die Piratenhöhle sein, von der Keel gesprochen hatte. Eine seltsame Mischung aus transportablen Duratongebäuden, umfunktionierten Frachtgleitern und dem ein oder anderen Frachtraum eines uralten Raumschiffs, die man alle irgendwie zusammengeschweißt oder -genietet hatte, sodass sie ein merkwürdig symmetrisches Gesamtkonstrukt ergaben.

Parrish schlug einen großen Bogen und entdeckte alte Stellungen, von denen aus ein einzelner Mann angreifende Starfighter ins Visier hätte nehmen können. Aber sie standen leer. Tatsächlich schien die gesamte Anlage verlassen zu sein. Was natürlich gut war.

Der General riss sich zusammen und sah sich nach Keel um. Der Captain ging mit geballten Fäusten auf einen beschädigten Preyhunter zu, den Blaster noch im Holster.

Das dreieckige Schutzdach des Preyhunters fuhr gerade nach oben und gab den Blick auf einen ziemlich mürrisch dreinblickenden Drusikaner frei. Der schwarzhaarige Primat füllte das Cockpit des kleinen Jägers praktisch bis auf den letzten Kubikzentimeter aus. Er schnaubte, als sich Keel näherte und knurrte dann. Er hatte beeindruckend scharfe Eckzähne.

Parrish fuchtelte mit seiner Blasterpistole herum, während Keel die Strecke zum Raumschiff schnell überwand.

»Hör mal, Keel...«, sagte der Drusikaner in seiner tiefen, knurrenden Stimme. »Lao Pak hat uns hochgeschickt. Ist nichts Persönliches. Außerdem hast du ja gewonnen. Hast uns regelrecht über den Haufen geschossen.« Der Pilot streckte ihm seine riesige, behaarte Pfote als Zeichen seines Friedensangebots entgegen.

Keel ergriff die riesige Pranke und nutzte sie, um sich auf die Nase des Preyhunters zu hieven, sodass er direkt über dem muskulösen Drusikaner stand. »Das war nichts Persönliches? Dann ist das hier auch nicht persönlich!«

Er rammte dem Drusikaner seinen Ellbogen ins Gesicht, direkt oberhalb seines Auges, gefolgt von schnellen Schlägen ins Gesicht.

Keel wusste ganz genau, dass er mit all seiner Kraft ein Wesen von dieser Größe und Zähigkeit höchstens kurz verwirren konnte. Er war daher vorbereitet darauf, dass der Drusikaner einen tierisch klingenden Schrei von sich gab und beide Fäuste in die Luft hob. Er sprang geschickt zurück.

Da der Drusikaner noch im Cockpit eingeklemmt war, konnte er sich nur halb aufrichten. Dennoch konnte er beide Fäuste wie zwei Vorschlaghammer auf den Punkt krachen lassen, an dem sich Keel nur eine Sekunde zuvor befunden hatte. Der Aufprall ließ den Preyhunter erzittern. Der Drusikaner hob seine riesigen Fäuste zu einem weiteren Angriff und hinterließ zwei deutliche Dellen in dem ohnehin schon ramponierten Raumschiff.

Keel sprang hoch, packte das nach oben geklappte Cockpitfenster und zog es mit einer so schnellen Bewegung auf den Schädel des Drusikaners hinab, dass selbst das Schutzglas zersplitterte. Natürlich trug der dicke Schädel des Drusikaners maßgeblich dazu bei, dass das passieren konnte. Der Pilot brach bewusstlos im Cockpit zusammen. Keel gab in der Kontrollkonsole des Preyhunters schnell einige Zeichen ein.

»Captain Keel!«, rief eine Stimme aus der Ferne. Nicht die des Generals. Eine andere. Keel drehte sich um und sah, wie sich ihm ein Pirat näherte, mit zwei Hool-Leibwächtern an seiner Seite und den General im Schlepptau. Sie hatten den jugendlich wirkenden Rebellen bereits gefangen genommen und entwaffnet.

»He, was hat armer Ishm'ack dir getan, hm?«

Keel sprang von der Nase des Preyhunters wieder auf den Boden. Er kniff die Augen zusammen, um den Piraten im hellen Sonnenlicht betrachten zu können, der Lederklamotten und seine schwarzen Haare in langen Zöpfen trug. »Lao Pak.«

»Nicht so schnell, Keel.« Lao Pak ging nervös einen Schritt zurück und prallte gegen einen seiner böse aussehenden Hools. »Du machen langsam. Wenn du hier kommen, ich lassen Seepa deinen Freund piksen. Furchtbar Art zu sterben.«

Der Hool zischte und richtete seine giftigen Rückenstacheln auf. Aus Parrishs Kehle war nur ein trocken und panisch klingendes Glucksen zu hören.

»Na, dann bring ihn um«, sagte Keel und ging auf die Piraten zu. Seepa riss Parrisch an sich, während Lao Pak eine ölverschmierte Hand hob. Sie zitterte.

»Er nicht wichtig?« Keel wusste, was Lao Pak gerade dachte. Der Pirat hatte zu hoch gepokert. Das — oder Keel hatte an diesem Besatzungsmitglied einfach kein Interesse.

»Okay, Keel. Ha-ha jetzt vorbei. Kein Witz mehr. Ich lassen Freund gehen... dies mal.«

Mit einem weiteren geifernden Zischen stieß der Hool Parrish zu Boden. Der General kroch hektisch in Richtung Keel.

»Also, Keel, okay? Wir Freunde? Wie alte Zeiten?« Lao Pak setzte seinen nervösen Rückzug fort und prallte immer wieder gegen die knurrenden Hools, die offensichtlich gar nichts davon hielten, vor Keel zurückzuweichen. Aber diese dummen Monster hatten ja auch keine Ahnung, mit wem sie es zu tun hatten.

Keel griff mit einer Hand nach seiner Blasterpistole, was Lao Pak laut aufschreien und den Kopf einziehen ließ.

Immerhin wussten die Hools anscheinend genügend über Keel, um ihre N4-Gewehre in Anschlag zu bringen. Sie zielten direkt auf Keel.

Keels Hand befand sich direkt über dem Blaster, und er war bereit, ihn zu ziehen. Ravi hätte ihm mitteilen können, wie wahrscheinlich es war, dass Keel beide erledigen konnte — aber selbst ohne diese Zahl war sich der Captain seiner Sache sicher. Ziemlich sicher.

Noch nicht.

Keel lockerte vorsichtig seinen Arm. »Warum hast du versucht, mein Raumschiff in die Luft zu jagen, Lao Pak?«

Der kauernde Pirat richtete sich wieder auf und schickte ein Dankesgebet gen Himmel. »Keel, nichts Persönliches, weißt du.«

»Wenn mir noch eine weitere Person sagt, dass das nichts Persönliches sein soll... Ihr habt auf mein Schiff gefeuert!«

Lao Pak hob die Hände in einer Geste der Unschuld. »Nur bisschen. Große Prämie, Keel. Viel Geld! Musste versuchen.« Der Pirat warf einen Blick zurück zur Anlage. »Kam über schwarzen Kanal. Alle haben gesehen. Wie Nein sagen zu hunderttausend Credits? Ich haben Meuterei, wenn nicht versuchen.« Er fuchtelte mit den Händen gen Himmel, wie ein Professor während eines Vortrags. »Sehr schwer, König der Piraten sein.«

Die Höhe der Prämie erweckte Keels Interesse. »Moment. Hunderttausend? Für wen, die Prinzessin oder den General?«

Lao Pak deutete auf Parrish. »Er General? Von was? Kindergarten?«

Parrish errötete und nahm Haltung an. »Ich bin ein General der der Rebellen der Mittleren Kernwelten.« Er sagte dies mit verletztem Stolz in der Stimme.

»Oh.« Lao Pak winkte verächtlich ab. »Er auch nur Pirat.«

Ein gekränkter Ausdruck zeichnete sich auf dem Gesicht des Generals ab. »Die RMK sind keine Piraten.«

Hinter Keel fuhr der Antrieb des Preyhunters hoch. Niemand außer Keel schien das zu bemerken.

Sehr gut.

Lao Pak lächelte und entblößte dabei mehrere Goldzähne. »Du sagen kein Pirat. Ich sagen...« Er begann mehrere Namen an seinen Fingern abzuzählen. »Kublar, Neu-Penda, Rhyssis Wan...«

General Parrish senkte den Blick. »Das war vor sehr langer Zeit. Die RMK haben sich geändert. Wir sind jetzt eine vereinte Streitmacht des Guten.«

»Ah, du behaupten.« Lao Pak sah zu Keel hinüber, als ob er bei diesem Gespräch seine Unterstützung wünschte. »Ich sagen, RMK Piraten. Nur sie lügen, damit besser fühlen. Republik sagt, Verräter, also, ist egal?«

»Ich sage«, warf Keel ein, der das Gespräch wieder an sich ziehen wollte, »dass du mir erzählst, ob das Kopfgeld auf den General oder die Prinzessin ausgesetzt ist. Oder auf beide.« Nochmal hunderttausend Credits hörte sich für ihn ziemlich gut an. Selbst wenn er Lao Pak einen Anteil abtreten musste.

Der Pirat schüttelte den Kopf. »General von Mittleren Kernwelten nix wert. Zu viele Betrüger. Haste Geld für RMK? Da, schon General sein. Schau dich an.« Lao Pak strich mit seinem Finger über Parrishs Gesicht, was einen öligen schwarzen Fleck hinterließ, bevor Parrish zurückweichen konnte. »Familie reich, wette ich. Du Geld gezahlt, um General sein. Aber so jung, du bestimmt noch nie gekämpft.« Auf Lao Paks Gesicht machte sich ein nachdenklicher, fast schon philosophisch wirkender Ausdruck breit. »Deine Familie reich? Wo wohnen?«

Man musste Parrish zugutehalten, dass er diese Unterstellung mit keiner Antwort würdigte.

»Also, die Prinzessin...«, sagte Keel und versuchte die Diskussion auf die für ihn interessanten Punkte zu lenken.

Der General lachte. »Sie kommt auf keinen Fall infrage.«

»Warum nicht?«, fragte Keel, stemmte die Hände in die Hüften und wandte sich Parrish zu.

Lao Pak trat einen Schritt auf ihn zu. »Ist wegen dir, Keel.«

»Halt die Klappe, Lao Pak. Warum nicht, Parrish?«

»Weil sie keine echte Prinzessin ist. Sie stammt aus dem endurianischen System. Da sind alle Prinzen und Prinzessinnen. Das machen die schon seit Jahren so. Jeder kriegt den Titel. Gleichberechtigung und so.«

Das erklärte, warum Ravi die ganze Zeit gelacht hatte.

Keel funkelte den General wütend an, ohne die Hände von den Hüften zu nehmen. »Sie beide haben auf jeden Fall so getan, als ob sie eine wichtige Prinzessin wäre.«

General Parrish wich einen Schritt zurück. »Nun, Sie schienen hilfsbereiter zu sein, als Sie dachten, dass...« Er zuckte mit den Achseln.

Keel knurrte und fragte Lao Pak dann: »Wie hoch ist das Kopfgeld für eine Rebellenprinzessin?«

Der Pirat zupfte nachdenklich an seinem dünnen Schnurrbart. »Kann ich rausfinden. Wenn wir wieder Freunde. Nicht so viel wie für dich, das klar.«

Keel nickte. »Na gut, finde es heraus. Ich habe nicht den ganzen Tag Zeit. Moment! Was meinst du damit, nicht so viel wie für mich?«

»Deswegen, deswegen musste ich!«, rief Lao Pak aus. »Menge Kohle über schwarzen Kanal. Tot oder lebendig, sagt sie.«

»Und du hast dir gedacht, mich umzubringen wäre leichter.«

»Nein!« Lao Pak wirkte gekränkt. »Nicht umbringen. Wollte auch dein Schiff.«

Keels Hand bewegte sich wieder in Richtung seiner Blasterpistole.

Lao Pak rief: »Nein! Nein! Du tötest mein Piloten! Du Ishm'ack verprügelt! Meine Starfighter explodiert! Wir quitt! Du zahlen mir Geld!«

Der beschädigte Preyhunter erwachte plötzlich röhrend zum Leben. Die zeitverzögerte Startsequenz, die Keel in der Kontrollkonsole eingegeben hatte, wurde nun aktiviert. Der Starfighter schoss vom Landeplatz durch die Luft und drehte sich dabei. Der drusikanische Pilot wurde aus dem Schiff geschleudert, als der Preyhunter auf die Anlage der Piraten zuflog und eine Dampfspur hinter sich herzog. Das Raumschiff raste in eins der Duratongebäude mit einem Geräusch, als ob sich ein Gletscher spaltete, und explodierte dann.

Keel nutzte die Gelegenheit, seine Blasterpistole zu ziehen und beiden Hools in den Kopf zu schießen. Die Leibwächter brachen zusammen.

Hools. Die wäre ich los.

Lao Pak schrie auf und hob die Hände gen Himmel. »Entspann dich«, sagte Keel und steckte die Waffe zurück in den Holster. »Ist nichts Persönliches. Jetzt sind wir quitt.«

»Nix quitt! Viel schlimmer! Hools teuer sein!« Lao Pak verschränkte die Arme vor der Brust. »Du haben

Glück, alle anderen abgeschossen oder Landurlaub in Tannespa.«

»Na gut.« Keel warf einen Blick auf sein Raumschiff. »Ich gebe dir die Prinzessin, dann kannst du die Belohnung der Republik für sie einstreichen.« Er sah zu General Parrish hinüber, da er von ihm Widerspruch erwartete, doch was immer der General anmerken wollte, er behielt es für sich.

»Das nix«, sagte Lao Pak. »Sie geben nix. Ich verkaufe sie gomariische Sklavenhändler.«

Keel zuckte mit den Achseln. »Von mir aus. Aber erst sagst du mir, wer das Kopfgeld auf mich ausgesetzt hat.«

»Ah, du brauchen Freund Lao Paks Hilfe?« Der Pirat ließ seinen Blick über das Trümmerfeld schweifen. »Vielleicht bezahlen du für Hilfe? Kosten mich viel Geld.«

»Lao Pak...«

»Okay, okay. Du schon wissen.« Lao Pak griff in seinen Mantel und hielt dann kurz inne. »Ich holen nur Datenpad. Nicht schießen, okay?«

Der Pirat zog ein ramponiertes Datenpad hervor, das sich in einer dicken Schutzhülle befand. Er klopfte ein paar Mal auf den Bildschirm und hielt es dann Keel hin. Es war ein Kopfgeldangebot, auf dem ein Bild der *Indelible VI* zu sehen war und die Silhouette eines Manns, unter der der Name ›Captain Keel‹ stand. Kein Foto. Zumindest das war gut. Die große, blinkende Zahl — »100.000 Credits« — war allerdings nicht so gut.

Keel schüttelte den Kopf. *Wie konnte das nur passieren?*

Er dachte angestrengt nach, ob es irgendwo einen unglücklichen Gangsterboss geben konnte, der so wütend auf ihn sein könnte, dass er bereit wäre, so viele Credits für ihn auszugeben. Klar, es gab eine ganze Reihe an Leuten in der Galaxie, die ihn nicht sonderlich gut leiden konnten, aber da Wraith mit im Spiel war... sie würden es nicht wagen, so was auf ihn auszusetzen. Oder?

In der oberen Ecke des Kopfgeldangebots war ein weiterer schwarzer Umriss zu sehen — ein Holovideo. Normalerweise waren diese Aufzeichnungen schwer verschlüsselt und stark verzerrt; Kopfgelder über den schwarzen Kanal waren illegal, und wer immer diese aussetzte, sollte sich auch alle Mühe geben, anonym zu bleiben. Aber manchmal, wenn man genau hinsah, konnte man einige Details aus ihnen ablesen.

»Zoom da mal rein«, ordnete Keel an. »Ich will doch mal sehen, ob ich mir das zusammenreimen kann.«

Lao Pak schenkte Keel ein schiefes Lächeln. »Willst entschlüsseltes Holovideo sehen?«

Keel hob die Augenbrauen. »Du hast jemanden, der die Verschlüsselung des schwarzen Kanals geknackt hat?«

»Oh ja. Er sein gut.« Lao Pak tippte mit seinen dreckigen Fingernägeln auf das Display und schützte es mit der anderen Hand vor dem Sonnenlicht. Keel und Parrish traten an ihn heran, um ihm über die Schulter sehen zu können.

Das Bild von Lieutenant Pratell tauchte auf dem Datenpad auf. Sie trug ihr rotes Haar nun offen, was im starken Widerspruch zu ihrer militärischen Haltung stand. Aber ihre schwarze Uniform — dank der geknackten Verschlüsselung ein verräterischer Hinweis — war deutlich zu erkennen.

»Dieser Vertrag steht allen Kopfgeldjägern und Kaperern im Pellek-System offen«, sagte sie. »Meines Wissens wird ein Captain Keel in nächster Zeit dort eintreffen, in einem stark modifizierten, leichten Frachter der Naseen. Ich habe keinen visuellen Kontakt herstellen können, übersende aber Holos des Raumschiffs mit der Kennung *Loose Dutchman*, obwohl dies wahrscheinlich eine falsche Kennung ist. Captain Keel ist ein notorischer Lügner, zeichnet für mehrere Morde verantwortlich und sollte als extrem gefährlich eingestuft werden. Ich wiederhole, das Kopfgeld beträgt hunderttausend Credits. Tot oder lebendig. Angebotsende: sechsunddreißig Standardstunden.«

»Ist das eine republikanische Offizierin?«, fragte Parrish verblüfft. »Das müssen wir unbedingt den RMK schicken. Das wäre ein unglaublicher PR-Sieg, wenn wir beweisen könnten, dass die Republik so korrupt geworden ist, dass sie Kopfgelder über den schwarzen Kanal aussetzen, um ihre Feinde zu vernichten. Ich meine, dass wussten wir schon seit Jahren, aber ohne Beweis...«

»Sie nicht hässlich«, stellte Lao Pak fest. »Was du getan? Geheiratet und mit Geld abgehauen?«

Keel runzelte die Stirn. Der Lieutenant musste herausgefunden haben, was er angestellt hatte. Aber die Tatsache, dass sie den schwarzen Kanal nutzte, um ihn zu jagen, bedeutete, dass die Republik eine Untersuchung nicht für nötig hielt. Die Wahrheit und die Gerechtigkeit wurden wertlos, sobald eine Regierung nur noch an sich selbst interessiert war. Da das Zeitfenster auf sechsunddreißig Stunden begrenzt war, würde er damit schon zurechtkommen. Sollte sie ihn aber danach noch verfolgen, würde er die Übertragung öffentlich machen und ihre Karriere ruinieren.

»Dieser neue Bursche, der die Dateien aus dem schwarzen Kanal entschlüsselt. Ist der hier?« Keel konnte nur hoffen, dass er ihn nicht in die Luft gejagt hatte, als der Preyhunter in die Piratenanlage gekracht war.

»Nein. Er in Tannespa. Ich sagen ihm, suche billiges Mädchen, geh trinken. Aber was machen stattdessen? Er allein, baut neuen Bot, als ich ihm sagen, Nachricht entschlüsseln. Er schlau, aber langweilig.«

»Wo in Tannespa?«

Lao Pak versuchte seinem Blick auszuweichen. »Also. Was du tun Mädchen, hm? Warum sie hassen dich so? Dich hassen einfach, aber sie hassen *wirklich*. Herz gebrochen? Kalte Füße, am Altar abgehauen?«

»Lao Pak«, sagte Keel ganz ruhig, »wechsel nicht das Thema.«

»Das besser Thema! Was sie sehen in dich? Du nicht gut aussehend.«

»Wie heißt der Bursche?«

»Ich vergessen.«

»Lao Pak...«

Der Pirat verzog das Gesicht. »Ich dir sagen, du mir klauen für deine Besatzung. Kosten mich noch mehr Geld.«

Keel hob beschwichtigend die Hände. »Entspann dich. Ich werde ihn dir nicht klauen, ich will nur herausfinden, ob er einige der TT-3-Bots für Ravi modifizieren kann.«

»Du versprechend?«

»Ehrenwort.«

»Ha! Du lügen andauernd, Ehrenwort nix wert.« Lao Pak tippte mit seinen dreckigen Fingern heftig auf dem Datenpad herum und hinterließen reichlich Schlieren. Er gab Passwort nach Passwort ein, was ihn Schicht um Schicht tiefer ins System einstiegen ließ. Keel konnte sich all das unmöglich merken.

»Du Kumpel mit Wraith.« Lao Pak zwinkerte Keel zu. »Ich schicken Burschen für TT-3-Bots, aber du erledigen

Job für mich, sechzig-vierzig. Du großen Batzen bekommen.«

»Was soll ich für dich erledigen?« Keel versuchte einen Blick auf das Display zu erhaschen, aber Lao Pak hatte sich das Datenpad bereits an die Brust gedrückt.

»Nicht vor Kind-General.«

»Geh und warte im Schiff«, befahl Keel.

Parrish sah kurz zu aus, als ob er widersprechen wollte, ging dann aber schweigend zurück zum Landeplatz.

»Also, um was für einen Job geht es?«

Lao Pak sprach im Flüsterton mit ihm, obwohl die einzigen anderen Wesen in ihrer Nähe zwei tote Hools waren. »Großer, großer, großer Job. Geld sagen zuerst.«

Keel nickte. Mit dem Geldbetrag anzufangen hatte den großen Vorteil, dass man direkt zum Punkt kam. »Wie viel?«

»Zweihundertfünfzig...« Lao Pak ließ die Zahl erst mal auf Keel wirken, bevor er das hinzufügte, was alles veränderte: »... Millionen.«

»*Millionen?*« Keel sah sich intuitiv nach dem abwesenden Ravi um, um sicherzustellen, dass seine Ohren tatsächlich diese atemberaubende Summe verstanden hatten. »Wofür?«

»Entdecken und berichten. Irgend wichtiger Kriegsherr, gerade zurück von Rand der Galaxie.«

»*Entdecken und berichten?* Du willst mir erzählen, ich bekomme zweihundertfünfzig Millionen, und ich muss den Typen nicht mal *gefangen nehmen*?«

»Nix zweihundertfünfzig«, blaffte Lao Pak ihn an. »Die Hälfte. Wir Partner. Und du nur finden müssen. Großer Admiral von Republik wollen treffen großes Tier, also nicht gefangen nehmen, nicht töten. Kannst du Waffe nicht ziehen?« Er lachte. »Es gibt für alles erstes Mal.«

Keel verzog das Gesicht. »Republik? Ist das noch so ein Job vom schwarzen Kanal?«

»Nein. Große Sache. Ganz, ganz, ganz groß. Kommt von Leuten, die kennen Leute, die kennen Leute. Direkt von Admiral. Niemand wissen. Ich nicht wissen sollen. Aber Piratenkönige, wir wissen viel. Sie wollen Wraith für Job, aber offener Kontakt zu gefährlich. Er schwer zu finden. Aber ich dich kennen. Das anderer Grund, warum ich sagen Piloten, dich nix töten. Tausche Kopfgeld, wenn du Wraith bringen dazu, den zu fangen, den Admiral haben will.«

Keel hörte Lao Paks Geschwafel nur noch mit halbem Ohr zu. *Zweihundertfünfzig Millionen...* So viele Credits waren es durchaus wert, sich die Sache mal genauer anzusehen. Außerdem hatten er und Ravi gar nichts anderes anstehen, jetzt, wo der letzte Auftrag praktisch erledigt war. Außerdem musste er den Typen ja noch nicht mal fangen, sondern ihn nur finden. Allerdings gefiel es ihm immer sehr, wenn er Leute gefangen nehmen konnte.

Er wollte gerade nach weiteren Details fragen, als sein Kommunikationsgerät leise pingte, und Ravis Stimme ertönte: »Captain Keel, ich frage mich gerade, warum mir der General erzählt, dass du zulässt, dass Prinzessin Leenah an Lao Pak verkauft wird?«

»Ich habe es hier unten vielleicht ein bisschen übertrieben«, sagte Keel und ließ seinen Blick auf die rauchenden Trümmer der Piratenanlage schweifen. »Außerdem ist sie keine echte Prinzessin. Und das wusstest du genau!«

»Ja, aber sie hat bereits die Schilde der *VI* repariert.«

Keel schüttelte den Kopf. Das konnte nicht stimmen. »Was?«

»Ja. Und ich habe derartiges noch nie gesehen. Ich glaube, sie sind jetzt sogar besser als vorher.«

Eine solche Mechanikerin könnte sich als nützlich erweisen. Und hässlich war sie auch nicht. Auf jeden Fall hübscher als Ravi.

»Na gut, Ravi. Wir behalten sie an Bord. Schick den General wieder zu uns. Sag ihm, dass ich seine Hilfe brauche.« Keel sah Lao Pak an. »Sieht aus, als ob du deinem Piratenhaufen einen General hinzufügen wirst. Ich bin mir sicher, dass er sich bestens einfügen wird.«

Lao Pak schüttelte den Kopf. »Nein! Ich will Mechanikermädchen. Du machen Schaden, jede Menge. Kosten mich zu viel Geld.«

»Halt die Klappe, Lao Pak.«

Der Pirat trat gegen das Blastergewehr eines der toten Hools zu seinen Füßen und verschränkte beleidigt die Arme. »Na gut. Ich nehmen kleinen Kind-General. Zeigen ihm, wie Mann sein. Aber dann wir wieder Freunde.«

Keel schenkte ihm ein schiefes Lächeln. »Die besten Freunde. Also, gehen wir mal für den Moment davon aus, dass ich Wraith dazu kriege mitzumachen. Wer ist dieser Kriegsherr, den wir suchen sollen? Ich brauche zumindest einen Namen. Und wo sollen wir mit der Suche anfangen? Die Galaxie ist ziemlich groß. Ich brauche mehr Informationen.« »Nicht mein Schuld. Du reden zu viel. Mich unterbrechen, bevor fertig sein. Ich schicken Name. Goth Sullus. Nie gehört von ihm. Er nix große Nummer, hm? Piratenkönig kennen Namen nicht, wie hart sein können? Aber er verschwunden. Admiral sagen, wenn du finden tote Familie, dann tote Familie führen dich Ziel. Name lauten...« Der Pirat warf einen Blick auf das Datenpad. »Maydoon. Ich —«

Keel unterbrach ihn. »Wie soll mir denn eine tote Familie—«

»Du zuhören, du kriegen Antwort. Du ständig quatschen, du nur Keel quatschen hören. Nein, vielleicht ich sagen nix. Du nie zuhören. Lao Pak haben bessere Idee. Ich schicken Info an Ravi. Er schlauer wie du. Ich auch sagen Ravi, wo Garret stecken. Er der Hacker.« Lao Pak hob einen mahnenden Finger. »Aber du nicht klauen!«

»Lao Pak«, sagte Keel, als er sich schon in Richtung *Indelible VI* umdrehte, »ich bin froh, dass ich dich nicht umgebracht habe.«

KAPITEL 9

Ackabar Raumhafen, Elendsviertel, Ackabar

Die Legionäre brachten sich hektisch in Sicherheit und begannen dann, das Feuer zu erwidern.

Tyrus Rechs sprang hinter einen großen Diener-Bot, der in der größten Einkaufshalle der Stadt fleißig die Waren seines Besitzers anbot. Das Ding bewegte sich nur langsam und ungelenk, während es Pieps- und Gurgeltöne in seiner geheimnisvollen Diener-Bot-Sprache von sich gab. Es wurde in nur wenigen Sekunden von Blastertreffern zerfetzt.

Rechs seufzte schwer. »Warum können die bloß so gut zielen?«, murmelte er, als der Diener-Bot sich in einem Funkenregen in seine Bestandteile auflöste. Aber die Antwort kannte er natürlich.

Er löste eine Blendgranate von seinem Gürtel, zog den Zünder und warf sie dann über seine Schulter.

»Fünf«, sagte er, als er sich zu Boden fallen ließ und sich nach links abrollte.

Blasterfeuer folgte seinen Bewegungen und prallte vom Boden der Einkaufshalle ab. Einer der Schüsse erwischte ihn auf seiner Brustpanzerung und wurde nach oben abgelenkt.

»Vier.«

Als er sich aufrichtete, hatte er bereits auf Dauerfeuer umgestellt. Er hatte sechs Gegner. Zwei von ihnen erwischte er mit direkten Treffern. Aus den Löchern, die seine durchschlagsstarke Waffe in ihre frisch ausgegebenen Panzerungen gebohrt hatte, stieg Rauch auf.

Rechs gab einen kurzen Schub auf seinen Raketenantrieb und kehrte an die Stelle zurück, an der er sich eben noch befunden hatte. Nur ein kurzer Sprung, aber von seinen Gegnern weg. Er feuerte, als er zur Seite sprang und dann zurück, erwischte einen weiteren Gegner und setzte den Countdown fort, mit ›drei‹ und ›zwei‹, während sie versuchten, ihn ins Visier zu nehmen und zu erwischen.

Dann explodierte die Granate und zerstörte die Schutzfähigkeit der gegnerischen Panzerungen.

Rechs wusste, dass ihre HUDs nicht mehr funktionierten, und auch die ihre Bewegungen unterstützenden Nebensysteme. Diese Kinder hatten nie gelernt, sich in einer antriebslosen Panzerung auf einer rotstaubigen Welt sechs Monate lang ohne Nachschub durchzukämpfen. Oder eine Schlacht überstanden, die in der erdrückenden Schwerkraft eines gigantischen Gasriesen stattfand. Selbst mit einer voll funktionsfähigen Panzerung hatte es sich angefühlt, wie schweres Wasser zu atmen. Aber das war vor vielen Jahren geschehen.

Tyrus verfluchte sich dafür, schlecht gezählt zu haben. Die Zeit und das Alter hatten sich gegen ihn verschworen. Sie gewannen immer weiter an Boden. Jeden Tag ein kleines Stück.

Und vielleicht stellten sie Granaten nicht mehr so her wie früher. Eigentlich wurde ja nichts mehr wie früher gemacht.

Er landete in einer Wolke aus Zorn, Schotter und Staub, als er den Raketenantrieb deaktivierte, und mähte die restlichen betäubten Legionäre nieder.

Es folgte ein langer Augenblick des Schweigens.

Ein Augenblick, bei dem man etwas fühlen sollte im Anblick der Leichen zu seinen Füßen.

Du solltest etwas… fühlen, ermahnte ihn eine Stimme.

Tue ich nicht.

Und…

Das habe ich schon seit langer Zeit nicht mehr.

Dann rannte er los und näherte sich der Jaris Cantina, während aus immer mehr Evakuierten schnell Flüchtlinge wurden. Denn im sturmgepeitschten Himmel über Ackabar tauchten immer mehr republikanische Korvetten auf. Er brauchte Antworten. Junga zu erledigen hätte nicht so schwer sein sollen. Aber wer hätte schon ahnen können, dass die Republik wegen ein paar Steuern eine Razzia durchführen würde? Mit jeder verstrichenen Sekunde wurde das Leben schwerer.

Natürlich war das in der Cantina nicht reibungslos verlaufen. Er hatte fast alle töten müssen, um herauszufinden, wo Junga sich versteckte, und das hatte ihm erst der letzte Typ erzählt. Und die Informationen von Tels Aracnic — die Informationen, mit denen diese ganze Geschichte überhaupt erst angefangen hatte — stimmten auch nicht. Die Rhino-Echse namens Junga hätte in der Cantina sein sollen. Und hätte einen Makrokern dabeihaben sollen mit Informationen, die sein Kunde haben wollte. Dringend haben wollte. Der Kunde wollte außerdem Junga tot sehen.

Dieser Auftrag wurde immer schlimmer. Andere Kopfgeldjäger hätten ihn einfach sein lassen.

Rechs hatte sein Ziel bis zu einem befestigten Stützpunkt in den Brechern verfolgt. Er wusste natürlich, dass es keine gute Idee war, durch die Vordertür reinzugehen. Aber genau das tat er jetzt. Weil ihm die Zeit davonlief.

Die vier gomariischen Wächter am Eingang waren harte Brocken.

Zwei von ihnen starben in einem Schusswechsel, der wie ein plötzliches Feuer ausbrach. Die anderen beiden aktivierten sofort ihre Personenschutzschilde, inklusive Energiebarrieren. Der Kopfgeldjäger stürzte im Schutz konzentrierten Blasterfeuers auf sie zu. Er hatte zwar ihre Barrieren nicht im Geringsten durchdringen können, aber wenigstens hielt sie das davon ab, das Feuer zu erwidern. Die Energieschutzschilde verhinderten, dass Blasterfeuer sie durchdringen konnte, solange sie aktiviert waren.

Einer der Gomarianer wich zurück und zog einen Speer von einem Waffenständer. Die Spitze war mit so viel Energie aufgeladen, dass man sie fast schon brodeln sehen konnte.

So etwas hatte er schon mal in den Barbarischen Kriegen gesehen, vor langer Zeit. Wenn das Ding Rechs Panzerung erwischte, dann war es aus mit ihm. Aus die Maus, Mann.

Also, lass dich nicht davon treffen, ermahnte er sich, während er sich innerlich auf den Nahkampf vorbereitete.

Er hob sein schweres Blastergewehr mit beiden Händen und rammte den Schaft des Speers in den anderen Gomarianer.

Ein plötzliches, lautes Knallen bewies ihm, dass er getroffen hatte. Der Sklavenhändler wurde vom Steg geschleudert und fiel in die Abgründe und Wege der toten Raumschiffe unter ihnen hinab. Funken von der Spitze des Energiespeers regneten auf den Kopfgeldjäger und den überlebenden Sklavenhändler hinab.

Der Gomarianer wich zurück und schlug den Schaft des Energiespeers auf den Boden, um eine neue Ladung zu aktivieren, und kauerte sich dann am Rand der Plattform hinter sein Energiefeld. Das war *zu* knapp. Rechs sprang vor, stemmte seine Füße gegen den Schild und drückte sich vom Blastergewehr ab, das er zuvor mit dem Schaft in den Boden gerammt hatte. Der Sklavenhändler stürzte nach hinten, über den Rand der Plattform hinab in den freien Raum oberhalb der verrosteten Ruine eines ausgeschlachteten Klasse-IV-Frachters, der nur noch aus ein paar Stahlskeletten und -streben bestand. Eine kleine Explosion ertönte aus dem Trümmerhaufen.

Rechs warf einen Blick auf die notdürftig zusammengefrickelten Übergänge in das alte Raumschiff, wo Junga und seine Truppe ihr Lager aufgeschlagen hatten. Ein republikanisches Schlachtschiff der Ersten Ära — eine Ohio-Klasse. Hinter dem Kopfgeldjäger und über der Stadt schwebten weiterhin republikanische Korvetten, und immer mehr Truppenshuttles kamen auf die Oberfläche hinunter.

Rechs wusste, dass ihm nicht mehr viel Zeit blieb, um hier rauszukommen. Allein die Rückkehr zum Schiff würde schon schwer genug werden. Die Orbitalblockade zu überwinden wäre ein Albtraum. Aber welche andere Wahl hatte er schon?

Die Republik hatte schon vor langer Zeit klargemacht, dass sein Tod nur noch eine Frage der Zeit sei.

Er lief los und seine Schritte knallten über das schmale Stück Stahl, das früher einmal Teil der uralten Schiffe gewesen war, die sich zu den fernen Sternen aufgemacht hatten. Die Stege ächzten und knarzten im frühabendlichen Wind, der diese stürmische und gnadenlose Welt so oft plagte. Vor ihm wartete Junga auf ihn — dessen war sich der Kopfgeldjäger sicher. Und sein Empfang würde nicht gerade herzlich ausfallen.

Die ersten Leibwächter, auf die er traf, hatten sich eingegraben, mit einer klaren Schusslinie auf jeden, der die baufälligen Zugänge entlangkam. Neben dem Haupteingang zu den alten Unterkünften des Kolonieschiffs hatte man einen kleinen Bunker errichtet. Aber die Schläger, die Junga schützten, waren keine Legionäre. Sie hatten nicht ihr gesamtes Leben mit einer Blasterpistole in den Händen verbracht. Sie hatten nicht in unzähligen, längst vergessenen Einsätzen auf Welten in der gesamten Galaxie für die Republik gekämpft. Sie waren Herumtreiber und Meuchelmörder und gelegentlich gab es auch den einen oder anderen Söldner, der sich seinen Unterhalt damit verdiente, die friedlichen Bewohner der Galaxie mit seiner Blasterpistole einzuschüchtern.

Aus diesem Grund hatten die Legionäre schon immer harte Männer gebraucht, die die harten Dinge erledigten. Sie waren die Frontlinie, der Schutz der Galaxie, der Republik, sie bewahrten sie vor dem Chaos der Gesetzlosen, die immer am Rande der Galaxie lungerten.

Zumindest war das mal der Fall gewesen. Vor langer Zeit.

Aber mittlerweile nicht mehr.

Diese Leibwächter eines unbedeutenden Gangsterbosses hatten keine Ahnung, wie schnell sich ein voll ausgebildeter Legionär bewegen und wie genau er zielen konnte — selbst wenn die Panzerung, die er gerade trug, keinen Zielassistenten besaß. Legionäre mussten all dies lernen, bevor man ihnen diesen ganzen technologischen Schnickschnack überstülpte oder die Spielzeuge, die sie dann bald perfekt beherrschten.

Rechs tötete alle drei Leibwächter und drehte sich gerade noch rechtzeitig um, um einen Scharfschützen oberhalb eines anderen Eingangs zu bemerken, der sich vor dem violetten und schnell dunkel werdenden Himmel Ackabars abzeichnete. Das einzelne rote Auge des Zielfernrohrs ließ den Kopfgeldjäger wissen, wo sich sein Gegner auf der anderen Seite des baufälligen Innenhofs verbarg. Rechs nahm ihn ins Visier und feuerte. Drei Treffer schlugen neben dem Scharfschützen in der Mauer ein, und der vierte erwischte das Zielfernrohr mit einem kleinen Funkenregen. Der Leibwächter war fort. Wahrscheinlich tot oder im Sterben begriffen.

»Eingang«, murmelte Rechs, während er die marode Mauer nach der geheimen Eingangstür absuchte, die in das Labyrinth hinabführte, wo der Minotaur namens Junga darauf wartete, von ihm abgeschlachtet zu werden. Wie in einem der alten, längst vergessenen Mythen vom Anbeginn der Zeiten.

Rechs redete den ganzen Einsatz über mit sich selbst, wo er früher mit Truppen, Kompanien, Armeen und Legionen kommuniziert hatte. War es eine Art Trost für ihn? Mit sich selbst zu sprechen, wenn er allein war? Gab es ihm das Gefühl, nicht allein und in der Unterzahl zu sein? Ganz zu schweigen davon, auch was die Waffen anging unterlegen zu sein?

Er verwarf diese Gedankengänge. Er war immer allein gewesen. Selbst als er seine Männer für die Republik in die Schlacht geführt hatte, selbst damals war er allein gewesen. So bevorzugte es er, aus Gründen, über die er nicht mehr nachdachte.

Der Eingang war die alte Strahlenschutztür eines Galaktischen Lichtschiffs. Eins der ersten, die damals die Kernwelten erreicht hatten. Riesige, fette Dinger, die in den Himmel stiegen und richtig Gas gaben. Das Neueste vom Neuen. Damals.

Er erinnerte sich noch daran, wie er mal auf einer Welt, deren Namen er nicht mehr wusste, unter einem solchen Ding gestanden und Hoffnung gespürt hatte. Das Gefühl gehabt hatte, als ob alles wieder von vorne anfing. Es fühlte sich genauso an, wie verliebt zu sein. Und da war damals jemand... jemand, der zu all diesen Erinnerungen gehörte. Und Rauch. Und Musik. Und Gelächter.

Aber das war sehr lange her.

Er ging entschlossenen Schrittes zu der gewaltigen Tür, als ob seine schiere Anwesenheit sie dazu bringen würde, sich zu öffnen.

Er musste einen Sicherheitscode eingeben.

In Maktow. Digitale Piktoglyphen hüpften über den Bildschirm, während das Ding ihn anzwitscherte.

»Keine Zeit«, grunzte er.

Er riss die uralte Tür aus ihren Angeln.

Dieses kleine Manöver kostete ihn mehr, als ihm lieb sein konnte. Auf seinem HUD wies ein Warnzeichen darauf hin, dass die Batterieleistung seiner Unterstützungssyteme ziemlich niedrig war. Die der Panzerung zur Verfügung stehende Energie war unter die 35-Prozent-Schwelle gefallen. Und er hatte keine weiteren Batteriepacks dabei. Seine alte Panzerung ging mit der Energie nicht mehr so sparsam um wie früher.

Er warf einen Blick durch den Eingang in die höhlenartige Dunkelheit dahinter und entdeckte mehrere

Ziele. Sie trugen alle Blasterpistolen. Warteten auf ihn in der Dunkelheit, in den Schatten. Jenseits dieser Falle zeigte ihm das Bodenradar die gezeichneten Linien einer riesigen Treppe, die zu zwei großen Türen innerhalb der Schiffsüberreste führten.

Das wird ein Spaß, dachte er finster, als er durch die offene Tür rannte.

Er wurde sofort von allen Seiten mit Blasterfeuer eingedeckt. Er ging in Deckung an den Ablüftungsstutzen für den Hauptantrieb des alten Schlachtschiffs. Die Aufbauten der riesigen Gondeln, in denen sich früher die gigantischen Antriebe befunden hatten, erhoben sich weiter über ihm. Blastertreffer prallten um ihn herum von den kalten Antriebssystemen ab und ließ festgebackenen, hunderte Jahre alten Ruß abplatzen.

Er zielte auf einen von Jungas fiesen, kleinen Schlägern, der sich seiner Position gegenüber in einem Stutzen versteckte — erledigte ihn mit einem einzigen Schuss. Er tötete zwei weitere, da er sie in der schattendurchzogenen Finsternis dank seiner Lichtverstärkungssoftware sehen konnte.

Dann zerstörte ein Glückstreffer sein Gewehr. Die Explosion ließ seine Hände sogar durch die gepanzerten Handschuhe erzittern. Als er seine schwere Blasterwaffe zur Seite warf, hörte er durch die Schallverstärkung seines Helms, wie der feindliche Anführer zufrieden seinen Welpen mitteilte, dass sie ihn genau da hatten, wo sie ihn haben wollten.

Rechs zückte die alte Handkanone von der Hüfte und schaltete sie auf vollautomatisch. Er spürte wie die Waffe mit der Munitionsleitung in seinem rechten Handschuh Verbindung herstellte, und in der oberen Ecke seines Helmvisiers wurde das geladene Magazin angezeigt. Dann schaltete er die Kerle mit Feuerstößen aus, die jedes Mal aus zehn Geschossen bestanden. Jede einzelne der brutalen Explosionen zerfetzte Jungas Schläger auf eine Weise, wie kein Blastergewehr es je geschafft hätte. Aber sie erwiderten weiterhin das Feuer. Die wenigen Treffer, die tatsächlich die Panzerung des Kopfgeldjägers erreichten, prallten harmlos ab und wurden in die düsteren Gewölbe über ihnen abgelenkt. Nur ein direkter Treffer aus nächster Nähe würde seine Panzerung durchschlagen. Nun... zumindest theoretisch. Es war eine Tatsache, dass seine Panzerung alt war. Und sie hatte eine Menge durchgemacht. Wer konnte schon sagen, wann sie den Geist aufgeben würde? Und wo? Es war immer am besten, überhaupt nicht getroffen zu werden. Oder so wenig wie möglich. »Captain«, säuselte eine Stimme auf Rechs' Kommunikationskanal. »Jemand versucht gerade, mich zu stehlen.«

Oben an der Treppe, die aus dem uralten Maschinenraum hinausführte, tauchten weitere Männer von Junga auf. Vor langer Zeit mussten hier sicherlich die Flammen der Hölle hochgeschlagen haben, wenn die alte Ohio-Klasse in den alten Grenzkriegen die Maschinen für eine nahende Schlacht hochgefahren hatte. Die damaligen Grenzen. Nicht die heutigen.

»Nun... dann lass das nicht zu«, knurrte er. Er nahm einen ziemlich beweglichen Schläger aufs Korn.

»Es ist nur eine Person, Captain. Eine einzelne Person versucht, mich zu stehlen.«

»Lyra!«, blaffte er frustriert. Das konnte er nicht auch noch gebrauchen. »Lass nicht zu, dass irgendjemand die *Crow* klaut.«

»Ich verstehe, Captain. Ich werde mir alle Mühe geben. Ich habe alles unter Kontrolle... im Augenblick.«

»Und—« Blasterfeuer explodierte direkt neben seinem Helm, und er konnte sich gerade noch rechtzeitig ducken. »Bereithalten, mich abzuholen. An meiner Position.«

»Oh, ich glaube, das ist keine gute Idee, Captain«, sagte Lyra zögernd.

Er beugte sich vor und zielte auf den flinken Schläger. Dann lenkte er ihn mit einer gezielten Explosion an die richtige Position und schoss ihm die Beine unter ihm weg. Dafür, seine Deckung aufgegeben zu haben, bezahlte Rechs mit gnadenlosem Blasterfeuer, das ihm ziemlich nah rückte.

»Anders geht es nicht, Lyra. Ich stecke hier ein wenig in Schwierigkeiten.«

»Captain, darf ich dich an meine Landung auf Noba V erinnern? Die versuchte Landung, meine ich.«

»Lyra! Du bist ein Raumschiff!«, brüllte Rechs. Er suchte Schutz hinter irgendwelchen alten Einspritzdüsen am Fuß der Treppe. Seine Position wurde langsam von neuer Verstärkung mit Blasterfeuer eingedeckt. Er musste sich weiter vorarbeiten. Jetzt tauchte er nur noch an verschiedenen Stellen auf, um blind Schüsse abzugeben, und längst nicht jeder Schuss war noch ein Treffer.

Die Integrität seiner Panzerung nahm rapide ab. Wie auch die Bewegungsunterstützung. »Solltest das hier mal langsam erledigen«, grunzte Rechs zu sich selbst. »Was, Captain?«

»Lyra, hoch mit der Crow und manövriere sie über meine Position. Du musst unter Umständen durch die Aufbauten eines alten Schlachtschiffs der Ohio-Klasse fliegen. Das schaffst du.«

Seine Munition war zur Hälfte aufgebraucht. Er wechselte auf Feuerstöße mit fünf Geschossen. Das

Zielunterstützungssystem hatte Schwierigkeiten bei den größeren Angriffen den Überblick zu behalten, und er verschwendete seine Munition nur noch.

»Ich werde es versuchen, Captain.« Aber das Schiff klang nicht wirklich von sich selbst überzeugt.

Als ob ich eine andere Wahl hätte, dachte er, als er eine Art Anführer erledigte. Der Typ hatte rumgebrüllt und mit den Armen gewedelt, um einen Haufen feiger Mörder dazu zu bringen, Rechs direkt anzugreifen. Ihm den Schädel wegzupusten erwies sich als ein effektives Gegenargument.

Aber sie rückten noch immer schrittweise näher an seine Deckung heran. Sie waren alle von der Sorte, die wusste, wie sie gemeinsam jede Situation für sich ausnutzten. Wie man die Schwachen bedrängte und einschüchterte.

Tja, da werden sie hier aber eine Überraschung erleben, dachte der Kopfgeldjäger.

Jetzt rückten sie vor, weil sie das Gefühl hatten, im Vorteil zu sein, oder weil sie wussten, dass sie Junga ganz bestimmt nicht als Versager gegenübertreten wollten. Sie feuerten, so schnell sie konnten, und schlossen ihren Halbkreis in der Dunkelheit des uralten Antriebs immer enger. Aus kurzer Distanz würden ihre Blaster seine Panzerung zerfetzen. Der entscheidende Fehler, den sie machten, war, als das Ende ihres Halbkreises — es waren insgesamt sieben blutrünstige und verzweifelte Verbrecher — nahe genug herankam, dass sich Rechs von dem zerfallenden Gehäuse des Einspritzers, auf das sie Feuer konzentrierten, abrollen und direkt auf einen seiner Angreifer stürzen konnte: einen Tennar, der vier Blaster in seinen Tentakeln hielt.

Rechs schoss wie ein Blitz nach unten und hinter den humanoiden Tintenfisch. Er schlug ihm einmal in den Hals, dann mit der Industriediamantklinge, die er aus den Fingerknöcheln seiner Handschuhe hatte ausfahren lassen, in sein Hauptherz. Dann zog er den Körper an sich und nutzte ihn als Schild.

Im Todeskampf betätigte der Tennar sämtliche Abzüge an allen Blasterpistolen. Seine Blasterblitze zuckten wild in alle Richtungen durch den Maschinenraum und trafen dabei andere Auftragskiller oder prallten einfach ab und zischten hinauf in die Aufbauten.

In Anbetracht dieses ungezielten Herumgeballers direkt in ihrer Nähe suchten die restlichen von Jungas Schlägern verzweifelt Deckung. Rechs nutzte den Vorteil, den dieser Augenblick des Durcheinanders ihm bot. Er packte einen der hektisch umherzuckenden Tentakel und sicherte sich so einen der Blaster. Dann feuerte er kontinuierlich auf die sich duckenden Schläger und erledigte sie einen nach dem anderen. Seine Bewegungen waren die eines Automaten, einer Maschine, tödlich. Als der letzte Feind ausgeschaltet war, warf Rechs die leblose Leiche des Tintenfischs in die Dunkelheit und ging die Treppe hinauf.

Die Tür oben war mal zur Abschaltung der Kraftstoffzufuhr innerhalb des Maschinenraums gedacht gewesen. Jetzt, und da war sich Rechs sicher, stellte es den Zugang zu Jungas Allerheiligstem dar.

Wird Zeit, das hier zu Ende zu bringen, dachte er. *Viel ist ja nicht mehr übrig.*

Er scannte die Blasterpistole, die er dem Tennar abgenommen hatte, mithilfe seines Diagnose-Emulators. Ihm gefielen weder seine Zielerfassung noch seine Energieleistung. Es war die Sorte Waffe, die ein zweitklassiger Schläger auf einer Hinterwäldlerwelt in der Hoffnung trug, sie niemals anders nutzen zu müssen denn als Mode-Accessoire.

Aber diese Typen, das dachte Rechs, während er seinen Blick über die Leichen auf dem Deck schweifen ließ, *diese Typen lechzten immer danach, sie wirklich zu benutzen. Das verlieh ihnen Macht.*

Und dann, flüsterte die Stimme in seinem Inneren, *wenn das das ist, was du zum Schlafen brauchst... dann red dir das ruhig weiter ein.*

Rechs hatte schon lange nicht mehr gut geschlafen.

Es gab zu viele Tote, die gerne mit ihm sprechen wollten, sobald er die Augen schloss.

Er hatte zu viele Dinge getan, die er auch lange danach nicht loswerden konnte.

Viel zu viele. Es reichte für mehrere Lebenszeiten. Ja, Plural.

»He!« Das klang wie die Stimme eines kleinen Mädchens. Vorwurfsvoll, hilflos, mit einer Spur Angst, wie all die anderen Stimmen, die er auf all den endlosen Welten gehört hatte, auf denen er als Soldat gewesen war. Hingeflogen war. Wieder weggeflogen war. Für die er getötet hatte. Oder einfach nur getötet hatte. Im Versuch zu vergessen, wo und wie alles angefangen hatte. In dem Wissen, dass das Ende irgendwo vor ihm lag.

Bald schon.

»He!«

Rechs drehte sich in dem Blutbad an, das er gerade angerichtet hatte. Die Leichen zu seinen Füßen. Das verbrannte Fleisch. Das Blut, die Eingeweide.

Ein kleines Mädchen und ein alter Kriegs-Bot starrten ihn an. In den Tiefen eines alten Schlachtschiffs, das nun das Versteck irgendeines Gangsters war.

Und plötzliche durchquerte sie den verkohlten Maschinenraum. Sie war das Gegenteil zu allem Realen. Allem Schrecklichen. Sie war klein. Jung. Entschlossen. Der Kriegs-Bot huschte hinter ihr her.

Er erinnerte sich an die Kriegs-Bots. Sie hatten auf Kungaloor an seiner Seite gekämpft. Als die Regenstürme begonnen hatten, und die *Goliath* in Flammen und Donner untergegangen war. Als ihre Verteidigungslinie so dünn gewesen war. Er erinnerte sich an all das in diesem Moment, als ob er die Hand ausstrecken und den Regen der Vergangenheit spüren konnte, den er auf seiner ersten außerirdischen Welt gespürt hatte.

Nein...

Kungaloor war nicht die erste gewesen. Das war später. Die erste bestand nur aus roter Wüste und Sand. Und Wind. Wind, der einem das Fleisch herunterriss. Und der Wind sang Lieder. Daran erinnerte er sich. Er sang für ihn.

Das war die erste Welt.

Sie sprach mit ihm. Das kleine Mädchen. Ernst. Ehrlich. Ohne jede List. Zumindest noch nicht.

Das lernte man, wenn man älter war. Sie hier war noch jung und unschuldig. Sie glaubte daran, dass es richtig und falsch gab.

Die Galaxie hatte sie noch nicht verdorben. Aber das würde sie. Sie verdarb jeden.

Er hielt die praktisch nutzlose Blasterpistole in der Hand. Er deutete damit nicht auf sie. Zielte aber auch nicht zur Seite. Als ob beide Möglichkeiten nur genau das waren... Möglichkeiten. Möglichkeiten in einer Reihe, die vor langer Zeit begonnen hatte.

»Sind Sie ein—« Sie hielt inne, als er endlich seinen Helm zu ihr drehte, um sie anzuschauen.

Das furchterregende Aussehen des Kopfgeldjägers traf Prisma wie ein Blitz. Panzerung und Waffen. Tötungswerkzeuge. Gesichtslos, weil er den Helm trug. Ein kalter, gnadenloser Killer. Er sah genauso aus wie die, die...

Ihre Knie gaben nach. Nein — aber das wollten sie. Sie wollte zusammenklappen und sich nicht an das erinnern, was passiert war. Sie wollte wieder klein und unbedeutend sein. Sich verstecken.

Aber das tat sie nicht. Sie gab nicht nach. Sie hielt sich aufrecht, so gut sie konnte. Bewahrte Haltung und kämpfte darum, dass dies auch so blieb.

»Sind Sie ein Kopfgeldjäger?« Ihre Stimme klang so klein, wie sie es sein wollte. Denn die Galaxie war groß, sie hatte diese Fähigkeit, jedem das Gefühl zu geben, unglaublich unbedeutend und hilflos zu sein. Vor allem als ihr Vater vor ihren Augen ermordet wurde. Diesen Anblick sah sie immer wieder, wenn sie die Augen schloss. Es gab keine Gerechtigkeit. Nicht wirklich. Für einige, aber nicht für alle. Und das konnte man dann auch keine Gerechtigkeit nennen.

Gerechtigkeit ist eine Form der Barmherzigkeit. Für die Unschuldigen. Nicht wahr? Plötzlich war sie voller Zorn, der wie Flammen in ihr toste. Ein eiskaltes Feuer. »Ich will einen Kopfgeldjäger anheuern.«

»Was...?« murmelte Rechs.

Diese ganze Szene war unwirklich. Er fragte sich, ob er gerade wieder eine seiner Episoden hatte. Ein weiterer Augenblick in seinem Leben, in dem die Realität nicht mehr das war, was sie eigentlich sein sollte, und das nur, weil du vor allem eins gut konntest: nicht sterben. Ein kleines Mädchen, das dir auf eine eindringliche Weise vertraut vorkam, ohne ihren Namen zu kennen. Vielleicht lag das ja an dem Kriegs-Bot. In der Gruft einer alten Ohio-Klasse aus einem längst vergangenen Krieg, an den sich niemand mehr erinnerte, einer von vielen, die alle mit dem kollidierten, was aus ihm geworden war. Was er niemals werden wollte.

Was er aber war.

Ein Kopfgeldjäger.

Was du sein wirst, und worauf du schon hinarbeitest.

Und dann... darin lag etwas. Nein. Das war er nicht. Das war einfach nur etwas... für diesen Augenblick.

»Einige Männer...«, setzte sie an, als ob sie eine einstudierte Rede vortragen wollte, die sie auswendig gelernt hatte, um alles genau richtig zu sagen. In all den langen Stunden Einsamkeit, als sie niemandem außer sich selbst Vorwürfe machen konnte. Als ob diese Rede alles wieder in Ordnung bringen würde. Aber als sie ansetzte... flohen alle Wörter und ließen sie allein, Prisma, mit ihrer Tasche, in der all ihre Trauer verborgen war. Da stand sie nun, klein und ganz weit weg. Und verspürte Zorn und Wut und Furcht, und wie sich jede einzelne

Emotion bemühte, sie zu beherrschen, wo sie sich doch eingeredet hatte, sie wäre die Herrin. Jetzt lachten sie alle aus.

»... kamen und töteten...« Der Riss in ihr wurde sichtbar, denn er war schon immer da gewesen. »... meinen Vater.«

Aber was sie hatte sagen wollen war *meinen Papa*.

Das hatte sie eigentlich sagen wollen, als ihre Schultern herabhingen, und KRS-88 zu ihr eilte, um ihr irgendwie Trost zu spenden. Als ob ein Bot so etwas jemals hätte tun können.

Nun flossen die Tränen. Flossen ihre Wangen hinab.

»Und ich brauche jemanden, der sie tötet, weil...«

Sie schluchzte erneut und verzog ihr Gesicht zu dieser stillen, hässlichen Maske, von der sie immer schwor, sie nie wieder aufzusetzen, wenn sie sie bemerkte. Zwischen ihren Atemzügen seufzte sie leise und flehte die Galaxie an, nicht so grausam zu sein, wie sie es nun einmal war. Sie flehte sie an, alles anders zu machen. Flehte das Universum an, nicht aus Stein geschaffen zu sein oder aus tief gesunkenen Männern.

»Er war mein Papa!«, rief sie. »Ich weiß, dass er nicht perfekt war. Aber er gehörte mir. Und sie haben ihn mir genommen.« Und dann schluchzte sie, die Hände in die Hüften gestemmt. Schluchzte unkontrolliert, ohne sich dagegen wehren zu können.

Rechs ließ die Waffe fallen und ging auf ein Knie. Er spürte jedes Knacken und Knarzen in seinem alten Körper und in seiner alten Panzerung. Jede Verletzung. Jeden Schmerz. Er spürte alles, was an ihm fehlte, wo eigentlich etwas hätte sein sollen jenseits der Narben.

Sie kippte wie eine kleine Stange auf seine gepanzerte Vorderseite, und er hielt sie fest. Weil er mal gut gewesen war. Weil sie verloren war. Weil er ein Erwachsener war. Weil sie ein Kind war. Weil die Galaxie grausam war. Und weil sie Trost brauchte. Und Sicherheit. Und Gerechtigkeit.

Durch seine Panzerung, die ihn vor dem Schlimmsten bewahrt hatte, was die Galaxie einem Mann entgegenschleudern konnte, konnte er ihre Trauer und ihren bebenden Körper spüren. Die Demütigung. Die Angst.

Und daher hielt er sie einfach fest.

Was das mit Abstand Menschlichste war, das er... in Jahren getan hatte. Und dann tauchte die Legion auf, unterstützt durch reguläre Soldaten.

»Das ist er! Feuer frei!«, schrie der leitende Offizier. Gepanzerte Einheiten strömten in den riesigen Maschinenraum des uralten Schlachtschiffs. Mindestens zwei Trupps. »Oh, nein!«, knurrte der Kriegs-Bot, als um sie herum Blastertreffer einschlugen und sich als kleine Explosionen aus statischer Elektrizität und Rauch zeigten.

Rechs schnappte sich das kleine Mädchen und rannte durch das Portal, das zu Jungas Allerheiligstem führte.

»Crash!«, schrie sie.

»Beweg dich, Blechbüchse!«, rief er dem Bot zu, als er sich kurz umdrehte und zweimal feuerte. Er traf nichts, hielt die Legionäre aber davon ab, auf sie zu schießen. »Bleib hier, und du bestehst gleich nur noch aus Einzelteilen!«

Sie rannten durch das Absperrventil der uralten Kraftstoffzufuhr, während um sie herum Blastertreffer von den Wänden abprallten.

KAPITEL 10

Rechs, der sich das Mädchen unter den Arm geklemmt hatte, stapfte hektisch einen der Luftansaugkanäle des Hauptantriebs entlang. Der affektierte Kriegs-Bot folgte ihm, so gut er konnte. Man hatte diesen Raum in eine Art Lagerhaus für Schmuggelgut verwandelt. Behälter mit tatsächlich aus der Republik stammenden Waren reihten sich an den Wänden, vermutlich von großen Frachtschiffen gestohlen.

Die ihn verfolgenden Legionäre versuchten, auf ihn zu feuern, aber Rechs rutschte um eine Ecke und zückte seine Blasterpistole, um den Kriegs-Bot zu beschützen.

Drei schnelle Richtungswechsel später, während sie sich durch das Labyrinth des ausgeschlachteten Raumschiffs bewegten und dabei Leitungs- und Versorgungskanäle durchquerten, immer verfolgt von den Legionären, erreichten sie die schräg stehende Brückenpassage, die sich vermutlich am gesamten Rückgrat des Schlachtschiffs entlanggezogen hatte. Von diesem Raumschiff, das vor langer Zeit voller Leben gewesen war, waren nur noch Staub und Schatten übrig. Sie hatten sich eine kurze Atempause verdient, nachdem Rechs die hartnäckigsten Verfolger mit tödlichem Blasterfeuer entmutigt hatte. Die Wege hinter ihnen waren mit sterbenden Legionären übersät. Aber in der Ferne waren die laut klappernden Stiefel der Legionäre zu hören, die über die Deckplatten rannten, um zu ihnen aufzuschließen.

»Oh«, murrte der Kriegs-Bot. »Das Raumschiff hat eine aktive Intelligenz. Ich habe mit ihm Kontakt aufgenommen.«

»Flugdeck«, sagte Rechs zu sich, als er Prisma absetzte. Junga zu erledigen kam nun nicht mehr in Frage. Hier rannten einfach zu viele Legionäre rum. Außerdem war es ziemlich wahrscheinlich, dass sich Junga bereits auf seinem Frachter befand und versuchte, an der Blockade vorbeizukommen.

Er musste das Mädchen hier rausbringen. *Warum?*, fragte ihn ein uralter Teil von ihm selbst. Ein Teil, der sich ziemlich jung anhörte. Er versuchte nicht einmal, darauf zu antworten.

»Werden Sie mir helfen?«, sagte sie, jetzt, da sie den Sturm ihrer Gefühle durchgestanden hatte und praktisch keine mehr empfinden konnte. »Werden Sie mir helfen, Rache zu nehmen?«, flüsterte sie leise.

Nicht jetzt, wollte er sagen, als er sich auf dem Absatz umdrehte und einen Überblick gewinnen wollte, immer noch die miese Blasterpistole in der Hand.

»Ich rede gerade mit dem Raumschiff, Sir«, sagte der Bot. »Und das Schiff sagt—«

»Hier entlang!«, brüllte Rechs. »Los jetzt, auf geht's!«

Er packte das Mädchen an der Hand und rannte mit ihr das Rückgrat des Raumschiffs entlang. Wenn sie es nicht schafften, aus diesem Hauptkorridor zu entkommen, dann wären sie für die Legionäre ein leichtes Ziel.

»Sir, das Raumschiff teilt mir mit, dass das Flugdeck—«

»Spuck es aus, Blechbüchse«, rief Rechs, während er die im Dunkel liegenden Querflure betrachtete. Er war mal auf einer Ohio gewesen, vor langer Zeit. Vielleicht sogar auf der hier. Er wusste, dass das Flugdeck... Es gab *zwei* von ihnen an Bord! Er erinnerte sich plötzlich. Sie lagen beide an der Unterseite an den Flügeln. Und er erinnerte sich an... noch etwas. Und dann war der Gedanke wieder fort. Alles, was er wusste war, dass es irgendwie wichtig gewesen war, aber nicht jetzt. Oder nicht mehr.

»Sir, das Raumschiff teilt mir mit, dass beide Flugdecks fehlen. Sie sind ausgeschlachtet worden.«

Die ersten Blasterblitze zuckten harmlos an ihnen vorbei, den riesigen, leeren Durchgang entlang, wo früher Tag und Nacht die Besatzung und die Soldaten die Räume mit Leben erfüllt hatten. Rechs konnte sie immer noch sehen, als ob sie immer noch hier wären, sich immer noch auf den Kampf bei Engador vorbereiteten oder direkt beim Asteroidenfeld von Jether's Folly.

Konzentriere dich!

Er riss an der Hand des Mädchens und führte sie in einen dunklen Nebengang. Als er die Restlichtaufhellung zuschaltete, konnte er erkennen, dass der Gang zu den unteren Decks führte. Da unten wären die Artilleriestellungen gewesen, wenn man ganz nach unten ging.

»Hat das Raumschiff immer noch Stromversorgung, Blechbüchse?«

»Jawohl, Sir. Das Raumschiff teilt mir mit, dass es an das Hauptstromnetz angeschlossen ist, damit die Bergungsmannschaften ihre Arbeit fortsetzen können, es Stück für Stück auseinanderzunehmen.«

»Teile dem Raumschiff mit, dass es die Startvorbereitungssequenz initiieren soll.«

»Sir... Dieses Raumschiff wird bedauerlicherweise nie wieder fliegen. Es ist nicht mehr in der Lage zu fliegen.«

»Teile dem Schiff mit, es trotzdem zu tun. Wenn die Startvorbereitungssequenz initiiert wird, bekomme ich Zugriff auf die Sicherheitskonsolen. Wenn ich eine finden kann.«

»Ah! Eine brillante Idee, Sir. Das Raumschiff teilt mir mit, dass die Sequenz aufgerufen wurde. Und dass es sich anfühlt wie in guten, alten Zeiten«, stellte der Kriegs-Bot stolz fest.

Ein Deck tiefer kam Rechs rutschend vor einer Wandplatte zu stehen, die in einem Schott integriert war. Er riss die Schutzplatte herunter, hinter der sich ein Touchscreen mit einem Bedienfeld befand. *Alphanumerisch haben wir das damals genannt.*

»Denk nicht drüber nach«, ermahnte er sich, als er sich an die Zahlen zu erinnern versuchte, die das Passwort darstellten. Du kennst sie noch. *Vertraue nicht deinem Verstand. Lass einfach dein Muskelgedächtnis übernehmen.*

Dann lachte er verärgert vor sich hin. Sein Verstand war schon lange nicht mehr der, der er früher mal gewesen war. Was in gewisser Hinsicht gut war. Vielleicht gefielen ihm all diese Erinnerungen nicht. Vielleicht erinnerten sie ihn an Dinge, die er hinter sich gelassen hatte. Die Dinge, die ihm fehlten.

Seine Finger huschten über das Bedienfeld. Bis zur letzten Zahl. Der letzten Eingabe. Seine Finger zögerten über der Neun. Unsicher.

Und dann drückte er einfach die Taste, denn, so dachte er sich, was konnte er sonst schon tun? Welche andere Möglichkeit blieb ihm, als wild zu raten?

Eines Tages wird das Haus gewinnen.

»Aber bitte nicht heute«, murmelte er. Auf dem Bildschirm tauchte das Hauptmenü auf.

Sekunden später hatte er einige der Sprengtüren zwischen ihnen und den Legionären verschlossen.

Das sollte sie ein bisschen aufhalten.

Er rief eine schematische Darstellung des Raumschiffs auf und ging dessen Abschnitte durch, bis er das gefunden hatte, wonach er suchte.

»Lyra«, sagte er in die Bordsprechanlage.

»Jawohl, Captain. Geplante Ankunftszeit ist in drei Minuten.«

»Sehr schön. Du musst direkt in die Aufbauten dieses Raumschiffs fliegen und das Hauptgeschützrohr finden. Aus dem haben sie damals diese alte Planetenzerstörerwaffen abgefeuert. Auf halber Strecke befindet sich eine Instandhaltungsplattform. Versuch die *Crow* so nah wie möglich da ranzubringen!«

Eine längere Stille folgte.

Er hörte das unverkennbare Geräusch eines Laserschweißbrenners, der sich in einiger Entfernung durch ein Schott fraß. Die Legionäre. Sie würden nicht lange dafür brauchen. Diese Schweißbrenner fraßen sich mühelos durch alles, selbst Durastahl.

Er erinnerte sich an ein Jahr in den Barbarischen Kriegen, als er nichts anderes als einen Laserschweißbrenner als Waffe besaß. Für ihn war es wie ein Schwert gewesen oder wie ein Zeremonialsäbel. Er war sowohl elegant als auch brutal gewesen. Und er hatte damit mehr Leute umgebracht, als ihm lieb sein konnte.

Warum?

Weil die Galaxie damals nur einen halben Schritt davon entfernt war, in die ewige Dunkelheit zu stürzen.

»Folgt mir«, sagte er zu dem kleinen Mädchen und dem Bot.

Als sie losrannten, konnte er hören, wie in der Ferne ein Schott auf das Deck krachte, gefolgt vom metallischen Klappern der Legionärsstiefel, die hinter ihnen herrannten.

Sie folgten dem Versorgungsgang weiter, krochen schließlich durch ein Sauerstoffgitter hinab in einen gekrümmten Flur, der sie gleich zum Hauptgeschützrohr führen würde. Dem Planetenzerstörer.

MG42. Das war die militärische Kennung gewesen. Heute baute die Republik diese Waffen nicht mehr.

Aber damals… haben wir das, dachte er. *Wir haben Waffen gebaut, um Planeten zu zerstören.* Auch wenn das Leben heute schlimm geworden war, nichts war so schlimm wie damals.

Rechs blieb an einer T-Kreuzung stehen. Einer der Gänge führte zu der Plattform, wo gleich Lyra und die *Crow* auf sie warten würden. Das Raumschiff konnte wenigstens das Mädchen hier rausbringen.

Er warf erneut einen Blick auf die miese Blasterpistole in seiner Hand, als ob er immer noch nicht glauben könnte, dass er ein so nutzloses Ding mit sich durch die Gegend schleppte. Für ihn war sie ein Fluch. Jede Waffe, mit der er gekämpft hatte, hatte sich wie ein Teil seiner Selbst angefühlt — aber das hier nicht. Vielleicht hatte er sie deswegen so lange mit sich mitgeschleift. Und sie so weit wie möglich von seinem Körper entfernt getragen.

»Hör gut zu, Blechbüchse. Nimm sie mit und folge diesem Gang.« Er deutete nach rechts. »Suche nach der Tür M3. Befehle dem Raumschiff sie zu verriegeln, wenn ihr durchgegangen seid. Mein Raumschiff ist auf dem Weg. Es wird sie an der Plattform abholen.«

»Ah! Hervorragend, Sir! Und was ist mit mir?«

»Wenn sie im Schiff ist, dann kann es euch beide irgendwo hinbringen, wo es sicher ist.« Aber das war eine Lüge. Es gab in Wirklichkeit keinen Ort mehr, an dem man sicher war.

»Sie haben mir nicht zugehört«, sagte das Mädchen. »Ich will Sie anheuern. Ich will, dass Sie—«

»Halt die Klappe!«, rief er. Er bedachte sie mit dem ausdruckslosen Blick, den ihm sein seelenloser Kampfhelm ermöglichte. »Du hast nicht genug Geld, um mich dafür zu bezahlen, dass du dich rächen kannst. Du musst darüber hinwegkommen. In dieser Galaxie gibt es jede Menge von diesem Scheiß. Sie ist voll davon. Lass hinter dir, was dir zugestoßen ist. Es ist passiert, es tut mir leid, aber finde dich damit ab. Vertraue mir. Du hast deine Rache nicht so sehr nötig, wie du vielleicht glaubst. Wenn du nicht aufhörst, dann wird sie dich einfach auffressen. Am Ende wird nichts mehr von dir übrig sein.«

Vertraue mir.

Sie starrte zu ihm hoch. In ihren Augen lagen Zorn und Härte. Sie durchbohrten den Helm, in dem er sich so lange verborgen hatte.

»Ich werde es niemals überwinden«, sagte sie. »Er war mein—«

»Doch, das wirst du!«, schrie Rechs verzweifelt. Er konnte hören, wie die Legionäre zu ihnen aufschlossen. Sie musste jetzt sofort los. »Das wirst du. Du wirst dich irgendwann verlieben, und du wirst all die schlimmen Dinge vergessen, die dir zugestoßen sind. Wir können uns nicht an jeden einzelnen, furchtbaren Moment erinnern, der uns passiert ist. Ansonsten würden wir es niemals überstehen. Wir könnten nicht weiterleben. Aber wir müssen. Vertrau mir, du wirst es überleben. Hast du ja bisher auch. Du wirst es überstehen. Blechbüchse—« Er sah zu dem alten Kriegs-Bot, den jemand in einen Diener verwandelt hatte. Er erinnerte sich an den Anblick, wie diese Dinger zengaarianische Plünderer im Halbdunkel auf dem Planeten Cyclon zerfetzten, in den Schatten eines Kohlestaubsturms. »Mach, dass du sofort hier rauskommst. Gefechts-Override ›Reaper 19.‹«

Der große Kriegs-Bot schnappte sich die Hand des Mädchens, ohne zu zögern oder sonst wie zu reagieren — als ob der höfliche, aufmerksame Diener nie existiert hätte. Als ob nur noch eine todbringende Maschine existierte — ein Monster, das gewohnt war, Befehle zu befolgen.

»Was tust du da, Crash?«, schrie das Mädchen. »Lass mich los!«

»Bring sie zur Plattform«, lautete Rechs' Befehl. »Bring sie auf mein Schiff und verschwindet von hier. Ich werde versuchen, euch so viel Zeit wie möglich zu verschaffen.«

»Wie Sie befehlen, General.«

Der Bot stapfte in den dunklen Gang zur Rechten und zerrte wie ein riesiges Schreckgespenst das schreiende, um sich tretende Mädchen mit sich, ein Albtraum für alle zerbrechlichen, für alle guten Dinge im Leben.

Die Legionäre näherten sich schnell. Sie sagten sich gegenseitig tote Winkel an. Bewegten sich strategisch vorwärts. Clever. Auf der Jagd nach ihm.

Sie sind hinter dir her, dachte er. *Verschaffe ihr genügend Zeit, um wegzukommen, und vielleicht vergessen sie sie sogar.*

Er drängte sich an die Wand, die Blasterpistole an die Brustpanzerung gedrückt, und bereitete sich gedanklich vor, wie er es so unzählige Male gemacht hatte. Er machte sich bereit, andere zu töten.

Die ersten Schritte näherten sich seiner Position. Rechs wartete. Dann drehte er sich elegant zur Seite und schoss. Zweimal. Die furchtbare Blasterpistole bekam zwar keinen Schuss gerade hin, aber einer traf sein Ziel und ließ den vorrückenden Legionär in die Wand an seiner Seite krachen.

Jetzt feuerte er durchgehend, wenn auch völlig ungezielt. »Wir haben ihn festgenagelt!«, rief einer der Republiksarmee-Sergeants. »Versucht, ihn zu flankieren!«

Natürlich, dachte Rechs, während er weiter Blasterblitze den dunklen Gang entlangschickte. Sie erwiderten das Feuer, dachten aber mehr an reichlich Deckung. Das war schon ziemlich schlau. Sie wussten, dass er gefährlich war.

Er versuchte zu berechnen, ob der Kriegs-Bot und das Mädchen die Plattform bereits erreicht hatten.

Ein Legionär streckte weiter entfernt im Flur kurz seinen Kopf vor, auf dem Gang zur Linken, suchte aber sofort wieder Schutz. Sie kamen nun aus zwei Richtungen auf ihn zu.

In wenigen Augenblicken werden sie mich ins Kreuzfeuer nehmen. Dann bin ich am Arsch.

In diesem Augenblick verabschiedete sich seine Waffe.

Ein leiser, hell klingender Ton warnte ihn, dass es gleich passieren würde. Dann roch irgendetwas verbrannt. Wahrscheinlich hatte es den Kristallfokussierer erwischt. Er warf das Ding weg und zog geschmeidig wie eine Schlange seine Handkanone.

Die Anzeige auf dem Head-up-Display teilte ihm mit, dass er nicht mehr viel Munition hatte.

Er jagte fünf Geschosse in den Legionär, der es gewagt hatte, in den zwei Sekunden zwischen dem Versagen der Blasterpistole und dem Ziehen seiner drittletzten Waffe auf ihn zuzustürzen. Alle mitten in die Brust. Der Legionär krachte auf das Deck. Aber andere stürmten an ihm vorbei und griffen Rechs gleichzeitig an. Außerdem tauchten weitere Legionäre aus dem Nebengang auf, sodass er noch weiter in die Enge getrieben wurde.

Er zog seinen raketengetriebenen Enterhaken vom Ausrüstungsgürtel und zielte auf den ersten Legionär, der aus dem Nebengang auf ihn zurannte. Als er damit die Waffe des Manns ergriffen hatte, legte Rechs den Daumenhebel um, ihn zurückzuholen.

Er feuerte weiter mit der Handkanone auf die Legionäre, die aus der Richtung der Brückenpassage auf ihn zustürmten, während er den Enterhaken mit der anderen Hand zu sich holte und das N6-Blastergewehr geschickt auffing.

Endlich etwas, womit man arbeiten kann.

Er feuerte weiter und wich langsam zurück. Hinter den Legionären, die vor ihm starben, folgten weitere Soldaten. Er wich Flur um Flur zurück, flüchtete vor ihnen, immer weiter schießend. Er ließ sie teuer dafür bezahlen, bis er die Plattform erreichte.

Wie viele er erschossen hatte, wusste er irgendwann nicht mehr, aber offensichtlich hatten die ersten beiden Truppen Verstärkung bekommen. Er schaffte es aber trotzdem, ihnen weiterhin zu entkommen.

Als er schließlich die Versorgungsluke erreichte, die auf die Plattform innerhalb des Hauptgeschützrohrs führte, überbrückte er das Bedienfeld, trat hindurch und ließ sie hinter sich verriegeln.

Er hatte es geschafft.

Das Mädchen und der alte Kriegs-Bot standen am Rande des Abgrunds — dem gigantischen

Hauptgeschützrohr der alten Waffe, die niemals hätte gebaut werden dürfen. Durch das Rohr kamen langsam die Scheinwerfer eines Raumschiffs auf sie zu. Seines Raumschiffs. Die *Obsidian Crow*.

Hinter ihm hatten die Legionäre einen Schweißbrenner zur Tür gebracht.

Zwei Minuten.

»Komm mal in den Tritt, Lyra. Uns läuft die Zeit davon.«

»Ich kann wirklich nicht gut fliegen, Captain. Das weißt du doch.« Aber das Raumschiff beschleunigte trotzdem. »Und Captain, ich kann nicht landen.«

Das stimmte allerdings. Auf der kleinen Versorgungsplattform hätte nicht mal eines der Fahrwerke der *Crow* Platz.

»Komm einfach so nah ran wie möglich.«

Das flache Raumschiff mit seinem kuppelförmigen Cockpit, das oben am Bug herausragte, kam näher, blieb aber plötzlich stehen. Der laut kreischende Antrieb wechselte zu leiseren Tönen, da er offensichtlich heruntergefahren wurde. Die Legionäre waren auf halbem Wege durch die Tür.

»Komm gefälligst näher, Lyra!«, brüllte Rechs in sein Funkgerät, als er sich zur Sprengtür umdrehte, das Blastergewehr im Anschlag.

Ein paar kann ich erledigen, dachte er. Sich zu ergeben kam ihm überhaupt nicht in den Sinn.

»Captain, ich fühle mich in diesem Augenblick nicht wohl, näher an euch heranzufliegen. Ich bin nur für die Systeme verantwortlich. Ich fliege das Schiff nicht. Das weißt du. Wir haben das doch besprochen—«

»Stell mich zum Gefangenen durch!«, knurrte Rechs.

Die Legionäre waren nun zu drei Viertel durch die Luke.

»Das ist eine sehr seltsame Bitte, Captain«, antwortete Lyra. »Aber gut. Er ist ein Wobanki. Also, natürlich... Du weißt ja, wie sie sind. Er ist jetzt auf deiner Frequenz.«

»Achtung, Gefangener. Du hast versucht, mein Raumschiff zu stehlen. Laut republikanischem Gesetz kann ich dich im Tiefenraum einfach aus einer Luke werfen.«

Der Schweißbrenner hatte Schwierigkeiten damit, die letzten Türbolzen zu durchschneiden. Dann hörte das Geräusch auf. *Sie müssen wechseln*, dachte Rechs. *Der neue schneidet noch besser. Aber es ist nur eine kurze Atempause. Die einzige Atempause, die ich jetzt noch kriege.*

»Ich kann mir nur vorstellen, dass du versucht hast, wegen der Republik vom Planeten wegzukommen«, sagte er daher schnell. »Ich will das auch. Also, wie wäre es, wenn ich dich als meinen Ersten Offizier anheuere, anstelle dich ins Weltall zu feuern?«

»*Taju janki tegu...*«, jaulte der Wobanki.

»Natürlich bezahlt!«, rief Rechs entrüstet. »Ich bezahle dich.«

»*Tabu janki? Tabu janki!*«

»Nun, wir reden später über die Höhe der Bezahlung. Aber jetzt und hier musst du das Raumschiff, vor allem die untere Zugangsluke und die Laderampe so schnell wie möglich an die Plattform ranschaffen, auf der ich gerade stehe. Mach das, und ja... *tabu janki. Bugu tabu janki.*«

Es war völlig egal, wie viel der Wobanki verlangte. Wenn Rechs sich selbst und das Mädchen nicht innerhalb der nächsten Sekunden von dieser Plattform wegbekam, waren sie alle tot. Und die Legionäre hatten zweifellos einen Soldaten dabei, der auf Boden-Luft Beschuss spezialisiert war. Einer dieser Typen, die mit einer MLAR-Anti-Raumschiffsrakete ausgestattet waren, die einen leichten Frachter in Sekunden aus dem Himmel holen konnte.

Der Wobanki jaulte schief, was die für Wobanki typische Art war klarzumachen, dass da was möglich sei. Allerdings war es auch die für Wobanki typische Art, eine Menge anderer Dinge zu sagen.

Der Schweißbrenner nahm seine Arbeit an der Tür wieder auf.

»Na dann. Ich werde dem Raumschiff den Befehl erteilen, dich aus deiner Fixierung zu befreien. Ein Versuch zu entkommen, bevor wir du uns hier von der Plattform holst, und ich werde dem Raumschiff befehlen, dass es dich rauswirft.«

Hoffentlich wusste Lyra, dass er nur bluffte. Das Raumschiff konnte niemanden aus seinem Inneren entfernen, aber es konnte manchmal die Dinge sehr wörtlich nehmen und sich in diesem Moment dazu entscheiden, ihn auf seinen Fehler hinzuweisen. Das hatte es schon früher getan. Dankenswerterweise schwieg es diesmal aber. Wahrscheinlich war es einfach nur froh, dass jemand anders das Fliegen übernehmen würde.

Die *Crow* bewegte sich ruckartig weiter zur Plattform vor, während sie eine Reihe von Schüben über die Manövriertriebwerke und die Gierdämpfer des Hauptantriebs durchführte. Sie drehte sich, um die Laderampe, die sich dabei schon senkte, zu ihnen an die Plattform zu bringen. Perfekt ausgeführt.

Aber das reichte noch immer nicht.

Das Zischen des Schweißbrenners verstummte. Die Legionäre waren durch. Sie würden das herausgeschnittene Stück gleich durchtreten und das Feuer eröffnen.

Rechs schnappte sich das Mädchen und aktivierte seine Panzerungsraketen. Ein kurzer Sprung, und sie hatten die Plattform hinter sich gelassen, den leeren Raum des Hauptgeschützrohrs überwunden und waren auf der Rampe gelandet.

»Oh, verdammt«, sagte der Kriegs-Bot. »Was ist mit mir?« »Crash!«, schrie das Mädchen, als Rechs sie ins Schiffsinnere warf. »Lass Crash nicht zurück!«

Mehrere Legionäre quetschten sich nun durch die noch glühende Öffnung und eröffneten das Feuer. Rechs erwiderte es von der Laderampe.

»Lass ihn nicht zurück!«, verlangte das Mädchen von ihm.

Ach, Mist, dachte Rechs.

Als die *Crow* sich zum Abflug neu positionierte — der Wobanki hatte zum Glück keine weiteren Befehle abgewartet — schnappte sich Rechs eine der Laderampenstützen, um sich daran festzuhalten, zielte mit dem Enterhaken auf den Kriegs-Bot und feuerte ihn ab.

»Bring uns hier raus!«, brüllte er über den Lärm der aufheulenden Maschinen, als er den Enterhaken an dem alten Kriegs-Bot verankerte.

Das Raumschiff drehte sich weiter, und kurze Zeit später zeigte seine Nase auf den Ausgang aus dem Hauptgeschützrohr. Rechs wusste, dass der Wobanki jetzt den Hebel nach vorne drücken würde, der sie hier rausbrächte. Er hielt sich an der Stütze fest, ließ den Enterhaken mit der letzten, noch verbliebenen Energie einholen, und sah zu, wie das Blasterfeuer der Legionäre auf die Unterseite des Raumschiffs zielte.

Er packte den Bot und fiel mit ihm nach hinten, als sich die Frachtrampe unter ihnen verriegelte und sie im Schiffsinneren ablieferte. Der Hauptantrieb wurde gezündet, und die *Obsidian Crow* raste das Hauptgeschützrohr des uralten Schlachtschiffs entlang in die Freiheit. Raste gen Himmel. Der republikanischen Blockade entgegen.

Bereit, den Sprung zur Lichtgeschwindigkeit zu machen.

KAPITEL 11

Tannespa Raumhafen, Pellek

Tannespa hatte mehr Cantinas als Verkehrsregelungs-Bots, und Keel hatte das Gefühl, dass er praktisch alle schon aufgesucht und trotzdem nie genügend Zeit gehabt hatte, um mal wenigstens ein Ponteer zu trinken, ein Ale. Das Innere dieser Etablissements variierte. Einige von ihnen waren schäbig und widerlich, während andere versuchten, die Kultiviertheit der Kernwelten nachzuahmen, was aber am Ende kitschig wirkte. Die Ergebnisse waren eine andere Geschichte.

Keel hatte einen Namen für den Hacker, und Lao Pak hatte ihm eine ungefähre Beschreibung gegeben, aber vermutlich hatte sich der Pirat die aus den Fingern gesogen, so wie er normalerweise auf Details achtete. Das war es dann auch schon. Die Barkeeper — ob nun menschlich oder Bots — konnten sich nicht an jemanden erinnern, der die ›Schutzbrille eines Turmgeschützkanoniers um den Hals trug‹ und ›wahrscheinlich‹ ein grünes Hemd. Der Name Garret sagte ihnen natürlich auch nichts, aber warum sollte er auch? Lao Pak hatte selbst zugegeben, dass der Junge nicht die Sorte war, die großes Aufhebens um sich machte.

Erst eine ziemlich mürrische Gruppe betrunkener Weltraumpiraten lieferten Keel den ersten brauchbaren Hinweis, wo sich der Hacker aufhalten könnte. Dieser Hinweis kostete ihn fünf Flaschen rypianischen Brandys

— zumindest hätte es ihn das gekostet, wenn Keel den Barkeeper nicht dafür bezahlt hätte, fünf leere Flaschen mit verdünntem Weltraumrattenrum zu befüllen anstelle des auserlesenen Alkohols.

»Bam Tammos Ramschladen«, sagte der besoffene Pirat laut hicksend, der so eine Art Anführer darstellte und den größten Teil seines Getränks verschüttete, während er wankend versuchte, das Gleichgewicht zu bewahren. Er leerte das, was sich noch von dem billigen Fusel in seinem Glas befand, pfiff zufrieden und wischte sich über den Mund. »Ja. Das ist der gute Stoff.«

»Freut mich, dass es dir schmeckt«, sagte Keel und hob eine Hand vor den Mund, um sein amüsiertes Grinsen zu verbergen. »Hat mich auch ordentlich Credits gekostet. Wo ist dieser... *Ramschladen*? Jetzt, wo wir drüber sprechen, was gibt es denn dort? Reden wir von Narko-Stimulantien?«

Diese Frage löste bei den Piraten in ihrer Sitzecke lautes Gelächter aus. Keel tat so, als ob er in ihr Lachen einstimmen würde. »Nee! Doch nicht Garret«, lallte eine andere Piratin, die nach orangefarbenem Ryhnn stank, der ihr zu großen Teilen vom Mund zum Hals hinablief. »Ah, weißt schon, Garret. Er geht sch... schon ma da rum, schucht unso. Für so *Zeuch*. Um schein *Zeuch* tschu machen.« Sie gab sich alle Mühe, ihre Finger so zur Faust zu ballen, dass der Daumen zwischen zwei Fingern eingeklemmt war. Als ob sie vergessen hatte, wie man die Hand zur Faust ballte. »Zeuch.«

Keel lächelte kurz. »Natürlich.« Er stand von seinem Eckplatz auf. »Wisst ihr was, ich frage einfach den Barkeeper. Genießt die Drinks, okay?«

Der zusammengewürfelte Piratenhaufen stieß auf Keel an, als er zur Theke hinüberging.

»Bam Tammos Ramschladen?«, fragte Keel den kimbrianischen Barkeeper.

Der ließ die Stacheln an seinem Hals und auf den Schultern spielen und deutete Richtung Süden. »Zwei Blocks da runter. Kein Schild draußen, aber da liegt überall geborgenes Zeug rum. Kann man nicht übersehen.«

Keel schnippte dem Barkeeper einen Credit zu. »Danke.«

Der Schrotthandel war wirklich leicht zu finden, nachdem Keel erst mal herausgefunden hatte, in welche Richtung er musste. Aus einem riesigen Haufen Altmetall standen unzählige Ersatzteile, abgenudelte Servosysteme und ausgeschlachtete Bots wie Bojen hervor. Man hatte irgendwie das Gefühl, dass der Müll aus dem niedrigen, schachtelartigen Gebäude auf die Straße quoll. Es war kein Schild zu sehen, wie der Barkeeper gesagt hatte, aber Keel sich konnte beim besten Willen nicht vorstellen, dass dies etwas anderes als Bam Tammos Schrotthandel sein konnte.

Er betrat den Laden, indem er über eine zerbeulte Kommunikationsschüssel trat, die man vermutlich von einem der Tiefenraumfrachter heruntergerissen hatte, die kurz nach dem Beginn der Barbarischen Kriegen durchs Weltall geflogen waren.

Die Beleuchtung des Geschäfts bestand ausschließlich aus weggeworfen Neonwerbeschildern und nur teilweise funktionierenden Holobildschirmen. Überall blinkte es bunt, und Produkte wurden angepriesen, von denen Keel noch nie gehört hatte, in einer verwirrenden Anzahl unterschiedlicher Schriften, von denen er die meisten nicht lesen konnte. Bei den meisten Werbeschildern funktionierten immer nur ein paar Buchstaben oder Zeichen, sodass man den Eindruck bekam, dass die meisten Worte falsch geschrieben oder Sätze unvollständig waren. Diese besondere Art der... Beleuchtung verlieh dem Inneren des Ladens eine *gewisse* Stimmung, als ob man sich in dem heruntergekommen Nachtclub einer noch schäbigeren Raumstation aufhielt.

Keel bewegte sich vorsichtig über den müllübersäten Boden des Ladens, während sein Waffengürtel abwechselnd mit zitronengelben und malvenfarbenen Schimmern überzogen wurde. Niemand tauchte auf, um ihn zu begrüßen, obwohl ein aus zwei Tönen bestehendes Klingeln erschallte, als er den Laden betrat. Der Laden wirkte völlig leer, bis Keel ein sanftes Getrappel hörte. Das Geräusch ertönte hinter einer Theke, die man behelfsmäßig aus dem Flügel eines Spacefighters der Mittleren Kernwelten zusammengefrickelt hatte. Man hatte die Blasterkanone an der Flügelspitze entfernt, und die schwarzen Brandspuren und durchgebrannten Kabel ließen erahnen, wie flugfähig dieses Ding in den letzten Augenblicken seines Daseins gewesen sein musste.

Keel beugte sich über die Theke hinüber, um die Herkunft des Geräuschs zu bestimmen, und entdeckte eine kleine, lemurenähnliche Kreatur. Ihr Fell hatte einen rotbraunen Ton, und hinter ihren großen, runden Ohren hatte sich der schlanke Greifschwanz zu einer Art Fragezeichen zusammengerollt. Das kleine Wesen musterte Keel einen Augenblick lang und betrachtete ihn mit seinen großen, ausdrucksstarken braunen Augen, die unter buschigen Augenbrauen fast verborgen lagen. Wahrscheinlich handelte es sich um das Ladenmaskottchen oder ein Haustier.

Keel stützte sich mit dem Ellbogen auf der Theke ab und sah sich nach Bam Tammo um. »Hallo? Wie wäre es mit ein bisschen Service?«

Das Haustier sprang eine Reihe übereinandergestapelter Kisten hoch, rutschte eine Rampe entlang, auf der ›Sonderausgabe‹ stand, und landete auf der Theke. Es richtete sich auf seinen Hinterbeinen auf, sah zu Keel hoch und ergriff das Wort. »Quatsch hier nicht in der Gegend rum, als ob ich nicht anwesend wäre, okay, Kumpel? Ich bin nicht taub.«

»Süß.« Keel runzelte die Stirn.

»Ja, das sagen alle über mich... *vor allem deine Mutter, letzte Nacht.*« Das kleine Fellknäuel machte einige anzügliche Hüftbewegungen.

Keel verdrehte die Augen. Er bemerkte eine Kanonierschutzbrille, die auf einer der Kisten lag, über die das Wesen gerade hinweggehüpft war. »Ist das deine?«

Das Wesen folgte Keels Blick zur Schutzbrille und wandte sich dann wieder Keel zu. »Ja. Willste kaufen?«

»Garret?«, warf Keel ein.

Der Außerirdische ließ ein leises, verächtliches Lachen hören, sodass sich das Fell um seinen Bauch kräuselte. »Weißt du, du hast echt Glück, dass du so groß bist. Sonst würde ich dir für die dumme Andeutung erst mal eine kleben. Sehe ich für dich wie ein feiges Kleinkind von Mentarro aus, das für Piraten arbeitet?«

Keel ließ seine Hand vorschießen, um das Wesen zu packen. Es duckte sich mit einem lauten Quietschen und versuchte sich mit einem Sprung zu retten, aber Keels Reflexe waren einfach zu schnell. Er packte das Ding aus der Luft und hielt es an seinem weichen Fell am Nacken fest.

»Lass mich runter!«

Er hielt das Wesen hoch, sodass er ihm in die Augen schauen konnte. Keel runzelte die Stirn. Das drahtige, kleine Ding schlug nach Keels Gesicht und entblößte das Gebiss eines Raubtiers — im Kleinformat. Keel zog seine Blasterpistole und hielt den Lauf bedrohlich nahe an das Kinn des winzigen Wesens. »Beruhig dich erst mal, oder ich benutze dich zum Zielschießen. Wenn ich das richtig sehe, dann bist du Bam Tammo?«

»Ja«, antwortete es mit leiser, hell klingender Stimme. Sein Körper war erschlafft, denn aller Widerstand war beim Anblick der Blasterpistole verschwunden.

»Wunderbar. Da machen wir doch endlich mal Fortschritte.« Keel steckte die Waffe weg. »Ich brauche Informationen, und verlässliche Quellen haben mir mitgeteilt, dass ich sie bei dir finden kann.«

Tammo hob seine langen, buschigen Augenbrauen, als ob er Keel auffordern wollte weiterzusprechen.

»Also, was wir jetzt machen, ist folgendes. Wir fangen nochmal von vorne an. Okay?« Tammo nickte begeistert.

Keel setzte seine Hand um, sodass er das Wesen mit den Fingern unter den Achseln und um seinen Bauch herum packte. »Ich suche nach einem Hacker. Der für Lao Pak arbeitet und sich wohl Garret nennt. Du kennst ihn.«

»Ja, Garret. Ich kenne ihn. Er hilft mir dabei, ein paar von den zerbrechlicheren und teureren Dinge wieder zum funktionieren zu bringen.« Tammo deutete auf einen glänzenden, tragbaren Schildgenerator, der an der Wand auf der anderen Seite des Raums in einer gepanzerten Vitrine stand. »Im Gegenzug lasse ich ihn haben, was immer er will, wenn es ihm Rahmen bleibt, all das, was er für seine kleinen Projekte braucht.«

Keel war es vollkommen egal, welches Arbeitsverhältnis der Bursche mit dieser kleinen

Weltraumratte hatte. »Wo kann ich ihn finden?« Tammo deutete mit einem winzigen Daumen über seine Schulter. »Sollte immer noch da hinten sein. Er sortiert gerade ein paar Hoverbot-Ersatzteile. Die RMK kaufen überholte TT16-Beobachtungs-Bots weit über Marktpreis, als ob es neue wären... wenn man sie ihnen liefert, ohne Fragen zu stellen.«

»Er ist da hinten. Mehr wollte ich gar nicht wissen.« Keel warf den Ramschladenbesitzer auf einen Haufen unterschiedlichster Federn und Stromkabel.

Tammos Kopf tauchte aus dem Durcheinander auf. Ein gerade erst ausgeschlachteter Ionenkoppler hing von einem Ohr herab. »Ungehobelt! Ihr Piraten seid alle so ungehobelt!«

Keel verließ den Laden und ging um das Gebäude herum nach hinten. Als er um die Ecke in einen kleinen verwilderten Garten bog, wurde er von einem blendend blauen Lichtblitz begrüßt. Während er die schmerzhaften Nachwirkungen wegzublinzeln versuchte, erkannte er einen Humanoiden, der mit einer Schutzbrille an einem Arbeitstisch unter freiem Himmel werkelte und gerade zwei Panzerungsteile eines kompletten Beobachtungs-Bots zusammenschweißte. Lao Pak musste die Schutzbrille eines Kampfgleiterfahrers mit einer Schweißerbrille verwechselt haben.

»Bist du Garret?«, fragte Keel.

Der Schweißer schaltete seinen Brenner ab und legte ihn auf den Arbeitstisch. Er hob die Schweißerbrille und starrte Keel mit zusammengekniffenen Augen an. »Ja.« Er klang zugleich neugierig und befangen. Ölverschmierte, aber gekämmte Haarsträhnen hingen ihm über Augen und Ohren. Lao Pak hatte recht: Garret war noch ein Kind. Wahrscheinlich sogar zu jung, um auf irgendeiner Welt was zu trinken zu bekommen, abgesehen natürlich von so gesetzlosen Lasterhöhlen wie dieser.

Keel lehnte sich an die Ladenwand und schlug die Beine übereinander. »Lao Pak meinte, du könntest mir helfen.«

Garret öffnete den Mund, als ob er etwas sagen wollte, brachte aber kein Wort heraus. Dann schüttelte er den Kopf und lächelte ihn entschuldigend an: »Oh, naja, also, die Sache ist... Ich muss das hier unbedingt fertigkriegen, bevor meine Ferien vorbei sind, oder Bam Tammo wird ziemlich unglücklich sein.«

»Vergiss Bam Tammo. Ich brauche etwas, das meinen Navigator auch außerhalb meines Raumschiffs ausgeben kann.«

Garret lachte nervös und schüttelte langsam und ablehnend den Kopf, bis er plötzlich Keel ganz neugierig betrachtete. »Hologramm?« Der Hacker beugte sich vor, denn sein Interesse war offensichtlich geweckt. »So was wie eine schiffsinterne KI?«

»Etwas in der Richtung«, sagte Keel und stöberte mit der Stiefelspitze durch einen Haufen weggeworfener Batteriepacks. »Wir haben TT3-Bots benutzt, um ihn außerhalb des Raumschiffs ausgeben zu können, aber die... ähm... die wurden zerstört. Ich brauche dringend ein Upgrade.«

»Was für ein Upgrade?« Jetzt wirkte Garret begeistert. »Etwas, das ihn einsatzfähig macht. Weiß nicht, vielleicht könnte man die Bots so umbauen, dass sie Blaster abfeuern können«, schlug Keel vor und lockerte seinen Hals, sodass einige Wirbel hörbar knackten. »Nutz deine Fantasie. Alles ist möglich.«

Garret stand von seinem Arbeitstisch auf und warf dabei eine Sprühdose Faserkleber um. Er schien es nicht einmal zu bemerken. »Wie wäre es mit einem optional aktivierbaren Permanenz-Renderer? Das ist noch reine Theorie, aber Bam Tammo hat all das Zeug, mit dem man das machen könnte — in seinem Untergrundversteck.«

»Klar«, sagte Keel und interessierte sich nicht für weitere Details. »Lao Pak bezahlt für alles, wir sind alte Freunde. Wie lange wird es dauern?«

Der Hacker schob eine ölverschmierte Strähne vor dem rechten Auge zur Seite. »Hm... vielleicht ein paar Tage?«

»Um die Teile zu besorgen?«

Garret lachte, ein gehauchter, unbeholfener Laut. »Nein. Die kann ich in einer halben Stunde besorgen. Ich brauche ein paar Tage, um alles fertig zu haben, Sir.« Garret neigte den Kopf ein wenig, sodass mehrere Haarsträhnen wieder ein Eigenleben entwickelten. »Ich kenne Ihren Namen nicht.«

»Aeson Keel. Ich fliege die *Indelible VI*.« Der Captain sah sich um, um sicher zu sein, dass er mit dem Hacker allein war. »Und das dauert zu lange. Ich springe heute aus dem System weg, und ich weiß nicht, wann ich zurückkommen kann.«

Garret schüttelte den Kopf. »Ich kann sie Ihnen in eine große Versandkiste packen, oder—«

»Nein«, unterbrach ihn Keel. »Du kannst das an Bord fertigmachen. Komm schon.« Er klopfte Garret auf die Schulter, was den Hacker von seinem Arbeitstisch weg stolpern ließ.

Garret hielt sich an Keels Weste fest, um wieder auf die Beine zu kommen und lachte nervös. Er schüttelte den Kopf, als ob dieser Vorschlag vollkommen unmöglich wäre. Er beugte sich zu Keels Ohr vor und flüsterte: »Eine Menge... eine Menge Leute wären *wirklich*... wütend.«

Keel schenkte ihm ein schiefes Grinsen. »Das geht schon klar. Du kommst mit.«

»Ich glaube wirklich nicht—«

Garrets Widerstand fand sein Ende, als Keel ihn an seinem Overall packte und in Bam Tammos Laden zerrte. Keel suchte sich einen Weg vorbei an vollgestopften Regalen und Repulsorpaletten, die sich vorne im Laden befanden. Er pfiff laut. »He, Tammo!«

Das Pelzwesen tauchte hinter einem Stapel Hololaufwerken auf. Es richtete sein Fell und sich auf seinen Hinterbeinen auf. »Wie darf ich Ihnen behilflich sein, *Sir*?«, fragte Tammo, dessen Stimme vor Sarkasmus troff.

»Der Junge hier, der arbeitet für mich an einer Sache.« Keel deutete mit dem Daumen auf Garret, der verlegen mit den Füßen scharrte, zu Boden blickte und sich über den Nacken rieb. »Gib ihm, wonach immer er auch fragt.«

Tammo bedachte Garret mit einem kühlen Blick. Der Hacker trat mit der Fußspitze auf den Boden und sah aus, als ob er sich wünschte, irgendwo ganz anders zu sein, nur nicht hier.

Keel stemmte die Hände in die Hüften und nahm eine lässige Haltung an. »Bevor irgendwas von den Sachen hier technisch überholt ist, klar?«

Tammo und Garret nahmen den Blick voneinander und begannen die Einzelteile zusammenzustellen.

Keel ging neben Garret her, während dieser eine Repulsorpalette voller Kartons und Kisten vor sich herschob. Der Hacker hatte seine Lebensgeschichte erzählt, und Keel konnte nur hoffen, dass seine ›Ahas‹ und ›Hmms‹ ausreichend gewesen waren, um zumindest ansatzweise das Gefühl zu vermitteln, dass er tatsächlich zugehört hatte. Ein betrunkenes Piratentrio stolperte an ihnen vorbei und grölte ein Raumfahrerlied, wobei sie sich gegenseitig stützten, denn alleine hätte keiner von ihnen mehr gehen können.

»Tja«, schloss Garret seine Erzählung ab, »das war es im Grunde genommen. Ich habe mir mein Leben von Lao Pak erkauft, als er einen Personentransporter überfallen hat. Habe seitdem für ihn gearbeitet.«

»Lao Pak hat alle anderen umgebracht?« Keel runzelte die Stirn. »Das hört sich gar nicht nach ihm an. Eine todsichere Methode, um die Aufmerksamkeit der Republik auf sich zu lenken.«

Garret gab wieder das gehauchte Lachen von sich. »Nein. Ich dachte bloß, dass sie uns alle umbringen würden, also habe ich um mein Leben gefleht.« Der Hacker sah mit einem melancholischen Blick auf. »Alle anderen hat er gehen lassen...«

Keel verdrehte die Augen. »Du kannst das Schiff sofort wieder verlassen, wenn du mit Ravis Upgrades fertig bist.«

Die Erwähnung der Upgrades ließ Garrets Augen funkeln. »Da freue ich mich schon drauf. Das Projekt, nicht das Schiff zu verlassen. Der größte Teil der Sachen, die mich Lao Pak machen lässt, sind Entschlüsselungen und routinemäßige Wartungen. Und natürlich was immer die Besatzung haben will. Das sind normalerweise Updates zur Holoübertragung und eine bessere Klimaautomatik. Aber das hier, das ist richtig spannend. Ich habe so etwas in der Art schon... naja, schon lange nicht mehr gemacht. Bevor ich bei Lao Pak angefangen habe, wurde ich angeheuert um einen alten Kriegs-Bot aus den Barbarischen Kriegen zu einem persönlicher Diener-Bot umzuprogrammieren, für irgend so eine reiche Familie. Das war eine Herausforderung! Der Trick daran war—«

Keel schenkte ihm ein uninteressiertes Lächeln und nickte. Er war damit beschäftigt, zwei Leute von Delphin zu betrachtet, die vor einer Spielhölle miteinander stritten. Aber als er bemerkte, dass Garret mit dem Reden aufgehört hatte, sah er wieder zu ihm hinüber und erkannte, dass der Hacker stehen geblieben war. Ein beleibter Mensch mit einem roten Rauschebart stand vor der Repulsorpalette, sodass sie nicht weiterfahren konnte.

»Sind die für mein neues Skiff, Bohnenstange?«, fragte der Eindringling und musterte die zahlreichen Kisten.

Garret schüttelte den Kopf und lachte sein leises, unbeholfenes Lachen. »Äh... also, Drex... Lao Pak sagte, ich könnte nicht—«

»Ist Lao Pak *hier*?«, brüllte Drex. Keel ging davon aus, dass es sich um ein Mitglied der Piratentruppe handelte. »Die Skiffrennen sind nächste Woche, und bis dahin müssen die Reparaturen erledigt sein, oder ich kann mich nicht qualifizieren.«

»Aber«, setzte Garret an, wobei er kleinlaut zu Boden blickte, »du hast mich bisher... du hast bisher noch nicht die letzten Sachen bezahlt. Ersatzteile für Skiffs... sind nicht billig, Drex.«

Drex schlug Keel mit dem Handrücken auf die Brust. »Hör dir mal den Typen an, was?«, sagte der Pirat leise lachend. Er widmete seine Aufmerksamkeit wieder Garret, selbst als Keels Blick auf den Punkt konzentriert blieb, wo der Pirat ihn gerade berührt hatte. Drex tippte mit den Fingern auf Garrets Stirn. »He, du Computerratte.

Wenn ich meine Heuer auf Schiffsreparaturen verwende, habe ich nichts mehr für die Cantina übrig.«

»Stimmt, du hast recht, Drex«, gab Garret zu und stimmte verlegen in das Lachen des großen Piraten ein. »Ich werde die Ersatzteile bestellen und werde dein Skiff rechtzeitig zu den Qualifikationsrennen fertig haben.«

»Verpass auch dem optischen Gyroskop ein Upgrade. In den Kurven bei Mos Orba hat es sich so angefühlt, als wäre das Skiff nicht im Gleichgewicht.«

Garret nickte. »Okay, Drex. Kümmere ich mich drum. Ich muss nur erst noch einen Job für Captain Keel erledigen.«

Drex musterte Keel ausführlich. »Was habe ich denn mit einem Langstreckenpiloten zu tun?« Er rammte Keel seinen Zeigefinger in die Brust. »Du wirst dir eine neue Computerratte suchen müssen. Die hier ist beschäftigt.«

Keels Hand bewegte sich so schnell, dass seine Bewegung zu verschwimmen schien. Er packte Drex am Handgelenk und drehte es nach hinten, bis er hören konnte, wie Knochen und Gelenke laut knackten. Drex schrie vor Schmerzen auf und ging in die Knie. Sein Schrei verstummte in dem Augenblick, als er Keels Blasterpistole entdeckte, die an seiner Schläfe ruhte.

»Ist der Lao Pak wichtig?«, fragte Keel Garret.

Der Hacker stand stocksteif da, die Augen weit aufgerissen und leichenblass.

»Äh, ja«, flehte Drex, der Keels Frage offensichtlich verstanden hatte.

»Ich bin der Anführer seines Enterkommandos. Er braucht mich!«

»Mit dir habe ich nicht geredet«, sagte Keel.

Garret blinzelte und zog den Kopf ein. »Äh, ich... äh, das weiß ich nicht wirklich. Ich meine, ich glaube schon. Ich glaube... Ich glaube, Lao Pak — ich weiß es wirklich nicht.«

Keel zuckte mit den Achseln und zog dann dem Piraten mit dem Pistolenschaft eins über den Hinterkopf. Der dicke Räuber brach an Ort und Stelle zusammen. Keel schob die Repulsorpalette über den bewusstlosen Körper.

Garret warf einen Blick zurück zu ihm und sagte: »Drex wird ganz schön wütend sein.«

»Warum? Ich habe ihn nicht getötet. Komm schon. Landebucht 49 ist hier entlang.«

Der Hacker war still geworden. Er machte sich wahrscheinlich Sorgen, in was er da reingeraten war. Keel war entschlossen, dafür zu sorgen, dass er sich wohlfühlte. Es wäre wirklich nicht gut für ihn, von einer Knechtschaft in die andere zu rutschen — brutale Arbeit, die doch ohnehin nur schlechte Ergebnisse lieferte. »Warum lässt du zu, dass solche Typen dich herumschubsen, Junge?«

»Oh.« Garret schüttelte den Kopf. »Ist nicht so schlimm. Außerdem kann ich ja nicht wirklich was dran ändern.«

Keel tätschelten den Blaster, den er wieder in sein Holster gesteckt hatte. »Dafür gibt es die hier. Gleichmacher. Kannst du damit umgehen?«

»Nein.«

Keel nickte. Er hatte nichts anderes erwartet. »Ich habe ein paar Übungs-Bots an Bord. Du kannst mit ihnen trainieren, wenn du nicht an der Arbeit bist.«

»Danke«, sagte der Hacker. Er schien sich aber kein bisschen besser zu fühlen.

Keel versuchte es mit einem anderen Ansatz und sagte: »Erzähl mir was von dem Job, bei dem du den

Kriegs-Bot umprogrammiert hast. Dachte nicht, dass es von denen noch welche gibt.«

»Die sind auch schwer zu bekommen!« Garrets Begeisterung meldete sich zurück. »Wie ich schon sagte, die Familie war *reich*. Ich war wahrscheinlich der vierte Hacker, an den sie die Aufgabe weitervergeben haben.«

Keel lachte. »So eine reiche Familie... Ich nehme mal an, dass Lao Pak versucht hat, von dir ihre Hyper-Koordinaten zu bekommen. Wir sind da.« Keel deutete auf eine braune und ramponierte Tür, die zu ihrer Anlegestelle führte, und half Garret dabei, die Palette zur Seite zu drehen.

Die Tür öffnete sich mit lautem Zischen, und Garret trat nach vorne an die Palette, mit dem Blick zum Captain.

»Er hat nie danach gefragt, also habe ich es ihm nie gesagt«, sagte Garret und warf einen Blick über die Schulter zur Indelible *VI*. »Ein Frachter der Naseen. Wie umgebaut ist er?«

Keel grinste ihn an. »Lass es mich mal so sagen, selbst wenn du in einer Korvette sitzt, solltest du ihn nicht unterschätzen.«

»Sweet. Ja, die Familie hat mich in ihre Villa eingeladen, damit ich am Bot arbeiten kann, an Bord einer Luxus-Korvette. Prisma's Future.«

Keel winkte Ravi zu, die Rampe der Indelible abzusenken. »Hört sich nach einem netten Job an, wenn man das hinbekommt.«

»War es auch«, stimmte Garret ihm zu. Auf dem jungen Gesicht lag ein Ausdruck — der Nostalgie? »Die Maydoons haben mich echt gut behandelt.«

Keel blieb wie angewurzelt stehen. »*Maydoon?*«

KAPITEL 12

Die Republik-Türme, Corsica, Mittlere Kernwelten

Keel bemerkte das Lächeln auf Ravis Gesicht, nachdem der Navigator den Knopf für den dreitausendsten Stock in den Republik-Türmen gedrückt hatte. Wie lange war es schon her, dass das Hologramm etwas anderes als die umprogrammierten Schnittstellen der Indelible *VI* hatte bedienen können? Ja, Keel hatte den Eindruck, dass die Entdeckung von Garret eine seiner besten Ideen war. Der Hacker war ein absoluter Wundertäter in Sachen Technologie und ließ Dinge Realität werden, die in den üblichen Werbe-Holovideos riesiger Unternehmen nur als pure Theorie vorgestellt wurden.

»Nicht schlecht, hm?«, sagte Keel.

»Ja, ich bin äußerst zufrieden«, gab Ravi zu. Und dann warf er Keel einen Blick zu, der ihm das Gefühl vermittelte, er wäre das Beutetier eines angriffslustigen Räubers. »Ich bin neugierig herauszufinden, wie sich diese Technologie *im Kampf* bewährt. Es ist schon länger her, und natürlich kann man mich nicht schlagen...«

Keel runzelte die Stirn. »Undankbares Stück.«

Sie befanden sich auf Corsica, einer der Mittleren Kernwelten, die dem Zentrum so nahe war, dass ihre Bewohner fast schon so tun konnten, als wären sie genauso wichtig wie die echten Macher der Galaxie. Die Republik-Türme mit ihren 3.500 Etagen waren die Krönung der planetaren Hauptstadt — ein einsamer Obelisk, der einen

Ausblick auf die Zukunft bot, eine Zukunft, wo der Rand der Galaxie zu den neuen Mittleren Kernwelten werden und Welten wie Corsica endlich ihren verdienten Platz im *Zentrum* der Galaxie einnehmen würden.

Der Name ›Maydoon‹, den Garret erwähnt hatte, war mehr als ausreichend gewesen, um sie hierher zu führen. Garret wusste nicht, wo sich Kael Maydoon im Augenblick befand, der Mann, der ihn angeheuert hatte, um einen Kriegs-Bot umzuprogrammieren, damit er als eine Art stubenreiner Leibwächter diente, aber er war sich sicher, dass wenn sie den Bot finden könnten, sie auch den Besitzer finden würden. Und da Garret hier in den Republik-Türmen angeheuert worden war, war sich Keel sicher, dass dies der Ausgangspunkt für ihre Suche sein sollte. Keel lehnte sich an die Wand des Hochgeschwindigkeitsaufzugs und sah zu, wie der Hacker und die Prinzessin unruhig hin- und herrutschten.

»Es dauert gut drei Minuten bis zu unserem Stockwerk.«

»Zwei Minuten und fünfundvierzig Sekunden«, korrigierte ihn Ravi.

»Ich bin ganz begeistert, mal vom Schiff runterzukommen, Captain.« Leenahs Worte klangen echt. »Ich frage mich, ob es hier Agenten gibt, die den RMK freundlich gesinnt sind und vielleicht...« Sie hielt inne, als ob sie Keels Reaktion abwarten wollte. »Ich meine, ich sollte wahrscheinlich irgendwann mal zurück.«

Keel zuckte mit den Achseln. »Du bist keine Gefangene. Ich habe dich gerne auf dem Raumschiff — ich meine, dass du auf dem Raumschiff arbeitest. Warum bleibst du nicht eine Zeit lang an Bord? Und schaust dich ein wenig in der Galaxie um?«

Irgendetwas sagte Keel, dass sie noch nicht viel von der Galaxie gesehen hatte — abgesehen von ihrem Heimatplaneten und irgendwelchen heruntergekommen, mobilen Befehlsständen der RMK. Irgendwie schien sie nicht zu den Rebellen der Mittleren Kernwelten zu passen. Das waren einfach nur dämliche Aufständische, die einen im Namen der Freiheit entweder umbrachten oder befreiten. Sie redeten zwar die ganze Zeit davon, ihre Gräueltaten hinter sich lassen zu wollen, aber das klang für Keel wenig überzeugend.

Davon abgesehen war Keel entschlossen, die Humanoide mit ihrer rosafarbenen Haut so lange, wie sie wollte, an Bord zu behalten. Er hatte unglaublich viele Credits in der *VI* versenkt, konnte sich aber nicht daran erinnern, dass sie jemals so gut funktioniert hatte wie seit dem Zeitpunkt, da Leenah begonnen hatte, sie mit ihrem Schraubenschlüssel zu bearbeiten.

Leenah schenkte Keel ein Lächeln. »Nun, was immer passiert, ich bin dankbar. Du hast immerhin mein Leben gerettet.«

»Oh, ja«, sagte Keel etwas geistesabwesend, während der Aufzug seine Geschwindigkeit erhöhte. »Nun ja, gern geschehen.«

Eine Anzeige am Funkgerät piepte leise.

»Da ist Lao Pak schon wieder«, ließ Ravi Keel wissen, bevor der Captain die Chance hatte, einen Blick darauf zu werfen.

»Ignoriere ihn«, lautete Keels Befehl.

»Irgendwann wird er nicht mehr auf deine Antwort warten, warum du ihm seinen besten Hacker weggenommen hast.« Ravi hob zur Betonung seinen Zeigefinger. »Vor allem, wenn man bedenkt, dass er dir das Versprechen abgenommen hat, genau das nicht zu tun.«

Garret wurde leichenblass. »Er... Er ist doch nicht *wütend*, oder?«

»Natürlich nicht«, sagte Keel und bedachte den Jungen mit einem ungläubigen Blick. »Wir sind alte Kumpel.«

»Aber«, widersprach ihm Garret, »Lao Pak bringt Überläufer um. Das macht er am allerliebsten.«

Leenah räusperte sich kurz. »Ist das der Mann, bei dem der General geblieben ist, um herauszufinden, ob er sich der Rebellion anschließen wolle?«

Keel lachte nervös. »Das ist wohl der Fall«, sagte er und warf Ravi einen Halt-bloß-die-Klappe-Blick zu.

Das Hologramm schüttelte missbilligend den Kopf.

Die Prinzessin zupfte an einem der rosafarbenen Tentakel, die ihr vom Kopf herabhingen. »Ich bin mir sicher, wenn der General Lao Pak erklärt, wie groß der Bedarf der Rebellion an einer größeren Flotte ist, um sich der Republik entgegenstellen zu können, dann wird er uns sicherlich zur Seite stehen.«

»Das hört sich überhaupt nicht nach Lao Pak...«, setzte Garret an. Er warf Keel einen Blick zu, als ob er ihn um die Erlaubnis bat, das weiter auszuführen und ihrer Annahme zu widersprechen, die so offensichtlich danebenlag.

Keel schüttelte den Kopf ganz leicht, um Garret klarzumachen, dass er bereits zu viel gesagt hatte. »Nun, ich denke, wir werden sehen«, sagte der Captain in dem Versuch, optimistisch zu klingen. Diese Aufzugfahrt musste doch endlich vorbei sein. Er sah zu Ravi hinüber, der es augenscheinlich sehr genoss, seinen Captain verlegen zu sehen. »Aber wer weiß schon? Lao Pak kann sehr überzeugend sein. Vielleicht schließt sich der General ja ihm an. Der junge General, der zum Piratenkönig wurde. Beste Grundlage für eine großartige Geschichte.«

»Er lässt einem normalerweise nicht die Wahl«, murmelte Garret vor sich hin.

»Was meinst du damit?«, fragte Leenah.

»Okay«, sagte Keel lachend. »Lasst uns mal... beim Thema bleiben, okay?«

»Moment«, hakte Leenah nah. »Ist General Parrish freiwillig dort geblieben?«

Keel zuckte zusammen. »In dem Sinne, dass er keine andere Wahl hatte... äh, ja.«

Die Prinzessin sah ihn mit großen Augen an. »Du hast ihn zurückgelassen! Du hast ihn einem grausamen Piraten überlassen!

»*Irgendjemanden* musste ich zurücklassen«, sagte Keel, der sich nicht sicher war, ob er sich für sein Verhalten verteidigen oder einfach nur ungläubig reagieren sollte. »Lao Pak hat eine Entschädigung verlangt, nachdem ich... Nun, er konnte uns nicht alle gehen lassen, und ich konnte ihn nicht töten. Nun, das stimmt nicht ganz. Ich *hätte* ihn töten können. Aber wenn er am Leben bleibt, können wir eine Stange Geld verdienen.«

Ravi hob eine Augenbraue. Das war das erste Mal, dass Keel auch nur andeutete, seine Besatzung könnte einen Teil der Prämie bekommen.

»Aber... aber...« Leenah schien in ihrem endurianischen Kopf nach dem richtigen Wort zu suchen. »Das ist... ein Schurkenstreich!« Keel wich nervös ihrem Blick aus.

»Das ist ein sehr prinzessinenhaftes Wort, Eure Hoheit. Du kannst es gerne einen Schurkenstreich nennen, aber das Ende der Geschichte ist, dass ich dein

Leben gerettet habe — zweimal! Lao Pak wollte *dich* — und dein Freund, der junge General, war ganz einverstanden damit, dass du abreisen durftest. Er hatte wohl keine allzu große Meinung mehr von dir, nachdem du deinen Zweck erfüllt und ihn aus dieser Rebellenbasis gerettet hattest, Euer Majestät.«

Leenah sah zu Boden, und Keel wusste, dass er ihr wehgetan hatte. »Hör mal, Leenah, ich—«

Die Prinzessin winkte ab. »Nein, ich verstehe schon. Es scheint, dass ich dir erneut mein Leben verdanke, Captain Keel.«

Nun war nur noch das sanfte Surren des nach oben fahrenden Hochgeschwindigkeitsaufzugs zu hören.

Garret ergriff als Erster wieder das Wort. »Weißt du, Captain Keel hat mich auch gerettet. Ich war im Grunde nur Lao Paks Schuldknecht. Ich glaube, er ist ein guter Mann.«

Ravi platzte ein Lachen heraus. »Ha!«

»Danke, Kumpel«, knurrte Keel.

Ein leiser Klingelton des Aufzugs teilte ihnen mit, dass sie Stockwerk Dreitausend erreicht hatten.

»Jetzt, wo wir alle wieder gute Freunde sind, denkt bitte an den Plan«, teilte Keel ihnen mit, während eine Anzeige den Mitfahrenden mitteilte, bitte von der Tür zurückzutreten. »Wir sind einfach nur eine nette Weltraumtruppe auf der Suche nach Arbeit. Garret hier, er hat sich an eine frühere Kontaktperson bei Trident erinnert, und deswegen versuchen wir uns hier einen Vertrag zu angeln.«

Sie traten aus dem Aufzug hinaus in einen beeindruckenden Wartesaal. Vor ihnen standen kostspielige Ledersofas, und exotische Hölzer dienten als Blickfang. Der beeindruckend lange Weg zu einer einsamen Empfangstheke am Ende des Raums wurde durch echte und holografische Gemälde und Skulpturen geschmackvoll in Szene gesetzt. An der zehn Meter hohen Wand hinter der Empfangstheke hing mit den Spitzen nach unten ein riesiger Dreizack aus purem Silven.

Die gesamte Etage war an die Trident Corporation vermietet. Die Firma beschrieb sich auf ihrer Seite als eine ›vielseitige Holdinggesellschaft, die sich auf den Erwerb kleiner bis mittlerer Unternehmen mit Schwerpunkt auf...‹ usw. usw. Was dort nicht stand, war, dass Trident über den Schwarzmarkt einen Hacker angestellt hatte, um eine Umprogrammierung durchführen zu lassen, die gemäß der Gesetze zum Umgang mit Robotern seit dem Ende der Barbarischen Kriege eindeutig illegal war. Aber diese Schwarzmarktvermittler operierten von Corsica aus, und nicht von Tannespa oder Ackabar, was bedeutete, dass die Fassade der Seriosität für ihren Erfolg zwingend notwendig war. Die Mächtigen und die Reichen — und die Maydoons schienen genau das zu sein — würden sich wohl kaum in die zwielichtigen Unterwelten der Galaxie begeben, wo man sie bestimmt sofort aufs Kreuz gelegt hätte. Sie würden sich an Trident wenden.

Eine junge Frau in einem grauen Kostüm saß hinter der Empfangstheke, die blonden Haare zu einem perfekten Dutt hochgesteckt. Sie sah auf, um das Quartett zu mustern, das auf sie zukam und hob kurz eine ihrer dünnen Augenbrauen, bevor sie sich wieder ihrer Arbeit widmete. Der Raum war so riesig, dass es ein ganzes Stück dauern würde, bis sie sie erreichten. Und obwohl er so groß war, dass er auch als Hangar hätte dienen können, waren Keels Truppe und die Rezeptionistin die einzigen Anwesenden.

»Warum sollten wir um einen Vertrag bitten?«, flüsterte Garret. Er schüttelte nervös den Kopf. »Ich dachte, wir würden einfach fragen, wo wir Maydoon finden können.«

»Das werden wir auch«, antwortete Keel und verdrehte die Augen. »Aber wir werden das nicht einfach als Erstes fragen. Das würde sie nur misstrauisch machen. Sie würden davon ausgehen, dass wir einfach nach einem reichen Klienten suchen, den wir dann ausrauben könnten. Das wäre schlecht fürs Geschäft.«

Leenah mischte sich in ihr leises Gespräch ein und sagte: »Niemand hat mir gesagt, was ihr drei vorhabt mit diesem *Maydoon*, wenn ihr ihn erst mal gefunden habt.«

Keel sah die Prinzessin an und überlegte sich seine nächsten Worte.

Sie wirkte sehr ernst.

»Ja, Captain«, warf Ravi mit einem sauren Lächeln ein. »Was werden wir mit ihm machen?«

Keel runzelte die Stirn. Ihm gefiel der Gedanke nicht, dass er zwei Leute mit einem Gewissen an Bord hatte. Mit Ravi als moralischem Kompass kam Keel gerade so zurecht. »Oh, naja, also... wir sagen ihm einfach, dass jemand nach ihm sucht.«

Die Prinzessin fragte recht scharfsinnig: »Du wirst ihn doch nicht umbringen, oder?«

Keel zeigte sich zutiefst verletzt. »Ich? Wie kommst du nur auf die Idee, ich würde ihn umbringen wollen?«

»Mir scheint, du hast eine Menge Leute umgebracht, seitdem ich dich kennengelernt habe«, stellte Leenah fest. »Ich habe gehört, wie du und Ravi über die Legionäre gesprochen habt, die du erschossen hast. Ich habe mir fast den Hals gebrochen, während du Piraten aus dem Weltall geblasen hast...«

»Du scheinst schon ein bisschen gewalttätig zu sein«, pflichtete Garret ihr bei.

»Das ist alles aus *gutem* Grund passiert«, verteidigte sich Keel. »Selbst Ravi war bereit, die Piraten zu töten.«

»Waren sie denn nicht deine Freunde?«, fragte die Prinzessin und bedachte Keel mit einem vielsagenden Blick.

Auch Garret schien von Keel eine Antwort zu erwarten.

»Nun, nicht *diese* Piraten an sich. Nur der Kerl, für den sie gearbeitet haben.« Keel deutete dann mit dem Zeigefinger auf Leenah. »Und du musst gerade reden! Eine Prinzessin, die sich im offenen Krieg mit der Republik befindet.«

Ravi lachte. »Hu, hu, hu, hu.«

»Ja, ja, lach du nur, Ravi«, sagte Keel. »Wer weiß, wie viele Leute du während der Barbarischen Kriege umgebracht hast, bevor du am Ende... ach, egal. Lass uns einfach Garrets Ansprechpartner finden.«

Sie brachten den restlichen Weg bis zur Empfangstheke hinter sich. Die Rezeptionistin musterte die Gruppe vor sich mit ausdruckslosem Gesicht. Nach einer Pause, die so lange dauerte, dass Keel sich fragte, ob er das Wort ergreifen sollte, frage sie: »Ja?«

Keel stieß Garret sanft an. Der Hacker rieb sich die Stelle, als ob der Ellbogen des Captains ihm dort wirklich wehgetan hätte, und trat dann vor. »Ich... *wir* würden gerne Mr Kimer sprechen.«

»Sie haben keinen Termin«, antwortete die Sekretärin mit einer Endgültigkeit, die andeutete, dass obwohl sie sich natürlich täuschen könnte... das mit Sicherheit nicht der Fall war.

Garret war offensichtlich unsicher und warf Keel einen Blick zu. »Er... ähm... Er meinte, ich könnte jederzeit vorbeischauen, und...«

Die Sekretärin sah nicht einmal von dem Holobildschirm auf, der in ihren Schreibtisch eingebaut war. »Nein, das ist nicht korrekt. Ich kann sie nicht zu ihm lassen.«

»Wissen Sie was?«, warf Keel mit freundlichem, fast plauderhaftem Ton ein. »Sie sind offensichtlich beschäftigt. Wir sind schon seit Langem befreundet, wir und... Kimbler—«

»Kimer«, wies ihn Garret zurecht.

»Natürlich. Wir kennen uns seit Ewigkeiten. Also, schauen Sie doch... schauen Sie doch einfach Ihr Holodrama, was auch immer, und wir reden mit Kim... Kimbl... unserem alten Kumpel. Garret, du weißt doch noch, wie man zu seinem Büro kommt?«

Die Rezeptionistin schob sich von ihrem Schreibtisch zurück und stand auf. »Es tut mir leid. Sie haben Ihre Antwort. Ich schlage vor, dass Sie zu einem anderen Zeitpunkt wiederkommen.«

Der Hacker nickte ihr nervös zu und wandte sich zum Gehen ab. Keel packte ihn am Kragen und grinste die Rezeptionistin an. »Wir schauen nur kurz vorbei. Wir werden ihn nicht lange aufhalten.«

Die Rezeptionistin sagte mit harter Stimme: »Ich sagte bereits, dass Sie Ihre Antwort haben. Gehen Sie nicht weiter.«

»Nein, ist schon in Ordnung«, sagte Keel und ging auf die hohe Doppelflügeltür zu, die sich direkt hinter der Empfangstheke befand. »Aber vielen Dank. Es ist gut zu sehen, dass Sie Ihren Job sehr ernst nehmen. Freut mich für Sie.« In einer eleganten, blitzschnellen Bewegung hatte die Frau den Schreibtisch verlassen und sich zwischen Keel und die Tür bewegt.

Sie stand einsatzbereit vor ihm, in einer Kampfkunsthaltung, die Keel nicht kannte.

»Ich berechne die Chance, dass Sie Dich mit körperlicher Gewalt aufhalten wird, solltest du versuchen weiterzugehen, mit neunzig Prozent«, sagte Ravi.

»Ernsthaft?«, fragte Keel die Rezeptionistin. »Sie wollen mich *so* sehr schlagen?«

Die junge Frau wirbelte ihre Arme in eine neue Haltung und hob ihren vorderen Fuß leicht vom Boden ab, um Angriffshaltung einzunehmen. Die Bewegung ließ ihre Ärmel leicht nach oben rutschen, was den Blick auf ihre Schwarze-Lotus-Tätowierungen auf ihren Unterarmen freigab.

»Jetzt wahrscheinlich hundert Prozent«, sagte Ravi. Das Hologramm trat auf die Frau zu, mit den Handinnenflächen nach oben gerichtet in einer Geste der Harmlosigkeit. »Es ist von geringem Gewinn für alle Beteiligten, wenn Sie sich körperlicher Gewalt bedienen. Ich —«

Die Rezeptionistin führte einen gesprungenen Roundhouse-Kick durch, der durch Ravis holografischen Kopf führte. Keel zückte seine Blasterpistole, zielte von der Hüfte auf die Rezeptionistin und sah ihr in die Augen. Sie erwiderte den Blick kühl, obwohl es für Keel klar war, dass sie gerade noch versuchte herauszufinden, was ihr gerade mit Ravi passiert war.

»Wie ich bereits sagte«, fuhr Ravi fort, als ob nichts geschehen wäre, »Sie werden im Kampf gegen mich wenig mehr als ein gutes Work-out erreichen. Und was ihn angeht«, sagte Ravi und nickte in Richtung Keel, der sich aus ihrer Reichweite hinausbewegt hatte. »Gegen ihn wollen Sie nicht kämpfen. Auf gar keinen Fall.«

Ein verächtliches Lächeln huschte über das Gesicht der Rezeptionistin. »Ich bin eine Schwester des Lotus. Ich habe mit meinen Händen und Füßen trainiert, den Tod zu bringen, seit ich sieben Jahre alt war. Er will nicht versuchen, an mir vorbeizukommen.«

»Ich bin mir vollkommen sicher, dass Ihre Ausbildung mehr als effektiv war«, gab Ravi zu. »Aber es ist eine Tatsache, dass Sie gerade mal fünfzig Kilogramm wiegen, während er fast das Doppelte auf die Waage bringt. Ein solcher Vorteil in Größe und Stärke würde zu einer erheblichen Gewalteinwirkung führen, sollte er Sie auch nur einmal treffen, während ihr Skelett und Muskelstrukturen höchstens genügend Kraft aufbringen könnten, um—«

Ein leises Klingeln ertönte an der Empfangstheke. »Sentrella, wer ist da draußen bei Ihnen?«

Bevor die Sekretärin auch nur eine Chance hatte, darauf zu reagieren, war Garret schon mit einer Antwort herausgeplatzt. »Aldo! Ich bin's, Garret Glover! Ich wollte mal vorbeischauen und fragen, ob du vielleicht einen Job für mich hättest...« Er beendete den Satz mit einem nervösen Lachen.

Eine peinliche Stille trat ein, als ob die Person am anderen Ende der Leitung sich kurz die Zeit nahm, nachzudenken. Schließlich erklang die Stimme erklang wieder und das sehr freundlich. »Garret! Das ist ja schon eine Ewigkeit her. Komm in mein Büro! Wie ich schon sagte, für einen Hacker wie dich gibt es immer einen Job.«

Sentrella, die Rezeptionistin, richtete sich auf. »Und die anderen?«, fragte sie und starrte Keel bedauernd an, als dieser seine Waffe einsteckte.

»Die anderen?«, fragte Aldo Kimer. »Wenn sie Garret begleiten, dürfen sie mitkommen. Garret, komm schon rein, Kumpel.«

Sentrella trat zur Seite, öffnete ihnen aber nicht die Tür.

»Danke«, sagte Keel und packte einen der Türgriffe aus Silven. »Ich mach das schon.« Er hielt den anderen die Tür auf.

»Entschuldigung«, murmelte Leenah, als sie an der wütend dreinblickenden Rezeptionistin vorbeikam.

Keel schenkte ihr ein kurzes Lächeln, als er die Tür hinter sich zufallen ließ. »Hab ich Ihnen doch gesagt, wir sind alte Freunde.«

»Okay«, sagte Garret und deutete auf eine Tür vor ihnen auf der rechten Seite. »Das da sollte Aldos Büro sein.«

Obwohl Keel in aller Deutlichkeit gehört hatte, wie Aldo zu Garret gesagt hatte, er könne ruhig direkt in sein Büro kommen, blieb der schlanke Hacker vor der Tür stehen und klopfte zögerlich.

Die Tür glitt zur Seite, und Kimer sagte von drinnen: »Komm rein, Garret.«

Das Büro war ein Museum des Kernwelten-Pastiche. Jede Ecke, jedes Holoportrait, jedes Regal und Möbelstück war eine perfekte Kopie opulenter Inneneinrichtung, wie man sie in den inneren Kernwelten finden konnte. Kimer selbst saß hinter einem riesigen Schreibtisch, der mitten im Raum stand.

Leenah und Garret setzten sich auf die beiden Stühle direkt vor dem Schreibtisch, sodass Ravi und Keel hinter ihnen stehen bleiben mussten.

Aldo Kimer wirkte, als ob ein großer Teil seiner Credits in sein Aussehen investiert wurde. Seine schwarzen Haare waren perfekt zurückgekämmt, ohne dass sich auch nur eine Strähne verirrte, und er trug einen maßgeschneiderten Anzug aus feinster dunkler Seide. Auf seinem Gesicht befanden sich weder Flecken noch Unreinheiten, und es besaß diese Perfektion, die nur die

Schönheitschirurgie herstellen konnte. Er sah zu ihnen auf, eine Zigarre im Mund, deren Rauch den gesamten Raum erfüllte. »Wer sind deine Freunde, Garret?«

Keel trat an den Schreibtisch heran und streckte die Hand aus. »Captain Aeson Keel. Wir haben schon eine Zeit lang keine neuen Aufträge an Land gezogen, und Garret meinte, Sie hätten vielleicht etwas für uns.«

Kimer stand auf, um dem Captain die Hand zu geben, und setzte sich dann wieder hin. »Es tut mir leid, Captain. Ich bin mir nicht sicher, was ich sagen soll. Ich bin ein großer Fan von Garrets Fähigkeiten als Hacker, aber ich bedaure sehr, dass ich vermutlich nicht die Art Aufträge erteile, die Sie als Raumfahrer normalerweise annehmen. Vielleicht hätten Sie mehr Glück bei den Raumhafenbehörden?« Kimer öffnete eine der Schreibtischschubladen und zog ein Datenpad hervor. »Ich habe dort einen Ansprechpartner. Er könnte Sie möglicherweise mit einem Frachtflug versorgen, ob nun Ernten oder einem Transport von System zu System.«

Keel packte die Rückenlehne von Garrets Stuhl und drehte ihn so schnell zur Seite, dass der Junge herausfiel und zur Seite von Kimers Schreibtisch stolperte. Der Captain ließ sich auf den Stuhl fallen und knallte einen Stiefel auf die Schreibtischoberfläche. »Zieren wir uns mal nicht so, hm?«

Kimer wich vor Keels Stiefel zurück, sagte aber nichts.

»Wir wissen beide, was Trident für ein Unternehmen ist«, sagte Keel und deutete mit einer Handbewegung auf das Büro. »Und wir wissen beide, was ihr macht. Das können auch keine teuren Anzüge oder geschmuggelten Zigarren ändern.« Keel nahm den Fuß vom Tisch und beugte sich vor. »Aber vielleicht verstehst du nicht, was du hier vor dir hast — mal abgesehen von Garret, natürlich.«

»Und was habe ich vor mir?« Kimer wirkte beleidigt. Wahrscheinlich vor allem deswegen, weil Keel ihn und Trident angeprangert hatte. Diese Typen versuchten doch immer, den Anschein von Seriosität aufrechtzuerhalten. Und wenn sie nach einem langen Tag des Betrügens und Erpressens nach Hause kamen, wiesen sie ihre Kinder dafür zurecht, sie angelogen zu haben.

Keel lehnte sich zurück und deutete auf die Prinzessin. »Sie ist eine geniale Mechanikerin, die an jedem, von Menschen erfundenen Sicherheitssystem vorbeikommt.« Leenah schien das Wort ergreifen zu wollen, aber Keel stupste sie mit seiner Stiefelspitze an. »Ravi hier«, er deutete mit dem Daumen auf das Hologramm hinter ihm, »verfügt über kognitive Fähigkeiten, die schon fast an das Prophetische grenzen. Ravi, wie hoch stehen die Chancen, dass Kimer seine Sekretärin jetzt und hier hereinrufen möchte?«

»In Anbetracht seiner Körperhaltung, Transpiration, dem Blickkontakt und der Wahrscheinlichkeit eines ›Problemknopfs‹, der unterhalb des Schreibtischs angebracht ist, würde ich sagen... etwa zwanzig Prozent.«

Kimer runzelte die Stirn, widersprach dem Hologramm aber nicht. »Und was ist mit Ihnen, Keel?«

»Mit mir hast du den besten Piloten der Galaxie. Und Kämpfer... und noch so ein paar andere Dinge.« Er sah zu Leenah hinüber und zwinkerte ihr zu. Die rosafarbene Haut der endurianischen Prinzessin nahm einen dunkleren Ton an, was den interessanten Doppeleffekt hatte, dass nicht nur Keels Herz schneller schlug, sondern ihm seine eigene Dreistigkeit plötzlich ein wenig peinlich war.

»Ich bin ganz Ohr.« Kimer beugte sich vor und legte die Fingerspitzen aneinander. »Was für eine Art Einsatz haben Sie denn im Sinn? Vielleicht Diebstahl?« Er schüttelte den Kopf. »Nein. Ihr seid in der Regel eher Hehler oder Schmuggler. Oder doch nicht etwa bezahlte Schläger?«

»Vielleicht hat ja die Familie Maydoon einen weiteren Auftrag für uns?«, platzte es aus Garret heraus.

Keel schloss die Augen und schluckte einen Seufzer hinunter. Er sah, wie sich Kimers Gesichtsausdruck von verwirrt zu argwöhnisch und schließlich... verängstigt veränderte.

»Es tut mir leid«, sagte Kimer, und seine Hand bewegte sich zu dem Notfallknopf unter seinem Schreibtisch. »Ich habe leider keine Arbeit für Sie. Gehen Sie zum Raumhaufen.« Er stand auf. Sein Gesicht war nun kreidebleich. Der Name ›Maydoon‹ schien definitiv diese Wirkung auf ihn gehabt zu haben. Verschwunden war die weltmännische Selbstsicherheit, die er noch bei ihrem Auftauchen in seinem Büro ausgestrahlt hatte.

Die Tür zum Büro öffnete sich. Sentrella stand auf dem Flur und bedeutete ihnen zu gehen. »Auf geht's«, befahl sie ihnen.

»Mir ist gerade eingefallen«, brachte Kimer fast atemlos hervor, »ich habe einen anderen Termin. Ich wünsche Ihnen einen schönen Tag.«

Die Besatzung der *VI* stand auf. »Sollten Sie Ihre Meinung ändern«, meinte Keel auf dem Weg nach draußen, »wollen Sie dann wissen, wie Sie mich erreichen?«

Kimer schüttelte entschlossen den Kopf. Er sah aus, als ob seine Gedanken schon ganz woanders wären. »Nein. Das — nein. Einen schönen Tag, Captain. Nein.«

KAPITEL 13

Aldo Kimer stand vor dem Panoramafenster an der Seite seines Büros. Er sagte sich, dass er einfach nur die corsicanische Sonne untergehen sehen und anschließend seinen Arbeitstag beenden wollte. Aber als sich die tizianroten und goldenen Streifen am Horizont in einen fernen violettfarbenen Schimmer verwandelten, konnte sich Kimer von dem Anblick noch immer nicht lösen. Der Schwarzmarktvermittler stand so lange reglos in seinem Büro mit all seinen Bewegungsmeldern, dass die Bürobeleuchtung ausgeschaltet wurde. Das rote Glühen der Rücklichter eines vorbeirasenden Speeders erhellte das Büro und warf Kimers langgezogenen Schatten an die gegenüberliegende Wand.

Auf seiner Stirn zeigten sich plötzlich Schweißtropfen. Er wischte sich mit vier Fingern über die Stirn und rechnete fast damit, sein eigenes Blut daran zu entdecken, wenn er sie sich vor Augen hielte. Er murmelte sich beruhigend zu. »Reiß dich zusammen, Aldo...«

Irrational. Kimer wusste, dass er sich gerade so verhielt. Dass der Hacker Maydoon angesprochen hatte — von allen möglichen Leuten, *Maydoon* —, war wahrscheinlich nur Zufall. Die Maydoons waren auf unverschämt obszöne Art reich. Sie behandelten ihre Auftragnehmer, als ob sie außerirdische Würdenträger wären. Wer *würde nicht* nochmal einen solchen Job haben wollen? Dieser Captain, Keel, war offensichtlich ein Mann der Galaxie, aber er *schien* überhaupt nicht zu reagieren, als Garret den Namen erwähnte. Aber als dieser verfluchte Name gefallen war, hatte Kimer die Angst gepackt, und er hatte erst einige Sekunden später wieder auf die Reaktionen der anderen geachtet.

Nein. Das war es nicht wert. Beim letzten Mal, als diese ... Monster in ihren schwarz-roten Panzerungen auf der Suche nach Maydoon hier bei ihm aufgetaucht waren, war er nur knapp dem Tod entkommen. Er würde es nicht riskieren, sich nochmal solchen Ärger einzuhandeln. Außerdem hatte Trident seine Geschäftstätigkeiten schon vor Jahren über Corsica hinaus ausgedehnt. Die Mieten auf einer der Kernwelten wären natürlich höher, aber mit dem Ruf, den er sich aufgebaut hatte, konnte er sich das leisten. Seine Klienten würden es vermutlich zu schätzen wissen, wenn er sein Büro auf einer der Kernwelten hatte. Selbst wenn es nicht eine der inneren Kernwelten war.

Er ging zu seinem Schreibtisch, um den Stand der Datenträgerlöschung zu kontrollieren, obwohl er genau wusste, dass dies schon geschehen war, als er noch am Fenster gestanden hatte. Auf der Suche nach Monstern. Nach Mördern. Er war sich sicher, dass seine Besucher die Vorboten seines eigenen Untergangs waren. Er würde unter der Folter sterben, mit der man mehr Informationen aus ihm herauspressen wollte, obwohl er den Soldaten ohnehin schon alles verraten hatte — und ihre Härte und Grausamkeit hatten dafür gesorgt, das wusste er jetzt, dass die Angst ihn nie mehr verlassen würde. Darüber machte er sich gerade wirklich Sorgen. Er erwartete wirklich, dass sie hier herkamen und ihn festnahmen. Die letzte, noch zu erledigende Aufgabe.

Nein.

Er schüttelte den Kopf. Er verhielt sich albern. Die Schatten in seinem eigenen Verstand hatten ihm Angst gemacht, wie einem verängstigten Kind.

Auf seinem Seidenkragen zeichnete sich eine dünne Schweißspur ab. Kimer trat an den mit Silven und Gold verzierten Möbelstücken vorbei in das Badezimmer, das sich direkt ans Büro anschloss. Er spritzte sich kaltes Wasser ins Gesicht und auf den Hals und starrte dann sein Spiegelbild an. Um ihn herum schien sich der Raum zu verdunkeln, als ob alle Beleuchtung ausgeschaltet worden wäre außer der am Spiegel. Kimer musterte sein eigenes Gesicht und betrachtete es mit morbider Faszination, als sich Schweißtropfen aus seinen Poren lösten, weil das kühlende Wasser nicht mehr half. Vor seinem inneren Auge spielten sich die finsteren Bilder der Männer in schwarz-roter Panzerung ab, die vor einigen Wochen in sein Büro marschiert waren. Männer, die wie Legionäre aussahen — aber keine waren. Die noch bedrohlicher gewirkt hatten, wenn das überhaupt möglich war. Sein Herz raste, als er sich an die schattenartige Gestalt erinnerte, die hinter den Soldaten den Raum betreten hatte — und das erdrückende, finstere Gefühl, das sich bei diesem Anblick in seiner Brust breitgemacht hatte. Diese Gestalt hatte zu ihm gesprochen, ohne auch nur ein Wort zu sagen und ließ Kimer seine wichtigste Regel brechen: *Niemals einen Kunden verraten.*

An dem Tag hatte Kimer geredet. Er erzählte diesem Mann Dinge, nach denen er nicht mal gefragt wurde — alles, um ihn milde zu stimmen. Alles, um diesen unwirklichen Besucher und sein gottloses Gefolge dazu zu bringen, ihn wieder in Ruhe zu lassen. Ihn in Ruhe zu lassen und nie wiederzukommen. Er erinnerte sich, wie er ihnen erzählt hatte — und das mit der Detailgenauigkeit, für die ihn seine Kunden immer lobten —, wie man Maydoon finden konnte. Wie man das Sicherheitssystem umgehen konnte, das er im Gegenzug für hunderttausende Credits von Maydoon hatte einrichten lassen. Er redete ohne Punkt und Komma und das in dem Wissen, dass er das Todesurteil für Maydoon unterschrieb... und seine gesamte Familie.

Und jetzt waren sie zurückgekommen. Nicht in voller Kraft, sondern ganz raffiniert. Wie Schlangen. Gaben sich als Frachterbesatzung aus. Versuchten ihn zu überraschen. Ihn zu verletzen. Ihn zu töten. Zu bestrafen.

»Sentrella!«, keuchte er, sich darauf verlassend, dass sie noch an ihrem Schreibtisch saß und die Tischsprechanlage hören konnte.

»Ja, Mr Kimer?« Die Stimme der Rezeptionistin klang ruhig. »Ist alles in Ordnung bei Ihnen?«

»Ich muss Sie bitten, meine Abreise vorzuziehen. Lassen Sie sofort ein Raumschiff für mich kommen. Wir können den Rest der Daten auch aus der Ferne übertragen.« Kimer betrachtete sein Spiegelbild. Er konnte die Adern an seinem Hals pulsieren sehen. »Und... und ich möchte nicht in den Kernwelten unterkommen. Zumindest noch nicht. Ich möchte, dass Sie mir etwas ganz weit draußen suchen. Etwas am Rand der Galaxie. Ich möchte nicht gefunden werden, Sentrella.«

Sentrellas Antwort ließ kurz auf sich warten. »Wie Sie wünschen, Mr Kimer.«

Kimer ließ das Wasser wieder laufen und spritzte es sich ins Gesicht, rieb sich entschieden über Wangen und Stirn und störte sich nicht daran, ob das Wasser sein teures Hemd oder die Anzugjacke ruinierte. Es machte ihm nichts aus, dass die klatschnasse Kleidung die geschmuggelten Zigarren in seiner Brusttasche versaute.

Seine Knie drohten unter ihm zu versagen, aber er fühlte sich jetzt frischer und ging an seinem Schreibtisch vorbei zu der gut bestückten Bar. Seine Hände griffen nach dem obersten Regal und zogen eine Flasche hervor — es war ihm egal, was sie enthielt. Ihm würde jetzt alles helfen.

Kimer konnte sich in der verspiegelten Barrückwand das Getränk eingießen sehen. Seine Hände zitterten, und der Flaschenhals schwankte und klirrte gegen das Glas, während er beide ruhig zu halten versuchte. Er war ein Nervenbündel.

Kimer füllte das Glas bis zum Rand, stellte die Flasche hin und musterte erneut seine zitternden Hände im Spiegel. Einen Sekundenbruchteil lang bemerkte er eine Bewegung, Schatten, die durch Schatten glitten, und er ließ das Glas in das Spülbecken fallen. Das Glas zerbrach beim Aufprall, und Kimer schnitt sich bei dem reflexhaften Versuch, es aufzufangen.

»Verdammt!«, schrie Kimer und brachte damit all seine Frustration zum Ausdruck, die weit über diesen simplen Schnitt hinausging. Er drückte den Schnitt fest zusammen, und Blut drang aus der Wunde.

Der Vermittler griff nach einem der Barhandtücher — und erstarrte. Im Spiegel erkannte er eine gepanzerte, humanoide Form, die in den Schatten hinter ihm kaum zu erkennen war. Er hielt seinen Körper an die Bar gedrängt, während er sich langsam zu dem Eindringling umdrehte. »Wer sind Sie?«

Die Gestalt bewegte sich auf ihn zu. Die Farbe war anders, ein geisterhafter Grauton anstelle des Schwarz und Rots, aber die Panzerung war nahezu identisch. Der Söldner hielt einen Hinterschaftlader in den Händen, und Kimer konnte sich selbst im schwarzen Visier der geisterhaften Erscheinung erkennen.

Es war Wraith. Sie hatten Wraith geschickt, um ihn zu töten.

»Sentrella!«, schrie Kimer in dem Wissen, dass seine Rezeptionistin den Schrei hören und in den Raum kommen würde.

Wraith ging zwei Schritte auf ihn zu, als sich die Tür zu Kimers Büro zischend öffnete.

Sentrella sprang mit einem Kampfschrei durch die Luft und versuchte ihn mit einem Tritt zu erwischen.

Der Söldner wich ihrem Angriff mit einer schnellen Bewegung aus und rammte Sentrella die Handinnenfläche mitten in die Brust. Ihr gesamter Schwung wurde schlagartig nach unten gelenkt. Kimer konnte hören, wie die Luft aus ihren Lungen entwich, als sie mit dem Rücken zu Boden klatschte.

Wraith trat einen weiteren Schritt auf Kimer zu. Kimer schrie die Frau zu ihren Füßen an. »Sentrella! Halte ihn auf! Ich habe dich angeheuert, damit das nicht nochmal passiert!

Doch bevor Kimers Leibwächterin/Rezeptionistin noch einmal auf die Beine kommen konnte, drehte sich Wraith halb zu ihr und feuerte einen blendend blauen Energieblitz auf sie. Sentrellas gesamter Körper krümmte sich, als sie von dem Betäubungsblitz getroffen und ihre gesamte Motorik gelähmt wurde. Dann fiel sie auf den Boden zurück.

Als das Blastergewehr nun auf ihn gerichtet wurde, wich Kimer an die Bar zurück, was einen Schwenker unbezahlbaren Portweins umkippen und sich blutrot auf den polierten Parkettboden ergießen ließ. »He, Moment.« Kimer streckte die Hände mit den Handinnenflächen nach oben aus. »Wraith... hör mal... Wraith. Bitte. Ich kann mit dir zusammenarbeiten.«

Der Söldner blieb einige Schritte von Kimer entfernt stehen, hielt aber das Blastergewehr weiter auf ihn gerichtet. Warum hielt er inne? Hieß das, Wraith war gar nicht hier, um ihn zu töten? Immerhin hatte er bei Sentrella auch nur den Betäubungsschuss eingesetzt. Kimer klammerte sich an diese Hoffnung. »Ich... Ich wollte schon lange mit dir arbeiten. Hatte nur nie eine Chance, dich zu erreichen. Meine Klienten... einige von ihnen haben von dir gehört. Über republikanische Freunde. Haben mich andauernd gefragt, ob du angeheuert werden könntest. Um einen Ehemann abzuknallen. Leute zu jagen, die Gelder veruntreut haben. Oder ein feindliches Verbrechersyndikat zu erledigen...«

Der geisterhafte Söldner sagte nichts, und Kimer fühlte sich, als ob er direkt durch ihn hindurchsah. Direkt in seine Seele. »Naja, die Probleme der reichen Leute«, setzte Kimer schwach nach. »Du weißt schon... naja, du weißt ja.«

»Erzähl es mir«, sagte Wraith. Der Audio-Filter seines legionärsähnlichen Helms ließ seine Stimme hart und kalt klingen.

»Dir... ähm... was erzählen?«

Wraith stellte etwas an der Seite seines Blastergewehrs um. Einen Knopf? Einen Notschalter?

Oba — wird er mich jetzt töten? Hatte er seine Meinung geändert?

»Nein, nein!« Kimer schüttelte seine ausgestreckte Hand, als ob er damit die Gefahr beiseitewischen könnte. »Nicht schießen! Bitte. Ja. Maydoon. Ja. Ich erzähle es dir ja. Ist ja nicht so, dass er mich jetzt noch jagen könnte.«

Wraith stand schweigend da.

»Maydoon hat mich für einen Job angeheuert. Er mich einen Kriegs-Bot für den Hausgebrauch umprogrammieren lassen. Um sein Kind zu beschützen. Die Sorte Sache, die einen alle Posten verlieren lässt, wenn's rauskommt. Ich habe einen Experten angeheuert, der das dann erledigt hat. Wir sind alle bezahlt worden. Das war's.«

Wraith schien mit dem Blick hinter seiner Maske ein Loch in Kimers Brust zu bohren. Er ließ sich nichts anmerken. Es gab keine Reaktion.

Kimer sah sich hilflos im Büro um. Die Portlache war eine Schweinerei. Sentrella atmete zwar, aber ihre Schulter schien ausgekugelt zu sein. »Ich... Normalerweise... Es gab — ich habe noch einen anderen Hacker beauftragt. Nicht so gut wie der Junge, aber gut genug. Ich habe ihn dem Bot etwas einbauen lassen — einen Peilsender. Als Versicherung, verstehst du?« Kimer nickte heftig. »Diese reichen Typen. Diese Kernweltenfuzzis. Die hintergehen einen, wenn man nicht—«

»Der Peilsender«, verlangte Wraith zu wissen.

»Wie man ihn findet? Das — das ist reine Technik. Man muss den uralten, republikanischen Kommunikationscode entschlüsseln. Das ist aber nicht schwer, wenn man die Befehlssprache kennt. Heutzutage weiß das kaum noch jemand, denn diese Bots sind ja uralt, aber naja. Er teilt seinen Standort regelmäßig mit. Ständig. Bis sein Energievorrat komplett aufgebracht ist.«

Wraith hob seinen Hinterschaftlader und zielte nun auf Kimers Kopf.

»Nein — nein!«, rief Kimer und krümmte sich zu einer stehenden Embryonalhaltung zusammen. »Ich habe es dir doch erzählt! Ich habe es dir erzählt!«

»Was noch«, forderte Wraith.

Tränen stiegen Kimer in die Augen. »Ich bin nicht — Er... er ist böse. Ich weiß, das klingt verrückt von einem

Typen wie mir. Aber er ist böse. Er ist hier mit seinen Legionären aufgetaucht. Nur waren sie keine. Sie sahen aus wie du, nur in schwarz und rot anstelle von grau. Ich wollte Maydoon nicht an sie verraten. Er hatte eine Familie — eine Tochter. Ich wollte nicht, dass sie stirbt. Ich wollte ihnen nichts sagen.« Kimer glitt an der Bar hinab und rutschte in den verschütteten Port. Er sah zu Wraith auf, Tränen in den Augen. »Aber ich musste.«

Ackabar Raumhafen
Ackabar

Die *Obsidian Crow* schoss an einer republikanischen Hammerkopfkorvette vorbei, entlang des Rückgrats des wesentlich größeren Raumschiffs, dessen offene Hangarbuchten den Blick auf winzige Legionäre freigaben, die zu ihren Truppenshuttles und dem folgenden Bodenangriff eilten.

»*Tenku no chobba Tenku!*«, schrie der Wobanki, als Rechs in seinem Stuhl Platz nahm, und das Sternenfeld durch das Metallgitter des Flugdecks betrachtete.

Rechs, der noch seine Panzerung trug, stank nach dem verbrannten Ozon des Blasterfeuers unten in Jungas Trümmerfestung. Er setzte den Hauptdeflektorschirm in Betrieb und fuhr den Sprungcomputer hoch. »Ich kann nur hoffen, dass du mein Schiff nicht zerkratzt hast, Mieze!«, murmelte er, als er die Steuerung übernahm.

Drei republikanische Jäger verfolgten sie und gaben laut kreischend Warnschüsse ab. Rechs warf einen Blick auf den Zielerfassungscomputer. Zwei Jäger der Lancer-

Klasse. Ein Pilot, ein Schütze. Zwei große Sprunggondeln als Antrieb, die sich direkt hinter den Besatzungskuppeln befanden. Der Standard der republikanischen Navy, in Gold und Weiß gehalten.

Er zog den Helm ab. Ein deutliches Zischen war zu hören, als die Trennung von der Panzerung erfolgte. Ein dumpfes Klappern, als er ihn hinter sich auf den Stuhl des Navigators warf.

»*Hachoo obbi tonada?*«, fragte der Wobanki.

Rechs hatte das kleine Mädchen und ihren Kriegs-Bot komplett vergessen.

»Sag ihnen, sie sollen sich anschnallen. Das hier könnte ganz schön holprig werden.«

Er riss die *Obsidian Crow* in eine wilde Drehung, um dem Feuer ihrer Verfolger zu entkommen, die sie kampfunfähig zu schießen versuchten, und raste über den Rumpf der republikanischen Angriffs-Korvette hinweg. Rechs ließ seinen Blick über die violettfarbenen Wolkenwirbel Ackabars und die unter ihnen glitzernde Stadt schweifen. Das Geschützfeuer der Korvetten hatte gerade auf die Verfolgung ihres Flugwegs umgeschaltet. Nur hatten sie noch nicht die richtige Entfernung ermittelt. Er brauchte ein paar Optionen...

»Schiff.«

»Hier, Captain«, schnurrte sie.

»Wir brauchen innerhalb der nächsten zwei Minuten eine Sprunglösung aus niedrigem Erdorbit, oder wir sind am Arsch.«

»Captain, du weißt genau, dass die durchschnittliche Sprungberechnung zwischen zehn und zwanzig Minuten benötigt, aus Sicherheitsgründen«, stellte das Raumschiff fest. »Aber ich werde mein Bestes versuchen, obwohl du dich obskurer Navigationsbegrifflichkeiten bedienst.

Niedriger Erdorbit, also wirklich.« Rechs überhörte die abfällige Bemerkung der KI. Er war gerade damit beschäftigt, nicht in den Hauptraumhafen Ackabars zu krachen, während er dem Kreuzfeuer der Angriffs-Korvetten auswich. Mal ganz abgesehen von den Jägern, die er am Arsch hatte.

Die *Crow* umrundete den riesigen Monolithen des Raumhafens und blieb im Vorbeiflug nah an dem pilzförmigen Gebäude und seinen Landebuchten. Die Lancer bemühten sich redlich, eine saubere Schusslinie zu bekommen, aber es befanden sich einfach zu viele republikanische Korvetten im Weg, die die planetare Steuerrazzia durchführten — mal ganz abgesehen von den all fliehenden Raumschiffen, in denen unzählige Zivilisten genau dieser Steuerrazzia entkommen wollten.

Junge republikanische Navy-Piloten hätten die *Crow* wohl für einen alten, leichten Frachter gehalten, der wie ein typischer Pfannkuchen aussah und dessen Pilotenkuppel mit metallverstärktem Glas direkt hinter dem Bug saß. Aber in Wirklichkeit war sie erst vor Kurzem zu einem alten, leichten Frachter geworden. In der guten alten Zeit, wie man so schön sagte, hatte es sich bei ihr um einen brandneuen, terranischen Navy-Bomber gehandelt.

»Was immer notwendig ist, Lyra«, brüllte Rechs, um die Deflektorüberladung und das dazugehörige Warnsignal zu übertönen, das gerade zu heulen begann. »Weil wir in zehn Minuten nicht mehr existieren werden.«

Wie auf ein Stichwort wurden die Manövriertriebwerke an der Oberseite der *Obsidian Crow* von Blastertreffern erschüttert.

»Warum richten sich die Deflektoren nicht neu aus, du strohköpfige Katze!«, knurrte Rechs den Wobanki an, als er das Raumschiff in wilden Drehungen Richtung Stadtboden steuerte. Aber der Wobanki war in Richtung Heck gegangen, um sich um die Passagiere zu kümmern.

»Er hat sie nicht richtig eingestellt«, antwortete das Schiff.

Da diese Aussage so unglaublich offensichtlich war, musste Rechs einmal kurz den Kopf schütteln. Er aktivierte einige Kontakte, die die Deflektorschilde auf die Standardluftkampfkonfiguration einstellten.

Jetzt feuerten die Angriffs-Korvetten auf ihn. Aber der Energiebeschuss pulsierte nur langsam, und er konnte ihren Schüssen ausweichen. Dass die Schüsse die zivile Bevölkerung unter ihnen trafen, schien den republikanischen Schützen oder ihren Befehlshabern wenig auszumachen.

Die Lancer gaben die Verfolgung der *Crow* nicht auf, und Rechs verlangsamte die Geschwindigkeit, um das Raumschiff in eine Reihe von riesigen Gasraffineriekatakomben bei den Werften zu steuern. Die Schiffsschilde erzitterten, als die republikanischen Jäger schwere Treffer landeten. Wenn er Lyra vertrauen könnte — oder wenn Lyra sich zumindest ein bisschen was zutraute —, dann hätte Rechs die Steuerung einfach an sie übertragen und nach hinten rennen können, um sich die an die Omni-Kanone zu setzen.

Nur hatte das Schiff leider nicht die geringste Spur von Selbstbewusstsein. Außerdem war es ziemlich dick und langsam im Vergleich zu den republikanischen Jägern, die ihm in die riesigen Gaswerke folgten und sich darum rissen, den Frachter zu erledigen.

Rechs folgte dem Labyrinth aus unzähligen Rohren und entdeckte schließlich den Hauptabzug. Eine falsche Bewegung, und sie würden als Fleck an der Wand enden.

Er führte eine scharfe Kurve aus und ließ die *Crow* in die riesigen Abzugskanäle der weitläufigen Gasraffinerie fliegen. Die Lancer lösten ihre Angriffsformation auf und flogen in verschiedene Richtungen.

»Wenn die Abzugsklappe geschlossen ist, dann wird sich das als wirklich schlechte Idee erweisen«, sagte er zu niemand Besonderem, als das Warnsignal für die drohende Überhitzung der Manövriertriebwerke an der Oberseite wie ein Feuerwerk zu blinken begann.

»Lyra... schalte die ab. Ich nutze nur noch die an der Unterseite.«

»Wie du befiehlst, Captain.«

Rechs schaltete das Nachtfluglicht ein, denn der rußverschmierte, Gas raffinierende Ofen und seine Leitungen waren so dunkel wie der mitternächtliche Nachthimmel jenseits des Randes der Galaxie. Es fühlte sich an, als ob man unterhalb der Wasseroberfläche eines sumpfigen Flusses entlangflog. Das Raumschiff raste an rußgeschwärzten Mausoleen höllischer Verzweiflung vorbei, oder zumindest schien es dem alten Kopfgeldjäger für einen Augenblick so. Wie Ruinen der Uralten, an die er sich nicht mehr richtig erinnern konnte, aber die ihn trotzdem in seinen Träumen immer noch verfolgten. Ein Ort, an dem er vor langer, langer Zeit gewesen war. Er hatte solche Orte gesehen... aber er konnte sich nicht erinnern, wo. Oder wann.

»Vergiss das jetzt«, murmelte er, während seine Hände über die Steuerung glitten. Er überprüfte den Sprungcomputer. Das Raumschiff lud immer noch die Notlösung hoch.

»Tarravil?«, blaffte er.

»Das ist der einzige sichere Sprung, den ich unter diesen Umständen berechnen kann, Captain«, antwortete Lyra.

»Dann ist es wohl Tarravil«, seufzte Rechs.

Der Wobanki glitt auf den Stuhl des Kopiloten neben Rechs. »Kannst du mit einer Omni-Kanone umgehen?«, fragte Rechs.

Der Wobanki schnurrte und schüttelte den Kopf.

Na, dann halt nicht, dachte Rechs.

»Okay, dann. Lass uns mal einen Weg hier rausfinden.«

Er entschied sich für einen Gaskanal, von dem er hoffte, dass er zur Abschlussklappe führte, und wurde nochmal langsamer.

Die republikanischen Jäger waren bereits in die große Kammer hinter ihm geflogen, und ihr Blasterfeuer zuckte über die Wände und die Heckdeflektoren des Raumschiffs hinweg. Viele der Schüsse prallten an den Rohren ab und zischten in verschiedene Richtungen in die sie verschlingende Dunkelheit, wobei sie im Vorbeiflug für wenige Augenblicke die rußverschmierten Maschinen erhellten. Einer der Jägerpiloten schätzte seine Geschwindigkeit und die Kurve falsch ein, die er hätte machen müssen, um Rechs in das Abluftrohr zu folgen. Einen Sekundenbruchteil später ertönte eine ohrenbetäubende Explosion, als der Lancer die Röhre touchierte und sich in Trümmer auflöste. Der Weg vor ihnen wurde durch die Explosion taghell erleuchtet, während die Trümmer am beschleunigenden Frachter vorbeizischten.

»*Chabu o'bong bong!*«, schrie der Wobanki.

Rechs steuerte weiter das tunnelartige Rohr entlang. Entweder stand die Abschlussklappe offen, oder sie war geschlossen. In wenigen Sekunden würden sie es herausfinden.

Einen Augenblick später rasten sie durch die gigantische Öffnung und flogen über das Herz der Raffinerie hinweg.

Ein republikanischer Superfrachter senkte sich gerade in einer Position herab, um alle Produkte aufzunehmen, die sie als unversteuert betrachteten — was vermutlich alles sein würde, das die Leute an Bord in die Finger kriegen konnten. Rechs drehte die *Crow* auf den Rücken und tauchte vor dem riesigen Raumschiff ab. Entlang des gesamten Frachters leuchteten die Kollisionswarnleuchten auf, während von der Fabrik unter ihnen lautstarke Kollisionsalarme ertönten.

Doch der sturmgepeitschte Himmel über ihnen war frei.

Der letzte Lancer bekam die Kurve nicht mehr rechtzeitig, weil er zu schnell flog, und konnte praktisch nichts anderes mehr machen, als gegen die Unterseite des Superfrachters zu krachen, ohne ihm groß Schaden zuzufügen oder ihn auch nur einen Millimeter zu bewegen.

»Bereite uns auf den Abflug vor«, befahl Rechs dem Wobanki, als er den Navigationscomputer aufklappte. Einen Moment später ließ er die Nase der *Crow* auf die nur schwach sichtbaren Sterne zeigen und schob den Schubhebel ganz nach vorn.

Die *Obsidian Crow* schoss mit unglaublicher Geschwindigkeit gen Himmel und verschwand in den neonfarbenen Atmosphärewirbeln über ihr, während weitere republikanische Transportshuttles nach Ackabar herabflogen.

KAPITEL 14

Als sie mit Gewalt durch Ackabars stürmische Atmosphäre flogen, wurde das Chaos erst deutlich, das dann entstand, wenn hunderte Objekte in panischer Flucht durch diese nur schwer überwindbare Kraft zu gelangen versuchten. Jede Menge Frachter und Linienraumschiffe, im Konzert mit anderen Privatschiffen, rasten an der republikanischen Korvetteblockade vorbei, und die Lancer-Staffeln bemühten sich redlich, die fliehenden Raumschiffe mit gezieltem Turbofeuer flugunfähig zu schießen, damit sie den Sprung auf Lichtgeschwindigkeit nicht schafften und nicht von Ackabar fliehen konnten — und vor der Republik.

»Captain«, sagte das Raumschiff. »Ich empfange eine Übertragung von der Korvette Victory, unsere Geschwindigkeit zu reduzieren und auf den Planeten zurückzukehren... oder wir werden am Weiterflug gehindert. Ich schlage vor—«

»Lass sie Rauschen fressen!«, rief Rechs, als er die *Crow* über ihre Gierachse drehte, um den bereits berechneten Sprungpunkt zu erreichen, den der Schiffscomputer ausgewählt hatte. Eine ganze Reihe an Lancern hatte die Verfolgung aufgenommen und feuerte aus allen Rohren auf die *Crow*. Die einzige mögliche Reaktion waren Ausweichmanöver, die ihre Zielerfassungscomputer verwirren würden.

Zwei riesige republikanische Kreuzer schoben sich vorwärts, um ihnen den Sprung zu blockieren. Ob sie tatsächlich einem Abfangalgorithmus folgten, damit mögliche Sprungziele blockiert wurden, oder ob sie einfach nur Glück gehabt hatten, wusste Rechs nicht. Aber das war auch egal — sie befanden sich jetzt vor ihnen. Na toll.

»*Nachu tenda?*«, fragte der Wobanki.

»Natürlich«, knurrte Rechs. »Wie könnte ich die übersehen? Sie sind genau da, wo wir hinwollen!«

Weitere Treffer der Lancer hinter ihnen prügelten auf den sich langsam verabschiedenden Heckdeflektor. Er wirbelte mit seinem Kapitänsstuhl herum, um an die Hauptkontrollkonsole zu gelangen. Er schaltete mehrere interne Systeme aus, einschließlich des Lebenserhaltungsgenerators und leitete die nun frei gewordene Energie auf die Deflektoren um. »Wenn wir nicht richtig nah an eins dieser Riesenschiffe ranfliegen, werden sie weiter auf uns schießen.«

Das Warnsignal für die nicht mehr aktiven Lebenserhaltungssysteme begann laut zu schrillen, ebenso das Kollisionswarnsignal.

Die Piloten in ihren Lancern waren gut. Nicht großartig, aber gut genug. Ihr Anführer schloss zu ihm auf, flog über ihn, drehte seinen Jäger um und bedeutete Rechs den Antrieb abzuschalten. Dieser Kontakt war nur ganz kurz, während beide Raumschiffe auf die Mitte der ersten großen Korvette zuschossen.

Rechs hatte ganz bestimmt nicht die Absicht, vom Gas zu gehen.

Plötzlich führte er eine fast senkrechte Wendung durch und raste mit der *Crow* mittschiffs an der Korvette entlang. Die Geschütze von allen Decks der

Korvette begannen den Raum vor dem blitzschnellen Frachter mit Blasterfeuer einzudecken. Rechs sah das kurze Aufblinken eines ausgeschalteten Ziels auf der schiffsinternen Raumkarte. Einer der Lancer war gerade von den Geschütztürmen der Korvette aus dem Kampf genommen worden.

Rechs stand auf und warf einen Blick aus dem Achterfenster der Flugdeckkuppel. Der Jäger hatte sich explosionsartig in eine Dampfwolke verwandelt, von der aus Trümmerstücke in alle Richtungen schossen. Eine halbe Sekunde später raste ein weiterer Jäger durch die Wolke hinter ihnen her. Dahinter konnte er sehen, wie die große Korvette ihren Kurs zu ändern versuchte und die *Crow* mit ihren großkalibrigen Geschütztürmen weiterhin mit Schüssen eindeckte.

»Einmal umdrehen und hinter sie fliegen, bis wir den Antrieb erreichen!«, brüllte Rechs.

Das Raumschiff raste an den trüb glühenden Triebwerken am Heck der Korvette vorbei. Er hielt sich fest, während die Trägheitsdämpfer alles gaben, die Schwerkraft an Bord des Frachters aufrechtzuerhalten, und richtete dann ihren Hauptdeflektor auf ihre Steuerbordgeschütze aus.

Die aus dem mächtigen Antrieb des Kreuzers hervorschießende Ionenenergie rüttelte die *Crow* heftig durch, und der Wobanki gab alles, um ihren Kurs auch in diesem plötzlichen Energiesturm beizubehalten. Dann hatten sie den Sturm hinter sich und waren im freien Raum.

Rechs wartete kurz ab, ob der Jägerpilot dumm genug war, ihnen zu folgen.

War er nicht. Der republikanische Jägerpilot hatte abgeschwenkt und einen Kurs über die Antriebssektion hinweg eingeschlagen, um die *Crow* anschließend wieder ins Ziel nehmen zu können.

Vor ihnen konnte Rechs sehen, wie der andere Kreuzer seinen Flugwinkel änderte, um sie abzufangen, und seine Maschinen waren auf volle Kraft geschaltet. Er hatte vermutlich in der Zwischenzeit ihren Sprungpunkt ermittelt und flog darauf zu, um sie am Sprung zu hindern.

Jetzt waren sie zwischen zwei Riesen gefangen.

Auf beiden Kreuzern nahmen die Langstreckengeschütztürme ihre Arbeit auf, und Rechs ließ die *Crow* eine Reihe automatisierter Ausweichmanöver fliegen, die die Zielerfassungscomputer ihrer Gegner verwirren sollten. Eine Jägerstaffel erhob sich vom Flugdeck der Korvette vor ihnen und raste heulend auf sie zu.

Jetzt wird es langsam ein bisschen hektisch hier. Rechs fragte sich, ob er sich diesmal tatsächlich ein wenig übernommen hatte.

»*Abu watangi murrowe tap*«, schnurrte der Wobanki, der damit beschäftigt war, das Raumschiff aus den Zielbereichen der Korvette zu halten.

»Nein«, antwortete Rechs. »Alles läuft ganz nach Plan.«

Der Wobanki heulte laut auf. Eine so dreiste Lüge konnte er nicht glauben. »*Choda?*«, zischte er leise.

»Keine Kapitulation«, lautete Rechs Antwort.

Nach einem weiteren Treffer gingen einige Energienetzbatterien offline. Die republikanische Jägerstaffel war nun in Blasterreichweite und raste direkt auf sie zu.

Wenigstens haben die großen Geschütztürme das Feuer eingestellt. Sie werden den Jägern die Chance lassen, uns auszuschalten.

»Entfernung zum Sprungpunkt?«, fragte Rechs.

Der Wobanki gackerte die Antwort und fügte noch seine Meinung zu ihren Erfolgschancen hinzu.

»Wir werden es schaffen«, antwortete Rechs.

Der Wobanki seufzte und kümmerte sich weiter um die Steuerung.

Rechs verließ seinen Stuhl und rief: »Lyra! Fahr die Omni-Kanone hoch.«

Einen Augenblick später rannte der Kopfgeldjäger den gebogenen Korridor im Rumpf der *Obsidian Crow* entlang auf die Einstiegsluke zu, die zu dem einsamen Turmgeschütz führte.

Rechs krabbelte in die Glaskuppel, legte den Hauptschalter um und aktivierte die schiffsinterne Kommunikation. »Flieg uns weiter zum Sprungpunkt, aber mach die Wendungen langsam und gemütlich, damit sie uns folgen. Behalte auf jeden Fall die Geschwindigkeit bei«, sagte er zu dem Wobanki. »Und die Unterseite der *Crow* muss immer auf die Fuzzis da draußen gerichtet sein, Katzenfred!«

Das Raumschiff drehte sich gehorsam, während der Wobanki schrie: »*Tu mangu Skrizz.*«

Rechs richtete die uralte Omni-Kanone mit ihren drei Gewehrläufen aus und feuerte auf den nächsten Lancer. Er löste sich in Trümmer auf, als er einen hellen Strich Blasterfeuer über eine seiner Sprunggondeln zog.

»Gut für dich... Skrizz«, murmelte Rechs.

Das Katzenwesen heulte siegestrunken — ob nun wegen ihres zerstörten Verfolgers, oder weil er seinen richtigen Namen genannt hatte, das konnte Rechs unmöglich feststellen. Der größte Teil der Galaxie fand die Wobanki-Katzen extrem rätselhaft, fast schon bizarr.

Rechs feuerte einige kurze Feuerstöße aus der Kanone ab, während die Staffel den langsameren Frachter umschwärmte, der auf dem Weg zum Sprungpunkt war.

»Es kommen weitere Jäger«, verkündete das Raumschiff.

Rechs grunzte, als er eine Salve in den Lancer jagte, der es mit einem Angriff auf seine Geschützkuppel versuchte. Rechs' Schüsse rasten über den Flügel hinweg zum Rumpf, und sein Gegner explodierte in einem Feuerball vor dem samtschwarzen Hintergrund des Weltraums. Den Gesichtsausdruck des Piloten konnte Rechs trotz der unglaublichen Geschwindigkeiten im Kampf in der letzten Sekunde vor der Explosion deutlich wahrnehmen.

Jeder stirbt für sich allein.

Der Wobanki verkündete lautstark, dass sie sprungbereit waren. Drei weitere Jäger rasten heran, um sie endgültig zu erledigen.

Rechs fuhr die Kanone herunter.

Die großen Korvetten schossen ihnen Energieblitze in den Weg, aber der Wobanki konnte mittlerweile ihre Zielmuster vorhersagen und wich ihnen mit geschickten Drehungen und Schwenks aus.

Für einen Augenblick... Nur einen Augenblick...

Für Rechs war all dies so schön. Die großen Raumschiffe.

Die umhertanzenden Jäger. Die Trümmer und die sich ausbreitenden Wolken der Zerstörung. Die Sterne.

Die Galaxie.

Er hatte nie etwas anderes gewollt.

»Sprung ausführen«, flüsterte er in die Leitung.

Und dann war die Schlacht verschwunden, als sich alle Bewegungen gefühlt vertausendfachten und sie auf Lichtgeschwindigkeit gingen.

Im Passagierbereich der *Crow*, wenn man ihn denn so nennen wollte, starrte Prisma mit großen Augen geradeaus. Sie hatte noch nie an einem Kampf teilgenommen und schon gar nicht im Weltall. Ihre winzigen Knöchel zeichneten sich weiß auf ihrer Haut ab, weil sie sich mit aller Kraft an den Sicherheitsbügeln festgekrallt hatte, in denen sie sich befand, nachdem der Wobanki sie auf diesem Sitz angeschnallt hatte.

Auf ihrer Suche nach einem Kopfgeldjäger, auf der Suche nach Gerechtigkeit, hatte sie keine Angst gekannt. Aber hier hinten, während des Kampfs, als der schrottreife alte Frachter, in dem sie sich befanden, von Blasterfeuer getroffen wurde und die feindlichen Jäger so dicht am Rumpf vorbeiflogen, dass sie ihre dumpfen, geisterhaft klingenden Triebwerke durch die Aufbauten dröhnen hörte, und die elektrischen Knackgeräusche und Entladungen überall in dem seltsamen dunklen Schiff zu hören waren, als die Deflektorschilde alles taten, um die gezielte Blasterenergie der republikanischen Jäger abzulenken und zu verteilen...

Da hatte sie Angst bekommen.

Es waren solche Momente, da vermisste sie ihren Papa mehr, als sie es sich jemals hatte vorstellen können.

Sie wollte die Worte aussprechen: »Ich könnte dich jetzt wirklich gebrauchen, Papa.«

Sie hatte versucht nicht zu weinen, als ihr klar wurde, dass sie ihm das nie wieder würde sagen können.

Und in diesem Augenblick wurde ihr klar, dass sie keine Angst vor diesem Kampf hatte. Es ging nicht darum, dass sie beinahe im Weltall ermordet worden wäre. Es ging überhaupt nicht um den Tod. Es ging darum, sich verloren und einsam zu fühlen, egal, was auch geschah... in einer Galaxie, die viel zu groß war, als dass sie sich für kleine, einsame Mädchen interessierten könnte. Es ging um die Erkenntnis, dass es nichts Schöneres als ein Zuhause gab. Und dieses Zuhause existierte nicht mehr, auf keiner Karte der Galaxie.

Und dann, mitten im Geheul des Kampfes, als die Lichter ausfielen und die Lebenserhaltung versagte, als sie in der tröstenden, fast vollständigen Dunkelheit dasaß... da begann sie zu weinen. Eine einzelne Träne, als irgendein republikanischer Jäger nahe an ihnen vorbeizischte mit seinen kreischenden Blastern, die dieses Todesröcheln sich entlandender Energie von sich gaben.

In diesem Moment hatte sie sich nichts sehnlicher gewünscht, als dass ihr Papa sie hätte in die Arme schließen und ihr sagen können, dass ihnen niemals etwas zustoßen würde. Niemals. Wie er es damals getan hatte, als sie von der Hauptstadt an den Rand gezogen waren. Nach Wayste, wo er Gouverneur sein würde, und dennoch ein Papa, der immer für sie da sein konnte. Sie würden nie wieder getrennt sein.

Sie hatte damals solche Angst vor dem Unbekannten gehabt. Aber sie war auch sehr gespannt gewesen. Als der Personentransporter, zu dem man sie gebracht hatte, zum Sprung ansetzte und sich vom Zentrum der Republik entfernte, von dem gleißenden Juwel, das

das Zentrum der Kernwelten der Galaxie war und alles, was sie kannte, da hatte sie sich vor dem Unbekannten gefürchtet und war zugleich aufgeregt gewesen. Sie konnte immer noch spüren, wie seine große Hand ihre kleine Hand umschloss.

»Was werden wir da draußen finden?«, hatte sie ihn gefragt, als sie sich an seine Ausgehuniform gelehnt hatte. Die mit der Schärpe für die diplomatischen Orden.

»Unsere Zukunft«, hatte er sanft zu ihr gesagt. Und er hatte ihre Hand gedrückt, wie es nur ein Papa konnte — auf eine Art und Weise, die dich glauben ließ, dass es einen Anker gab, an dem die gesamte Galaxie Halt finden konnte. Und dass man alles, was wichtig war, festhalten konnte und nicht mehr losließ. Eine Barriere errichtete, durch die sich nicht einmal die Galaxie sprengen konnte.

Zumindest hatte es sich so angefühlt. »Ich habe Angst«, hatte sie wie ein kleines Kätzchen gejammert.

»Habe. Niemals. Angst«, hatte er langsam zu ihr gesagt. Hatte jedes Wort so betont, als es wäre jedes ein eigener Satz. Eine eigene Insel. Eine eigene Welt, Galaxie, Realität.

Eine eigene Wahrheit. »Niemals, Prisma.«

Und sie hatte sich vorgenommen, dass sie nie Angst haben würde. Egal, was geschah. Selbst nach all dem, wo sie so unglaubliche Angst gehabt hatte... nach dem, was auf Wayste geschehen war.

Und danach. Als sie auf sich allein gestellt war, ganz allein.

Auf dem miesen Raumschiff, auf dem sie von Wayste weggeflogen war.

Und auch auf Ackabar, inmitten des ganzen Chaos, auf der Suche nach jemandem, der sie rächen würde.

Und jetzt.

In einem Raumschiff, das unter republikanischem Beschuss stand und bei dem sie das Gefühl hatte, dass es jeden Augenblick auseinanderfallen musste.

Sie hatte die Galaxie anschreien wollen, dass sie einfach nur ein kleines Mädchen war und sonst nichts.

Sie hatte ihre Augen fest geschlossen, als die Lebenserhaltung versagte und die Lichter erloschen. Sie gab sich selbst das Versprechen, dass sie nicht wimmern würde, aber sie hatte es wohl doch getan, denn Crash, der in der Dunkelheit neben ihr aufragte, hatte sie gefragt: »Ist alles in Ordnung, Miss?«

»Ja«, hatte sie hervorgebracht. Sie spürte, wie sich ihre Gesichtszüge zu ihrem hässlichen Tränengesicht verzogen, und sie war dankbar für die Dunkelheit.

Ich werde nicht weinen. Ich werde nicht weinen. Ich werde nicht weinen.

Sie hörte, wie der Kopfgeldjäger vom Flugdeck aus Befehle brüllte. Dann rannte er an ihnen vorbei, und seine Stiefel klangen genauso wie die metallisch klackenden Stiefel der Legionäre, die sie in dem lange zerstörten Raumschiff gejagt hatten.

Dann ertönte das Heulen und Surren einer Waffe, die das Feuer erwiderte. Explosionen in der Ferne ließen den Rumpf erzittern. Es fühlte sich alles so an, als ob um sie herum das Ende der Galaxie stattfand.

Dann hatte sie die Veränderung gespürt.

Diese plötzliche Leichtigkeit des Seins, das jeder kannte, der sich ins Weltall wagte... der Sprung zur Lichtgeschwindigkeit. Dieses alles überwältigende, andersweltliche Schweigen, das existierte... und auch wieder nicht.

Prisma Maydoon war nur ein weiteres Waisenkind der Galaxie und der Hyperraum für sie ein Ort der Sicherheit.

Die Flucht vor der Gefahr. Ein sicherer und verborgener Ort, den nicht einmal die Galaxie erreichen konnte.

Ich will den Hyperraum niemals verlassen, dachte sie, und fragte sich, wie sie hier in alle Ewigkeit bleiben könnte. Geschützt im alten Plastik und aufgeplatzten Vinyl des Sicherheitssitzes, den man entworfen und eingebaut hatte, lange bevor die Existenz ihrer Großeltern auch nur angedacht gewesen war. Sie atmete seinen warmen Duft ein, der sie an Treibstoff erinnerte, und stellte fest, dass die Tatsache, dass er aus einem anderen Zeitalter stammte, sie auf eine Weise tröstete, wie sie es sich nie hätte vorstellen können.

Dass alle Raumschiffe eine Geschichte hatten, die weit zurückreichte, tröstete und beruhigte sie, denn das überzeugte sie, dass auch sie ihre eigenen Geschichten haben würde. Das war ein Gefühl, das sie für den Rest ihres Lebens mit sich tragen würde. Egal, was oder wer sie sein würde.

Hier können sie dich nicht kriegen, ermahnte sie sich. Und sie fragte sich...

Wie schafft man es, ewig im Hyperraum zu leben?

Die Galaxie hatte hierfür keine Antwort. Sie war doch bloß ein kleines Mädchen, und die Galaxie war viel zu groß, als dass eine einzelne Person alles wissen oder eine wirklich bedeutsame Rolle im Großen und Ganzen spielen konnte. Schon gar nicht ein kleines Mädchen, das nichts mehr wollte als...

Sie konnte sich nicht erinnern, was sie wirklich wollte. Nur dass sie das doch konnte. Es tat einfach zu sehr weh, das alles mit sich herumzutragen.

Nun, das Einzige, was sie jetzt wirklich wollte, war... Rache.

Sie hatte ihren Papa zurück haben wollen. Aber stattdessen würde sie Rache nehmen.

Rache würde reichen. Die Rache würde ihr ausreichen.

Die Lebenserhaltung schaltete sich wieder ein. Das sanfte Summen und Surren der Lüftung. Selbst die Heizung. Auch das Licht kehrte flackernd zurück, als schattenhaftes Dunkelblau, das die Menschen benötigten, um nicht völlig durchzudrehen.

»Oh, schön, Miss«, polterte KRS-88. »Es scheint, dass wir dem plötzlichen Tod entkommen sind.«

Der alte Bot schien damit sehr zufrieden zu sein. Als ob eine verlängerte Laufzeit alles war, was die Galaxie ihm anzubieten brauchte. Nur einen weiteren Tag, an dem er seiner Programmierung folgen konnte, und das in einer endlos scheinenden Abfolge von Tagen. Mehr brauchte er nicht, um glücklich zu sein, oder zumindest zufrieden.

Wenn Glück für Bots überhaupt existierte. Wer wusste das schon?

Wer wusste das wirklich?

Der Kopfgeldjäger kam den gebogenen Korridor entlang. Er hatte seinen Helm nicht mehr auf. Seine Panzerung war schlimm zerbeult und von Streifspuren überzogen — und wie sie zum ersten Mal bemerkte, waren seltsame und geheimnisvolle Zeichen darauf. Ein Aufnäher trug die Buchstaben ›NASA‹. Eine alte Flagge, die sie nicht wiedererkannte.

Er ist seltsamer als alle Personen, die ich je kennengelernt habe, dachte sie, während sie ihn musterte.

Er wirkte müde.

Er ließ sich mit einem Krachen auf einem der angeschraubten Drehstühle in der kleinen, dunklen Lounge fallen. Seine Panzerung knarzte und knackte, als er sich zurücklehnte, ein Bein ausgestreckt, das andere angewinkelt. Einen Arm legte er über die Rückenlehne des Stuhls, auf dem er gerade Platz genommen hatte.

Seine Haare waren eisengrau. Die müden blauen Augen hatten die Farbe eines Himmels, den sie einst gesehen hatte, und sahen sie nun an. Wenn in diesem Blick Freundlichkeit mitschwang, so merkte sie es nicht. Er hatte einen kleinen Bart, der früher mal dunkel, aber jetzt graumeliert war.

»Also«, sagte er zu ihr. »Wer genau bist du?« Und dann... nicht »warum«, sondern:

»Wen soll ich für dich töten?«

KAPITEL 15

**Maydoon-Anwesen, Bacci Cantara, Wayste
Die Vergangenheit**

Als die Schießerei begann, tat Prisma das, was man ihr sagte. Sie rannte so schnell weg, wie sie nur konnte, und dann versteckte sie sich.

Sie waren erst seit drei Tagen auf Wayste. Drei Tage seit ihrer Landung auf dem alten Raumhafen hinter dem ›Ödland‹, wie die Einheimischen den toten See nannten, wo ab und zu ein Raumschiff in einer Wolke aus aufgewirbeltem Sand und von den Triebwerken zur Seite geblasenen Trümmern landete. Ein republikanisches Shuttle hatte sie genau auf diese Weise abgeliefert und sich anschließend eiligst aus dieser Staub- und Kiesöde verabschiedet.

Und so standen sie alle drei da, auf diesem von der Hitze verdampften, toten See auf einer der Randwelten, wo eigentlich nie jemand hinkam. Kael Maydoon, seine Tochter und ihr Bot.

»Wann wird das offizielle Empfangskomitee für ihr Sektor-Gouverneursamt eintreffen, Sir?«, sagte der riesige KRS-88 mit seinem tiefen Bass, was Höflichkeit, Respekt und den Wunsch nach entsprechender Etikette zum Ausdruck brachte.

»Es handelt sich nicht um diese Art Gouverneursamt«, antwortete Kael Maydoon geistesabwesend.

»Was für eine Art ist es denn, Papa?«, fragte Prisma in ihrem hellen Sopran. Ihre Stimme hallte durch die Wüstenstille, jetzt da das Shuttle wieder gen Himmel gerast war, um zu seinem Trägerraumschiff zurückzukehren. Eine sanfte Böe wehte ihnen aus der riesigen, blendend hellen Wüste, aus einem fernen eisengrauen Gebirge entgegen und blies ihr einige Strähnen durchs Gesicht. In Richtung Westen konnten sie Bacci Cantara sehen, die einzige richtige Stadt auf Wayste. In Wirklichkeit war es mehr eine Siedlung als eine Stadt. Prisma hielt einen winzigen Koffer in ihren Händen. Er enthielt alles, was sie als wichtig genug empfunden hatte, um es hierher mitzunehmen.

Kael beugte sich nach unten, ein Knie über dem ausgetrockneten, rissigen Boden, der sich von hier aus in alle Richtungen erstreckte. Über seiner Schulter hing direkt über dem hellen, brennenden Horizont ein müder, alter Mond. In der klaren Stille war jeder seiner Krater zu erkennen, obwohl er sich so nah an der Atmosphäre zu befinden schien. *Er muss diesem Planeten wirklich nahe sein*, dachte Prisma. Wenn es einen Ozean auf dieser Welt gegeben hätte, dann wäre dieser sehr aufgewühlt gewesen. Aber es gab keinen. Prisma hatte alles, was man über Wayste lernen konnte, auf ihrem Datenpad.

»Es ist die Art«, setzte Kael Maydoon sanft mit einem Lächeln an, das seine sorgenvolle Miene ein wenig aufhellte, »bei der wir zusammen sein können. Endlich, Püppchen.«

Prisma lächelte.

Er umarmte sie und flüsterte ihr ins Ohr: »Endlich.« Als ob er ein neues Gesetz oder eine neue Satzung verkündete, der die Galaxie gehorchen musste, weil der Republikanische Rat sie als Regelung für die Ewigkeit festgelegt hatte. Eine außerordentliche Anordnung, die nur für sie beide galt.

Er war ein gut aussehender Mann mit zerzaustem braunen Haar, das an den Schläfen erste graue Spuren aufwies. Ein Grau, dass definitiv viel zu früh erschienen war. Lachfältchen und andere Falten, die man vielleicht seinen Sorgen zuordnen konnte, umspielten sein Gesicht und vor allem seine Augen. Graue Augen, bei denen ein Blick ausreichte, um zu begreifen, dass sie viel zu viel von dem gesehen hatten, was sie nie hätten sehen sollen. Das konnte man ihm anmerken, selbst in den beiläufigsten Gesprächen.

Nur Prisma nicht, obwohl sie wusste, dass die Falten da waren und sie sie sah, wenn sie ihn überraschte. Wenn er las. Oder auf einen der vielen außerirdischen Horizonte hinausblickte, auf all den Welten, wo er im Auftrag des diplomatischen Korps der Republik gedient hatte. In diesen Momenten bemerkte sie den gequälten Gesichtsausdruck, den er mit allen Mitteln zu verbergen versuchte, mit einem sanften Lächeln, einem leisen Lachen oder einer freundlichen Frage, die dazu gedacht war, vom eigentlichen Thema abzulenken.

Trotz all der Dinge, die Prisma irgendwann über ihn erfuhr, selbst die Dinge, die im Widerspruch zu dem standen, was sie von ihm wusste oder zu wissen glaubte, hätte sie doch immer gesagt, dass er der gütigste Mann war, der je die Galaxis bereist hatte.

Das würde sie bis ans Ende glauben. Trotz allem, was noch geschehen würde.

Tief drinnen war er ein gütiger Mann. Ihr Papa... war ein gütiger Mann.

Er richtete sich auf. Sie waren am Arsch der Republik angekommen, in einem namenlosen Sektor, für den sich auf Utopion niemand interessierte und auch sonst niemand auf den anderen, glitzernden Kernwelten, die die Galaxie beherrschten. Aber selbst unter diesen Umständen wirkte Kael Maydoon haargenau wie ein republikanischer Gouverneur, dessen Aufgabe es war, die Administration zu führen und den Planeten zu verwalten. Perfekt sitzende weiße Uniform, silberne diplomatische Schärpe mit all seinen Medaillen. Kurzer, silbern verbrämter Umhang. Glänzend polierte, hohe schwarze Stiefel. Keine Waffe. Keine Blasterpistole. Dass er hierhergekommen war im Namen der Republik, in Frieden, bot Sicherheit genug in einer Galaxie, die von nur einer Regierung beherrscht wurde.

»Na dann, auf geht's«, sagte er zu Prisma. »Schauen wir uns unser neues Zuhause an. Es gibt viel zu sehen. Und wir haben einiges nachzuholen.«

Was sie nach einem recht langen Spaziergang nach Bacci Cantara fanden, konnte man kaum eine Stadt nennen, und auch nur mit Mühe eine Siedlung. Es waren im Endeffekt nur einige Straßen und einige Geschäfte, in denen die Wüstenratten ihren Geschäften nachgingen. Der Gouverneurssitz war ein von Wind und Wetter ramponierter, alter Bunker, der der Republik als offizielles Machtzentrum diente. Er befand sich am Rande von Bacci Cantara, die Hauptstraße des Ortes entlang, hinter Cantinas und anderen rätselhaften Geschäften, und wartete unter einer hohen, felsigen Klippe auf sie — einer Klippe, die an den späten, glühend heißen Nachmittagen auf Wayste Schatten spenden würde.

Ihr neues Zuhause.

Kael Maydoon holte eine Akkreditierungsdatenkugel hervor und schob sie in das uralte Schloss zu Rechten der riesigen Sicherheitstür, die den Eingang zum

Bunker schützte. Einen Augenblick später war das Haus entriegelt, und die beeindruckende Sicherheitstür schwang zur Seite.

»Das ist eine große Tür, Papa!«, flüsterte Prisma, als sie in die heiße Wüstenluft geschwenkt wurde.

»Das ist sie, Prisma. Niemand wird jemals da durchkommen. Dieses Haus ist ein sehr sicheres Haus. Die Republik möchte, dass wir sicher sind, denn was wir hier tun, ist für die Galaxie sehr wichtig. Also müssen wir beschützt werden. Um jeden Preis.«

Hinter der Tür tauchten in der Dunkelheit des Bunkers zwei riesige Bots auf, größer sogar als KRS-88, und kamen zur Begrüßung des neuen Sektor-Gouverneurs schwerfällig auf ihn zu.

»Lang lebe die Republik, Sir«, polterte der erste Kriegs-Bot. Prisma hatte in ihrem Leben auf Raumschiffen und anderen Welten schon viele Bots gesehen. Aber die hier waren Modelle, die älter waren als alles, was sie je gesehen hatte. Als ob man sie behalten hätte, weil niemand auf die Idee gekommen war, sie zu ersetzen — oder weil niemand hier rausgekommen wäre, so nah an den Rand der Galaxie, um sie auszutauschen. Aber trotzdem wirkten sie sehr grimmig. Riesige Eisenfäuste. Ausfahrbare Dreifach-Blasterpistolen, Mikro-Raketen-werfer. Wuchtige Köpfe. Breitschultrige Körper. Sie hatte mal gehört wie republikanische Soldaten diese Bots als ›Kolosse‹ bezeichnet hatten.

»Ich bin HB-2505...«, polterte der erste Kriegs-Bot laut. »Und dies ist mein Kamerad, HB-2506. Wir beschützen und verteidigen den Gouverneur und dessen Residenz. Standardprotokolle sind aktiviert. Haben Sie jetzt spezielle Anweisungen, Euer Gnaden?«

Kael Maydoon schien sich unbehaglich zu fühlen, mit einem solchen Titel angesprochen zu werden. »Nein. Äh, k-keine«, stotterte er. Dies hatte ihn überrumpelt. Und er zögerte. Doch dann riss er sich zusammen und gewann die Kontrolle zurück, als er seine erste Anweisung gab. »Hisst die Flagge und bereitet die Residenz für die Dienstaufnahme vor, Zwei-Fünf-Null-Fünf. Die Republik ist hier, um dem Sektor und dem Volk von Wayste zu dienen.«

»Wie Sie befehlen, Euer Gnaden«, polterte die Tötungsmaschine und machte sich an die Arbeit. Die beiden riesigen Kriegs-Bots marschierten schwerfällig durch die Tür nach draußen.

Obwohl die Gouverneursresidenz weder groß noch prachtvoll war, so bot sie doch alles, was sich Prisma je an einem Zuhause gewünscht hatte. Ein Ort, an dem sie all die Dinge tun konnte, von denen sie schon immer geträumt hatte. Ihr eigenes Zuhause. Das wichtigste aber war, dass sie nie wieder wegmussten. Hier konnten sie eine Familie sein.

Endlich.

Sie atmete tief ein, und ihre winzigen Schultern hoben sich leicht. Und dann atmete sie aus und ließ damit alles ziehen, alle Sorgen, alle Ängste... Es war Kael Maydoon so, als ob das gesamte Gewicht der Galaxie, das auf den Schultern seiner Tochter geruht hatte, durch die riesige Tür hinausflog, die sie schützen würde, und in die Wüste floh.

Kael Maydoon hatte das Gefühl, dass er dies sehen konnte. Und er hatte schon viele seltsame Dinge in der Galaxie gesehen. Er sah dies, und er befahl dem bösen Geist, nie wieder zurückzukehren. Und seine Tochter niemals wieder zu belästigen.

In diesem Augenblick erinnerte er sich an etwas. Etwas, das er Prismas Mutter hatte versprechen müssen.

»Seid eine Familie, Kael. Egal, was passiert.«

Seine Stimme war nur ein Flüstern, als er diese Worte aussprach und zusah, wie der böse Geist in Richtung des eisengrauen Gebirges entschwand, in Richtung des fernen Horizonts. Er hatte Tränen in den Augen. Dann lächelte er und wechselte schnell zurück zu dem Mann, den er die Galaxie sehen lassen wollte. Er war ein Meister solcher Masken geworden. Oft genug hingen Leben oder Tod davon ab.

Prisma sah sich in ihrer spartanisch eingerichteten Unterkunft um. All diese neuen Flächen und Räume, die es zu erforschen galt. Sie wusste, dass es hier ein Zimmer nur für sie allein gab. Das hatte er ihr versprochen. Einen Ort, an dem sie ihre Sammlungen aufbewahren konnte. Sie sammelte ständig.

»Also, eine Familie«, flüsterte er in die Stille, als Prisma losgerannt war, um ihr neues Zimmer zu suchen. »Egal, was passiert.« Und er lächelte.

Zwei Tage.

Diese beiden Tage, bevor die Schießerei begann, waren die beiden besten Tage in Prismas Leben.

Die Bewohner von Bacci Cantara kamen vorbei, um ihnen einheimisches Essen und importierte Delikatessen und dem neuen republikanischen Gouverneur weitere Geschenke zu bringen. In der ersten Nacht gab es eine spontane Feier unter dem Sternenhimmel, an dem am Rand der Galaxie nur wenige Sterne standen. Der niedrig hängende Mond glitt über den Himmel wie in einer strahlend hellen Fantasiewelt, die alles in Blauetöne tauchte.

Die Einheimischen waren so nett.

Ihr Vater brillierte und beantwortete alle ihre Fragen. Zumindest die Fragen, die die Republik betrafen, und er versprach ihnen leichthin eine bessere Zukunft. Später, als die letzten Besucher in der blauen Dunkelheit verschwanden, und der sich langsam bewegende Mond sich hinter dem fernen, schattenhaften Horizont in Sicherheit brachte, wandte ihr Vater sich ihr zu. Er sagte: »Wir haben einen guten Start erwischt, Püppchen.«

Manchmal nannte er Prisma so. Sie hatte nicht die leiseste Ahnung, warum.

Wenn sie ihn hätte wiederhaben können, nachdem er gestorben war, dann hätte sie ihn gefragt: »Warum hast du mich Püppchen genannt?«

Aber sein Geist tauchte nie auf, um ihr diese Frage zu beantworten — oder sich zu entschuldigen. Diese Antwort war ihr auf ewig verloren, wie es so viele wichtige Dinge in der Galaxie sind. Vor allem hier draußen am Rand. Aber die Frage vergaß sie nie.

»Wir haben heute Gutes geleistet, Püppchen.«

»Haben wir?«

»Ja. Sehr Gutes sogar. Sie vertrauen uns. Sie hoffen, dass die Republik ihren Einfluss ausweiten wird, hier in diesem Sektor, und sie hoffen, dass dies mehr Credits für sie und ihre Familien bedeutet.«

»Wird die Republik das wirklich tun?«, fragte Prisma.

Er zögerte. Der unendliche Wüstenboden erstreckte sich unter ihnen in der Finsternis. Ein vergessener Planet in der tiefsten Provinz der Galaxie drehte sich erneut um seine Achse auf seinem weiten Weg um einen Stern, für den sich so ziemlich niemand interessierte.

»Ja. Ich werde mein Bestes geben, um das Haus der Vernunft davon zu überzeugen, dass wir hier einen Militärstützpunkt brauchen. Warum sie den Rand im Auge behalten müssen.«

»Warum müssen wir den Rand im Auge behalten, Papa?«

Er gab ihr keine Antwort. Stattdessen gingen sie hinein und aktivierten die Sicherheitsprotokolle für die Stunden ihres Schlafs und ihrer Träume. Die riesigen Kriegs-Bots patrouillierten schwerfällig und die gesamte Nacht entlang ihrer vorgeschriebenen Route. Sahen sich um und warteten.

Sie sagte zu dem Anführer, dem sie den Namen Koloss Eins gegeben hatte: »Gute Nacht!«

Er blieb stehen, um sie kurz zu mustern, und drehte dafür seinen wuchtigen, niedrig sitzenden Kopf, bis der Blick aus seinen glühenden roten Augen auf ihr ruhte. »Vielen Dank, Miss. Ich wünsche Ihnen auch eine gute Nacht.« Und dann machte er sich erneut, wie jeden Tag, an seine Patrouille.

Später machte ihr Vater im etwas tiefer liegenden Wohnbereich das Feuer an. Er goss sich ein Glas faldarianischen Scotch ein. Er starrte in das Glas und ab und zu in das Kristallfeuer.

Prisma war klar, dass er über etwas nachdachte.

»Warum müssen wir den Rand im Auge behalten, Papa?«, fragte sie ihn erneut.

Er zuckte zusammen. Als ob er gar nicht mit ihr in diesem Zimmer gewesen wäre, hier auf diesem Planeten. Er schenkte ihr ein Lächeln und stellte das Glas ab.

»Da draußen sind Dinge. Dinge, die man im Auge behalten muss.«

Das klang in Prismas Ohren sehr geheimnisvoll. Sie liebte Geheimnisse.

Sie las die ganze Zeit auf ihrem Datenpad geheimnisvolle Romane. Geschichten über Mädchen, die auf gefährlichen Planeten eine Bruchlandung machten und Piraten entdeckten und alte Schätze aus den Barbarischen Kriegen. Und Artefakte natürlich, die aus den Ruinen der Uralten stammten. Die mochte sie am liebsten.

»Was denn… zum Beispiel?«, ermunterte sie ihn, als er nicht weitersprach.

Er schien wieder in die Ferne zu blicken.

Er summte vor sich hin, als ob er darüber nachdachte, wie es weitergehen sollte. Sie wusste, was dies bedeutete.

»Wenn es Monster sind…«, sagte sie, »dann verspreche ich keine Albträume zu haben.«

Daraufhin nickte er.

Er nahm einen Schluck Scotch.

»Jenseits der Galaxie«, setzte er an. »Ganz weit draußen, an einem Ort, den alte Frachterpiloten und Späher…« Er hielt inne. Er wirkte unsicher, ob dieses Thema sich für ein Gespräch kurz vor dem Zubettgehen eignete.

»Oh, bitte«, flehte sie ihn an. »Ich bin fast schon eine Frau, Papa. Ich muss solche Dinge wissen.«

Ein Lächeln versuchte sich in einem Mundwinkel zu zeigen. Aber es besaß nicht ausreichend Kraft. Er nickte nur kurz, als ob er sich selbst einredete, dass es nichts gab, vor dem man Angst haben musste. Er war einfach nur Kael Maydoon, stets vorsichtig, und in Wirklichkeit… hatte er bloß Angst vor Schreckgespenstern, die von dort draußen niemals zurückkehren würden. Also sprach er weiter.

»Oh… verschwundene Zivilisationen, die viel älter sind als die Republik, und…«

Aber dann hielt er wieder inne und hätte beinahe gelacht. Aber dieses Lachen klang eher nach einem Würgen. Er nahm einen weiteren, kleinen Schluck Scotch und räusperte sich.

»Und was?« Sie riet ins Blaue hinein. »Monster?«

Insgeheim liebte sie geheimnisvolle Erzählungen über Monster. Das erzählte sie niemandem. Aber Monster waren sooooo großartig.

»Es gibt überall Monster, Püppchen. Selbst hier in der Republik. Mehr als du dir vorstellen kannst. Aber manchmal gibt es Dinge, die sind schlimmer als Monster.«

»Schlimmer als Monster?«

Er nickte feierlich. »Schlimmer.«

»Aber wie?«, fragte sie.

»Nein, Prisma. Dafür ist es zu spät. Ich möchte, dass du schlafen gehst, und so spät am Abend ist es keine gute Idee, deinen Kopf auf Lichtgeschwindigkeit zu bringen. Versuche immer über etwas Gutes nachzudenken, bevor du zu Bett gehst. Nicht über Geheimnisse.«

»Aber ich liebe sie doch, Papa.«

Er lächelte. »Ich weiß, dass dem so ist.«

»Na dann sind sie doch etwas Gutes. Also, erzähl es mir!«, bettelte sie ein letztes Mal. Tatsächlich war er oft recht hilflos, wenn sie ihn anflehte.

Aber er schien hierüber lange nachzudenken. »Das werde ich«, versprach er ihr schließlich. »Eines Tages.«

Aber dieser Tag sollte niemals kommen.

Als Prisma an diesem Abend zu Bett ging, versuchte sie sich vorzustellen, welche Geheimnisse unfassbarer sein konnten als Monster. Was befand sich da draußen, jenseits des Rands der Galaxie?, fragte sie sich. Was musste man im Auge behalten?

Aber eigentlich hätte die Frage lauten sollen: »Wer?«

Schließlich nickte sie ein mit dem Versprechen, dass sie dorthin reisen würde, jenseits des Randes, und all diese Geheimnisse aufdecken würde. Wie all die Mädchen in ihren Abenteuern, die sie auf ihrem Datenpad las. Sie würde Abenteuer erleben und viele Dinge entdecken. Das wäre dann ihr Leben.

Und was für ein Leben das sein würde.

Ja, vielleicht würde sie sogar Monster finden. Obwohl verschwundene Zivilisationen auch ziemlich interessant waren. Verschwundene Zivilisationen und Monster dazu wären einfach nur *unglaublich* perfekt. So etwas zu entdeckten würde bedeuten, das größte Geheimnis aller Zeiten aufzudecken, dachte sie — und als sich ihr Verstand dem süßen Schlaf hingab und dann den Träumen, hoffte sie, dass ihr das passieren würde.

Aber warum, hatte sie sich gefragt, als sie der Schlaf zum letzten Mal holte, sollte sie jemals ein Kind sein. Bevor die Schießerei am nächsten Tag begann und sie um ihr Leben rennen musste.

Warum musste das ›Große Dunkel‹ im Auge behalten werden? Was war da draußen?

Alle sahen das riesige Raumschiff herannahen. Es war kein Frachter. Es war groß, wie ein kleines Kriegsschiff. Es war grau und starrte vor Geschützen. Es flog aus dem strahlenden Himmel heran, über die Wüste, ganz langsam, als ob es nach etwas suchte. Die alte Glocke, die das einzige historische Relikt Bacci Cantaras war, eine tatsächlich alte Glocke in einer alten Kirche, die man vor langer Zeit errichtet hatte, begann zu läuten. Sie wurde durch ein automatisches Warnsystem von der KI des Raumhafens aktiviert.

Prisma saß gerade in der Bibliothek. Es war der erste Tag, an dem sie auf Erkundung gehen wollte. Natürlich war sie immer mit Crash unterwegs — dem Bot, den Papa gekauft hatte, damit er ein Auge auf sie hatte, während er sich um die Angelegenheiten der Republik kümmerte. Der sie stets begleitete und ein ›Seien Sie vorsichtig, Miss‹ oder ein ›Ich glaube, wir sollten nicht so lange wegbleiben, Miss‹ einfügte, als sie die wenigen, wirklich interessanten Orte in Bacci Cantara erkundete.

Sie hatten einige interessante Leute kennengelernt. Leute, das hatte Prisma sich selbst versprochen, die sie sich genauer anschauen würde. Die sie kennenlernen wollte. Um ihre Geschichten zu hören. Das gefiel ihr sehr. Sie mochte es, neue Leute kennenzulernen. Und ihre Geschichten zu hören. Alles über sie herauszufinden.

Aber dann, blieben alle, ja, die gesamte Stadt mit einem Schlag stehen, als die Glocke feierlich zu schlagen begann. Das orbitale Überwachungssystem hatte ein Raumschiff bemerkt. Und wenige Minuten später tauchte das große, eckige Raumschiff aus den Wolken auf und landete auf dem alten, ausgetrockneten Seebett, das Bacci Cantara seinen Raumhafen nannte.

»Händler von Venice?«, hörte Prisma eine alte Wüstenratte fragen, als sie an den Rand der Hauptstraße trat, um einen besseren Blick darauf werfen zu können. Als sie das Schiff sah, lief ihr ein kalter Schauer den

Rücken hinab, aber das schrieb sie der Tatsache zu, dass sie aus dem kühlen Inneren der Bibliothek in die Sonne getreten war.

»Nee...«, antwortete ein anderer Mann auf der Straße, der sich die Hand vor die Augen hielt, um sie vor der hellen Sonne zu schützen. »Es soll erst in zwei Wochen wieder was kommen. Das is' was Neues, und ich wette, das bedeutet zusätzliche Credits. Ich geh mal meine Mineralienproben sortieren.« Und dann rannte der Kerl auch schon los. Tatsächlich schienen die meisten Leute irgendwohin zu rennen, überall. Nicht aus Angst, sondern weil sie große Hoffnung in das Kommende setzten. Als ob gerade irgendein Zirkus aus dem Orbit über ihnen aufgetaucht war.

»Miss«, unterbrach KRS-88 ihre Gedankengänge inmitten all dieser Begeisterung. »Ich glaube, wir müssen Ihren Vater aufsuchen. Diese... ungewöhnliche Erfahrung entspricht einer Parameterliste, über die er mich persönlich instruiert hat. Ich muss leider darauf bestehen.«

Prisma sah die Männer aus dem Raumschiff herauskommen. Sie kamen aus der Unterseite hervor, und selbst aus dieser Entfernung schienen sie sehr groß. Sie waren schwarz gepanzert und sahen genau wie die Piraten aus, von denen sie Bilder in den Abenteuerromanen auf ihrem Datenpad gesehen hatte.

Sie hatte auch schon richtige Piraten gesehen. Piraten, die die Republik gefangen genommen und für einen großen, öffentlichen Prozess zusammengebracht hatte. Wie damals, als alle Reisenden auf einem Kreuzfahrtschiff abgeschlachtet worden waren, obwohl man das Lösegeld bezahlt hatte. Diese Piraten sahen genau wie die Piraten damals aus. Blastergewehre. Panzerung.

Noch mehr Blastergewehre. Dreckig, genau wie jeder andere Pirat, den sie in den Nachrichten gesehen hatte oder in Holovideos. Nur geschah dies gerade im wahren Leben, jetzt und hier, und niemand ging davon aus, dass einem so etwas wirklich zustieß. Und es war tatsächlich so... dass sie im wahren Leben noch furchterregender wirkten. Dies war der plötzliche, sehr reale Augenblick, in dem man sich jenseits aller Sicherheitsparameter eines Fahrbetriebs befand, wie man sie von allen Zirkussen der Galaxie kannte. Oder des Romans, den man gerade in aller Sicherheit gelesen hatte.

Prisma hatte einen solchen Moment schon einmal erlebt, als sie ihrem Vater auf dem großen, republikanischen Trägerraumschiff *Freedom* entwischt war, mit dem sie an den Rand gereist waren. Sie war auf das Flugdeck gehuscht, von wo die Jäger auf ihre Patrouillen geschickt wurden, und sie war einem Lancer zu nahe gekommen, der gerade seinen Antrieb hochfuhr. In diesem furchterregenden Augenblick gefühlt unkontrollierter Energie war ihr schlagartig klar geworden, wie klein sie und wie groß der davonrasende Abfangjäger war. Er donnerte zischend an ihr vorbei, mit einem ohrenbetäubenden, heulenden Kreischen, als er zum Sprung vom Träger ansetzte. Irgendein Deckarbeiter hatte sie bemerkt und gerade noch rechtzeitig aus seinem Weg gezerrt. In diesem Moment war ihr klargeworden, wie nahe das Leben dem Tod sein konnte.

Das hier fühlte sich genauso an.

Die dunklen Männer, die sich von unterhalb des Raumschiffs auf den Wüstenboden ergossen, fächerten sich zu einem groben Keil auf und gingen über das ausgetrocknete Seebett auf Bacci Cantara zu.

»Lass uns nach Hause gehen!«, sagte Prisma plötzlich.

Und dann rannte Prisma schon so schnell sie konnte. Ohne wirklich zu wissen, warum. Aber ihr war plötzlich klargeworden, dass sie ihren Papa jetzt und hier verlieren konnte, in echt.

Kurz danach begann das Feuergefecht.

Prisma blieb kurz stehen, als sie auf eine verlassene Straße abbog. In der Ferne konnte sie das dröhnende Heulen des Blasterfeuers hören, das über die sonst so stille Wüstenwelt hallte. Nur einige Schüsse. Dann eine Salve. Dann kamen immer mehr Schüsse.

Und dann herrschte eine unheilvolle Stille, wo früher etwas gewesen war.

Crash trippelte an ihre Seite.

»Miss, das ist Blasterfeuer. Ich glaube, dass Bacci Cantara angegriffen wird.«

Prisma verdrehte die Augen in Anbetracht der Offensichtlichkeit dieser Aussage.

»Prisma.« Die Stimme ihres Vaters ertönte über Funk. »Prisma!« Sie aktivierte die Kommunikation.

»Papa! Es wird geschossen. Ein Raumschiff ist gelandet. Es sieht nach Militär aus, aber nicht nach der Republik. Es ist was anderes!«

»Prisma, ich weiß. Du musst mir jetzt zuhören, und du musst tun, was ich dir sage.« Der Tonfall ihres Vaters machte ihr Angst. Er klang hart, und sie konnte die Furcht hören, die darin mitschwang.

Die Schüsse in ihrer Nähe nahmen zu. Nur wenige Straßen von ihr entfernt schien wohl eine Schlacht stattzufinden. Und Bacci Cantara hatte nicht viele Straßen. Leute rannten an ihr vorbei. Eine Frau schrie, dass jemand getötet worden war. Nein, das stimmte nicht. Sie schrie, dass ›sie‹ alle töteten.

»Prisma, ich möchte nicht, dass du nach Hause kommst«, hatte ihr Vater ihr über Funk zugerufen. »Ich möchte, dass du dich irgendwo in der Stadt versteckst. Wo immer du bist. Unter keinen Umständen möchte ich, dass du hierher kommst. Was immer passiert, lass nicht zu, dass diese Männer dich fangen, oder dass sie herausfinden, dass du meine Tochter bist. Auf keinen Fall. Hast du das verstanden?«

»Papa, was—?«

»Hast du mich verstanden, Prisma? Du musst tun, was ich dir gesagt habe. Ich liebe dich. Egal, was passiert: *Ich liebe dich.*«

In diesem Augenblick begann sie zu weinen. Es war ernst.

»Prisma. Du bist...« Er sprach mit bewegter Stimme und räusperte sich. »Prisma, du bist stark genug, um das zu tun. Alles wird in kurzer Zeit wieder in Ordnung sein. Versprochen. Aber komm nicht hierher, bevor sie weggeflogen sind.«

Dann...

»Hast du mich verstanden?«, rief er.

Sie versuchte etwas zu sagen, aber ihr Mund brachte keine Worte hervor. Ihre Lippen zitterten unkontrolliert.

Jetzt konnte sie Stiefelschritte hören. Schwere Stiefel auf den alten, mit Lasern geschnittenen Sandsteinen auf den Straßen eines Orts, für den sich in den Kernwelten praktisch niemand interessierte. Einem Ort, den niemand jemals finden sollte. Das hatte ihr Papa mehrfach gesagt, obwohl sie nicht wirklich verstanden hatte, was er damit gemeint hatte. Sie hatte gedacht, dass sie sich einfach vor seiner Karriere in der Republik und der endlosen Arbeit verstecken würden.

Jetzt wusste sie, dass sie sich vor diesen Männern versteckten.

Sie huschte hinter einige alte Frachtcontainer. »Prisma...« Sie konnte die leise Stimme ihres Vaters hören, als sie Deckung suchte.

»Ich verstehe, Papa«, flüsterte sie. »Sie sind auf dem Weg.«

»Ich liebe dich«, wiederholte er. Und kurz bevor er die Verbindung unterbrach, flüsterte er noch: »Für immer.«

Und dann war seine Stimme verstummt.

Die Stiefel der vielen Männer schlugen auf dem lasergeschnittenen Sandstein auf und erzeugten ein dumpfes, hohles Poltern, das wie die Marschmusik zu einem schrecklichen Musikstück klang, das niemand jemals hören wollte.

Prisma sah vorsichtig um die Ecke eines Containers.

Lange Tätowierungen zogen sich wie die Schneiden langer Messer auf den wuchtigen, muskulösen Armen dieser Männer entlang. Ihre Blasterpanzerung war eine wilde Mischung aus glänzendem schwarzen Leder. Selbst Prisma wusste, dass Kriminelle diese Art Panzerung bevorzugten. So konnten sie ihre ›Aufträge‹ leichter durchführen. Vor allem die Aufträge, bei denen Heimlichkeit gefragt war.

Auf Prisma wirkten sie wie Zombies. Dunkle Augenringe. Lange, schmutzige, zu Zöpfen geflochtene Haare. Blasse Haut und diese Tätowierungen, die wie große, sich ringelnde Hydra-Pythons aussahen.

Aber da war ein Mann unter ihnen, der war anders. Ein Mann in einem dunklen Umhang mit Kapuze. Er ging mit ihnen mit und schien sich für ihre militärischen

Handsignale überhaupt nicht zu interessieren, während sie ihre Umgebung absuchten. Seine Arme steckten in langen Ärmeln, in einer Haltung, als ob er zu beten schien. Sein gebeugter Kopf war unter seiner Kapuze verborgen.

Prisma überrieselte es eiskalt. Als ob sich ihre Haut bis auf die Knochen in Eiswasser verwandelt hätte. Sie waren auf dem Weg zur Gouverneursresidenz.

Sie waren auf dem Weg zu ihrem Papa.

Als sie das Ende der Straße erreichten, huschte Prisma hinter den Containern hervor und folgte ihnen leise und mit reichlich Abstand.

Alles, was Prisma für lange Zeit sagen konnte zu dem, was geschehen war — alles, was sie vor ihrem inneren Auge sehen konnte — war dieser ganz bestimmte Augenblick, und das war, als die riesige Sicherheitstür einfach aus ihren Angeln gehoben wurde. Sie war langsam an die Piraten herangekrochen, oder was immer sie auch waren, die die Gouverneursresidenz umstellt hatten.

Sie standen vor dem eckigen, niedrigen Gebäude mitten in der Wüste, die Blastergewehre im Anschlag, in einem Halbkreis vor dem Eingang. Der Mann in seinem dunklen Umhang mit Kapuze stand hinter ihnen, ein wenig seitlich, als ob er nicht wirklich zu ihnen gehörte. Als ob er weit entfernt war von all dem, was geschehen würde. Er war nur ein Geist, der in ihrer Nähe schwebte. Ein Geist, den jeder sehen konnte, obwohl es niemand wollte.

Prisma war auf dem Weg zur Residenz an den Bewohnern von Bacci Cantara vorbeigekommen. Leute, die sie niemals kennenlernen würde, weil sie tot in den Straßen lagen.

»Wirklich, Miss«, murrte KRS-88. »Das ist genau das Gegenteil von dem, was mir von Ihrem Vater aufgetragen wurde. Ich werde gezwungen sein, ihm von Ihrem widerspenstigen Verhalten zu berichten, wenn wir uns wiedersehen. Ich bedaure dies sehr. Vielleicht heute beim Abendessen, aber noch vor dem Nachtisch.«

»Crash«, zischte Prisma. »Pscht. Du bringst uns noch um.«

»Oh... ja. Sie haben natürlich recht, Miss. Ich komme mit diesen ganzen Kriegsdingen nicht wirklich klar. Ich bin nur einer Diener-Bot. Pracht und Herrlichkeit zu Diensten. Aber ich muss noch einmal betonen, junge Miss... dies scheint ein hervorragender Weg zu sein, getötet oder ausgeschaltet zu werden. Bitte, kommen Sie mit weg von all... diesem... Trubel. Das gehört sich nicht.«

Prisma ignorierte die Warnungen des Bots und kroch langsam vorwärts. In Richtung des Piratentrupps. Und dann noch näher. Sie konnte hören wie einer von ihnen mit harscher Stimme nach ihrem Vater brüllte.

»Komm heraus und stelle dich Goth Sullus, du republikanischer Abschaum! Es kann alles ganz einfach sein — oder wir können dir das Leben schwer machen!«

Einen Augenblick später — ein Augenblick, nachdem der riesige Kerl sein Blastergewehr gesenkt und sich dem Mann in dem dunklen Kapuzenmantel zugewandt hatte —, platzte die wuchtige Sicherheitstür aus dem Gebäude. Als ob die Piraten eine Art hydraulisches Gebiss eingesetzt hätten oder irgendeinen Trick, mit dem solche Hindernisse aus dem Weg geräumt werden konnten.

Prisma würde sich immer daran erinnern. Das laute Kreischen zerreißenden Metalls. Wie die Piraten aus dem Weg hechteten, als die Tür nach draußen geschleudert wurde.

Eine Sicherheitstür, die mehrere Meter dick war.

Die hochmodernste republikanische Hardware, um die Sicherheit eines Objekts zu gewährleisten.

Als sich der trockene Staub Bacci Cantaras wieder gelegt hatte, lagen die Türtrümmer auf dem Innenhof vor der Gouverneursresidenz.

»Ich komme nach draußen!«, hörte sie ihren Vater sagen. Seine Stimme klang so leise und weit weg und armselig.

Wo waren die beiden Kolosse? Im Inneren ihres Kopfes schrie Prisma laut. *Sie sollten uns doch verteidigen.* Später würde sie herausfinden, dass sie zerstört worden waren. Zerschossen. Man hatte sie an einer der Nebenstraßen in geschmolzenes Metall verwandelt, wo sie versucht hatten, die Piraten in einen Hinterhalt zu locken.

»Ich komme damit raus«, sagte ihr Vater.

Was war ›damit‹? Darüber würde sich Prisma später den Kopf zerbrechen. Später, als sie in den Ruinen des Zuhauses saß, das sie beinahe gehabt hätte. Und auf dem Raumschiff, auf dem sie von diesem Planeten wegflog, um einen Kopfgeldjäger zu finden, der für sie töten würde.

Die Piraten bewegten sich mit erhobenen Waffen auf ihr Ziel zu. Der Mann in dem Kapuzenmantel sah immer noch zur staubtrockenen Wüstenwelt hinaus, in der nur noch Stille zu herrschen schien. Eine nachmittägliche Brise zog an ihnen vorbei und erfasste seinen Umhang, was ihn wie einen Geist aus einer Legende wirken ließ, die die Gutenachtgeschichten tausender Welten bevölkerten.

Das kurze, heulende Zischen eines einzelnen Blasterblitzes ertönte — und Prismas Leben wurde für immer verändert.

Als ob ihre Seele in dem Sekundenbruchteil eingefroren wäre, begleitet von diesem furchtbaren, schrillen Aufheulen des Blastergewehrs.

Und dann rief der Riese mit der harschen Stimme: »Ich hab's!«

Jetzt konnte Prisma sehen, wie der riesige Mann sich der Gestalt im Umhang näherte, fast schon ängstlich. Prisma würde sich später daran erinnern, dass er sich ihm nicht ehrerbietig genähert hatte. Dieser Mann hatte Angst vor seiner Angst. Er hielt ihm die Akkreditierungsdatenkugel ihres Vaters hin. Der Mann im Kapuzenmantel nahm sie entgegen, legte sie sich auf die Hand und musterte sie, als wäre er ein zweitklassiger Wahrsager, der ihnen die Zukunft lesen wollte. Dann verschwand sie in den Falten seines vom Wind gepeitschten Umhangs.

Er nickte kurz.

»Lasst uns hier verschwinden, Brüder«, rief der riesige Pirat. »Kriegsmarsch. Achtet auf alle Ecken und Gassen. Wir haben uns noch nicht von dieser Staubschüssel verabschiedet, Legios.«

Und in kurzer Zeit waren sie verschwunden. Prisma wartete.

Schweigen hatte sich auf die gesamte Stadt gesenkt. Nur das Geräusch des seufzenden Winds war zu hören, wie er mal langsamer, mal schneller durch die alten Gebäude huschte und eine Totenklage anstimmte. Als ob er als Einziger zurückgeblieben wäre, um die Toten zu betrauern.

Langsam kroch Prisma aus ihrem Versteck hervor. Sie erinnerte sich, wie sie zu laufen begann. Wie ihre viel zu großen Stiefel an diesem heißen Nachmittag über die Sandsteinstraßen dieses nun toten Ortes namens Bacci Cantara klatschten, hin zum Innenhof der Residenz. Sie sah ihren Vater auf dem Boden liegen. Der Blastertreffer hatte ein Loch in seine Brust gebrannt. Seine wunderschönen grauen Augen starrten gen Himmel. Augen, die sie jetzt nicht mehr sehen konnten.

»Steh auf, Papa«, sagte sie. Ihre leise Stimme klang verzweifelt. Sie schüttelte einmal den Kopf, vor und zurück, und dann begann sie zu weinen. Sie flehte ihn an aufzustehen.

Seine Hände lagen an seinen Seiten. Die Finger zum Himmel gestreckt. Als ob er am Ende alles aufgegeben hatte, was man in einer Lebenszeit ergreifen und festhalten kann, im Gegenzug für etwas, was größer war als man selbst.

Ihr kleiner Körper wurde von Schluchzern geschüttelt, als sie neben ihm in die Knie ging und eine seiner Hände ergriff. Sie versuchte verzweifelt, Leben in sie hinein zu rubbeln. »Bitte... Papa, bitte...« Durch den Vorhang ihrer Tränen konnte sie sich selbst kaum verstehen. Aber sie verstand mehr als genug, um zu wissen, dass sie die Geräusche hasste, die sie von sich gab. Und sich selbst betteln zu hören, ließ sie alles nur noch mehr hassen.

»Bitte, Papa... Ich kann jetzt nicht allein sein. Noch nicht.«

Draußen auf dem riesigen trockenen Seebett wurde der Antrieb des riesigen Raumschiffs gezündet und verwandelte sich in kurzer Zeit in ohrenbetäubendes Dröhnen.

Bitte.

Dieses Wort musste sie schon hundert Mal gesagt haben, als sich das Raumschiff schließlich erhob und Bacci Cantara für alle Zeiten den Rücken zuwandte, seiner

Reise den Sternen entgegen und allem anderen Unheil, das es noch anrichten würde, bevor diese Erzählung ihr Ende findet.

Eine schwache Böe und grober Sand fegten über Prisma hinweg, die immer noch weinte, völlig hilflos, und sie ließ seine kalte Hand in den Schmutz dieses Ort zurückfallen.

Tränen zogen schmutzige Spuren über ihr Gesicht. Ihre Schultern zitterten, und ihre Brust hob und senkte sich krampfhaft.

Bitte.

Bitte.

Bitte komm zurück.

Und...

Warum?

Die Nacht senkte sich herab. Prisma saß neben ihrem Vater. Er war nur noch eine Leiche.

Fort.

Ihr entrissen.

Von wem?, fragte eine Stimme aus dem Abgrund in ihr.

Sie sah, wie die Augen ihres Vaters zu den wenigen Sternen hinaufstarrten, die am Rand der Galaxie am Himmel standen.

Von wem?

»Bitte«, flüsterte sie, mit rauer, brüchiger Stimme.

Ihre Augen wirkten wie abgestorben, geistesabwesend. »Bitte komm jetzt zurück.«

Von wem?

Ihr kleiner Mund formte tonlos das erste Wort. Dann das zweite. Wer hatte ihren Papa getötet?

Wer?

Jemand namens... »Goth Sullus.«

KAPITEL 16

Tyrus Rechs hörte sich die Leidensgeschichte des jungen Mädchens an. Er hatte schon oft solch tragische Geschichten gehört, von schmerzlichen Verlusten, kurz bevor man ihn fragte, ob er die Verantwortlichen ermorden würde. Inmitten des Tickens und Brummens, das in einem interstellaren Raumschiff fast nicht vorhanden und doch irgendwie durchgehend zu hören war, hatte er eine Art meditative Trance erreicht.

Obwohl er noch nie auf Wayste gewesen war, kannte er die Welt. Er kannte längst alle Welten, die so wie Wayste waren. Am Ende waren sie für ihn alle gleich.

Und obwohl er den Vater dieses Mädchens nie getroffen hatte, kannte er ihn auch. Er kannte den Typ. Ein Bürokrat, der in etwas verwickelt worden war, wofür er nicht ausreichend Credits, Einfluss oder Verbindungen nach oben gehabt hatte, um sich vor den Konsequenzen zu schützen. Am Ende musste jeder seine Rechnungen begleichen. Die Geschichte dieses Kindes hörte sich für ihn wie eine dieser Rechnungen an, die am Ende beglichen werden musste. Die Tragödie hingegen fiel dann in einen anderen Geschäftsbereich.

Oft genug brachte das Rechs Aufträge.

Er hörte sich noch den Rest ihrer Geschichte an. Wie der leichte Frachter *Viridian Cyclops* am alten

Wüstenraumhafen gelandet war, um zu Waren zu verkaufen. Wie dieses kleine Mädchen als Einzige das Massaker von Bacci Cantara überlebt hatte. Wie sie alles, was sie noch besaß, eingetauscht hatte, damit der Pilot sie zur nächsten Sektorenhauptstadt mitnahm. Ackabar. Damit sie einen Killer finden konnte.

Der ihr Gerechtigkeit verschaffen würde.

»Wirst du ihn für mich umbringen?«, fragte sie am Ende ihrer Geschichte unschuldig. Als ob sie gerade ein Elternteil gebeten hätte — jemanden, der sie erzogen hatte, geliebt hatte, sich um sie gekümmert hatte, also praktisch alle Leute außer dem gepanzerten Fremden, der vor ihr saß —, sich um eine Spinne zu kümmern, die ihr Angst einjagte.

Sie wiederholte die Frage.

Er war so müde. Mit der Zeit wurde er immer müder. Diese Geschichte belastete ihn, wie es die meisten anderen nie geschafft hatten. Wahrscheinlich, weil sie noch ein kleines Kind war. Irgendwo vor ihm lag das Ende der Galaxie. Selbst er, Tyrus Rechs, der ein sehr langes Leben gelebt hatte, wusste, dass jedes Leben ein Ende fand. Alle Rechnungen mussten beglichen werden. Alle Schulden im Kontobuch der Galaxie ausgeglichen.

»Machst du das?«, fragte sie ihn zum dritten Mal mit ihrer leisen, hellen Stimme. In der nahezu umfassenden Dunkelheit des Raumschiffs, das durch das Weltall raste, schien es nur noch ihre Stimme zu geben.

Sie hatte nicht geweint, während sie ihre Geschichte erzählte. Aber die Tränen standen ihr in den großen, dunklen, ihn unverwandt anblickenden Augen. Rechs vermutete, dass sie reichlich geweint hatte — wenn ihr niemand zusah. Die Galaxie stellte beständig die Forderung, dich gefälligst zusammenzureißen, alles runterzuschlucken und einfach weiterzumachen. Und das hatte sie früher als die meisten lernen müssen. Man musste es runterschlucken, denn das war der Eintrittspreis und die einzige Möglichkeit in dieser herzlosen Galaxie zu überleben, die nichts weiter war als ein brennender Müllcontainer, dessen Flammen immer schneller und immer weiter um sich griffen.

Ein brennender Müllcontainer.

Das waren Worte, die er vor langer Zeit zum ersten Mal gehört hatte, dachte er, als er und das kleine Mädchen schwiegen und der große Kriegs-Bot die beiden beobachtete. In der Dunkelheit des dämmrigen Lichts, das in der *Crow* wie eine Decke über ihnen lag.

An einem Ort außerhalb der Galaxie, wo man sich verstecken konnte.

Er stand auf und spürte, wie sich seine Muskeln versteiften und schmerzten. Er hatte sich bereits eine Ampulle Androx reingejagt. Viel würde das nicht bringen, aber immerhin. Etwas, um einen weiteren Tag zu überleben.

»Du musst... einfach weitermachten«, glaubte er sich selbst ermahnt zu haben. Stattdessen hatte er die Worte laut ausgesprochen.

»Was?«, fragte das kleine Mädchen.

Prisma Maydoon, so hatte sie sich vorgestellt. Maydoon war ein alter Name, an den sich Rechs kaum noch erinnerte. Er hatte ihn einmal gehört. Vor langer Zeit. Irgendein Admiral, irgendetwas in der Art. Zur Anfangszeit der Republik.

»Nichts«, murmelte er, als er sich abwandte. »Also, wirst du es tun? Wirst du... Goth Sullus töten?«

Er sagte nicht, was er sagen wollte. Er schüttelte nicht einmal kurz den Kopf, was er eigentlich hätte tun sollen.

Um einen Hinweis auf seine Gedanken zu geben. Eine Art von Urteil zu fällen und ihr mitzuteilen.

Du steckst schon viel zu tief drin dafür, ermahnte er sich.

Antworte ihr einfach mit ja... oder nein. Und mach einfach weiter.

»Ich kann bezahlen«, flüsterte sie. Und dann war da noch das.

Das war immer ein Grund.

»Nein«, murmelte er, als er sich abwandte. Hin zu der Dunkelheit der anderen Orte in dem durchs Weltall rasenden Raumschiff.

»Warum nicht?«, fragte sie anklagend.

Er gab ihr keine Antwort. Er war fort, und alles, was in der Stille des Schiffs noch vorhanden zu sein schien, war ihre Frage. Die von den Schotts in seinem Verstand abprallte. Ihre Bitte an ihn, zu töten... und andere Dinge.

Später weckte ihn der Wobanki in seiner Koje mit einer Statusmeldung in der für ihn üblichen, plappernd-unsinnigen Art.

»Setze Kurs nach En Shakar«, antwortete er. »Dann führe den nächsten Sprung durch.« Er trennte die Verbindung und warf einen Blick auf die Statuskonsole über seiner Koje.

Das dumpfe, kaum merkliche Summen des Hyperraums war nicht mehr zu hören. Er hatte nicht einmal bemerkt, dass die *Crow* bei Tarravil aus dem Hyperraum gekommen war. Er war einfach zu müde gewesen.

Auf dem Display sah er, wie das Raumschiff den Kurswechsel bestätigte und sich für den nächsten Sprung vorbereitete. Er schloss seine müden Augen und rieb sie. Er hatte noch nicht mal seine Panzerung abgelegt. Was er dringend tun sollte, dachte er, während er nach einer Tablettenflasche auf der Ablage direkt neben seinem Kopf griff. Er starrte sie an und kippte sich dann einige Tabletten in den Mund.

Sie wirkten sofort, und er schloss die Augen. Einen Augenblick später wechselte das Raumschiff in den Hyperraum, aber er war bereits eingeschlafen. En Shakar würden sie erst nach einem langen Sprung in das dunkle Nichts irgendwo am Rand erreichen.

Indelible VI
Hyperraum

Captain Keel bückte sich kurz auf dem Weg in das maschinelle Herz am Heck der *VI*, um einem Kabelkanal über seinem Kopf auszuweichen. Sofort nachdem Wraith ihm die interessante Information über den Kriegs-Bot mitgeteilt hatte, hatte sich Garret daran gemacht, einen Empfänger für das Tracking-Signal zu basteln. Innerhalb einer Stunde war er damit fertig. Und jetzt war die Besatzung auf dem Weg nach Ackabar.

Ein violettfarbenes Glühen erhellte den beengten Raum vor ihnen. Leenah hatte beim Sprung von Corsica gesagt, dass die Pulsar-Navigations-Zeitmesser nicht mehr synchron zu sein schienen. Keel hatte sie seitdem praktisch nicht mehr gesehen, abgesehen von wenigen, gleichzeitigen, aber kurzen Aufenthalten in der Kombüse und ab und zu in den Gängen des Raumschiffs. Sie waren fast schon bei Ackabar, und Keel hatte das Gefühl, kurz bei ihr vorbeischauen zu müssen. Er gewöhnte sich langsam daran, eine größere Besatzung zu haben. Und Leenah war definitiv ein Gewinn.

»Wie läuft's?«, fragte er und sah auf die Prinzessin hinunter, die gerade dabei war, eine Schraube festzuziehen.

Die Außerirdische mit der rosafarbenen Haut sah auf und wischte sich über die Stirn, was dort einen dunklen Streifen aus Staub und Schmiere hinterließ und auch ihre haarähnlichen Tentakel verdreckte. Sie lächelte. »Ich *glaube*, ich habe die Unterlichtsynchronisation halbwegs wieder in Ordnung. Die war beinahe eine Tausendstelsekunde falsch. Wann hast du sie das letzte Mal warten lassen?«

Keel konnte sich nicht erinnern. »Ist wohl schon länger her.

Wahrscheinlich beim letzten Mal, als wir auf den Kernwelten waren. Normalerweise macht Ravi—«

Leenah unterbrach ihn. »Ich hätte dich nicht für den Typ gehalten, der so was einfach durchgehen lässt. Ein Fliegerjunge wie du?«

»Wie ich?«, reagierte Keel mit einem Lächeln. »Was glaubst du denn, das du über mich weißt?« Er setzte sich hin und ließ die Beine über der Arbeitsgrube baumeln, in der die Prinzessin arbeitete.

»Ihr Fliegerjungs beschäftigt euch doch *nur* mit euren Schiffen. Oft genug denkt ihr an nichts anderes.«

Keel blickte nachdenklich auf sie hinunter. »Am Anfang war ich ziemlich bodengebunden, um ehrlich zu sein. Erst später hat sich herausgestellt, dass mir das Fliegen im Blut liegt.«

»Tja«, sagte Leenah und zog ihre schweren Arbeitshandschuhe aus, »die Parameter befinden sich noch in einem Bereich, der für Hochleistungsraumschiffe als akzeptabel gilt. Sie sind bloß nicht...«

»Perfekt?«, schlug Keel vor.

»Ideal«, antwortete Leenah. Sie sprang aus der Luke hoch und setzte sich neben Keel. »Und in deiner Branche...« Sie ließ den Rest des Satzes unausgesprochen.

Eine Zeit lang saßen sie schweigend nebeneinander. Und starrten auf das kurze, regelmäßige, violette Blinken, das die Zeitmessung des Raumschiffs vermeldete. In diesem im Dunklen liegenden Teil der Maschinerie leuchtete es wie ein Feuerwerk am Republik-Tag.

»Also...«, setzte Keel an, »bist du immer noch entschlossen, dich den RMK wieder anzuschließen? Wenn du hierbleibst, könntest du eine Menge Geld verdienen.«

Damit hatte er es ausgesprochen. Er bat die Prinzessin zu bleiben. Damit sie ihre Möglichkeiten ausbauen konnten. Er bat andere um Unterstützung, obwohl er schon zu Anfang seiner Karriere diesem Gedanken abgeschworen hatte. Wenn man ehrlich war, war das Ravis Schuld. Keel war mit sich als Einzelgänger sehr zufrieden gewesen, bis er *ihn* getroffen hatte.

Leenah wischte mit einer Fingerspitze Staub vom Boden und hielt ihn sich vor die Augen. »Sieht auch so aus, als ob die letzte Vakuumreinigung eine ganze Zeit lang her ist.«

Keel nickte. Auch das stand auf seiner To-do-Liste. Aber das Raumschiff zu säubern und mehrere schiffsweite Luftschleusen-Entlüftungszyklen durchlaufen zu lassen, dauerte halt seine Zeit, und irgendwie schien er nie die Zeit dafür zu haben. Vielleicht, wenn dieser Auftrag erst mal erledigt war.

»Okay, hör zu«, sagte Leenah. »Ich habe darüber nachgedacht, was du gesagt hast. Über die RMK. Wie es damals angefangen hat, und was sie... getan haben. Ich gebe zu, sie sind nicht die edle und romantische Organisation, wie ich es mir damals auf meinem Heimatplaneten vorgestellt habe. Aber sie haben sich geändert. Wirklich. Eine der ersten Sachen, die sie dir erzählen, wenn man sich ihnen heute anschließt, ist, dass die RMK von Kublar und den anderen Sachen nichts mehr mit den RMK von heute gemein haben.«

Keel zuckte mit den Achseln. »Hört sich genau nach dem an, was die Republik jedes Mal erzählt, wenn die Galaxie erfährt, dass sie mal wieder klammheimlich Gelder beschlagnahmt hat. Es tut ihr immer leid. Bis zum nächsten Mal.«

Erneut senkte sich Schweigen über den Raum. Keel stand schließlich auf. »Tja, auf Ackabar gibt es eine ganze Reihe Aufständische. Du solltest schon bald wieder zu Hause sein und das kaputte Zeug reparieren, das die RMK von irgendeinem Schrottplatz geklaut haben, wenn du das möchtest.«

Leenah umschlang ihre Beine und zog sie an ihre Brust. »Darf ich bis dahin weiter auf deinem Schiff arbeiten? Du hast gesagt, ich leiste gute Arbeit.«

Keel rieb sich mit der Hand über den Hinterkopf. »Ja, mach ruhig. Kein Thema. Die *VI* gehört ganz dir, bis du wieder Gelegenheit hast, dich diesen Terroristen anzuschließen.

»Sie sind keine Terroristen. Sie sind Freiheitskämpfer.«

Keel machte sich daran, seinen Weg an der komplexen — wenn auch verstaubten — Maschinerie vorbei zurück zur Lounge des umgebauten Frachters zu bahnen und blieb dann stehen. »Weißt du, ich verstehe ja, wenn man in Notwehr tötet. Selbst für Geld verstehe ich das, wenn das Ziel es verdient hat — wie diese Aufständischen auf dieser Basis, aus der ich dich und den General geholt habe. Aber ich glaube *nicht* an Freiheitskämpfer *oder* republikanische Regierungen, die für ihre *Ideale* töten. Denn dann ist alles erlaubt, weil es das Mittel zu einem höheren Zweck ist. Und am Ende geht es nur noch darum, die Leichen zu zählen, und neue Listen mit potentiellen Opfern aufzustellen.«

Keel wandte sich ab, um weiterzugehen.

»Hast du das auf Jarvis Rho getan?«, rief ihm Leenah von ihrem Arbeitsplatz in den Eingeweiden der *VI* hinterher. »Die Galaxie von Rebellen — oder *Aufständischen* — befreit, die es verdient hatten?«

Erneut blieb Keel stehen und drehte sich zu ihr um. »Kann schon sein.«

Die Prinzessin stand auf und kam zu ihm, und es schien, dass sie darum kämpfte, die in ihr tobenden, widersprüchlichen Emotionen ihm gegenüber nicht zu zeigen. »Und derjenige, der den Angriff begonnen hat. Wraith. Dein Partner. Das bist doch du, oder?«

Keel antwortete nicht.

»Und deswegen«, fuhr Leenah fort und sah zu Boden, als ob sie gerade, die Lösung eines logischen Puzzles suchte. »Hast du dir gedacht, naja, es wäre ganz nützlich *sie* bei dir zu behalten. Also hast du deine Panzerung abgelegt, dein menschliches Gesicht aufgesetzt und hast die Prinzessin gerettet.« Sie sah zu ihm auf.

Keel musterte sie mit ausdruckslosem Gesicht; nur der eine oder andere zuckende Muskel an seinem Kinn verriet ihn. Er fragte sich, ob irgendwo tief in seinen Augen eine Spur des Bedauerns zu sehen war, das er gerade empfand. »Hör zu. An jedem einzelnen Tag gibt es irgendwas, was dich erledigen will. Entweder lässt du das nicht zu — indem du deutlich machst, dass du einfach nicht sterben wirst —, oder du sorgst dafür, dass dein Tod alles nur noch schlimmer macht. So funktioniert nun mal die Galaxie.«

»Muss das denn so sein?«

Diese Frage... verwirrte Keel völlig. Er schwieg.

»Man sagt, dass nach der Aufnahmezeremonie und den ersten Einsatzbesprechungen die meisten Leute bei den RMK gerade mal ein Jahr überleben. Wer dreizehn Monate schafft, der schlägt dem Tod quasi ein Schnippchen. Zwei Jahre sind ein Wunder — außer man führt tatsächlich ein Raumschiff. Du hast mich drei Wochen nach meinem Sprung auf die andere Seite der Republik gefunden. Ich war noch so neu auf Rho, dass ich abgesehen vom General keinen einzigen Freund gefunden hatte. Und ich überlasse es deiner Fantasie, warum *er* mein Freund sein wollte.«

Keel nickte. Leenah war attraktiv. Und der jugendliche General war die Sorte Typ, die nur sich selbst liebte. Bei diesen Typen war Liebe immer eine Eroberung, und wenn es bloß darum ging, sich selbst zu beweisen, wie wunderbar sie waren. »Tja«, sagte er. »Nehmen wir mal an, ich *wäre* Wraith. Und nehmen wir mal an, die RMK sind immer noch galaktische Terroristen, die desillusionierte Jugendliche der Republik zum Fraß vorwerfen. Und ich werde für keine der beiden Seiten eintreten. Was heißt das für uns?«

»Ravi hat mir auf Tannespa gesagt, noch bevor er seine neuen Bots bekommen hat, dass tief in dir drin ein guter Mann steckt. Ich glaube ihm. Ich *vertraue* Ravi.« Leenah warf einen Blick auf den violetten Schein hinter ihr. »Ich bin eine gute Mechanikerin. Würde es dein Leben besser oder schlechter machen, wenn ich das Schiff verlasse?«

»Schlechter.« Keel ergriff Leenahs Hände und drückte sie sanft, nicht um ihr schöne Augen zu machen, sondern um ihr zu versichern, dass das, was er jetzt sagen würde, der Wahrheit entsprach. »Wesentlich schlechter.«

»Dann... bleibe ich.«

Garret arbeitete an Keels Blaster-Werktisch, als der Captain den Raum betrat. Keel runzelte die Stirn, als er sah, wie seine Werkzeuge und Instrumente sorglos zur Seite geschoben oder in den Regalen abgelegt und an Haken aufgehängt worden waren, wobei jedes einzelne Stück auf dem falschen Regal oder dem falschen Haken ging.

»Saubere Arbeit an den TT3-Bots, Junge.«

Garret strahlte vor Freude über das Kompliment. »Danke. Hör mal, ich habe da noch was, woran ich gearbeitet habe. Es hat mit dem Kriegs-Bot zu tun.«

»Ja? Was denn?«

Garret legte den Schraubenschlüssel hin, damit er die Hände frei hatte, und streckte die Arme zu beiden Seiten aus. »Ein Kriegs-Bot ist *riesig*, stimmt's? Und wir haben tonnenweise Waffen. Als ich mit der Umprogrammierung von Maydoons Modell fertig war, hatte es nicht ganz die übliche Waffennutzlast, weil es ja als Dienst-Bot funktionieren sollte. Aber es war immer noch in der Lage, eine ganze Kompanie plattzumachen, und das problemlos.«

»Eine echte Spaßkanone«, sagte Keel.

Garret lachte, als ob dieser trockene Kommentar das Witzigste wäre, was er an diesem Tag gehört hatte. »Wohl eher nicht. In den Armen Blasterpistolen mit hoher Feuerrate, Mikro-Raketenwerfer, Granatenwerfer... Tja, spaßig halt.«

»Wir müssen sicherstellen, dass er die nicht gegen uns einsetzt.«

Garret klatschte die Hände zusammen, was sich anhörte, als ob man zwei tote Fische aneinanderschlug. »Genau. Und daran arbeite ich gerade. Ein Kontrollgerät, mit dem ich seine Primärdirektiven aushebeln kann. Ich habe die Hardware schon zusammen, aber ich muss sie erst noch ausprobieren. Also habe ich eine Kriegs-Bot-KI in einem abgetrennten Bereich des Hauptlaufwerks der *VI* eingerichtet. Du wirst sehen—«

Keel nickte. »Ich glaube, ich konnte dir bis hierher folgen. Gute Idee, gute Arbeit, mach weiter. Aber wenn du eine Pause einlegen möchtest, wir werden bald den Hyperraum verlassen. Du solltest dir das mal anschauen, falls du es noch nie selbst gesehen hast.«

»Okay, hört sich gut an«, sagte Garret, klang aber ein wenig geistesabwesend. »Bin gleich da.«

»Gilt die Einladung auch für mich?« Leenah tauchte aus der Wartungsluke des Raumschiffs auf und achtete darauf, dass sie sie hinter sich wieder richtig verriegelte.

Keel grinste ein wenig. »Klar.«

Die blauen Wirbel des Hyperraums verschwanden schlagartig, und eine Unzahl Sterne tauchten in plötzlicher Schärfe in der Dunkelheit vor ihnen auf, als die *Indelible VI* in den Subraum wechselte. Der orange-grüne Planet Ackabar nahm den größten Teil der Cockpitansicht ein. Aber es war die Flottille aus republikanischen Zerstörern und Korvetten, die Keels Aufmerksamkeit sofort in Anspruch nahm.

»Es scheint, dass Ackabars Status als unabhängige Welt sein Ende gefunden hat«, sagte er zu Ravi, während er die vielen Alarmsignale stumm schaltete, die immer beim Wechsel in den Normalraum ertönten.

Der Navigator nickte zustimmend. »Ich halte es für höchstwahrscheinlich, dass die Republik auch in diesem Fall Steuereintreibung als Argument vorgeschoben hat. Wir haben eine Erfolgschance von 93.65389914—«

»Ravi, wir haben da schon drüber geredet«, unterbrach ihn Keel. »Ich bin kein Bot und auch keine AI. Gib mir eine runde Zahl. Mir unsere Erfolgschancen auf die zehnte Stelle hinter dem Komma zu nennen, macht wirklich keinen Unterschied.«

Ravis Schnurrbart zuckte bei diesen Worten. »Es *könnte* einen Unterschied...«

»Ich zweifle sehr dran.« Keel streckte die Hand nach der Kommunikationskonsole aus, um die republikanische Grußfrequenz zu aktivieren. Der Steuermann eines Zerstörers war nicht die Sorte Raumfahrer, die man ignorieren sollte — egal, wie schnell das eigene Schiff war.

»Hier spricht Captain Ethan Bowlerro vom Frachter *Woodchip*«, sagte Keel. Er gab Ravi ein Zeichen. Das Hologramm übertrug ihre manipulierte Kennung.

Leenah beugte sich vor, um Keel ins Gesicht sehen zu können, und drängte sich damit zwischen die Sitze von Pilot und Copilot. »Was, wenn sie das Raumschiff kennen oder die falsche Kennung entlarven?«

»Das wäre das erste Mal.« Keel ließ seine Hände über die Kommunikationskonsole huschen. »Wegen Dokumentenfälschung hatte ich noch nie Schwierigkeiten.«

»Noch nicht«, warf Ravi ein.

Der republikanische Steuermann fragte über Funk: »Frachter *Woodchip*, importieren sie Fracht?«

»Ich hatte eigentlich gehofft, gebrauchte Antriebsgeneratoren zum Wiederverkauf zu finden«, sagte Keel aalglatt.

»Alle Exporte sind untersagt, bis auf diesem Planeten ein republikanischer Gouverneur seinen Dienst aufgenommen hat«, sagte der Steuermann in einem Tonfall, der deutlich machte, dass er exakt diesen Satz heute schon mehrfach wiederholt hatte. »Es ist bis auf weiteres untersagt, den Planeten anzufliegen oder zu verlassen. An den folgenden Koordinaten können sie im Notfall eine Betankung erhalten.«

»Der Bot ist nicht da unten«, sagte Garret, dessen Blick auf sein Datenpad fixiert war. »Er *war* hier, aber es sieht so aus, als wäre er woandershin gesprungen. Ich habe noch keine weitere Spur von ihm, also ist er wahrscheinlich noch im Hyperraum.«

Ravi drehte sich zu dem Hacker um. »Kannst du mir vielleicht die Koordinaten geben? Ich könnte auf Basis der Sprungvektoren mögliche Sprungziele errechnen.«

Garret nickte.

Keel ging kurz durch die Nachrichten auf der Kommunikationskonsole durch. »Na gut, wir können uns auch mal anhören, was Lao Pak zu sagen hat.«

Der Piratenkönig tauchte auf der Glasfläche vor ihnen auf. Garret zuckte heftig zusammen und versteckte sich hinter einem Stuhl.

»Was machst du da?«, fragte Leenah.

»Wenn Lao Pak herausfindet, dass ich für Captain Keel arbeite, dann wird er mich umbringen.«

Keel sah zu, wie der Hacker versuchte, sich in der zweiten Stuhlreihe zu verbergen. »Er wird dich so oder so umbringen, wenn wir Maydoon nicht finden können. Aber wenn Lao Pak Bezahlung riecht, dann ist er der gnädigste Pirat der Galaxie. Entspann dich. Das ist bloß eine Aufnahme.«

»Keel!«, schrie Lao Pak in die Kamera. »Ich große Neuigkeiten. Jetzt, wo Wraith mit an Bord von großem Plan, Admiral meint, er arbeiten mit uns. Er will Wraith mit ihm sprechen. Ich schicke später Nachricht, wenn ich verschlüsselt Kanal.«

Keel zuckte mit den Achseln. »Siehst du? Ist doch alles geregelt. Da ist noch eine Nachricht von ihm.«

»Keel!«, schrie Lao Pak wieder. Nur stand diesmal eine Gestalt hinter ihm.

»Das ist Drex«, sagte Garret mit zitternder Stimme.

Keel erkannte den Piraten wieder, den er umgehauen hatte, als er mit Garret auf dem Weg zu seinem Raumschiff auf Tannespa geplaudert hatte. Er konnte sich gut vorstellen, was als Nächstes passieren würde.

»Warum du stehlen meinen Hacker?«, schrie Lao Pak, dessen Gesicht vor Wut rot anlief. »Ich sag dir Nein. Ich sag, ›nicht Hacker klauen‹! Du versprochen! Jetzt du sterben, Keel! Ich kaufen mehr Hools. Viel mehr. Du toter Mann in Weltall, Keel. Dein Tod so schlimm; Ravi sterben vom Zuschauen.«

Die Aufnahme brach mit einem Mal ab.

»Er wird drüber hinwegkommen«, sagte Keel, der sich wegen der leeren Drohungen des Piraten keine Sorgen machte. Denn das waren sie nun mal. Piratenehre war ja schön und gut, aber wenn man ausreichend Credits ins Spiel brachte, dann konnte man über alles verhandeln. »Hast du was gefunden, Ravi?«

Der Navigator klopfte mit einem Finger gegen seine Lippen. »Ja. Ich habe etwas. Vadoria.«

Keel ließ das Raumschiff in den entsprechenden Winkel wechseln, um in den Hyperraum zu springen. »Gut, dann lass uns mal einen Kurs nach—«

»Oder En Shakar«, sagte Ravi. »Für beide Ziele berechne ich eine fünfzigprozentige Trefferquote. Nun, genau genommen handelt es sich um eine 49.73168888718%ige Trefferquote, dass das Raumschiff nach Vadoria gesprungen ist, und eine 52.6831111282%ige Trefferquote, dass es nach En Shakar gesprungen ist.«

Keel starrte Ravi ausdruckslos an.

»Aber da du mir schon wieder die Anweisung erteilt hast, die Dinge nicht so genau zu nehmen«, fuhr Ravi fort, »bin ich der Ansicht, du solltest eine Credit-Münze entscheiden lassen.«

»Eine Münze«, wiederholte Keel. »Ich danke dir vielmals für diesen Ratschlag, Ravi.«

Dieser kurze Austausch brachte Leenah zum Lachen. »Vielleicht sollten wir einfach so lange hierbleiben, bis der Bot wieder auf Garrets Peilsender auftaucht?«

»Aber wie lange?«, fragte Keel. »Die Republik wird uns nicht zeitlich unbegrenzt hier rumhängen lassen. Wenn der Bot in Richtung Kernwelten unterwegs ist, könnte das *Wochen* dauern.

»So lange auch wieder nicht!«, rief Garret atemlos. »Ich habe gerade was aufgeschnappt! Der Kriegs-Bot ist auf En Shakar.«

KAPITEL 17

»Ich weiß! Ich weiß!«, brachte Rechs durch zusammengebissene Zähne hervor. »Der Anflug auf En Shakar ist ziemlich hart. Wenn wir erst mal durch den Sturm hindurch sind, wird's besser.«

Eis und Hagel prasselten wie ein Wirbelsturm aus Glasscherben außerhalb des Cockpits gegen den Schiffsrumpf.

»*Anchu baba no tengi ru?*«, plapperte der Wobanki.

»Natürlich hält sie das aus. Die Atmosphärenstabilisatoren gehen auf allen möglichen Raumschiffen kaputt. Achte einfach auf die äußere Markierung. Die Wende müssen wir hinbekommen, sonst klatscht es uns aufs Eis.«

»*Tantaar*«, kreischte das Katzenwesen.

»Du wirst dir eine neue Identität besorgen müssen, wenn du jemals wieder einen Job in der Republik annehmen willst. Du bist mit ziemlicher Wahrscheinlichkeit eine gesuchte Katze. Vertrau mir, Legios nehmen mit ihren Helmen einfach alles auf. Und auf dich haben sie mit Sicherheit schon ein Kopfgeld ausgesetzt.«

»*Dubba dubba En Shakaru?*«

»Achte auf die Steuerung! Es ist weitab vom Schuss. Deswegen ist es hier sicher.«

Oder zumindest so sicher, wie es in der Galaxie heutzutage noch möglich ist, dachte Rechs. Die Republik wurde mit jedem Tag ein bisschen wahnsinniger, während sie versuchte, das unter Kontrolle zu halten, was sich nicht kontrollieren ließ.

Die Zeiten waren auch schon mal schlimmer. Damals, vor dem Großen Sprung. Vor langer, langer Zeit.

Aber er vertrieb diese alten Erinnerungen und bemühte sich mit aller Kraft, die *Crow* auf dem richtigen Kurs für den Canyon-Landeanflug bei Mutter Ree zu halten.

Der Sturm schüttelte den Frachter ordentlich durch, und Rechs streckte kurz den Arm aus, um die Kompensatoren einzuschalten, damit er den Gleitweg auf jeden Fall einhalten konnte. Sie heulten gehorsam auf und gleichzeitig ertönte der Überspannungsschutzalarm, um alle Anwesenden auf dem Flugdeck zu nerven. Das Raumschiff machte das immer.

Sie tauchten unter dem ewigen Sturm hindurch, der die obere Atmosphäre des winzigen Eismonds plagte, und Rechs entdeckte die riesige, zerklüftete Narbe, die man in die blendend weiße Oberfläche von En Shakar getrieben hatte. Er ließ das Raumschiff langsamer fliegen und drückte die Nase der *Crow* nach unten in Richtung des Canyons, auf der Suche nach der äußeren Markierung.

»*Beelie beelie markaru!*«, jubelte der Wobanki.

Rechs wusste, dass das Katzenwesen nervös war. Das sollte er auch sein. Wenn sie das hier versauten, dann gab es keinen Raumhafen in Reichweite, den sie mit Unterlichtgeschwindigkeit für Reparaturen erreichen konnten. Und ein Notrufsignal abzuschicken würde wahrscheinlich die Republik herbeirufen.

»Jetzt wirst du richtiges Fliegen erleben«, flüsterte Rechs, als er sich darauf konzentrierte, das Schiff auf den Kurs zu bringen, den das Leuchtfeuer im Eiscanyon vorgab.

Der Frachter schoss unter die Ebene der Planetenoberfläche und verschwand im durchscheinend blauen Eis des schattenhaften Canyons. Es war wie der Einstieg in eine andere Welt, die der Mensch niemals hätte sehen sollen. Als er das Leuchtfeuer in der Automatik erfasst hatte, steuerte das Raumschiff zwischen die zerklüfteten Ränder einer Eisspalte und verschwand in der optischen Täuschung.

Rechs schaltete die Außenbeleuchtung ein, und vor ihren Augen tauchte eine diamantene Glitzerwelt auf, die in der unterirdischen Finsternis verborgen lag. Weit unter ihnen lag ein riesiges, lautloses Meer, das unter dem gefrorenen Eis von En Shakar gefangen war. In den kristallklaren Tiefen flackerten und dröhnten riesige thermische Schlote. Leviathane bewegten sich in Gruppen durch die Dunkelheit in der Tiefe, zwischen den Lichtstrahlen hindurch, die ihren Weg durch Risse und Spalten im Eis fanden.

Der Wobanki plapperte wieder.

»Es ist da unten. Vertraue mir.« Rechs deutete nach Backbord und lenkte die Aufmerksamkeit des Wobanki auf ein winziges Atoll, das aus der Oberfläche des sonnenlosen Meeres herausragte. Aus seiner Sichelform erhob sich ein vulkanischer Berg, in dessen Seite das Kloster von Mutter Ree getrieben worden war. Groß und wunderschön, wie sie selbst es einst gewesen war, vor langer, langer Zeit.

Rechs rief die Manövriertriebwerke auf. »Fahr das Fahrwerk aus, und lass sie wissen, wer wir sind.«

Den Wobanki reden zu lassen würde die Sache vielleicht einfacher gestalten, dachte er — und er fragte sich, ob sie ihm jemals vergeben würde.

Wer?, fragte die alte Stimme tief in ihm, aus einer längst vergessenen Zeit. *Das kleine Mädchen? Oder Mutter Ree und die junge Frau, die sie früher einmal gewesen war?*

Aber Rechs beantwortete keine Fragen, die nur er allein hören konnte. Zumindest nicht, wenn er nicht alleine war.

Er richtete die *Crow* aus, aktivierte die Landeschubdüsen, und gab sich alle Mühe, das Raumschiff zu einer perfekten Dreipunktlandung zu bringen. Die beiden hinteren Fahrwerke berührten die Landeplattform zuerst, dann folgte der Bug. Gar nicht schlecht.

Er konnte Mutter Rees Jünger in ihren weißen Thermo-Umhängen bereits durch das metallverstärkte Cockpitglas erkennen, die gerade auf die Landeplattform traten. Sie trugen keine Waffen, denn das würde sie nie erlauben.

Er fragte sich, ob er die Panzerung anlegen sollte. Um sie zu bedrohen. Und einzuschüchtern.

»Du kannst dich nicht auf immer darin verstecken«, hatte sie mal zu ihm gesagt. »Eines Tages wirst du rauskommen müssen, Tyrus. Irgendwann wirst du verletzlich sein müssen. Wie wir anderen.«

Jetzt, Jahre später, würde er dieser jungen Frau gehorchen müssen — der jungen Frau, die ihm prophezeit hatte, dass er eines Tages die Zeche bezahlen müsste.

»Na gut, dann bringen wir es hinter uns«, brummte er zu dem Wobanki, als er aus seinem Stuhl aufstand.

»*Blasteroos?*«, fragte der Wobanki.

»Nein. Das ist nicht der Ort dafür. Und auch nicht die Leute. Wir lassen das Mädchen hier. Dann machen wir uns wieder auf den Weg.

Rechs klopfte an die Tür der Kabine, die er dem Mädchen für die Reise hierher gegeben hatte. Zwei schnelle Schläge, als er auf dem Weg zum Bedienfeld der Einstiegsluke war.

»Hier steigst du aus!«, rief er. Er kam an dem inaktiven Kriegs-Bot vorbei, der in der Dunkelheit der Lounge saß. »Wenn sie nicht in fünf Sekunden hier ist, befehle ich dir, sie rauszubringen, Blechbüchse.«

Der Bot gab klickende und surrende Geräusche von sich, als er aus seinem Energiesparmodus hochfuhr. »Jawohl, Sir«, antwortete er.

An der Luke sah Rechs zu, wie sich die Einstiegsrampe auf die Oberfläche des Klosters absenkte. Als er das laute Klacken arretierter hydraulischer Rampenstützen hörte, ließ er die Luke öffnen und ging die Rampe hinunter. Der Wobanki folgte ihm mit geschmeidigen Bewegungen, und sein langer Schwanz glitt hin und her, als ob er den kalten Sauerstoff weit unterhalb von En Shakar zu schmecken versuchte.

Und dann bemerkte Rechs sie. Sie war älter, aber er erkannte sie trotzdem. Er erkannte ihre Augen wieder. Das Funkeln darin. Ein Glitzern, wie das Eis weit über ihnen. Blau und lebendig und voller Feuer, das er damals darin gesehen hatte — als sie kein Mädchen mehr gewesen war, aber auch noch keine Frau. Als sie noch eine wertvolle Haremssklavin gewesen war.

Wenn er tatsächlich gedacht hatte, dass sie ihm in all den Jahren seitdem nachtragend gesinnt gewesen war, dass sie ihm ein schreckliches Schicksal, ein schlimmes Ende gewünscht hätte, dann lag er falsch. Er sah mit den Augen eines alternden Revolverhelden nur, wie die ältere Frau bei seinem Anblick kurz Atem holte. Niemand bemerkte es. Außer ihm. Und dann kam sie mit offenen Armen auf ihn zu, mit dem warmen Lächeln einer Frau, die das Leben und die Liebe kannte. In den fantastischen, funkelnden blauen Augen stand eine Träne, was sie noch heller schimmern ließ.

Sie streckte die Arme nach ihm aus und nahm sein Gesicht in ihre Hände. »Oh«, setzte sie mit schwankender Stimme an. »General Rex. Tyrus, du hast dich kaum geändert.« Sie zog ihn an sich heran und küsste ihn mit geschlossenen Augen auf die Wange. Wie es die junge Frau, die sie früher gewesen war, schon immer hatte tun wollen. Tyrus umarmte sie — erst ein wenig zögerlich und dann so, wie er es vor all diesen Jahren hatte tun wollen, als sie sich in ihn verliebt hatte. Als sie jemand anders gewesen war. Als die Galaxie sich erneut verändert hatte.

Auf irgendeinem Felsen, den die Republik von der Legion hatte ausradieren lassen wollen.

Dschungelplanet Andaar
Die Vergangenheit

Vor langer Zeit...

»Wir werden sie hier aufhalten, General Rex. Solange wir können«, keuchte Lieutenant Hilbert. »Schaffen Sie sie bloß zum Treffpunkt. Schaffen Sie sie raus aus diesem Drecksloch. Und, Sir — lassen Sie nicht zu, dass die sie töten.«

Und dann... »Für die Legion, Sir.«

Ein Legionär, dem schon längst der Tod ins Gesicht geschrieben stand, hatte General Rex gerade geschworen — so kannte man ihn damals, General Tyrus Rex, der Tyrannosaurus Rex von Andalore —, dass er und was noch von seiner Kompanie übrig war, gerade mal vier Mann, den Feind so lange wie möglich aufhalten würden, damit er das hochrangige Ziel in Sicherheit bringen konnte.

Damit die Republik sie töten konnte.

Auf dieser fernen Welt war seine Gruppe Legios von dem umschlossen worden, was man im Rest der Galaxie als perfekte Tötungsmaschine kannte und hatte die Aufgabe erhalten, das Unmögliche möglich zu machen. Noch einmal. Schon wieder. Nur noch ein wenig länger.

Er salutierte jedem einzelnen Mann. Mit dem Salut der Legion. »Für die Legion.«

Die fünf verbliebenen Soldaten, völlig am Ende und den Tod vor Augen, schienen in dem Moment ein wenig in die Höhe zu wachsen, als ihr General ihnen die Ehre erwies. Es kam ja auch nicht jeden Tag vor, dass eine lebende Legende der gefürchteten Legion dir salutierte. Selbst wenn man kurz vor dem Tod stand.

Lieutenant Hilbert, den seine Männer eines Tages ›Pappy‹ nennen würden.

Sergeant Reyal. Corporal Tacas.

Specialist Ahamalee, Specialist Ren.

Sie nahmen Haltung an... und erwiderten den Gruß ihres Generals. »Für die Legion.«

Dann hatte Rex die Hand der Tochter von Botschafter Krayvan gepackt und war durch das rauchende Loch an der Außenseite der Piratenfestung verschwunden. Die Cybar griffen sie erneut an, und diesmal würden sie durchbrechen. Der Treffpunkt mit dem republikanischen Evakuierungsshuttle war fünf Minuten weit entfernt. Fünf

Minuten durch einen brennenden Sumpf. Zeit, sich auf den Weg zu machen.

Er schleppte sie hinter sich her durch den modernden, brennenden Dschungel. Republikanische Kriegsschiffe hatten diesen Bereich mit Orbitalbeschuss eingedeckt. Rex' Panzerung war offline, aber sie würde einige Zeit später wieder hochfahren, sobald sie die Folgen des EMP überwunden hatte. Er hatte seine Handkanone als Waffe, und das war es. Das mit einem Seidenbikini bekleidete Mädchen, das später Mutter Ree werden würde, hatte sich ein ramponiertes N16-Blastergewehr aus den Händen eines toten Legios geschnappt.

Er zerrte sie durch den stinkenden Dschungel, durch die hohen Gräser Richtung Sumpf und Fluss. Der Dschungel war zu großen Teilen in meterhohen Flammenwänden verschwunden, und öliger Rauch stieg in schwarzen Schlieren in die Luft. Aber die größte Bedrohung blieben die Tötungsmaschinen, die Cybar, die zur Hälfte Mech und zur Hälfte biologische Lebewesen waren. Eine Lebensform, die man bisher nicht gekannt hatte. Sie waren für die fünfhundert Legios, die die Angriffslandung überlebt hatten, eine echte Überraschung gewesen.

Den Legios der 101st.

Rex hatte sie gegen die Piratenfestung auf diesem Planeten geführt. Das war offiziell ihre Mission gewesen — ein Piratenschlupfloch zu schließen. Weniger offiziell war die Aufgabe, das Mädchen dort rauszuholen, das er gerade zu retten versuchte, damit man sie zur Hinrichtung in der Sektorenorbitalfestung bei Demaron V bringen konnte. Er hatte fast tausend Mann verloren nur für ein Mädchen. Alles nur, damit sie am richtigen Ort zur richtigen Zeit sterben konnte.

Als Rex und das Mädchen den Fluss erreichten, entdeckten sie die Überreste eines umgebauten mittelgroßen Frachters, der gerade im Schlamm des flachen gelben Stroms versank. Die Leichen der getöteten Besatzung trieben im trägen Gewässer davon.

»Was jetzt?«, fragte das Mädchen an Rex' Seite. Obwohl sie mutig und zäh gewesen war und gemeinsam mit den Legios gekämpft hatte, die man zu ihrer Rettung entsandt hatte, so kannte doch alles eine Grenze. Und sie hatte ihre fast erreichte.

»Abwarten«, grunzte Rex durch seine Panzerung. Sein Head-up-Display versuchte wieder hochzufahren, aber es gab Fehlfunktionen. Er wuchtete sie sich auf die Schulter und watete hinaus in den schlammigen gelben Fluss. In einer Panzerung ohne Antrieb. Aber die Cybar verfolgten sie, und vielleicht könnte der Fluss sie ein wenig aufhalten. Er hörte, wie ihre Späher durch das hohe Gras krachten, dongolianischen Staubteufeln gleich, nur viel schlimmer. Wesentlich todbringender und irgendwie auch wahnsinniger.

»Wir schaffen das schon«, sagte er, als der Schlamm an seinen Stiefel saugte und das Wasser ihn wegzutreiben versuchte.

»Und was dann? Bringst du mich dann nach Demaron, damit sie mich dort umbringen?« Rex antwortete nicht, denn irgendetwas Großes teilte sich das Wasser mit ihnen. Irgendeine andere Lebensform auf diesem Planeten, den niemand je untersucht hatte, weil er schon zu einer Zeit von uralten Killer-Robotern überrannt worden war, als noch niemand von der Galaktischen Republik gehört hatte. Er konnte nur hoffen, dass es sich nicht um ein Raubtier handelte.

Riesige, schlammige braune Hügel glitten durch den Fluss Eine Art Seeschlange schien sich um sie herum zu bewegen, und das Wasser schäumte und blubberte. Rex dachte an die Aale, die die Menschheit auf einer der ersten Welten nach dem Großen Sprung entdeckt hatten. Ziemlich fiese und mordlustige Viecher. Aber mit der Zeit wurden aus ihnen erfolgreiche Händler und herausragende Wissenschaftler. Man musste nur das tödliche Nervengift ignorieren, mit dem sie ihre Opfer lähmten, bevor sie sie in die korallenreichen Tiefen ihrer smaragdgrünen Wasserwelt hinabzogen.

Aber das Ding, das sich hier im Wasser um sie herum bewegte, war wesentlich größer als diese Aale. Es wirkte wie ein legendäres Monster aus prähistorischer Zeit.

Im Fluss konnte Rex seine Waffe nicht einsetzen.

Als es näher kam, begann das Mädchen in seinen Armen zu kreischen. Ein Teil des viel zu großen, langen Körpers schlug gegen sie und hätte Rex beinahe zur Seite fallen lassen. Er kippte auf ein Knie nach vorne in den schlammigen Boden, und sie ging mit ihm unter. Er konnte sie keuchen hören und wie sie sich am trüben Wasser verschluckte. Er musste seine gesamte Kraft aufbringen, um in der antriebslosen Panzerung aus dem Schlamm herauszukommen und sie wieder über seinen Kopf und aus dem Wasser herauszuheben. Sein Helm war gerade so über der Wasserlinie, aber das Wichtigste war, sie wieder hochzuheben, und einige Schritte weiter spürte er, wie sich der Boden unter ihm nach oben neigte.

Als sie die Sandbank erreichten, brachen sie beide schwer keuchend auf dem Boden zusammen. Vom anderen Ufer ertönte das monotone, mechanische Geplapper der Cybar. Es fühlte sich an, als ob man von einem Rudel geisterhafter, mechanischer Wölfe verfolgt würde.

Die Panzerung kämpfte sich immer noch verzweifelt durch den Neustart. Es schien ewig zu dauern, und Rex fragte sich, ob er sie doch endlich kaputt gekriegt hatte. Er wusste, dass man so was wie diese nicht mehr herstellte. Er schlug mit einer gepanzerten Faust seitlich gegen seinen Helm, und plötzlich begann die Panzerung dann doch wie gewohnt zu starten.

Eine ganze Stunde lang mühten sich die beiden ab, ihren Vorsprung vor den Cybar zu wahren. Sie rannten auf der anderen Flussseite durch den brennenden Dschungel. Sie kamen an Trümmern und toten Piraten vorbei, das Ergebnis der Schlacht, die über ihren Köpfen stattgefunden hatte. Drei republikanische Korvetten und dreihundert Piratenjäger unterschiedlichster Art hatten am Himmel über ihnen gekämpft.

Das allein hätte dies zu einem wichtigen, bedeutsamen Erlebnis machen müssen. Aber niemand würde jemals davon erfahren, denn heutzutage vertuschte die Republik ihre schmutzigen Geheimnisse mit toten Legios, überall. Und dieses Mädchen war einfach nur ein weiteres Geheimnis, das bereinigt werden musste.

Was aus dir nichts anderes als einen Meuchelmörder macht, sagte sich Rex, als sie weiterrannten.

Ein Cybar brach aus dem Dschungel vor ihnen hervor. Rex hatte keine Chance mehr, seine Handkanone zum Einsatz zu bringen, bevor das Ding drei Eis ententakel um einen seiner Arme gewickelt hatte. Ein weiterer Tentakel holte wie eine Metallpeitsche aus, um seinen Helm zu zertrümmern. Das Gesicht des Cybar, ein bizarres, hydraulisch bewegtes Gebiss, über dem ihn die echten Augen irgendeiner riesigen Dschungelkatze anstarrten, beugte sich zu ihm vor. Er strengte sich an, das Ding von sich wegzuschieben, damit er es erschießen konnte. Das Maul öffnete sich und biss problemlos durch die Panzerung, was ihn einen Teil seiner Schulterpanzerung kostete. Rex rammte seinen Schädel in das ›Gesicht‹ des neurotischen Monsters, was nicht viel mehr bewirkte als ein lautes, metallisches Klappern, welches das Knistern und Knacken des brennenden Dschungels übertönte. Und dann entwuchsen dem Ding weitere biomechanische Tentakel, die sich um Rex' Panzerung legten.

»Soll ich drauf schießen?«, schrie das Mädchen.

Rex überlegte kurz, während seinem Gegner weitere Tentakel wuchsen, die sich in immer enger werdenden Bahnen um seine Panzerung legten. Das Monster zerrte ihn zu Boden, und er konnte nichts dagegen tun.

»Tu es!«

Sie schaltete auf Dauerfeuer. Wo seine Panzerung getroffen wurde, prallten die Schüsse ab. Keine angenehme Angelegenheit, wenn man in einer alten Mark-I-Panzerung steckte, aber immer noch besser, als einen direkten Treffer abzukriegen. Andere Schüsse trafen den Cybar. Er gab ein geisterhaftes Kreischen von sich und sprang hektisch zur Seite. Nur einen Sekundenbruchteil später raste er schon durch brennendes Geäst und Laub auf das spärlich bekleidete Mädchen zu, um sich darauf zu stürzen.

In einer geschmeidigen Bewegung zog Rex seine Waffe, zielte und schoss. Der Cybar krachte zu Boden, rollte bis an die Füße des Mädchens heran und starb.

In der Einsatzbesprechung hatte das Mädchen die Kennung Ziel Z987 erhalten. Er versuchte sich an ihren Namen zu erinnern. Vielleicht hatte er ihn bewusst nicht gelernt. Vielleicht machte es das noch schlimmer.

Jetzt bist du nur noch ein Assassine.

Nein, ermahnte er sich. *Ich bin kein Auftragsmörder. Es gibt immer... Gründe.*

Nur fiel ihm hier draußen, mitten im Dschungel, kein einziger Grund ein, warum er immer für die Republik die Drecksarbeit erledigt hatte. Am Anfang war das nicht so gewesen.

Am Anfang hatten sie noch erhabene Ziele gehabt. Etwas, für das es sich zu kämpfen lohnte.

»Das hat sich geändert«, murmelte er.

»Was?«, keuchte das Mädchen.

Für die Legios war sie eine heiße Braut, nachdem sie ein Bild aus ihrem Einsatz-Holovideo gesehen hatten. Sie war groß, schlank, hatte rotes Haar und helle Haut. Stechende eisblaue Augen. Es war kein Wunder, dass der Pirat, der sie von einem Starliner entführt hatte, auf dem sie zu ihrer Hinrichtung gebracht werden sollte, beschlossen hatte, sie in seinem Harem unterzubringen. Kein Wunder. Sie war eine atemberaubende Schönheit.

Aber für Rex war sie nur ein Mädchen. Nicht mal ein Ziel.

»Was ist...« Er hielt inne. Er wusste, dass er eine Grenze überschritt. Eine Linie. Irgendeinen Fluss auf einer Karte, der mehr bedeutete als nur ein Navigationselement. Und er hatte schon vor langer Zeit gelernt, dass es manchmal keinen Rückweg mehr gab, wenn man eine solche Linie überschritt. Wie hieß nochmal diese alte Redewendung? Die Würfel sind gefallen.

Er nickte sich selbst zu. Sie starrte ihn an. Ihr stand der Mund offen. Ihre Haut war mit Asche und Blut verschmiert. Das Blut der Legios, die sie inmitten der wahnsinnigen Feuergefechte mit echten, lebendigen, außerirdischen Monstern außer Gefahr gezerrt hatte.

Dieselben Legionäre, die man entsandt hatte, um sie zu töten.

»Wie heißt du?«, fragte er sie.

Sie schüttelte den Kopf. Plötzlich sah sie zornig aus. Und dann kam ein hilfloses Lächeln. Ein unschuldiges Lächeln, trotz allem. Sie hatte es als gewiss akzeptiert, dass die Galaxie sie vergessen hatte. Sogar ihren Namen. Sie war dem Rand zu nahe gewesen.

»Mara«, flüsterte sie.

Er trat nah an sie heran und nahm seinen Helm ab. Sie sah einen Mann mit eisengrauem Haar und stechend blauen Augen vor sich.

Er hatte gebräunte, straffe Haut, und wenn sie hätte raten müssen, dann hätte sie ihn als gerade mal mittleren Alters eingeschätzt.

Wenn man ihr gesagt hätte, dass er vor langer Zeit den Pazifischen Ozean der legendenumwobenen Erde gesehen hatte, dann hätte sie das nicht geglaubt.

»Mara, du wirst nicht hingerichtet. Das verspreche ich dir.«

Sie ließ die N16 zu Boden fallen und atmete zitternd aus, als ob plötzlich ein fast unerträgliches Gewicht von ihren zarten Schultern abgefallen wäre. Ein einzelnes, unbändiges Schluchzen, dann stellte sie sich auf die Zehenspitzen und hielt sich an seiner ramponierten Panzerung fest. Sie schloss die Augen und küsste ihn auf die Wange.

Ja... in den folgenden Monaten ihrer Flucht verliebte sie sich in ihn. Aber er ließ niemals zu, dass sich die Liebe über diesen einzigen Kuss einer Prinzessin für ihren Ritter in ramponierter Rüstung hinausentwickelte, der durch reinen Zufall ihren Weg gekreuzt hatte. Er würde sie von der republikanischen Flotte fortbringen, die hierhergekommen war, um sie zu töten. Sie würden fliehen, und er würde ihr einen Ort suchen, wo sie sich weit draußen am Rand der Galaxie verstecken konnte.

Es würde ihn nur seinen Platz in der Republik kosten, ihn zum Staatsfeind Nr. 1 des Hauses der Vernunft machen und die höchste Kopfgeldprämie der Galaxie zur Folge haben.

Aber in diesem Augenblick, in einem Dschungel voller wahnsinniger Monster, die alles um sie herum in Flammen aufgehen ließen, hatte Mutter Ree — die vor vielen Jahren ein junges Mädchen namens Mara gewesen war — die Liebe ihres Lebens gefunden.

Sie würde immer an ihn denken.

Mutter Rees Heiligtum
En Shakar

»Wie ich sehe, befreist du noch immer junge Mädchen aus den Fängen der Republik, Tyrus«, sagte Mutter Ree und warf über ihre Schulter einen Blick auf Prisma.

»Tja, manche Dinge ändern sich wohl nie«, grummelte Rechs. Sie gingen allen anderen voran, und dieser Abstand erlaubte es ihnen, auf dem Weg ins Klosterinnere ein privates Gespräch zu führen.

»Sie muss aber nicht gerettet werden«, sagte er. »Niemand sucht nach ihr. Ihr Vater wurde bloß von irgendeinem lokalen Kriegsherrn umgebracht. Sie braucht ein neues Leben. Ich kann ihr das da draußen nicht geben. Aber du...«

»Du hast dich nicht verändert«, sagte Mutter Ree, Arm in Arm mit dem Kopfgeldjäger. »Aber natürlich wäre es albern von mir zu denken, dass das passieren könnte.«

Ihnen folgten auf dem Weg in das innere Heiligtum des verborgenen Klosters, das tief in den Eishöhlen lag, Prisma, der Wobanki, KRS-88 und eine Schar von Jüngern.

»Ich kann mich verändern«, flüsterte Rechs mürrisch. »Einige würden sogar behaupten, dass du für die größte Veränderung in meinem Leben verantwortlich bist.«

»Ah, ja«, seufzte Mutter Ree. »Legendärer Legions-General verrät die Republik und brennt mit Tochter eines Verräters durch.« Sie hielt inne, als sie bemerkte, dass ihr leichter Spott noch mehr als sonst dazu führte, dass er sich von ihr zurückzog. »Du hast wirklich alles aufgegeben, um mich zu retten, Tyrus. Das weiß ich jetzt. Damals habe ich es nicht ganz verstanden... Damals dachte ich einfach nur, du wärst mein Ritter in schillernder Rüstung, der zu meiner Rettung eilte. Ich hatte keine Ahnung, dass dich die Republik deswegen tot sehen wollte. Ich war ein junges Mädchen, und ich wusste nicht, wie die Galaxie funktionierte — ich wusste nicht einmal etwas vom Leben. Ich glaubte nur an das Gute und das Böse und ein Happy End.«

Sie musterte ihn mit ernstem Blick, während sie mit ihm sprach. »In all den Jahren, die seitdem vergangen sind, habe ich endlich gelernt, dein Opfer zu schätzen. Alles, was ich jetzt noch sagen kann, und ich weiß, dass es niemals genug sein wird, ist... danke, General Rex. Ich glaube immer noch an das Gute und das Böse und ein Happy End.«

Sie erreichten den beeindruckenden Säulengang des äußeren Klosterbereichs. Riesige, kunstvoll gestaltete

Eissäulen führten über einen kobaltblauen Strom aus langsam dahinfließenden, durchscheinenden Eisdiamanten. Kleine Eisberge verschwanden in der Finsternis. Auf der anderen Seite ließ eine riesige, reich geschnitzte Doppelflügeltür erkennen, dass es sich um den Eingang zum Allerheiligsten handelte. Hinter ihnen seufzte Prisma bei diesem Anblick begeistert. KRS-88 ermahnte sie, nicht zu nah an den Rand zu treten.

»Es war nicht alles deine Schuld, Mara«, setzte Rechs an. »Dass ich die Republik hinter mir lassen würde... Das war schon lange zu erwarten gewesen. Du warst nur...«

Und dann fehlten ihm die Worte.

»Was war ich denn ›nur‹ für dich, Tyrus?« Sie suchte seinen Blick, wie sie es damals getan hatte, vor so vielen Jahren. Auf der Suche nach der perfekten Antwort, als sie ihn angefleht hatte, sie nicht in sicheren Händen zurückzulassen, wo sie für den Rest ihres Lebens sicher vor der Republik wäre. »Ich habe dich geliebt, Tyrus. Das weißt du doch, oder?«

Sie gingen weiter. Beinahe schien er sie mit sich zu zerren, wie damals, als sie einfach nur ein Sklavenmädchen auf der Flucht gewesen war, das von einer Invasionsstreitmacht getötet werden sollte. Aber sie war nicht zu alt, um nicht zu bemerken, dass er ihre Hand einmal drückte. Ganz fest.

Sie erreichten das Allerheiligste und betraten die Gärten. Der Wobanki begann zu jaulen, und Prisma blieb der Atem weg beim Anblick dieses plötzlich vor ihnen auftauchenden, wunderschönen Fleckchens Natur.

»Die Verborgenen Gärten der Offenbarung«, verkündete Mutter Ree mit einigem Stolz.

Sie standen auf einer riesigen Plattform. Unter ihnen erstreckte sich scheinbar in alle Richtungen ein grünes

Paradies. Die Höhle lag in strahlendem Licht, das die Schichten zerklüfteten Eises über ihnen bis hierher durchdrang. In der Ferne konnte Rechs sogar einen Berg erkennen, aus dem eine Rauchsäule aufstieg.

»Das ist... wundervoll«, sagte Prisma. Sie kam nach vorne geeilt und starrte ehrfürchtig auf die riesige Waldfläche. Vögel huschten von Baum zu Baum und riefen einander in ständiger Freude zu. In der Luft lag der berauschende Duft von Jasmin und Sandelholz. Aus der Ferne ertönten Trommeln und die sanfte Melodie einer Flöte. »Was ist das für ein Ort?«, fragte sie in einem erstaunten, ehrfürchtigen Tonfall.

Mutter Ree kniete sich neben das junge Mädchen.

»Ein Ort, an dem wir die Antworten auf die Fragen finden, die wir in uns selbst verbergen. Und ein Ort, den einige aufsuchen, um sich für den Rest ihres Lebens zu verstecken. Hier finden wir Frieden in einer Galaxie voller Gewalt. Unter dem Eis liegt ein ganzer Kontinent verborgen, so wie dies hier, ein Kontinent, den wir mit Hilfe der Biotechnik und der Philosophie erschaffen haben. Hier wird die Republik dich niemals finden, Mädchen, und du wirst für den Rest deines Lebens sicher sein. Wenn du bei uns bleiben möchtest.«

Mutter Ree legte ihre Hand auf die Schulter des jungen Mädchens und spürte, wie sie zusammenzuckte. Aber sie sah auch, wie die braunen Augen des Mädchens groß wurden, als ihr Blick auf Mutter Rees Garten fiel.

Prisma schüttelte den Kopf. Dann drehte sie sich langsam zu Rechs um.

»Nein. Ich will mich nicht verstecken. Und ich will auch nicht weglaufen. Ich will, dass der Mann... dass... dass der Mann, der meinen Papa getötet hat... Ich will ihn tot sehen. Und ich werde niemals... niemals aufhören, ihn zu suchen, bis er tot ist. Ich werde hier rauskommen, egal wie. Ich werde mich der Legion anschließen. Ich werde lernen, wie man tötet. Und dann, wenn ich ihn finde...« Sie schluchzte unbändig. Aber sie sprach weiter. »Ich werde ihn dafür umbringen, dass er mir meinen Papa genommen hat. Ich werde sie alle umbringen!«

Mutter Ree zog das Mädchen an sich heran, und Prisma, die sich wie ein widerspenstiger Pfahl nie den Stürmen gebeugt hatte, die die Galaxie ihr entgegenschleuderte, erlaubte sich endlich einen Moment der Schwäche und ließ sich umarmen, während ihre Schultern erbebten und die Galaxie sich jedem Wandel verweigerte.

Rechs wanderte in den Tiefen des verborgenen Walds. Er hatte sich weit von den anderen entfernt. Und obwohl die Nacht ihren Weg durch das Eis über ihnen gefunden hatte, war es hier unten immer noch warm in diesem lebensfrohen, duftenden Wald im Inneren eines Eisplaneten, irgendwo im Großen Dunkel.

Das hatte er schon lange nicht mehr getan.

Er hatte sein Leben damit verbracht, in der Stille eines Raumschiffs durch den Weltraum zu rasen. Ein sehr langes Leben. Allein mit seinen Gedanken, mit seinen Erinnerungen, bis all dies zu einer Art Gefängnis geworden war. Und dann gab es noch dieses Suchen in tausend schäbigen Raumhäfen entlang des Randes, ein Suchen nach...

Ja, nach...

Kopfgeldprämien? Aber dies schien nicht die Wahrheit zu sein, obwohl es das war. Es fühlte sich nach einer Lüge an, die er sich die ganze Zeit eingeredet hatte. Eine Ablenkung. Es hatte schon immer einen anderen Grund für all das gegeben.

Da war noch eine andere Stimme, die — dann war sie fort. Vielleicht hatte sie ihm seit dem Tag, an dem er das Mädchen getroffen hatte, wieder zugeflüstert. Er war nur einfach nicht in der Lage gewesen, sie wahrzunehmen. Bis jetzt. Sie sprach die Antwort aus, die immer dann kam, wenn er sich fragte, warum er tat, was er tat: dass, wenn die Republik am Rand der Galaxie nicht für Recht und Ordnung sorgte, es an ihm lag, diese Aufgabe zu übernehmen, gemeinsam mit anderen Kopfgeldjägern wie ihm.

Die Legion zu verlassen und die Republik zu verraten hatte ihm die Freiheit gegeben, jenseits ihrer schwachen und nutzlosen Gesetze zu existieren.

War das nicht der Grund, warum du da draußen tausend Raumhäfen aufgesucht hast und eine Million Cantinas, zwischen all den Sprüngen durch das Große Dunkel? Hast du dort nicht aufgeräumt, einen Verbrecher nach dem anderen?

»Die Galaxie ist ganz schön groß«, ließ er den murmelnden Brunnen in der Nacht wissen. Ein einsamer Waldvogel gab im Dämmerlicht einen kurzen, traurigen Ruf von sich. Jetzt herrschte nahezu Schweigen im Wald.

In Wirklichkeit hatte er nicht viel nachgedacht. Schon seit langer Zeit nicht mehr. Er war zu einer Marionette geworden. Eine Marionette an den Fäden seines Verlangens, Gerechtigkeit widerfahren zu lassen. Eine tödliche Marionette. Nur, wer zog an diesen Fäden? Welchen ursprünglichen Grund hattest du mal... so lange zu warten? Am Rande der Galaxie zu warten, bis diese eine Person auftauchte.

Aber in Wirklichkeit hast du das ja gar nicht getan, oder, Rechs?

Die Stimme, die manchmal mit ihm in seinen Gedanken sprach — die ihm Fragen stellte, die er nicht beantworten wollte —, sprach nun hier im Wald mit ihm, als wäre sie eine Person, die direkt neben ihm ging. So real, dass er sich umdrehte, um zu sehen, wer da sprach.

Aber da war niemand. »Ich habe gewartet.«

Auf wen?

Und das war die Antwort, die er nicht kannte. Er wusste nur, dass die Frage aus seinem Herzen kam. *Das* wusste er.

KAPITEL 18

Es waren nur noch wenige Stunden bis Sonnenaufgang. Rechs war die ganze Nacht durch den Wald spaziert in der Hoffnung, sich an etwas zu erinnern, von dem er wusste, dass es wichtig war. Etwas war aus den tiefen Gewässern seines Verstands an die Oberfläche gekommen.

Mitten in der Nacht, tief in dem fremden Wald, der schwer nach geschlagenem Holz und Kiefern roch, versuchte er sich zu erinnern, was seine allererste Erinnerung oder gar sein erster Gedanke gewesen war.

»Die erste Sache, an die du dich erinnerst?«, fragte er sich selbst.

Es klang nach einem Befehl.

Alles in seinem Kopf war ein Durcheinander aus uralten Raumschiffen und Anführern, an die sich niemand mehr erinnerte, geschweige denn sich dafür interessierte. Wie viele Notsignale hatte er gehört und dieses Geräusch in seinen Knochen gespürt? Wie oft sollten sich für sie noch neue Tore zur Hölle öffnen, während sie immer weiter in das Große Dunkel hinauskrochen?

Wie viele Kugeln hatte er an seinem Helm vorbeizischen hören?

Und Blasterschüsse übrigens auch. Wie viele?

Auf wie vielen seltsamen Planeten hatte all das mal wirklich außerirdisch und anders ausgesehen?

Er spazierte auf dem ruhigen Waldpfad, ohne die Dinge in der Finsternis wirklich wahrzunehmen, die seine gefechtstrainierten Augen sonst leicht bemerkten. Stattdessen durchlebte er eine Million schnelle Schnitte aus tausend dramatischen Szenen, aus denen sein Leben bestand. Er spürte das Ende sich nähern, die letzte Szene. Wie bei einem alten Filmprojektor, bei dem die Rolle zu Ende war und zum Schluss ein Streifen helles Licht zum Vorschein kam. Feierabend.

Wie viel ist zu viel für einen Mann?

Aber trotzdem wiederholte sich in seinem Kopf dieser eine Satz und tauchte wie ein uralter Leviathan aus den tiefen, finsteren Gewässern eines längst vergessenen Meeres auf.

Bleib am Rand. Warte.

An diesem stillen Ort, dort draußen unter den seltsamen Bäumen, da hörte er diese Stimme. Wie eine Codezeile, die man auf einer Festplatte versteckt hatte. Wie ein Mantra oder wie ein Befehl, der ihn sein ganzes Leben lang geleitet hatte, nur hatte er ihn nie verstanden. Sogar noch vor der Legion — und war die Legion nicht eine ziemlich praktische Lösung gewesen, um einen Blick auf den Rand zu werfen? Nicht wahr?

Er hatte es gehört.

Was war das bloß? Was hatte es zu bedeuten?

Als die Legion ihm nicht mehr reichte, war er abtrünnig geworden und ging allein auf Patrouille in diesen Gewässern, wie ein Hai, der direkt außerhalb des sicheren Hafens in dunkler Tiefe schwamm und auf die Beute wartete, von der er genau wusste, dass sie auftauchen würde.

Er versuchte den Namen des Manns auszusprechen, den das Mädchen von ihm umbringen lassen wollte. »Goth... Sullus.«

In dem Namen lag nichts, was auf eine plötzliche Offenbarung hinwies.

Doch tief in ihm, ganz tief drin, verspürte er ein unerklärliches Gefühl, als er den Namen aussprach. Einige Straßenlaternen — die sich einschalteten — und du wurdest zu Hause erwartet — ein Gefühl, dass so alt war, und doch so vertraut. Als ob alles offenbart werden würde... wäre der Name nur ein anderer.

Er hatte sich schon oft und bei vielen Dingen so gefühlt.

Bei Planeten, von denen aus man kaum die Sterne der Kernwelten erkennen konnte. Bei einsamen Raumhäfen, auf denen schon seit zwanzig Jahren kein Raumschiff gelandet war. Beim Wind, der durch das verrostete Metall jener längst toten Raumschiffe fuhr, die auf dem Sand gestrandet lagen wie tote Ungeheuer einer anderen Zeit.

Diese Gedanken glichen unruhigen, aber bekannten Geistern, die durch seinen Verstand wehten.

»Da sollte... mehr sein.«

Er wartete auf dem Steg, von dem aus er den seltsamen Garten vor Prismas Nonnenzelle überblicken konnte.

Mit der Zeit erwachten um ihn herum die merkwürdigen Vögel und erfüllten die Luft mit ersten, zögernden Morgengrüßen. Weit über ihnen begann der ferne Stern sein Licht auf die gefrorene Oberfläche zu senden. Bald fiel ein fahles, fast nebelhaftes Licht hinab, das den Garten mit all seinen wunderbaren Gerüchen zum Leben erweckte.

Das Leben, dachte Rechs. *Das Leben ist so viel mehr als in die Mündung eines Blastergewehrs zu starren.*

Er hatte all seine Zeit verschwendet. Und dann auch wieder nicht...

Bleib am Rand. Warte.

Das war wichtig. Und irgendwie war dieses kleine Mädchen, die nach Rache verlangte, der Schlüssel zu einer Melodie, an die er sich kaum erinnern konnte. Oder einem Schloss, das er erst entdeckten musste, bevor er es entriegeln konnte.

Alles begann mit einer Frage, als das Mädchen aus ihrer Nonnenzelle im Allerheiligsten gekommen war. Tyrus Rechs hatte auf sie gewartet. Er saß schweigend auf einer kleinen Steinbank in der Nähe.

Sie starrte ihn mit einem kalten, wütenden Blick an, weil sie wusste, dass er sie zurücklassen würde. Sie war erschöpft und müde, aber die Wut war da... und sie würde immer da sein.

»Weißt du, an was du denkst, wenn du einen Mann umbringst?«, fragte Tyrus sie, als sie neben ihm Platz nahm.

Sie starrte ihn einfach nur an und wischte sich dann den Schlaf aus den Augen. Mit einer eleganten Bewegung. Mit einer sehr schnellen Bewegung. So schnell wie ein Revolverheld, stellte Rechs fest. Jede ihrer Bewegungen kam unerwartet, aber mit großer Bestimmtheit.

Sie antwortete ihm aber immer noch nicht.

»Du denkst an den nächsten Mann, den du töten musst. Manchmal sogar in der Sekunde direkt danach. Manchmal wartest du jahrelang darauf, dass er irgendwann dich jagt. Daran denkst du. Du denkst an den nächsten Mann, den du töten musst.«

Sie neigte den Kopf zur Seite und schien darüber nachzudenken. Aber sie sagte nichts. In der Ferne hatte der morgendliche Gesang der Mönche begonnen.

»Wenn du erst mal anfängst, andere zu töten«, fuhr Rechs fort, »dann hört das niemals auf.«

Nun wandte sie sich ihm zu und musterte ihn.

Bedachte ihn mit einem herausfordernden Blick.

»In dem Augenblick, in dem dein Zielobjekt zu Boden fällt... dieser unglaubliche Triumph und was du dir sonst noch vorstellst, was du spüren wirst... Du fühlst nichts von dem.«

»Nein?«, fragte sie und ihre Stimme war leise und rau.

»Nein«, lautete Tyrus' nüchterne Antwort. Er streckte ein Bein vor dem anderen aus. Verborgen unter dem Uniformstoff zogen sich ein Dutzend Narben am ganzen Bein entlang. Nicht bei jeder konnte sich Tyrus noch erinnern, wo und wie er sie bekommen hatte. Er wusste nur, dass sie da waren. Und manchmal, so wie jetzt, konnte er sie spüren, obwohl er sie nicht sehen konnte. »Nein«, fügte er nachträglich hinzu. Und dann: »Du fühlst nichts.«

Stille.

»Weil es sie nicht wieder zurückbringt?«, setzte sie zögerlich an. Und dann sagte sie: »Die, für die du tötest.«

Es war eine ehrliche Frage, vorgetragen mit einer Mädchenstimme, aber für Rechs enthielt sie alle Wahrheit, die man finden konnte, selbst wenn man mehrere Lebzeiten in der Galaxie auf der Suche war. Und daher nickte er einfach nur.

»Ich möchte dich hierlassen«, sagte er. Als sie ihm nicht widersprach und nicht mal den Kopf schüttelte, fuhr er fort. »Ich möchte, dass du an einem Ort aufwachsen kannst, wo du sicher bist. Diese Leute hier werden sich um dich kümmern. Und was dir auf Wayste zugestoßen ist... Das wird nie wieder passieren, Prisma.«

Sie musterte ihn weiter schweigend.

»Wenn du diesen Mann tötest... dann wirst du nie wieder in Sicherheit sein. Und du wirst nicht damit aufhören. Du wirst ein Dutzend anderer Gründe finden, weiter zu töten und Rechnungen zu begleichen, bis du dir irgendwelche Gründe in deinem Kopf einbildest. Weißt du, warum du das tun wirst? Warum du so sein wirst?«

Sie schüttelte langsam den Kopf. Zögerlich.

»Weil das der Weg ist, ein Kopfgeldjäger zu werden. Es ist ja nicht so, dass du gerne tötest. Am Anfang ist das natürlich nicht so. Nur ist es dir am Ende einfach *egal*. Das ist der Weg, auf den Rache dich führt. Er führt dich zu deinem eigenen Tod, auch wenn es dir gar nicht klar ist. Tief in deinem Inneren bist du tot, selbst wenn du noch herumläufst.«

Ein Vogel hüpfte auf den Sandsteinboden des unterirdischen Klosters hinab. Er sprang auf sie zu, einmal, zweimal, dreimal, erhob sich dann wieder in die Lüfte und auf die schweigsamen Äste über ihnen, um all seinen Freunden mitzuteilen, was für ein mutiger Krieger er war, mit lautem Tschilpen und Krächzen. Oder vielleicht plapperte er auch einfach nur drauflos.

Einem Vogel ist doch ohnehin alles egal, oder?

Rechs wandte sich wieder dem Mädchen zu. »Als Kopfgeldjäger tust du, was andere Leute erledigt haben wollen, und es ist dir ziemlich egal, was. Am Ende wird von dem, was du mal warst, nichts mehr übrig sein. Bitte glaube mir, Prisma. Bleib hier, werde erwachsen... verliebe dich, lebe dein Leben... und bleib so lange Kind, wie du nur kannst. Bitte. Werde nicht so wie ich.«

Sie hörte ihm aufmerksam zu und wägte seine Worte ab. Und wie alle Mädchen, die ihren Kopf durchsetzen wollen, ließ sie sich von ihrem Herz den Weg weisen, dem Kompass auf all ihren Wegen, und schüttelte erneut den Kopf. Zögerlich. Sie setzte zu einem Wort an, und es würde immer ein ‚Nein' sein, in allen nur erdenklichen Sprachen, die die Galaxie hervorbrachte und in denen Informationen von einem Wesen zu einem anderen übertragen werden konnten. Es war egal, welches Wort sie wählen würde, aber der Kopfgeldjäger wusste es schon, denn es blieb immer ‚Nein' zu allem, was gut sein konnte. Das Leben. Die Liebe. Das Streben nach Glück. Sie würde Rache üben, und die Rache würde sie verschlingen.

Er verzog das Gesicht. Eine kurze, kaum merkliche Grimasse als Ausdruck seines Bedauerns, was alles hätte sein können.

Und in diesem Augenblick kam Tyrus Rechs der tiefgründigste Gedanke seines sehr langen Lebens.

Wir alle beginnen unser Leben in der Annahme, alle Antworten zu kennen, und erst am Ende verstehen wir, wie wenig wir wissen. Nur die wichtigsten Dinge. Und in dem Augenblick, in dem wir das verstehen… hört uns niemand mehr zu.

Bleib am Rand. Warte.

»Ich werde diesen Goth Sullus für dich jagen, Prisma.«

Er sah ihr in die Augen. Die unveränderlichen Augen einer Raubkatze. Die wartete. Ihn musterte. Nachdachte. Und ihre Möglichkeiten abwägte.

»Ich werde dich mitnehmen, Mädchen. Du wirst es selbst sehen.« Er betrachtete aufmerksam ihre Miene.

»Ich werde dir beibringen, was ich kann. Und alles, vor dem ich dich gewarnt habe, wird eintreffen. Wer immer du warst, wer immer du hättest sein können… All das wird sterben, wenn du mitkommst. Also solltest du hierbleiben.«

Sie ließ sich nichts anmerken. Kein Zeichen der Freude. Keine Hoffnung. Weder Resignation noch Zweifel. Nichts.

»Verstehst du, was ich dir sage?« Sie nickte.

»Du wirst alles tun, was ich dir sage, Mädchen.«

Sie nickte.

»Wenn ich dir befehle wegzulaufen, wirst du weglaufen.«

Sie nickte.

»Wenn ich dir sage, schieß, dann wirst du schießen.«

Erneut nickte sie.

Sie erwiderte seinen Blick, und er musterte sie aufmerksam. Er suchte nach einem Zeichen von Unaufrichtigkeit, von Schwäche. Aber er fand nichts dergleichen. Er hatte von einem Ende der Galaxie bis zum anderen in die eiskalten Augen unzähliger Jäger geblickt, nur um hier direkt vor sich, in den Augen dieses Mädchens, dasselbe wiederzuerkennen. Egal, wann, wie und wo — er erkannte den Blick einer Mörderin. In ihrem Herzen hatte sie diesen Goth Sullus schon tausend Mal umgebracht, egal, wer er war. Zumindest mit dem, was von ihrem Herzen noch übrig war. In den Augen dieses Mädchens hatte er einen Mörder entdeckt. Eine weitere Mörderin, genau wie er einer war.

»Und jetzt bezahlst du mich. Für den Job, Prisma.«

Sie sah ihn an. In ihrem Blick lag die Erkenntnis, dass sie kein Geld hatte. Aber ihr fiel etwas ein.

»Mein... Er hat eine Menge Credits auf einer Art Bank hinterlassen und mir gesagt, wie ich sie bekommen kann. Sie sind da.«

»Nein, Prisma. Bezahl mit dem, was dir im Leben am teuersten ist.«

Sie dachte darüber nach. Dann stand sie auf und ging in ihre Zelle. Als sie zurückkehrte, hielt sie etwas in ihren Händen. Sie starrte darauf... und hielt es ihm dann hin.

Es war das Foto einer Frau mit ihrem Baby. Rechs betrachtete es.

»Das hier?«, flüsterte er.

»Ich habe sie nie gekannt. Das ist alles, was ich von ihr habe.«

Die Frau auf dem Foto hatte Prismas Augen. Eines Tages wäre das Mädchen vor ihm vielleicht erwachsen und genauso schön wie diese Frau. Es gab keinen Zweifel, dass es sich bei dem Baby um Prisma handelte.

Rechs steckte das Foto in seine Hemdtasche. »Die Zahlung ist angenommen.«

Er sah zu, wie sie sich den Ort merkte, an dem er das Foto untergebracht hatte. Er würde es ihr zurückgeben, wenn er den Auftrag erledigt hatte.

Es lag nicht an der Wut. Es lag an der Abwesenheit jedes Lebenszeichens in diesen Augen. In ihr wuchs bereits die Kälte heran, die ihr Leben bestimmen würde. Einer gähnenden, unergründlichen Kluft gleich auf irgendeinem verlassenen, toten Planeten, der schon vor langer Zeit aus dem Orbit seines ihn umsorgenden Sterns geschleudert worden war. Der nun schweigend durch das Große Dunkel zog und allen eine Gefahr war.

Der Wobanki lief auf der Landeplattform unter der *Obsidian Crow* umher, verriegelte die Entlüftungsstutzen und löste die Verbindungsschläuche von der hiesigen Energiezufuhr. Die Mönche halfen ihm, so gut sie konnten, aber es handelte sich nicht um einen besonders modernen Raumhafen. Im Prinzip war es kaum mehr als eine Landeplattform mit einer absoluten Grundausstattung.

Der Wind heulte, und Eis prasselte auf das Raumschiff nieder. Nur die Landelichter und die Beleuchtung auf der Plattform erhellten die Szene. Rechs trug einen schweren Kapuzenumhang und der Sturm wirbelte den pelzbesetzten Umhang hin und her. Sie hatten einen schweren Abflug vor sich. Aber das hatte er erwartet. Weit unter sich sah er das Paradies mit seinen Gärten und dem Kloster, das tief unter dem Eis verborgen lag.

»Bereit für den Abflug?«, rief er dem hektischen Wobanki zu.

Der Wobanki jaulte bestätigend.

Auf der anderen Seite der Plattform zerrte Prisma seinen Waffenkoffer zur Laderampe. Der große Kriegs-Bot trippelte hinter ihr her und wiederholte ständig, er sollte das für sie übernehmen. Aber das Mädchen weigerte sich, bei der ersten Aufgabe, die ihr Sensei ihr aufgetragen hatte, irgendeine Form der Hilfe anzunehmen.

Rechs schüttelte den Kopf. Selbst er wusste, dass er damit einen neuen Tiefpunkt erreicht hatte. Er würde ein Kind in einen Killer verwandeln. *Wirst du das wirklich tun?*, fragte ihn die Stimme in seinem Kopf.

Oder war sie eine Art Köder?

Oder der Prüfstein für diesen Satz, der ihm immer wieder durch den Kopf ging, ohne dass er seine Bedeutung verstehen konnte?

»Bleib am Rand. Warte.«

Es hatte als ein Flüstern in der Ferne begonnen, aber mit jedem Augenblick wurde es lauter. Als ob die Handlung irgendeiner Geschichte endlich deutlich würde.

Was bedeutet das alles?, fragte er sich selbst.

Die Stimme entschied sich, nicht zu antworten, und plötzlich heulte der Sturm laut auf und schleuderte Hagel über die Plattform.

»Schalte die Enteisungsanlage ein«, brüllte er dem Katzenwesen zu.

»Du nimmst sie mit?«, hörte er Mutter Ree hinter sich fragen.

Rechs drehte sich um. Sie trug einen weichen, schweren weißen Umhang. Die Windböen zerrten an ihrer Kleidung, aber ihre Miene wirkte wie in Stein gemeißelt.

Er nickte.

Sie trat näher an ihn heran. »Es gibt in dieser Galaxie keine Magie. Keine merkwürdigen Kräfte, die irgendjemandem Macht verleiht, Tyrus. Ich kann keine Gedanken lesen und keine Objekte bewegen, aber ich kann dir eins sagen... Ich kannte dich in diesen sechs Monaten, in denen wir auf jedem Planeten jenseits des Falda-Nebels ständig vor republikanischen Patrouillen geflohen sind. Nach ihm wird sie das nächste Opfer sein.«

Ihre Stimme fühlte sich wie ein Dolch an, den sie ihm als Vorwurf in den Körper rammte.

Als er nicht antwortete, sprach sie weiter. »Sie ist nur ein Mädchen, Tyrus. Kannst du das nicht einmal mehr sehen?«

Sie hatte recht. Es gab dafür keine Rechtfertigung. Nur ein Puzzle, dessen unzählige Einzelteile sich tief im Inneren eines Manns zusammenfügten. Im Inneren eines Manns, der schon viel zu lange lebte.

»Im Idealfall sorgst du dafür, dass sie einen schnellen Tod findet«, sagte Mutter Ree. »Im schlimmsten Fall... wird sie wie du. Eine leere Hülle. Eine Puppe, deren Fäden von Rache gezogen werden, bis selbst die Rache nur noch ein Geist ist. Aber du kannst damit aufhören, Tyrus. Du kannst hierbleiben und leben und sie auch.«

Es hätte wehgetan, selbst wenn es nicht gestimmt hätte. Der Teil mit der Puppe. Aber es *war* die Wahrheit... und sie zupfte an Fäden, bei denen er sich nie die Mühe gemacht hatte herauszufinden, woher sie kamen oder wer sie in Händen hielt. Vielleicht weil alles bloß ein Chaos war. Vielleicht lag all das begraben unter tausenden Jahren des Chaos.

»Ja«, fuhr Mutter Ree fort. »Ich habe dich geliebt, Tyrus. Ich war schrecklich in dich verknallt, als du mich gerettet hast, wie eine Prinzessin im Märchen. Diese sechs Monate waren die schönste Zeit meines Lebens. Gerettet zu werden, um unser Leben zu rennen... Aber ich wusste, dass das nie etwas mit mir zu tun hatte.«

Sie hielt inne. In ihren nächsten Worten schwangen weder Bitterkeit noch Härte mit. Es war Mitleid. Und das fühlte sich viel schlimmer an als alle anderen möglichen Reaktionen.

»Es ging immer nur um *dich*, General Rex. Es war eine Reise, die du schon vor langer Zeit angetreten hast, auf dem Weg zu irgendeinem Abschluss. Eine Reise zu einem Ziel, an das du dich nicht mal mehr erinnern kannst. Nein, es mag vielleicht keine magischen Kräfte in dieser Galaxie geben, mit der Leute die Gedanken anderer lesen oder Dinge spüren können, aber ich weiß, dass dies die Wahrheit ist — ich kann es an deinem Blick ablesen. Es geht um etwas, was du vor langer Zeit begonnen hast, und du glaubst, dass sie irgendwie damit zu tun hat.

Prinzessinnen, die gerettet werden müssen, sind für dich nur eine bequeme Ausrede, damit du...«

Er wich ihrem Blick aus. Der Sturm wurde mit jedem Augenblick schlimmer. Sie mussten dringend los. Ihren Vorwürfen konnte er nichts entgegnen. Sie hatte mit jedem ihrer Worte recht.

»Das ist nicht mal das Schlimmste. Nicht wirklich zu wissen, wonach du eigentlich suchst. Nein, das Schlimmste daran ist, es dreht sich nicht mal... um sie. Oder?«

Du wolltest ‚um mich' sagen, dachte er. *»Es geht nicht mal um mich – Mara.« Das wolltest du sagen.*

Vor langer Zeit hatte er mal eine Vorstellung davon gehabt, wie sehr er ihr wehgetan hatte, indem er sie in der Obhut von Leuten zurückließ, die sie vor der Republik verbergen würden. Einer Republik, die sie wahrscheinlich noch heute tot sehen wollte. Aber jetzt, als er ihr in die Augen sah, hörte, wie sie ihn anflehte... erst jetzt hatte er es wirklich verstanden. Und es war viel schlimmer, als er es sich jemals vorgestellt hatte.

Er schüttelte den Kopf. Das hatte er gar nicht tun wollen. Seine unwillkürliche Reaktion auf all ihre Vorwürfe hatte gerade all seine strenge Disziplin und Selbstbeherrschung zur Seite gefegt.

»Du bist auf dem Weg zu irgendeinem Ende, nicht wahr?« Sie musste lauter sprechen, um den tosenden Sturm zu übertönen. »Und sie ist ein Teil davon?«

»Ich weiß nicht...« Sein Mund war trocken, seine Stimme brach. Er schluckte schwer und befeuchtete sich die Lippen. »Ich weiß es nicht«, gab er zu. »Aber es gibt da etwas, auf das ich... auf das ich seit Langem *warte*. Und... und sie ist ein Teil davon. Ich muss sie mitnehmen, um es finden zu können.«

Mutter Ree schüttelte angewidert den Kopf. Nur war sie gar nicht angewidert. Es war viel schlimmer. In ihrem Blick stand Mitleid.

»Du benutzt sie nur, Tyrus. So wie du mich benutzt hast. Mich zu retten war für dich die Ausrede, die du brauchtest, um die Republik aufzugeben und dich allein auf die Suche zu machen. An den Rand zu fliehen und—«

»Ja!«

Er schrie dieses eine Wort, und sein Eingeständnis bereitete ihr neue Schmerzen. Als ob er etwas so Schlimmes gesagt hätte, dass es unmöglich stimmen konnte, weil es dermaßen egoistisch und feige war. Das Schlimme war, dass es stimmte. Es nahm ihr den Atem, und zwar schlimmer, als sie es erwartet hatte.

Irgendwann gelang es ihr, ein »Wo?« hervorzubringen. Obwohl sie eigentlich fragen wollte... *Warum?*

»Telos.«

»Was ist dort?«

»Die Männer, die Goth Sullus begleitet haben, arbeiteten für die Bruderschaft. Zumindest hat sie sie so beschrieben. Ich kenne ihre Abzeichen. Sie gehören zu einem Clan aus Kopfgeldjägern. Vor langer Zeit gab es mal eine riesige Schlacht auf Telos. Ihre Basis befindet sich tief verborgen in den Trümmern eines alten Raumschiffs. Wir werden versuchen, dort ihre Spur aufzunehmen.«

Sie fiel ihm ins Wort. Weil ihr sein Gerede über Spuren und Intrigen egal war. »Aber warum nimmst du ein Mädchen auf eine Reise mit, während der du einen Mann umbringen wirst, den du noch nie gesehen hast? In Wirklichkeit bist du kein Kopfgeldjäger, obwohl es keinen anderen gibt, den man in dieser Galaxie so sehr fürchtet. Du bist der Teufel, über den niemand spricht, weil du zu einer Art Unglücksbringer für Albträume geworden bist.

Aber du warst nie ein Mörder nur des Jobs wegen. Du hast dich von dem Ritter in schillernder Rüstung zu einer verfluchten Erinnerung an diesen Edelmann auf seiner Suche entwickelt, an die er sich nicht mal mehr erinnern kann. Warum sie, Tyrus? Du weißt doch nicht mal, wonach du eigentlich suchst. Das wusste ich schon damals ... und es trifft leider immer noch zu.«

Er wollte ihr eigentlich sagen, dass er nicht wusste warum, außer vielleicht, dass das Mädchen eine Art Hinweis war. Eine Hasenpfote, die ihm den Weg zum Schloss weisen könnte. Und wenn er das Schloss fand, würde er es aufschießen, denn so hatte er es schon immer gemacht. Doch er brachte kein Wort heraus, weil ihm all dies nur klarmachte, dass er einen neuen Tiefpunkt in seinem Leben erreicht hatte.

Den Tiefpunkt, andere für seine Zwecke zu missbrauchen, ohne den Zweck selbst zu kennen. »Mara...«

»Tu das nicht!«, schrie Mutter Ree.

»Ich weiß nicht, was es ist, aber ja«, sagte Rechs schließlich. »Irgendwie hat dieses Mädchen damit zu tun. Sie scheint mich daran zu erinnern, warum — oder wonach — ich suche.«

Mutter Rees Haltung veränderte sich. Ihr Mitleid war Vergangenheit. Und so war ihre Wut. Sie hatte vor langer Zeit gelernt, dass es sich nicht lohnte, diese Dinge auch nur ein Parsec länger mit sich herumzuschleppen, als es wirklich notwendig war. Das Leben war schon schlimm genug. Man sollte die Reise nicht mit schwerem Gepäck belasten. Stattdessen hatte sie sich für die Liebe entschieden. Bedingungslose Liebe für den Mann vor ihr. Sie hatte schon einmal funktioniert, auch wenn das überhaupt keinen Sinn ergab. Es würde wieder funktionieren.

»Es tut mir so leid, Tyrus.«

Sie trat nahe an ihn heran, legte im die Arme um den Kopf und zog ihn an sich. Sie hielt sein Gesicht in Händen und starrte in die Tiefe dessen, was noch von seiner Seele übrig war.

»Ich habe das Gefühl, dass dies ein Abschied ist«, sagte sie mit zitternder Stimme. »Und ich will das nicht. Das solltest du wissen. Du sollst wissen, Tyrus, dass du irgendwo in der Galaxie dafür geliebt wurdest, dass du bist, wer du bist.«

Und dann küsste er sie. Wie er es schon vor so vielen Jahren hätte tun sollen.

Die *Obsidian Crow* hob von der Plattform ab, obwohl der Sturm seinen Höhepunkt erreicht hatte. Die Stabilisatoren hielten sie im Gleichgewicht, währen das flache Raumschiff eine Drehung ausführte und der Antrieb zum Abflug aktiviert wurde.

Während der Sturm sie hin- und herschleuderte, fragte der Wobanki: *»Nanchu deytanku jabberwongi?«*

»Telos«, lautete die Antwort des Kopfgeldjägers. Das Katzenwesen gab die Koordinaten für den nächsten Sprung ein.

KAPITEL 19

Obsidian Crow
Raumschiffsfriedhof, Schlacht von Telos, Weltraum

Die *Crow* verließ den Hyperraum direkt vor dem Trümmerfeld, wo vor langer Zeit die Schlacht von Telos stattgefunden hatte. Die vom Kampf gezeichneten Wracks zerfallender Kriegsschiffe krachten und prallten in einem ewigen Mahlstrom aus metallenen Überresten aneinander. In ihrer Mitte befand sich ein alter Dreadnought, der alle anderen Raumschiffe klein erschienen ließ. Rechs konnte sich an seinen Namen nicht erinnern, aber das war sein Ziel. Er übernahm die Steuerung vom Wobanki und flog direkt auf das gigantische Wrack inmitten des Trümmerfelds zu.

»*Ilatango dura?*«, fragte der Wobanki.

»Weil wir dort die Bruderschaft finden werden?«, antwortete Rechs.

»*Ruthbroodaru?*«

»Der Rache. Das große Schiff im Zentrum ist eins ihrer Verstecke.«

Das Katzenwesen gab eine Reihe schwermütiger Klagelaute von sich, deren Bedeutung nur zu deutlich war.

»Nein«, sagte Rechs. »Du kommst jetzt hier nicht weg. Die kennen mich. Es wird alles gut gehen.«

Erneut stellte der Wobanki jaulend eine Frage.

»Weil«, antwortete Rechs, »die Söldner, die den Mann begleitet haben, der...« Er nickte in Richtung des Hecks.

»Nun, laut der Beschreibung, die sie mir gegeben hat, gehörten sie der Bruderschaft der Rache an. Sie sind nicht nur Kopfgeldjäger, sondern arbeiten manchmal auch als Leibwächter und Söldner für Geschäfte am Rand, die nicht ganz den geltenden Gesetzen entsprechen. Ziemlich exklusiv, muss ich sagen. Der Clan, der von hier aus seine Geschäfte führt, weiß bestimmt, welcher Clan für Goth Sullus arbeitet.«

»*Sutaokru meto no-taki!*«

»Ich weiß, dass sie mit den Gomarianern arbeiten, aber ich werde dich nicht an sie verkaufen. Du bist jetzt Teil meiner Besatzung. Das wird schon. Und jetzt gib mir die zusätzliche Energie für die Deflektoren. Wenn wir in das Trümmerfeld fliegen, werden wir einiges abkriegen.«

»*No sutaokru meto*«, grummelte der Wobanki.

»Vertrau mir. Ich verstehe mich gut mit diesen Typen... mehr oder weniger.«

Zwei alte rigelianische Jagdbomber schossen von oben auf sie herab und eröffneten mit ihren Bugkanonen das Feuer. Die Deflektoren der *Crow* absorbierten diesen ersten Angriff, aber hinten am Flugdeck flackerten zahlreiche Lichter auf den Konsolen und gingen aus.

Der Wobanki jaulte laut und kümmerte sich darum, Energie auf die sicherheitsrelevanten Systeme umzuleiten.

»Hab ich!«, grummelte Rechs, der die Deflektorschilde neu ausrichtete.

Zwei weitere Jagdbomber tauchten mit Angriffsgeschwindigkeit hinter ihnen auf. Er wusste, dass es insgesamt sechs sein würden. Die bei der Bruderschaft übliche Patrouille. Die übrigens nicht an Diskussionen interessiert war und nicht mal einen Kanal öffnen würde. Bergungsarbeiten verliefen problemloser, wenn niemand überlebte.

Zeit, ein wenig in Deckung zu gehen, dachte Rechs.

Er drehte die *Crow* um hundertachtzig Grad und tauchte tief in das Trümmerfeld ein, wobei er um Haaresbreite die Überreste einer im Weltall frei schwebenden Brücke verfehlte, die aus einem zerstörten republikanischen Kreuzer stammte. Erinnerungen tauchten auf, aber er drängte sie zurück. Jetzt war er auf der Jagd. Die Vergangenheit musste warten.

Die *Crow* flog in eleganten Bewegungen durch die sie umgebenden Überreste eines explodierten Zerstörers. Blasterfeuer der Jäger schoss am Frachter vorbei, während Rechs sie mit geschickten Manövern auf Distanz zu halten versuchte. Er flog mit der *Crow* sehr nahe an den größeren Wracks vorbei, und die rigelianischen Jagdbomber richteten ihre Flügel für horizontale Flugbewegungen und damit langsamere Geschwindigkeit aus, während die Cockpitkuppeln auf die Zielerfassung als Bomber wechselten. Einer von ihnen flog so nahe an Rechs vorbei, dass er sehen konnte, wie der Pilot die neue Salvenverteilung eingab.

Tja, dachte Rechs, während er das Raumschiff hin- und herschwenken ließ, um den im Weltall zu Eis erstarrten Stahlblüten auszuweichen, wo vor langer Zeit irgendein Torpedo die Außenhülle eines Zerstörers zerfetzt hatte, *die Jäger werden wohl zu einem Flächenbombardement des Trümmerfelds ansetzen... während die* Crow *sich darin befindet.*

»Lyra!«, brüllte Rechs. »Hier, Captain.«

»Du musst unbedingt ihre Zielerfassungscomputer blockieren, ansonsten wirst du an ziemlich vielen Stellen ziemlich viele Löcher bekommen.«

»Ich aktiviere die elektronischen Gegenmaßnahmen, Captain. Energie auf das Radar... System für Cyberkrieg wird hochgefahren.«

»Werden wir angegriffen?« Die Stimme gehörte zu Prisma, die durch die Luke im Flugdeck einen Blick wagte.

»Schnall dich an, Mädel!«, brüllte Rechs. »Das wird ziemlich ungemütlich.«

Prisma zögerte und sah zu, wie die Sterne in unglaublicher Geschwindigkeit an ihnen vorbeizurasen schienen, während Trümmer und prähistorische Überreste riesiger Raumschiffe gegeneinander krachten. Einer der Jagdbomber zischte direkt über dem Flugdeckfenster der *Crow* vorbei, und sein Ionenantrieb heulte dabei auf wie ein abgestochener Porcusaurus.

»Ich hab gesagt, schnall dich an, Prisma! Sofort!«, rief Rechs im Befehlston. »Außer du möchtest gerne ins Große Dunkel gesaugt werden, wenn es uns erwischt.«

Prisma wandte sich ab, um das Flugdeck zu verlassen, aber Rechs packte sie am Arm und stieß sie in den Navigatorenstuhl hinter sich. »Hast du je Spiele auf deinem Datenpad gespielt?«, fragte er.

»Jepp, klar!«, sagte Prisma, als sie sich in aller Eile bemühte, die Sicherheitsgurte über ihren winzigen Körper zu ziehen.

Ein weiterer Jagdbomber raste feuernd über sie hinweg, und seine Blastergeschütze deckten die Deflektorschilde der *Crow* mit zahlreichen Energieblitzen ein.

»*Tabu tanaka!*«, schrie der Wobanki.

»Vergiss es!«, brüllte Rechs und zerrte das Raumschiff mit einer hektischen Bewegung aus den Blasterblitzen des Gegners. »Wir brauchen keine

Hyper-Destabilisatoren! Richte die Deflektoren auf die Heckkonfiguration aus. Ich erhöhe die Geschwindigkeit.«

Rechs' Finger huschten über die Kontrollkonsole.

»Prisma, ich reiche dir gleich einen Zielerfassungscomputer weiter. Das ist wie alle anderen Spiele auf deinem Datenpad. Richte das Fadenkreuz auf alle Raumschiffe, die auf dem Display auftauchen, und schieß.«

»Womit schieße ich denn?«

»Mit dem Heckabwehrgeschütz.«

In diesem Augenblick senkte sich unter dem Raumschiff aus einer Geheimluke ein Dreifachgeschütz, fuhr hoch und begann Ziele aufs Korn zu nehmen.

Rechs schob den Gashebel nach vorn und tauchte in die schlimmeren Teile des Trümmerfelds ein. Einer der sie verfolgenden Jagdbomber touchierte einen durch das Weltall schwebenden Photoneninduzierer, der aus einer der zerstörten republikanischen Korvetten stammen musste, und geriet ins Schleudern. Dann krachte er in das Wrack eines ramponierten Jägers, wo er in tausend Stücke zerfetzt wurde.

»Fünf«, sagte Rechs leise zu sich selbst.

Die *Crow* raste mit halsbrecherischer Geschwindigkeit durch das Trümmerfeld und versuchte den unberechenbar umhertreibenden Überresten der lang vergangenen Schlacht auszuweichen. Das Kollisionswarnsignal meldete sich lautstark, und Rechs sah sich nach der Bedrohung um. Ein riesiges, metallenes Bruchstück, das in seiner unaufhörlichen Drehung immer noch Trümmer abgab wie ein Komet Eispartikel versprühte, tauchte in seinem Blickfeld auf. Es wurde mit jeder Sekunde größer.

Rechs riss die Steuerung herum und flog direkt auf die Gefahr zu. Das war ein uralter Trick. Ziele auf den Punkt, an dem sich das Ding gerade befindet, und du wirst nicht dagegenkrachen, wenn du ihn erreichst. Wenn man versuchte, ihm auszuweichen, passierte am Ende bloß der Zusammenstoß, den man eigentlich zu verhindert versucht hatte. Das Glück und die Galaxie verhielten sich in solchen Momenten sehr seltsam.

Die sie verfolgenden Jagdbomber waren sich dessen auch bewusst, abgesehen von einem der hinteren Piloten, der es schaffte, gegen den Jäger neben sich zu krachen. Eine Explosion, und beide Raumschiffe waren verschwunden.

»Drei.« Rechs verringerte die Geschwindigkeit und zielte nun mit dem Raumschiff in Richtung des gigantischen Dreadnought. Eins der letzten großen Schlachtschiffe, das die Republik in ihrer viel zu kurzen Blütezeit noch hatte fertigstellen können. Die einzigen Raumschiffe, die die endlose Bürokratie der Republik heute noch zustande brachte waren Korvetten absoluter Billigbauweise.

Rechs leitete Energie auf die Manövriertriebwerke um. »Hab einen erwischt!«, rief Prisma.

Rechs warf einen Blick auf das Nahbereichsdisplay. Es stimmte — sie *hatte* einen erwischt. Jetzt rasten ihnen nur noch zwei Verfolger hinterher, um sie zu erledigen.

Ein Teil von ihm fragte sich, ob ihr klar war, dass sie gerade jemanden getötet hatte.

Und...

Ist dir klar, dass du derjenige bist, der ihr das beigebracht hat?

»Gut gemacht, Kleine. Bleib dran!«

Er warf ihr einen kurzen Blick zu, während die *Obsidian Crow* weiter auf die leblose Hülle des Dreadnought zuraste. Prisma beugte sich zum Display vor und konzentrierte sich auf die Zielerfassung, ohne auf das Chaos auf dem Flugdeck zu achten. Sie knabberte an ihrer Unterlippe.

»Tief durchatmen, Kleine«, ermahnte er sie.

Er sah, wie sich ihr kleiner Oberkörper einmal hob und senkte. Sie hatte nur einen Atemzug genommen.

Die verbliebenen Raumschiffe begannen den flüchtigen, leichten Frachter mit Kurzstrecken-Torpedos einzudecken. Die *Crow* wurde von den Explosionen aus konzentrierter Energie durchgeschüttelt, die sich über ihren ganzen Rumpf zogen.

Und dann wurde die *Crow* von einem Traktorstrahl erfasst, der von dem alten Dreadnought ausging, und die Jagd war vorbei.

Genau das hatte Rechs beabsichtigt.

»*Tabu rust reeversaroos?*«, fragte der Wobanki, als das Raumschiff heftig zu zittern begann.

»Negativ. Auf diese Weise hören sie auf, auf uns zu schießen — und sie ziehen uns in ihre geheime Basis hinein.«

Die letzten Jagdbomber nahmen hinter ihnen Begleitformation ein, die Blasterkanonen schussbereit, und die *Crow* wurde langsam in den Hangar des riesigen Raumschiffs gezogen. Bald schon nahm das Wrack das gesamte Blickfeld auf ihrem Cockpit ein.

Tja, das ist also noch von ihm übrig, dachte Rechs. Die Befehlsstellung am Bug war im Lauf der Schlacht abgeschossen worden. Daran erinnerte er sich. Er erinnerte sich auf Lebenserhaltungsmaßnahmen umgeschaltet zu haben. Erinnerte sich, den Befehl erteilt zu haben, das Schiff aufzugeben. Erinnerte sich, wie sie sich auf jedem Schritt gegen barbarische Marinesoldaten hatten durchsetzen müssen, die versuchten, das todgeweihte Raumschiff zu entern.

Das alles war vor so langer Zeit geschehen.

Damals war er ein anderer Mensch gewesen.

Indelible VI
En Shakar, Anflug auf Mutter Rees Anwesen

Keel geleitete die *Indelible VI* mit sanften Bewegungen ihres Ruders durch einen Eis- und Hagelsturm, der auf ihre Schilde einprasselte. Eine heikle Aufgabe, aber nichts, was er nicht schon erlebt hätte.

Der Sturm ließ nach, als das Raumschiff weiter nach unten flog, aber das Cockpit wurde kurz mit einem Netz aus feinsten Eiskristallen überzogen, als die Feuchtigkeit einer Dampfwolke schlagartig zu Eis erstarrte, während einige letzte Sturmspuren über sie hinwegfegten. In der tieferen Atmosphäre gestaltete sich das Fliegen nun leichter, und Keel lenkte den Frachter in Richtung einer einsamen Landeplattform, die die Sensoren als einziges Lebenszeichen entdeckt hatten.

Keel schaltete auf Automatik und gähnte. Es war frühmorgens auf En Shakar, aber nicht für die Besatzung der IV. Ihre inneren Uhren waren nicht auf den Planeten eingestellt, und Keel hätte sich lieber zu einem Nickerchen in seine Koje gelegt.

Die Tür zum Cockpit öffnete sich, und Ravi kam herein. »Weißt du, was du fragen sollst?«

Keel rieb sich über das Kinn. »Also, ich habe darüber nachgedacht, erst mal nach dem Wetter zu fragen, und dann ganz elegant einzubauen, ob sie in letzter Zeit irgendwelche Kriegs-Bots gesehen haben.«

»Unter den gegebenen Umständen«, sagte Ravi, und seine braunen Augen funkelten, als er antwortete, »ist dieser Ansatz genauso vielversprechend wie jeder andere. Aber ich habe bei meiner Analyse der L-Frequenz-Protokolle von Ackabar etwas Interessantes entdeckt.«

»Echt?«

»Man hat auf dem Planeten bei mehreren Auseinandersetzungen einen Kriegs-Bot eindeutig identifiziert. Dieser Bot — halt dich fest — stand in Verbindung zu Tyrus Rechs.«

Keel lachte. »Tyrus Rechs? Klar, Ravi.«

»Du meinst nicht, dass er es war?«

»Ich glaube nicht, dass es ihn *gibt*. Bloß einen Haufen Legenden. Den echten Rechs hat es vermutlich schon vor Jahrzehnten erwischt. Und selbst wenn nicht, so muss er schon vor Ewigkeiten an Altersschwäche gestorben sein. Nein, ich erklär dir mal, wie das mit den Legenden funktioniert. Irgendein Möchtegern nennt sich Rechs, schafft es, mit dem Namen irgendwie Fuß zu fassen, prahlt in irgendeiner Cantina damit rum, und kurz danach nennen sich ein halbes Dutzend Leute auch so. Ich wette deinen Credits-Anteil, dass dieser falsche Rechs, von dem die Legionäre auf Ackabar gesprochen haben, bereits tot ist und in seinem Grab liegt.«

Ravi neigte leicht den Kopf. »Dem würde ich vielleicht zustimmen, wenn die Berichte nicht deutlich machten, dass Rechs mehreren Legionärseinheiten entkommen ist und vermutlich die republikanische Blockade durchbrochen hat. *Mit* einem Kriegs-Bot und einer nicht identifizierten, menschlichen Frau.«

Keel setzte sich kerzengerade auf. »Maydoon?«

»Dem ist vielleicht so, aber es wäre mein Vorschlag, dass, wenn du dieses Raumschiff verlässt, du darauf achtest, ob der Name ‚Tyrus Rechs' eine Reaktion hervorruft. Wenn ja, dann können wir unsere Suche nach Maydoon ausweiten, ohne *ihren* Namen tatsächlich nennen zu müssen.«

»Gute Idee.« Keel stand auf und schlängelte sich an den Stühlen vorbei, um das Cockpit zu verlassen. »Ich denke, ich werde in diesem Fall die Panzerung anlegen.«

»Bist du so weit?«

Keel wartete auf Ravis Zustimmung, bevor er die Laderampe der *Indelible* herunterfahren ließ. Kalte Luft schlug ihm entgegen und suchte sich ihren Weg ins Raumschiff. Keel zitterte. Eisplaneten gehörten zu den Dingen, ohne die er blendend auskommen konnte.

Er setzte seinen Helm auf und verwandelte sich in Wraith. »Wenn ich das so sagen darf, Captain«, sagte Ravi, als er Keel die Rampe hinab folgte, »dann hast du einen wirklich atemberaubenden Anblick verpasst, während ich die *VI* zum Leuchtfeuer steuerte. Es war, als ob ich ein Boot mit einem diamantenem Boden über einen kristallklaren Ozean geführt hätte.«

»Ich werde es beim Abflug sehen«, meinte Keel. »Und hier kommt schon das Begrüßungskomitee.«

Eine Gruppe aus Frauen und Männern in festlichen Gewändern schien auf sie zu zu gleiten. Die Prozession wurde von einer Frau mittleren Alters mit silbernem Haar angeführt. Sie blieb einige Schritte vor Keel und Ravi stehen und schenkte ihnen ein Lächeln.

»Willkommen, Reisende.« Keel nickte ihr kurz zu.

»Vielen Dank«, sagte Ravi und verbeugte sich vor ihr. »Ich bin Ravi. Dies ist... Wraith.«

»Man nennt mich Mutter Ree. Ich heiße euch beide in Freundschaft willkommen.. und in Frieden.« Mutter Ree trat näher an sie heran und zog ihre Hand sanft durch Ravi hindurch wie durch den Sprühnebel eines Wasserfalls. »Du bist ein Rätsel, Ravi. Denn an dir ist nichts, und dennoch... ist da sehr viel.« Ravi stand reglos da, aber Keel spürte, dass sich hinter der Miene des Navigators eine gewisse Verwirrung verbarg.

»Und du.« Mutter Ree blieb vor Keel stehen und sah zu Keel hinauf, wo sie sich im Visier seines Helms spiegelte. »Wraith. Du kommst hierher als Mann, der sich hinter seiner Panzerung verbirgt. Und damit bist du nicht der Erste. Würde der in dir verborgene Mann Frieden in einem Kloster finden? Würde sich Aeson Keel zu erkennen geben?«

Keel sah zu Ravi hinüber. Ihm fehlten die Worte. Er wandte sich wieder an Mutter Ree. »Woher? Woher weißt du...?«

»Nimm deinen Helm ab, Captain Keel, und ich werde dir alles erzählen, was du über Tyrus Rechs und Prisma Maydoon wissen willst.«

Keel zögerte.

»Das ist doch deine Frage, oder nicht?«

Keel zog seinen Helm ab. »Ja.«

Mutter Ree sah Keel tief in die Augen. In ihrem Blick lag eine Intensität, die Keel das Gefühl vermittelte, als könne sie sein gesamtes Leben erfassen. All die Dinge sehen, die ihn zu dem gemacht hatten, was er heute war.

»Die Galaxie gibt ihre Geheimnisse nur langsam preis«, sagte Mutter Ree voller Wehmut. »Sie zeigt mir Wraith. Und in Wraith verborgen zeigt sie mir Captain Keel. Und in Captain Keel… das verschweigt sie mir.«

Keel trat unruhig von einem Fuß auf den anderen, merkte aber, dass er den Blick nicht von Mutter Ree nehmen konnte. Sie hatte ihn in ihren Bann gezogen, und dennoch… Sie war keine Hexe. An ihr war nichts Dunkles oder Unreines. Sie war eine Kreatur des Lichts, und Keel war nicht in der Lage, sie zu enträtseln. Also hörte er ihr zu.

»Du stehst an einer Wegscheide, Captain Keel.« Mutter Ree hob ihre Hand und hielt ihm ihre Handinnenfläche entgegen. »Auf dem einen Weg wirst du finden, wonach du suchst. Alles, wofür du gearbeitet hast, wird endlich in Erfüllung gehen.«

»Und auf dem anderen?« Keel war überrascht, als er sich diese Frage stellen hörte.

»Wraith und der Mann, der sich im anderen verborgen hält, werden eins. Und du wirst ein friedliches Leben führen, für immer frei von allen Mühen und Sorgen dieser Galaxie.«

Für immer frei. Frei.

Keel schluckte schwer und versuchte, etwas zu sagen. Doch er brachte keine Worte heraus.

Aus dem Augenwinkel bemerkte er einen Mann im Priestergewand, der sich langsam von den versammelten Anhängern Mutter Rees zu entfernen versuchte.

»Cal Camp?«, fragte Keel ungläubig. Er zog seine Blasterpistole und zielte auf die Gestalt in ihrem edlen Gewand. »Camp!«

Auf dem Gesicht des Priesters stand Todesangst — die sich in eine entsetzte Todesfratze verwandelte, als Keel dem Mann einen Blastertreffer mitten in die Brust jagte. Der Mann brach in den Armen einer Priesterin zusammen.

Die Stimmen der anderen Anhänger erhoben sich zornig. Mutter Ree bedeutete ihnen mit erhobenen Armen zu schweigen.

Sie drehte sich um und sah Keel an. »Du hast dich also entschlossen zu gehen.«

Keel steckte seine Blasterpistole wieder weg. Was immer auch die Schönheit mit den silbernen Haaren mit ihm angestellt hatte, er fühlte sich trotzdem im Vollbesitz seiner Sinne. »Na dann, Ravi.«

Keel ging zu Cal Camps Leiche hinüber und zog einen optischen Scanner hervor. Das daumenförmige Gerät gab ein grünes Blinken und einen einzelnen Signalton von sich. Keel lachte. »Wer hätte das gedacht, hm?«

Ravis Augen wurden groß, als die Identität des toten Flüchtlings bestätigt war. Cal Camp war ein berüchtigter Mörder. Der Kinderschänder von Kandalar. Das Monster von Mirschra. In der gesamten Galaxie gesucht. Die Kopfgeldprämien und von planetaren Behörden ausgesetzten Strafgelder beliefen sich auf fast zwei Millionen Credits, jetzt, da Keel durch diesen Scan den tatsächlichen Beweis hatte. »Die Wahrscheinlichkeit dafür... ist praktisch unvorstellbar.«

»Wie unvorstellbar?«, fragte ein heiterer Keel.

Ravi streckte resigniert die Arme zur Seite. »In Anbetracht der von dir festgelegten Einschränkungen beschränke ich mich auf weniger als ein Prozent.«

Keel grinste. »In diesem Fall darfst du einmal ganz genau sein.«

»Drei Milliarden und sechs zu eins.«

Keel kehrte beschwingten Schrittes zu Mutter Ree zurück. »Du kannst mir später danken, Eure Heiligkeit, weil ich gerade einen der berüchtigtsten Mörder der Galaxie ausgeschaltet habe.«

»Ich bedanke mich nicht mehr dafür, wenn Leben genommen werden«, sagte Ree, klang dabei aber nicht unfreundlich.

Keel zwinkerte ihr zu. »Um ehrlich zu sein geht es mir nur um das Geld, nicht das Dankeschön.« Er schlug die Hände zusammen. »Also. Wie finde ich Maydoon, um endlich mal richtig Geld zu verdienen?«

Mutter Ree atmete tief ein und ließ sich dann für das Ausatmen reichlich Zeit. »Es geschehen viele Dinge gleichzeitig. Mehr als du dir vorstellen kannst. Das Ende deiner Suche wirst du auf Tusca finden. Reise dorthin, und dort ist Maydoon.«

»Tusca«, wiederholte Keel. »Einfach so?«

Mutter Ree sah ihn bekümmert an. »Verwahre dieses Geschenk gut, Captain Keel. Es ist ein Geheimnis, dass ich niemand anderem außer dir verraten durfte. Dieses Versprechen dürfte ich aus keinem anderen Grund brechen — nicht einmal für den, den ich liebe.«

Keel machte sich nicht die Mühe, darauf zu antworten. Er bückte sich, um seinen Helm aufzuheben und marschierte die Laderampe seines Raumschiffs hinauf. »Komm schon, Ravi!«

Das Hologramm verbeugte sich vor Mutter Ree und folgte dann seinem Captain.

KAPITEL 20

**Wrack des Transporters Tenacious
Hauptquartier der Bruderschaft, Raumfriedhof der
Schlacht von Telos**

Die Bruderschaft war in voller Stärke auf dem letzten, noch vorhandenen Hangar des alten Dreadnought angetreten, als die *Crow* mit dem Traktorstrahl aus dem Weltraum hereingezogen wurde. Eine wilde Mischung noch wilderer Kopfgeldjäger, in der praktisch alle Spezies der Galaxie vertreten waren, die sich dunkle Ringe unter die Augen gezeichnet hatten und Tätowierungen rund um Arme und Beine trugen, sah nun zu, wie der leichte Frachter durch das Kraftfeld des Hangars gezogen wurde, das die Atmosphäre innerhalb des Raumschiffs aufrechterhielt. In einigen Teilen des zerstörten Raumschiffs hatte man die Energieversorgung wieder hergestellt; in anderen brannten finster wirkenden Fackeln, wo früher die Deckbeleuchtung ausgereicht hatte.

Alle Kopfgeldjäger trugen die Verbundpanzerungen aus schwarzem keramikverstärktem Leder, die für die Bruderschaft typisch waren. Das war die eine Sache, die bei allen gleich war — abgesehen von den aufgezeichneten dunklen Kreisen und den Tätowierungen. Abgesehen davon war nichts an ihnen auch nur ähnlich. Ihre Frisuren, Waffen, Narben, alles war individuell — aber trotzdem —, irgendwie hielten sie sich alle an einen Uniformstandard, dessen geheimnisvolle Vorschriften nur sie selbst kannten. All dies hatte natürlich zum Ziel, sehr deutlich zu machen, dass für jeden, der sich tatsächlich traute, sich mit der Bruderschaft anzulegen, die Zukunft zum Albtraum werden würde. Sie jubelten und schrien, als die *Crow* ihr Fahrwerk ausfuhr und auf dem Hangardeck landete.

Die meisten Kopfgeldjäger arbeiteten allein und unabhängig. Aber vor langer Zeit hatte der Gründer der Bruderschaft, ein Mann, den Rechs mal gekannt hatte, eine kleine Truppe zusammengestellt, um einen abtrünnigen Zhee zu jagen, der die Tochter eines Händlers auf irgendeinem Planeten umgebracht hatte, dessen Namen Rechs nicht einmal mehr wusste. Die Blutspur, die diese sieben Kopfgeldjäger auf ihrem Rachefeldzug im Spiralarm des Altara-Clusters hinterließen — damals, vor der Republik, war das noch die Grenze der Zivilisation —, hatte eine solche Schandtat dargestellt, dass später in unzähligen Filmen erzählt wurde, was angeblich geschehen war, und wie dies alles seinen brutalen Höhepunkt in dem erlebte, was man nur noch als die Kokerei-Schießerei kannte. Dass Rechs einer dieser Männer gewesen war, damals allerdings noch unter einem anderen Namen... das ließen die meisten Filme aus. Außerdem war dies etwas, an das sich selbst Rechs kaum erinnern konnte.

Er erinnerte sich allerdings an Riley. Den Mann, der anschließend aus dem, was von ihrer Truppe übrig war, die Bruderschaft ins Leben rief. Rechs nicht eingeschlossen. Er erinnerte sich, dass Riley grausam und hart gewesen war, aber auch, dass der berüchtigte Killer ein gewisses Maß an Anstand besessen hat. Riley wurde am Ende an einem echten Seil gehängt, von einer Abteilung der terranischen Navy-Spartaner, auf Vaalcava

IX. Aber das war, wie die meisten anderen Dinge auch, vor langer, langer Zeit geschehen.

»Was machen wir jetzt?«, fragte Prisma. Sie sah aus dem Cockpit auf diese Horde wütender Killer, die es kaum erwarten konnten, ihre Beute zu plündern.

Rechs schnappte sich seinen Helm und kontrollierte ihn kurz. Dann sah er zu dem Wobanki hinüber.

»Hol dir deine Waffe, Wobanki. Sie werden dich nicht respektieren, wenn du keine hast. Wenn du schießen musst, dann schnell. Und denk nicht drüber nach. Tut mir leid, Fellknäuel, aber so läuft das da draußen.«

Der Wobanki erhob sich aus seinem Stuhl und ging nach hinten, um sein Zeug zu holen.

Rechs wandte sich an Prisma. »Befiehl deinem Bot so nah wie möglich bei dir zu bleiben.«

»Ich stehe direkt hier«, verkündete KRS-88 im höflichen Ton. »Sollte sie jemand anfassen«, sagte Rechs zu dem alten Kriegs-Bot, »autorisiere ich jedes Mittel, sie zu schützen. Gefechts-Override 19.«

Die Stimme des Kriegs-Bots wechselte schlagartig in eine Tonlage, die nur aus einem Albtraum stammen konnte — als ob er so langsam sprechen wollte, wie denariianischer Sirup zu Boden tropfte. Die Stimme eines ertrunkenen Ghuls. »Wie Sie befehlen, General Rex.« Der alte Kriegs-Bot starrte Prisma eindringlich an.

»Prisma«, sagte Rechs, »es gibt Regeln... die Regeln der Kopfgeldjäger. Du wirst eine von uns. Es wird Zeit, dass du sie lernst.«

Prisma nickte ernst.

»Erstens: Schieße immer als Erste. Zweitens: Vertraue niemandem. Und drei...«

Er musterte das winzige Mädchen. Und fühlte sich wie jemand, der etwas wirklich Kostbares zerstörte, das, wenn es man nur in Ruhe gelassen hätte, ein völlig normales und alltägliches Leben hätte führen können, ohne Leute für Geld umzubringen.

Aber das tue ich nicht, versuchte er sich einzureden. *Sie ist schon zerstört.*

Er nickte kurz.

Goth Sullus, wer immer er auch war, hatte ihr das bereits angetan. Rechs betrachtete das kleine, unschuldige Mädchen, das im Navigatorenstuhl des alten Kopfgeldjägerraumschiffs saß und gerade in einem Weltraumkampf irgendeinen Piloten umgebracht hatte, und in diesem Augenblick wollte er Goth Sullus dafür umbringen, dass er ihr das angetan hatte.

So hatte er sich schon seit Langem nicht mehr gefühlt.

»Du bist alles, was du hast«, sagte er zu ihr. »Das ist Regel Nummer drei.«

Die Luft im Hangar war erfüllt von wütendem Gejohle und betrunkenen Flüchen. Ab und zu wurde eine Blasterpistole gezückt und irgendwo in die Luft gefeuert. Aber als sie den Wobanki die Laderampe hinunterkommen sahen, mit einem Patronengurt voller Splittergranaten und einem doppelläufigen Blastergewehr und dann ein kleines Mädchen und einen gewaltigen, fast zweieinhalb Meter großen Kriegs-Bot, da senkte sich Schweigen auf die Überreste der Apokalypse auf dem alten Hangardeck. Vielleicht war dies doch nicht so einfach, wie sie sich alle eingeredet hatten. Plötzlich wurden Waffen gezogen und entsichert.

Aber es war die alte Mark-I-Panzerung, die jeden einzelnen dieser Mörder erst leise zischen und dann verstummen ließ. Das Zeug war von der alten Schule. Damals im Goldenen Zeitalter, wie es einige nannten, da hatte es Legenden über Tricks mit diesem Zeug gegeben, die nicht nur Mythen waren. Und natürlich hatte es schon seit Jahren Gerüchte über jemanden gegeben, der sich ‚Wraith' nannte. Der der Gerechtigkeit zur Geltung verhalf, ungeachtet jeden Wettbewerbs. Wenn die Gerüchte über diesen Mann auch nur zur Hälfte stimmten, dann war jetzt der Zeitpunkt gekommen, besonders vorsichtig zu sein. Und jeder abgehärtete Mörder auf dem verfaulenden Deck dieser uralten Kriegsmaschine wusste das.

Nur dieser eine Typ nicht.

Denn es gab immer diesen einen Typen, der die Atmosphäre um sich herum missverstand. Selbst in der Bruderschaft gab es ihn.

»He, Opa. Woher kriegen altes Zeug, um bösen Burschen zu spielen?«

Die Beschimpfung stammte von einem Lahursianer, was den geradezu lächerlich gescheiterten Versuch erklärte, Standard zu sprechen. Nicht dass dies jemand der schlangenähnlichen Kreatur jemals näher erläuterte. Wenn man so schnell zuschlagen oder eine Blasterpistole ziehen konnte, dass einem Gegner schummrig wurde, dann wagten es die meisten Leute nicht, auf solche Schwächen hinzuweisen. Außer natürlich, sie hatten keinerlei Bedürfnis weiterzuleben.

»Ich Rabu, der Muskulöse«, zischte der Lahursianer. Die humanoide Schlange trat vor die Reihen Auftragsmörder und genoss ihren Auftritt im Rampenlicht sichtlich.

Rechs blieb vor seinem Herausforderer stehen und wartete. Die Handkanone blieb weiterhin in ihrem Oberschenkelholster.

»Nuuunnn...«, summte Rabu. »Ich, Rabu, nehme Anspruch auf dein Zeug nach Schlachtfeldbergungsrecht. Und Mädchen.«

Rechs blieb auch weiterhin reglos wie die Statue eines namenlosen, im finsteren Dschungel längst vergessenen Kriegsherrn stehen, die niemand mehr beachtete. Der Wobanki tätschelte den Holzlauf seines doppelläufigen Blastergewehrs mit den Pfoten. Raubkatzen gehörten mit den Lahursianern zu den schnellsten Raubtieren in der Galaxie.

Aber nach dem, was als Nächstes geschah, vergaß jeder, dass das Katzenwesen überhaupt anwesend war.

Wie eine Schlange. Es war ironisch, dass einige der Leute aus der Bruderschaft, die später in dieser Nacht bei einem starken Drink über das sprachen, was geschehen war, diese Worte verwendeten. Denn so schnell bewegte sich der Jäger in der alten Mark-I, als er einfach seinen Arm ausstreckte, Rabu am Hals packte und ihn zerquetschte. Für einen kurzen, verblüfften Augenblick konnte Rabu nicht glauben, was mit ihm geschah. Er spreizte seinen Nackenschild — wahrscheinlich eine intuitive Reaktion im Todeskampf —, entblößte seine Fangzähne und schlug sie in Rechs' gepanzerten Arm. Beide Fangzähne zerbrachen, und das war das Letzte, was Rabu verspürte, bevor er in seinem eigenen Nervengift ertrank.

Es war ein schrecklicher, brutaler Tod, und obwohl das keiner von ihnen jemals zugeben würde, waren viele Mitglieder der Bruderschaft für den Rest ihres Lebens davon emotional gezeichnet.

Jeder von ihnen wich einen Schritt vor dem Kerl in der Mark-I-Panzerung zurück.

Der Wobanki schnurrte vor Bewunderung.

»Du meine Güte, also, junge Miss, schauen Sie bitte weg«, murmelte KRS-88.

Aber Prisma konnte nur daran denken, wie Goth Sullus von Rechs' Hand sterben würde. Oder ihrer Hand, wenn sie selbst eine Mark-I-Panzerung besäße. Sie hatte endlich wirkliche Macht erlebt — die Macht, sich zu wehren. Eine Macht die auf sie berauschend wirkte.

Irgendwo auf der anderen Seite des Decks begann jemand in der Dunkelheit zu klatschen. Ein einzelnes Händepaar, das das entsetzte Schweigen durchbrach, das sich auf die Menge gelegt hatte.

»Tyrus... Rechs.«

Das langsame Klatschen ging weiter, und nun hielt das gesamte Hangardeck, das einst vom Heulen der Triebwerke im Leerlauf vor dem Start erfüllt gewesen war - vom Dröhnen und Piepen schwerer Maschinen, die die Waffensysteme luden, und von Männern und Frauen, die verzweifelt ihre Blastergewehre nachzuladen versuchten, während um sie herum die Schilde versagten und ein Hüllenbruch seinen Lauf nahm -, sie alle hielten den Atem an und wagten es nicht, sich auch nur einen Millimeter zu bewegen. Jetzt gab es nur noch das Geräusch dieses langsamen, sarkastischen und über alle Maßen selbstbewussten Klatschens.

»Da bleibt mir glatt die Spucke weg«, sagte eine Stimme aus der Menge, die sich nun vor ihnen teilte. »Dir ist schon klar, dass auf deinen Kopf eine Prämie ausgesetzt ist, Tyrus? Die Republik bezahlt den Gegenwert eines Planeten in Credits für dich... tot.«

Nur ein Blinder hätte übersehen können, dass die Hände, Krallen oder Pfoten eines jeden Killers nun in Richtung ihrer Blaster glitten. Sehr langsam. Und sie alle machten sich darüber Gedanken, wie sie Credits in Planetenmenge auf sechshundert Leute aufteilen könnten.

»Goth Sullus«, sagte Tyrus, und das Lautsprechersystem seines Helms ließ ihn wie einen Geist klingen.

Ein Mann tauchte aus der Menge auf. Ein ganz normaler Mann. Er trug keine Verbundpanzerung. Nein. Er trug einen... Bademantel. Einen roten

Seidenbadenmantel, der schon bessere Tage gesehen hatte. Er hatte lange Dreadlocks und kreidebleiche Haut. Ein kleiner Bot folgte ihm. Er rollte auf zwei Kugeln, die sich in alle Richtung drehen konnten, und tschilpte und piepste alles und jeden an. Auf seinem Kopf befand sich eine Schüssel mit dampfend heißem Reis, aus der zwei Essstäbchen herausragten.

Der Mann schob sich die Dreads aus dem Gesicht und bewegte sich vorwärts, als wäre er ein Tänzer, der sich einem gefährlichen Biest aus dem Dschungel näherte. Was sehr weise von ihm war. Denn das tat er im Grunde.

Er lächelte. »Ich weiß nichts über einen... Doth Sullis. Noch nie von ihm gehört. So gar nicht. Aber von Tyrus Rechs, Mann... Die Republik würde uns gut bezahlen, wenn er sehr tot wäre. Ja. Von dem habe ich viel gehört.« Wenn dies Rechs Sorgen bereitete, dann merkte man es ihm nicht an. Er stand weiter reglos da, und es war seine Reglosigkeit, die all die mordlüsternen Mörder auf dem Deck beunruhigte. Jeder von ihnen versuchte, seine Finger so nah wie möglich an die Blasterpistolen zu bringen. Finger, die sich auf die übliche ‚mach den Typen in der uralten Panzerung nicht nervös, der Rabu ganz beiläufig den Hals zerquetscht hat'-Art in Zeitlupe bewegten.

Aber Rechs... Er schien nicht mal im Ansatz über das wuchtige, Kugeln feuernde Ding an seinem Oberschenkel nachzudenken, das Leute aus den Barbarischen Kriegen als Handkanone bezeichnet hätten.

Er schien sich keinerlei Sorgen zu machen.

Die Leute auf diesem Hangardeck waren daran gewöhnt, dass sich Leute Sorgen machten, wenn sie vermutlich im nächsten Augenblick umgebracht werden würden. In solchen Situationen dachten und verhielten sie sich wie Hyänen.

Sie hatten sich an den Geruch der Angst gewöhnt, und sie mochte ihn.

Nur dass diesmal... keine Angst da war.

Und das beunruhigte sie allmählich.

»Einer eurer Clans...«, setzte Rechs an, dessen Stimme dumpf von den finsteren Ecken des verlassenen Decks widerhallte, »spielt Wachmannschaft für ihn. Vor zwei Wochen waren sie auf Wayste. Ich frage das nur noch ein Mal.«

Wenn sie schon der Umstand beunruhigte, dass ihm seine Waffe völlig egal war, dann war seine Ansage an die anwesenden sechshundert Mörder, dass er sie ‚nur noch ein Mal' fragen würde und sich nicht einmal die Mühe machte, ein ‚sonst...' folgen zu lassen, der Tropfen, der das Fass zum Überlaufen brachte.

Sie machten sich offiziell in die Hosen.

»Wer ist der Psycho?«, hörte man einen nervösen Mörder die Stille durchbrechen.

Der Mann mit den Dreadlocks wirbelte zu dem Kerl herum, der diese unpassende Bemerkung gemacht hatte.

»Wer ist Tyrus *Rechs*?«, fragte er den schlagartig erbleichten Kerl. »Du hast noch nie vom Schlächter von Andalore gehört? Hast du nie ein Geschichtsbuch über die Barbarischen Kriege aufgeschlagen? Noch nie von einem kleinen Stück der Hölle namens Diablos Gefängnis gehört? Nein?«

Der Mann mit den Dreadlocks ließ einen feindseligen Blick über die Menge schweifen. Dann wandte er seine Aufmerksamkeit wieder dem Kerl zu, der gerade den Mund aufgemacht hatte.

»Tja. Du bist einfach zu dumm zum Leben.«

Er stürzte sich mit flatterndem Bademantel auf den Kerl und riss ihm mit langen, dreckigen Fingernägeln die Augen heraus. Denselben Fingernägeln, mit denen er beim Reden über seine Zähne gefahren war.

Einfach so.

Einige Männer schleppten den geblendeten Mann durch die Menge weg, obwohl man seine Schreie noch eine ganze Zeit lang hören konnte.

Der Mann mit den Dreadlocks wirbelte zu Rechs herum und lächelte. »Siehst du? Das mit dem verrückten Killer kann ich auch!«

»Goth...«, setzte Rechs an. Ihn interessierten Zurschaustellung und Albernheiten nicht, aber er hielt sein Versprechen, die Frage nur noch ein Mal zu stellen. Schlagartig erfüllte sich die Luft im Hangar mit dem Gestank instabilen Thermits. Das war der Augenblick, in dem Leute — tatsächlich alle Leute — ordentlich was abbekommen und getötet werden würden.

»Ich weiß!«, rief der Mann mit den Dreadlocks und unterbrach Rechs, bevor er seine Frage zum letzten Mal stellen konnte. Er begann hektisch zu plappern. So schnell er konnte. Als ob nur *sein* Leben davon abhinge und nicht auch das Leben aller anderen auf dem Deck.

»Ich weiß, du hast gesagt, dass du nur noch ein Mal fragen wirst, und es ist jetzt ziemlich klar, dass du eine ganze Menge von uns wirklich, wirklich umbringen kannst, wenn wir dir nicht geben, was du haben willst. Okay!« Er schlug mit den Fäusten gegen seinen Bademantel. »Hab's verstanden!«

Er schnippte mit den Fingern. Es hörte sich an wie das Geräusch brechender Äste in einem stillen Wald. Der Bot, der ihm gefolgt war, rollte nun zu ihm.

Der Mann mit den Dreadlocks nahm die beiden Essstäbchen aus der Schüssel des Bots und nahm sich ein wenig Reis. Dann blies er auf den Reis und stopfte ihn sich in den Mund, um ihn mit übertriebenen Kaubewegungen zu essen. Er gab ein kurzes, wahnsinniges Lachen von sich.

»Man kann doch nicht ehrlich von mir erwarten, einen... einen... verbündeten Clan zu verraten, oder?« Er sprach diese Worte aus, als er würde er nur mit sich reden.

Dann sah er kurz zu Rechs, bevor er sich wieder seinem Reis widmete. »Nein. Das geht nicht. Das ist absolut lächerlich.«

Es folgte ein kurzes, leises und ebenso wahnsinniges Kichern, bevor er die Schüssel abstellte und sich mit einem Finger über die Zähne rieb.

»Hör mal...«, setzte er mit wackelndem oder auch nickendem Kopf an. Vielleicht war es ja beides. »Mein Name ist...« Er zögerte, um klarzumachen, dass er nun lügen würde. »Beltazar Gex. Ich...«

Er wirbelte herum und breitete die Arme in einer Geste aus, die die sechshundert Killer um ihn herum miteinzuschließen schien. Sechshundert abzüglich einer Schlange und dem Typen, dem er gerade die Augen herausgerissen hatte. Er hatte immer noch Blut und Hautfetzen an seinen Händen. Das schien er in diesem Augenblick zu bemerken, denn er ging zu einem der Kopfgeldjäger hinüber und wischte sich in einer lächerlichen Geste die Hände an der Oberkörperpanzerung des Manns ab.

»Entschuldige«, murmelte er. Er setzte eine ,ich konnte einfach nicht anders'-Miene auf und kehrte dann mit langen, schnellen Schritten zu Rechs zurück.

»Wo waren wir? Ah, genau — Beltazar Gex. Ich.«
Er steckte seine langen Finger unter den Bademantel
und legte sie auf seine Brust. »Der Tyrus Rechs. Du.« Er
legte die Verbeugung eines Höflings hin, wie sie nur die
ungeschicktesten Schauspieler hinbekamen.

»Du bist doch auch ein Kopfgeldjäger... nicht wahr?«
Rechs machte sich nicht die Mühe zu antworten.

»Nun, ich werde einfach annehmen, dass du mir
eine Antwort gegeben hast, und dass sie ‚Ja' lautete.
Die Anführer der Clans wissen alles über dich, und wir
erzählen das ja auch nicht jedem. Nicht mal der Republik.
Weißt du«, sagte er und wandte sich an die Menge, »so
funktioniert das halt, bei allen. Geheimhaltung. Rede
nicht mit der Republik. Das weiß doch jeder. Nicht
wahr, Jungs?«

Zustimmendes Gemurmel erhob sich.

»Siehst du«, sagte Gex und drehte sich wieder zu
Tyrus um, »ich kann dir Agotha Sulla nicht geben.« Er
zwinkerte scherzhaft. »Denn wenn wir so was täten, naja,
dann weißt du ja, was als Nächstes in der Bruderschaft
passiert. Wir — oder besser gesagt, sie, der Rest der
Bruderschaft — die kommen dann hierher, und ... naja...
Ich möchte vor den Ohren der Kleinen nicht zu krass
werden.« Er deutete auf Prisma.

Er hielt kurz inne, als ob Rechs sie auffordern sollte,
sich die Ohren zuzuhalten. Als das nicht geschah, seufzte
er bedauernd.

»Tja. Sie würden hier herkommen und uns die Kehlen
aufschlitzen — *nachdem* sie uns schon die Hände, Füße,
bei einigen von uns die Krallen, bei anderen die Tentakel
oder Zungen abgetrennt hätten, und...« Er räusperte
sich. »Andere Sachen halt. Ja, so machen wir das —
und glaub mir, ich war schon mal Zeuge dieser kleinen

Umorganisation —, wir schnippeln erst die anderen Dinge ab, und *dann* schneiden wir den Leuten die Kehle durch. Das ist die richtige Reihenfolge, und so sorgt man dafür, dass die Leute nicht aus der Reihe tanzen. Nix verpetzen, nix aufschlitzen. Verstehst du?«

Er strahlte Rechs an, als ob seine Worte ohne jeden Zweifel Sinn ergeben würden.

Rechs zog seine Handkanone und schob sie Gex in die Wange.

Der Mann winselte und hielt seine weibisch wirkenden Hände abwehrend hoch.

»Ich fange bei dir an, und irgendwann wird mir jemand erzählen, was ich wissen will«, knurrte Rechs.

»Es gibt... es... es gibt da noch eine andere Möglichkeit!«, stammelte Gex. »Ehrlich, Mann, komm schon. Das ist doch unzivilisiert. Völlig unzivilisiert, und seien wir doch mal ehrlich... auch total unprofessionell. Es ist ja nicht so, dass keine Scharfschützen auf das Mädchen zielen. Jetzt mal ehrlich, was wäre ich denn für ein Monster? Würde ich wirklich ihr Gehirn auf dem gesamten Deck verteilen, nur indem ich meinen Zeigefinger kreisen lasse? Würde ich das echt?«

Rechs nahm den Waffenlauf von Gex' Kopf mit seinen Dreadlocks weg. »Eine andere Möglichkeit?«

Gex lächelte und schnippte mit den Fingern. Der Bot kam wackelnd zu ihnen. Gex nahm sich wieder die Reisschüssel und die Essstäbchen und schob sich schnell einige Brocken in den Mund. Als er wieder das Wort ergriff, schmatzte er laut.

»Ja, natürlich, klar. Wir haben diese... naja, diese... Clan-Gesetze könnte man sie nennen. Wenn du unseren besten Mann schlägst, dann... bekommst du alles, was du willst. Selbst Informationen — was unter uns so ziemlich als heilige Kuh gilt.«

»Euren besten Mann schlagen«, wiederholte Rechs.

Gex schaufelte sich noch ein paar Bissen in dem Mund, bevor er die Schüssel wieder auf dem Bot absetzte. Er wischte sich die Hand ab und trat näher an Rechs heran. Dabei begann er wieder, seine Zähne mit einem Finger zu säubern.

»Ja. Du würdest uns damit tatsächlich einen Gefallen tun.

Wir... ähm... Wir...«

Er suchte kurz in seinem Bademantel nach etwas. Schließlich fand er es. Er zog einen Joint hervor und schob ihn zwischen seine dünnen Lippen, unterhalb des denkbar dünnsten Schnurrbarts. Er zündete ihn an und atmete tief ein.

»Ähm, ja... Wir hätten gern von dir, dass du uns von ihm befreist. Er ist ein bisschen durchgeknallt — selbst für unsere Maßstäbe. Ist da unten in der Waffenkammer, also können wir gar nicht an unser Zeug, außer... naja... Ist ja nicht, dass Montraxx sich uns gegenüber nicht großartig verhalten hat. Und das will was heißen bei einem kungalorianischen Cyclax. Sind ja immerhin riesige, wilde, zumindest halbwegs intelligente Viecher. Aber in Wirklichkeit sind sie einfach nur alte, große Wachhunde.« Er zog an seinem Joint und lachte. Hielt den Rauch ein, um ihn anschließend langsam auszuatmen.

»Ich stelle meinen eigenen Schwarzen Lotus her. Gutes Zeug. Erste Sahne. Nimm doch deinen Helm ab und zieh auch mal dran. Nein?«

Er nahm einen weiteren Zug.

»Also, wenn du nach da unten gehen und bitte Montraxx töten könntest, das wäre großartig. Für uns...

und für dich. Denn dann kann ich dir problemlos alles sagen, was du wissen willst.«

Stille.

»Hör zu... Du weißt, wie das läuft. Wir mögen ja alle niederträchtige, feige Mörder sein, aber wir sind, genauso wie du, am Ende doch die einzige Form der Gerechtigkeit, die die Leute hier am Rand bekommen können. Wir halten uns an unsere Maßstäbe, und wir haben eine Menge Gutes getan — relativ betrachtet. Du weißt, wie egal der Republik die Gegend hier ist. Naja, du kannst mir glauben, ich verstehe, dass du eine Menge von uns abknallen kannst, bei mir angefangen — ich verstehe es wirklich. Ich bin der Typ, der so was sofort schnallt. Aber ich werde dir nicht sagen, was du wissen willst, wenn wir uns nicht an die Regeln halten. Man wird schließlich nicht zum Chef eines Clans, wenn man die Regeln nicht befolgt. Und ich gebe ganz offen zu, dass ich ein nutzloses, hinterhältiges Stück Nanga-Dreck bin, aber... selbst ich halte mich dran. So unglaubwürdig sich das für dich und deine kleine Truppe anhören muss, es stimmt.

Außerdem möchte ich noch hinzufügen, dass wir ein tragbares Raketensystem hier haben. Hab es von einem Händler der Tellari. Nicht mal deine Panzerung würde einen Treffer aus dem Ding überstehen. Die sind außerdem zielsuchend. Also. Geh zu Montraxx, mach ihn für uns kalt, und wir sind im Geschäft, Bruder!«

Gex wich zurück und schenkte Rechs sein schiefes Lächeln, während der winzige Joint zwischen seinen langen, schmutzigen Fingern glühte.

KAPITEL 21

Montraxx klatschte Rechs quer durch den riesigen Raum, der früher einmal die Waffenkammer des republikanischen Dreadnought gewesen war. Während Rechs, beinahe ohnmächtig, noch durch die Luft flog, bemerkte er den republikanischen Schriftzug auf einer der Seitenwände. Der Name des Schiffes: *Justice*.

Er hatte die Schlacht von Telos doch nicht auf diesem Raumschiff erlebt. Er war auf der *Unity* stationiert gewesen.

Dann krachte er gegen die Wand des Frachtraums, und der riesige Cyclax brüllte triumphierend. Von den Fangzähnen des Monstrums, das Rechs um ein ganzes Stockwerk überragte, tropften dicke Klumpen zähflüssigen Speichels herab. Es schlug sich auf seine breite, gorilla-ähnliche Brust und stürzte sich dann auf den Kopfgeldjäger, um ihm in Stücke zu reißen.

Rechs' Head-up-Display hatte es erwischt, und es gab immer wieder den Geist auf. Er rammte seinen Helm gegen die Wand, und das Display richtete sich wieder korrekt aus, um ihm die Zieldaten des auf ihn zurasenden Monsters zu präsentieren. Das war natürlich ziemlich nutzlos — denn die Haut eines Cyclax ähnelte im Grunde einer Plattenpanzerung, die weder von Kugeln noch von Blastertreffern durchdrungen werden konnte. Das wusste Rechs deswegen, weil er es schon probiert hatte. Er hatte dem Ding zwanzig großkalibrige Geschosse in die Brust gejagt, und es hatte sich nicht mal die Mühe gemacht, gespielt zusammenzuzucken.

Die Worte ‚Jetpack offline' blitzten kurz in seinem Helmdisplay auf.

Na, toll.

Montraxx schnappte sich Rechs. Doch anstelle ihn diesmal durch die Gegend zu werfen, hatte sich das Ding offensichtlich entschieden, die Daumenschrauben anzusetzen. Die wilden Augen des Tiers füllten Rechs' Display aus, während das Wesen tatsächlich versuchte, Rechs' Panzerung zu zerquetschen.

Die Integritätswarnung begann, sich mit panischem Piepsen zu melden.

Rechs versuchte seinen Handschuh so weit zu heben, dass er einen Befehl im Interface des linken Handschuhs eingeben konnte. Doch das Ding, das ihn gerade zu Brei verwandeln wollte, hatte seine Bewegungsfähigkeit so sehr eingeschränkt, dass dies unmöglich war. Verzweifelt wechselte Rechs auf Spracheingabe, was schon seit Jahren nicht mehr funktioniert hatte.

»Aktiviere Spannungsstoß, einstellen auf Hunderttausend Volt!«, brachte er mühselig mit dem bisschen Luft hervor, das ihm noch geblieben war.

Und zu seiner großen Überraschung reagierte seine uralte Panzerung tatsächlich auf die Spracheingabe. Irgendwann musste sie sich im Laufe der Jahre repariert haben, und er hatte es nie bemerkt.

Das Monstrum heulte laut auf und schleuderte Rechs von sich. Rechs krachte gegen ein Schott, das eigentlich den Aufprall bei einer Schiffskollision abhalten sollte, aber seine gepanzerte Rüstung schoss durch den beeindruckenden Brocken aus Hyperverbundlegierung, als bestünde er aus vergilbtem Papier.

Danach brach das gesamte Deck zusammen und prasselte auf die vor langer Zeit aufgegebenen, sich zersetzenden Aufbauten des Schlachtschiffs herab.

Er konnte noch ein dumpfes Knacken in seinem Helm hören, oder in seinem Kopf, und dann umfing ihn die Dunkelheit. Das Letzte, an das er sich erinnern konnte, war, in tiefe Dunkelheit zu fallen...

Und dann war er wieder in der Schlacht von Telos, auf dem anderen Schiff, das dem hier exakt glich. Der *Unity*. Als die Wilden ihre Linien durchbrochen hatten.

An diesem Tag war es ums Ganze gegangen. Die letzte, große Weltraumschlacht, in der die Republik gegen die Flotten der Barbaren angetreten war. Die billigen, aber mit hoher Feuerkraft ausgestatteten Kreuzer der Wilden waren einfach durch die Korvetten der republikanischen Navy gepflügt und hatten direkten Kurs auf die beiden riesigen, glänzenden Dreadnoughts eingeschlagen, in der Hoffnung, dem Gegner den K.o.-Schlag zu verpassen.

An diesem Tag hatten sich hier zwei Dreadnoughts befunden. Sie würden beide verlieren.

Denn es war eine Falle!

Die republikanische Navy unter dem Befehl von Admiral Caspo hatte sich in die Schlacht von Telos locken lassen. Caspo hatte sich aus den falschen Gründen dafür entschieden, und sein größter Fehler war seine Überzeugung, dass die Republik schwach war. Dass nur er den Weg aus dem galaxieweiten Morast kannte, den man später als die Barbarischen Kriege bezeichnen würde. Tausend kleine Kriege brachen überall aus, einfach nur, weil es in der Geschichte des menschlichen Raumflugs irgendeine Anomalie gegeben hatte. Die Galaxie stand in Flammen... weil Caspo, ein Mann, den Rex sehr gut gekannt hatte, tatsächlich Recht gehabt hatte.

Die Republik lag im Sterben, denn sie zog ihre Stärke aus einer Elite, die sich wenig für sie interessierte und noch weniger bereit war, sich für sie einzusetzen.

Caspo hatte gehofft, dass ein entscheidender Sieg all das ändern würde. Man würde dem Militär mehr Macht verleihen, um die Fehler zu berichtigen und die Sachen in Ordnung zu bringen, die dringend in Ordnung gebracht werden mussten. Der herrschende Rat und das Haus der Vernunft würden endlich erkennen, dass der Weg, den sie eingeschlagen hatten, nur in den Wahnsinn und die vollkommene Zerstörung führen würde, einem Zeitalter der Finsternis für die gesamte Galaxie.

Doch stattdessen sahen sie sich den in Massenfertigung hergestellten Kreuzern der Barbaren gegenüber, die man mit allen nur erdenklichen Waffen beladen hatte, die man irgendwie an ihnen befestigen konnte, und die stürzten sich mit aller Macht auf den Gegner, unterstützt von wild zusammengewürfelten, unzähligen Jäger-Angriffswellen. Rex hatte noch nie so viele Raumschiffe gesehen. An diesem Tag hatte er auf der Brücke gestanden und beobachtet, wie die ersten Wellen auf sie zurasten. Ihr Geschützfeuer verringerte ihre Anzahl nur unwesentlich.

»Rex«, hatte Caspo zu ihm gesagt, »heute setzen wir der Barbarischen Allianz ein Ende, mein alter Freund. Ein für allemal. Heute retten wir die Republik.«

Während er noch sprach, befanden sich die Hammerhead-Korvetten bereits im Kampf und wurden zu Hackfleisch verarbeitet. Die Jäger verschafften der kunterbunten Kreuzer-Truppe der Barbarischen Allianz die Zeit, die sie brauchte, um in den direkten Geschützkampf Schiff gegen Schiff einzutreten. Bald schon waren beide Flotten in den direkten Nahkampf verwickelt, und das in gewaltigem Ausmaß. Mit jeder Sekunde schienen irgendwo Schilde zu versagen, was bedeutete, dass das Raumschiff innerhalb kürzester Zeit durchlöchert sein würde. Befehlsstände und Maschinenräume explodierten in riesigen Feuerbällen, ganz abgesehen vom Massensterben in den tausenden Weltraumkämpfen, die entlang riesiger Raumschiffsrümpfe stattfanden. Auf der Brücke der *Unity* blinkten Warnsignale mit Schiffsnamen auf, die katastrophale Schäden erlitten.

»Die *Daring* ist am Ende!«

»Wir haben die *Discovery* verloren!«

»Die *Constellation* berichtet, dass ein Kernbruch im Gang ist. Erlaubnis erbeten, das Schiff aufzugeben?«

»Die Korvette *Admiral Husla* ist gerammt worden. Verluste auf allen Decks. Sie treibt unkontrolliert im Weltraum.«

»Die *Republica* hat alle Mann von Bord befohlen!«

Feindliche Jäger zischten auf sie zu, um systemrelevante Ziele auf den schweren Hauptkampfschiffen auszuschalten. Die republikanischen Verteidiger versuchten sie auszuschalten, bevor die Torpedo-Bomber ihre Ladung absetzen konnten. Aber es waren einfach zu viele.

»Konzentriert das Feuer auf Gruppe Alpha«, befahl Caspo. Er wandte sich ein letztes Mal an Rex. »Wir brauchen die Legionäre, General. Entere das Schiff dort drüben.« Er deutete auf den wuchtigen Bulari-Kreuzer, der dem Gegner als Befehlsstand diente und mit seiner bauchigen, langen Form einem plattgedrückten Football ähnelte. An seiner breiten Unterseite war ein Torpedo-Geschützturm angebracht. Der schwenkte auf einen brennenden, republikanischen Kreuzer, um ihm den Todesstoß zu versetzen.

»Was ist mit der *Unity*?«, fragte Rex.

»Wir kommen mit allem klar, was sich uns entgegenwirft. Du und ich, wir wissen beide, dass wir schon viel Schlimmeres erlebt haben. Schalte das Schiff aus, und wir können den Funkverkehr zu ihrer restlichen Flotte unterbrechen.«

An der Front explodierte der Heckreaktor einer Hammerhead-Korvette und nahm ein Jagdgeschwader mit ins Grab. Die Explosion setzte sich am Rückgrat der Korvette fort, bis sich der Bugbefehlsstand vom Schiff löste. Dann war das restliche Schiff verschwunden. Keine Überlebenden.

»Angriffsshuttle beladen und einsatzbereit, Sir!«, verkündete der republikanische Deckoffizier, der für die Enterkommandos zuständig war.

Caspo musterte seinen alten Freund Rex eindringlich.

»Wir müssen das hier und heute gewinnen, Rex. Wenn nicht, dann ist alles verloren, was wir aufgebaut haben. Der Rat und die restliche Republik werden sehen... Das ist der einzig noch gangbare Weg. Entweder das, oder die Galaxie wird ein Ort grenzenloser Brutalität, selbst wenn wir den Krieg irgendwie noch gewinnen sollten.«

An diesem Tag waren sie beide die ranghöchsten Offiziere auf dem Schlachtfeld. Sie wussten besser als jeder andere, was auf dem Spiel stand.

»Admiral!«, brüllte ein anderer Deckoffizier, der vor einer Monitorreihe auf der oberen Etage der Brücke stand. »Eine weitere Flotte ist gerade aus dem Hyperraum gekommen. Sie steuert direkt auf die *Unity* zu. Noch mehr Kreuzer der Barbaren und eine komplette Trägergruppe. Jäger im Anflug!«

»Schalte das Schiff aus, Rex. Jetzt oder nie«, wiederholte Caspo nochmal. Zum *letzten* Mal, tatsächlich.

Dann nahm er den Blick von der Schlachtfelddarstellung auf der Brücke und drehte sich um. Er sah Rex in die Augen.

»Die Dinge ändern sich nie, Rex. Die Namen mögen sich ändern, aber selbst du hast wieder deinen wahren Namen angenommen. Erinnerst du dich noch an den Mars? Erinnerst du dich, als die *Uruguay* auf seinem Sand aufschlug? Das war ein schlimmer Tag, und wir sind dieser Hölle erst sechs Monate später entkommen. Wir werden auch das hier durchstehen. Geh, General. Und kehre in einem Stück zurück, mein Freund.«

Rex hatte dem Befehl Folge geleistet. Er war an Bord von Angriffsshuttle 219 gegangen und hatte den Angriff auf den Kreuzer *Agamemnon* angeführt. Den großen Bulari-Kreuzer, dem Kommandoschiff des Feindes. An Bord hatten sie heftige Kämpfe durchgestanden. Um ihn herum fielen Legionäre wie Fliegen. Aber sie erreichten das Deck mit der Kommunikations-Hauptkonsole und luden einen republikanischen Cyberwar-Algorithmus hoch, der sich durch die feindlichen Systeme fraß.

Doch zu dem Zeitpunkt war die Schlacht bereits verloren. Die riesige Flotte, der sie sich über Telos V gestellt hatten, war nur eine Ablenkung gewesen. Ein leichtes Tätscheln. Der K.o. kam aus einer ganz anderen Richtung, und schaltete die republikanische Flotte ein für alle Mal aus. Als die republikanische Navy in direkter Konfrontationen mit den Barbaren gebunden war, schlugen die Freibeuter zu. Fast jede Flotte jedes Planetensystems hatte den Wilden einige Raumschiffe zur Unterstützung geschickt — und die *Unity* dann mit überlegener Feuerkraft eingedeckt. Das Schlachtschiff hatte noch versucht, sich an die Atmosphäre zu manövrieren, um die endlosen Angriffswellen loszuwerden, die ihre Schilde versagen ließen und ihre Decks in Brand gesteckt hatten. Aber als sie ihren Antrieb verlor und auf die Atmosphäre prallte, da nahm sie Rex' ältesten Freund und zehntausend Mann Besatzung mit sich.

Sie hatten ihre Differenzen gehabt. Rex und Caspo. Aber sie hatten von Anfang an Seite an Seite gekämpft, egal, unter welchem Namen. Sie hatten den Quantum-Palast betreten, der sich im Toten Tiefenraum befand. Sie waren zwei von nur drei, die diese Reise überlebt hatten.

Jetzt hatte Rex auf der *Truth* den Oberbefehl inne. Die Feuer im Hauptreaktor waren nicht mehr unter Kontrolle zu bekommen, als er allen republikanischen Raumschiffen den Befehl erteilte, das System zu verlassen. An diesem Tag kam er nur knapp mit dem Leben davon. Er und die 131st, oder was von ihr übrig war, mussten sich ihren Rückweg erkämpfen, indem sie eine Fregatte der Barbaren entführten und die Besatzung dazu zwangen, einen blinden Sprung weg vom Schlachtfeld zu machen.

Aber all das — Caspo, Telos und selbst der Quantum-Palast, der ihm immer Kopfschmerzen bereitete, wenn er an ihn dachte — hatte vor langer, langer Zeit stattgefunden.

Jetzt wuchtete sich der Cyclax durch die Trümmer der Decks über Rechs, der etliche Etagen tiefer gelandet war.

Er war auf der Jagd nach ihm.

Er sah sich um. Die Diagnose-Systeme fuhren gerade hoch und erstellten einen Schadensbericht. Nano-Reparaturen wurden ausgeführt, so gut im Augenblick möglich war.

Er war praktisch direkt an der Außenhülle aufgeklatscht, direkt in der Nähe der komplett zerstörten Zielerfassungsanlage. Diese Rechner hatten früher die Berechnungen durchgeführt, mit denen die Geschütze im unendlichen Weltraum ihre Treffer landen konnten. Man hatte die Anlage möglichst nah an den Weltraum selbst platziert, damit die Computer die von ihnen erzeugte, unglaubliche Hitze besser abgeben konnten.

»Mach da was draus«, ermahnte sich Rechs, während er mühsam auf die Beine kam und nach irgendeiner Waffe suchte. Der Cyclax war nur noch zwei Decks über ihm und kroch gerade durch eine der zahllosen Lücken in den Deckplatten. Das Muskelspiel seiner mächtigen Arme zeichnete sich deutlich ab, während er wie eine Spinne weiter hinabkletterte. Nur war diese Spinne ein Stockwerk hoch. Das Ding brüllte und öffnete und schloss sein vor Vorfreunde sabberndes Maul.

Rechs kam auf die Beine und durchlebte einen kurzen Schwindelanfall, während er das Gleichgewicht zu bewahren versuchte. Er löschte alle Warnmeldungen seines Head-up-Displays. Wann hatte er je auf die geachtet?

Jetzt befand sich das Monstrum direkt über ihm. Vielleicht knapp fünf Meter. Rechs stolperte gerade noch rechtzeitig zur Seite.

Das Ding ließ sich neben ihm aufs Deck fallen, was die Ruine erzittern und wanken ließ. Weitere Trümmer krachten von der Decke herab. Rechs kämpfte sich durch die schon lange nicht mehr funktionsfähigen Computer, die sich in ihrem Abwärmeschacht stapelten. Der Cyclax schwankte hinter ihm her und wischte die Rechner zur Seite, als ob er eine merkwürdige Art schwarzmetallenen und grauen Plastikweizen in irgendeiner finsteren Hölle zu ernten versuchte, die noch nie die Sonne gesehen hatte.

Rechs erreichte die Außenhülle und fuhr mit den Händen darüber. Das war ohne Zweifel sicher noch die innere Schutzwand, aber das musste reichen. Er zog eine Brandbombe von seinem Gürtel und stellte sie auf maximale Sprengleistung bei geringstem Radius. Dann klatschte er sie an die Wand und schlug mit seinem Panzerhandschuh darauf, was die kleine Bombe sofort explodieren ließ. Ihm blieb für nichts anderes mehr Zeit — das Monster hatte den Abstand zwischen ihnen beiden überwunden und streckte schon die Krallen nach ihm aus.

Die Explosion zerfetzte die innere Schutzwand. Die eigentliche Außenhülle stand ohnehin schon zum Weltraum offen, weil die Hülle des Dreadnought unzählige Beulen und Risse eingesteckt hatte.

Die Atmosphäre wurde aus dem Raumschiff gerissen wie ein heftiger Wirbelsturm, und Rechs wurde in den schattenumwobenen und verlassenen Ort zwischen den Außenwänden gezerrt — oder, wie er sich so dachte, während er wie wild herumgewirbelt wurde, zwischen den Höllen. Seine Panzerung versicherte ihm, dass er auch in Schwerelosigkeit zurechtkam, und er auch Sauerstoff zum atmen hatte. Der Montraxx hingegen... Tja, bei ihm sah das nicht so gut aus.

Doch das riesige Wesen weigerte sich, einfach so zu sterben. Es hielt sich verzweifelt an der nun klaffenden Öffnung an der inneren Schutzwand fest. Kostbarer Sauerstoff zischte an ihm vorbei.

Und hier lag die große Gefahr. Wenn das Monstrum losließ, würde es vermutlich gegen Rechs knallen und sie beide mit genügend Wucht durch die Außenhülle rammen, und sie würden beide im Weltall landen. Rechs' Raketenantrieb würde ihn niemals zurück ins Schiff bekommen. Und hier draußen würde niemand nach ihm suchen. Die in seiner Panzerung eingebaute Nachverfolgungs-Firmware hatte er schon vor Jahren deaktiviert.

Er hoffte, dass der Raketenantrieb funktionierte, obwohl er eben noch die ‚Offline'-Mitteilung erhalten hatte. Er kontrollierte nochmal die Energiereserve — unter fünfzig Prozent.

»Das muss reichen«, knurrte er.

Dann zog er die Machete mit der kohlefaserverstärkten Diamantschneide aus ihrer Scheide auf seinem Rücken, zündete den Antrieb — er funktionierte noch —, und raste direkt auf das Monstrum zu.

Er flog zwischen dem riesigen Arm und dem wuchtigen Bein des Cyclax hindurch und rammte die furchterregende Machetenklinge in einem Schwung durch den gigantischen Bizeps von Montraxx. Das Monstrum heulte laut auf — ein unmenschlicher Schrei, der wie Donner klang, selbst durch die Panzerung und den Wirbelsturm des Weltalls, der seine Gier nach Sauerstoff befriedigt sehen wollte. Und dann war das Heulen vorbei — und Montraxx fort. Er wurde in die luftlose Leere zwischen den Ruinen der Raumschiffe gesaugt. Und kehrte nie zurück. Er würde in der Kälte verzweifelt nach Luft schnappen und schließlich explodieren. Seine zu Eis gefrorene Leiche würde zwischen den Schiffen hin- und herklappern, bis der alte Dreadnought irgendwann komplett auseinanderfiel und sein Ende in einem Gravitationsbrunnen fand.

Rechs' Sprungenergiereserven rasten gen Null. Er kitzelte das Letzte aus den Raketen raus, um ein Schott zu erreichen, an dem er sich festhalten konnte. Der Schub endete genau in dem Augenblick, als er es zu packen bekam.

Er wartete darauf, dass sich der Wirbelsturm legte und hoffte, dass die Aufbauten in diesem Teil des Raumschiffs nicht so beschädigt waren, dass sie einfach nachgaben und als weitere Trümmerteile durch das Weltall schwebten. Während er sich festhielt, konnte er die Trümmerteile — die Trümmer der Schlacht, die er vor langer Zeit verloren hatte — immer noch hören, wie sie gegen den Rumpf krachten, kleinen Meteoriten gleich, die dazu verdammt waren, ihr Dasein in alle Ewigkeit als weißes Rauschen verbringen, eine melancholische Melodie der Zerstörung.

»Wir haben dir über die Überwachungsanlage zugeschaut!«, platzte es aus Gex heraus, als Rechs über einen Aufzug auf das Hangardeck zurückkehrte. »Haben den ganzen Kampf gesehen! Wir dachten, dich würde es auf jeden Fall erwischen. Aber wir haben uns getäuscht! Siehste?«

Rechs sah zur *Crow* hinüber und bemerkte, dass der Wobanki in der beleuchteten Cockpitkuppel saß. Die Katze hielt eine Pfote hoch. Rechs hatte Skrizz aufgetragen, Prisma wieder ins Raumschiff zu bringen, und die Laderampe während seiner Abwesenheit wieder zu schließen.

»Goth Sullus«, sagte Rechs. Er wandte seinen Blick dem sehnigen Kerl im Bademantel zu, der vor ihm von einem Fuß auf den anderen hüpfte. Der schmierige Teufel wischte sich seine dreckigen Dreadlocks aus dem Gesicht und lächelte. Seine Zähne waren bis aufs Zahnfleisch verfault.

Er nimmt H♠ dachte Rechs. Die Zähne verrieten ihn. *Das hätte mir früher auffallen müssen, wies er sich selbst zurecht. Ich hätte wissen müssen, dass er mich hintergeht.* Wer diese Droge nahm, war halt so. Null Verlässlichkeit. Null Glaubwürdigkeit.

»Tja... also, zu dem Thema«, sagte Gex. »Erinnerst du dich, als ich dir gesagt habe, dass wir so einen tragbaren Torpedowerfer haben, dem selbst ... deine Panzerung nichts entgegenzusetzen hat?«

Rechs sah sich um. Es war dunkel auf dem Hangardeck. Außer ihm und diesem Wiesel war niemand zu sehen. Rechs schaltete das Bildsystem der Panzerung auf Infrarot. In der Dunkelheit der Decks über ihnen entdeckte er den Rest der sechshundert Auftragsmörder, minus zwei. Sie hatten Position eingenommen und ihre Waffen auf ihn gerichtet. Sie waren überall. Sein Head-up-Display begann ihre Waffen zu kennzeichnen — einschließlich mehrerer Schiff-zu-Schiff-Torpedowerfer. Gex, der spürte, dass Rechs verstand, wie das Spiel ab nun laufen würde, lächelte. Als ob er den größten Einsatz aller Zeiten in seiner Drogenlotterie gewonnen hätte. Auf den Schwarzmärkten von Denebia brachte eine alte Mark-I wahrlich astronomische Summen ein. Das wusste jeder. Aber Gex hatte noch mehr gewonnen. Er hatte sich nicht nur eine gute, alte Mark-I besorgt, sondern war auch noch Montraxx losgeworden und würde bald die Prämie für den meistgesuchten Kopfgeldjäger der Galaxie einstreichen — was vermutlich diesen Tag in Gex' armseligem Leben zum besten Tag überhaupt machte.

»Erinnerst du dich«, setzte Rechs an. Er wusste, dass seine Panzerung seine Stimme mit einem geisterhaften Tonfall wiedergab, und es war deutlich, dass selbst dem widerlichen Gex dabei ganz anders wurde. »Erinnerst du dich, als ich dir nicht mitgeteilt habe, dass wenn ich sterbe, mein Raumschiff explodiert? Nuklearmine von Romula. Sie ist an den Mikro-Reaktor gekoppelt. Aus den Callisto-Kriegen. Richtig alte Schule. Die habe ich vor langer Zeit entdeckt. Und dann habe ich sie mit meiner

Panzerungstelemetrie verbunden. So groß wie die machen sie sie heute nicht mehr. Also, die Nuklearminen von Romula, meine ich. Damals hätte so ein Ding diesen Dreadnought einfach in die Luft gehen lassen, ganz ohne Problem. Erinnerst du dich, Gex? Erinnerst du dich, dass ich dir das nicht gesagt habe?«

Der schäbige Verbrecher schluckte schwer. Es sah so aus, als ob er gleich an seiner eigenen Spucke ersticken würde. Er verstand das Spiel nun viel besser als noch zu Beginn.

»Ich erinnere mich.« Er sprach mit leiser, erstickter Stimme.

»Goth Sullus«, sagte Rechs.

Es folgte eine längere Pause, in der Gex zweifellos alle möglichen Trümpfe in seiner Hand durchging, die er noch ausspielen konnte. Aber anscheinend hatte er keine mehr.

»Nun ja, also... Okay, es ist wie folgt, also wirklich. Diese Typen, die Kerle, die zur Bruderschaft gehören und für diesen Kerl arbeiten... Das sind alles ehemalige Legios. Geister von den Nether Ops. Aber das sind die Typen, die man rausgeschmissen hat, weil sie was mit irgendeinem Massenmord auf Ulori zu tun hatten, der richtig schiefgelaufen ist. Ihre Einsätze fliegen sie von einem Raumschiff namens *Siren of Titan*. So ein altes Schnellschiff aus irgendeinem Krieg, für den sich niemand interessiert. Fliegt sich aber wie eine Eins, wenn du auf solche Sachen stehst. Der Name vom wichtigsten Mann ist Daeth. Daeth Hunda. Ziemlich mies. Extrem mies, um genau zu sein.«

Gex hielt inne, als ob er die Hoffnung hätte, das würde ausreichen.

»Das ist das letzte Mal, dass ich frage, Gex. Wo ist Goth Sullus?«

Gex schüttelte den Kopf. Er stemmte eine Hand in die Seite und wischte sich mit der anderen über die Stirn. Rechs wusste, dass der Mann tatsächlich darüber nachdachte, ob er es nicht hier und jetzt auf eine Schießerei ankommen lassen sollte, anstelle Rechs zu sagen, was er wissen wollte. In beiden Fällen würde es ziemlich schlecht für Gex aussehen. Es war nur die Frage, wie bald dies passieren würde.

»Okay, okay... Die Wahrheit ist...« Seine Stimme zitterte. »Wie ich schon sagte: Das sind Herumtreiber. Die haben keine ordentliche Basis wie wir hier.« Er breitete die Arme aus, als ob ihn die traurigen Überreste des alten Kriegsschiffs mit Stolz erfüllten. »Wo genau sie also sind... Das weiß ich wirklich nicht, mein Freund. Ich weiß bloß, dass sie von dem Schiff aus für ihn auf ihre Einsätze gegangen sind. Wir haben über unsere internen Kanäle nur den Hinweis bekommen, dass sie auf dem Weg nach Andalore waren. Wir sagen uns immer gegenseitig Bescheid, was wir so planen. Wenn du ihre Spur aufnehmen willst, naja, dann ist Andalore wohl der beste Ort, und mehr kann ich nicht sagen.«

Er klatschte die Hände zusammen und hielt sie dann hoch, um klarzumachen, dass dem so war.

Rechs wandte sich ab und ging zur *Crow*. Die Laderampe senkte sich bereits auf das Deck. Er sah zum Wobanki hoch, ließ eine Faust kreisen, und der Raumschiffsantrieb meldete sich lautstark zur Vorbereitung zum Abflug.

»Sag Daeth nicht, wo du das gehört ist«, rief Gex, um das Dröhnen des Antriebs zu übertönen. »Der Typ ist ein echter Psycho.«

KAPITEL 22

Indelible VI
Beim Verlassen des Orbits über En Shakar

»Ich meine ja nur, dass dieses Glasmeer nicht so toll war, wie du es beschrieben hast«, sagte Keel und winkte ab. »Es war hübsch, aber du hast die Latte schon ziemlich hoch gelegt, mein Freund.«

Ravi schüttelte den Kopf und kniff die Augen zu schmalen Schlitzen zusammen, als ob Keel gerade seine Mutter beleidigt hätte. »Du kannst Schönheit offensichtlich überhaupt nicht beurteilen.«

Die Erwähnung von Schönheit ließ Keel an Leenah denken. »Hat dir die Prinzessin einen Hinweis gegeben, wie lange es noch dauert, um den Hyperraumantrieb zu reparieren?« Als sie die Schneestürme in der Atmosphäre von Mutter Rees Planet durchflogen hatten, hatte ein riesiges Hagelkorn die Schilde der *VI* durchschlagen und den Hyperraumantrieb beschädigt.

»Ist schwer zu sagen.« Eine eingehende Nachricht meldete sich mit kurzem Blinken. »Lao Pak versucht schon wieder, dich zu erreichen.«

»Kein Interesse«, verkündete Keel, als ob er ein Manager wäre, der mögliche Geschäftsabschlüsse zu entscheiden hätte.

Kurze Zeit später endete das Blinken der Übertragung. »Das ist schon seltsam«, sagte Ravi. »Diese Übertragung war um siebzig Prozent kürzer als die üblichen

Nachrichten von Lao Pak. Ich frage mich gerade, warum sie so kurz war.«

»Vielleicht vorab aufgezeichnet?«, meinte Keel.

»Ja. Das denke ich auch.«

»Dann lass mal hören.«

Lao Pak hatte auf einem behelfsmäßigen Thron Platz genommen — dem Stuhl eines befehlshabenden Offiziers an Bord eines alten Schlachtschiffs der Ohio-Klasse. Der Piratenkönig setzte wie so oft mit einer Schimpftirade in seiner Muttersprache an. Keel verstand nicht viel davon, aber er verstand den Grundtenor: Lao Pak hatte sich immer noch nicht überwinden können, ihm wieder zu vergeben.

Dann riss sich Lao Pak zusammen und sagte: »Diese Nachricht von Admiral. Verschlüsselt, so sein Gesicht nicht zu sehen. Will Maydoon sofort.« Lao Pak rutschte unruhig auf seinem Stuhl hin und her, und sein Blick schweifte nervös durch den Raum. »Du dich beeilen.«

Der Bildschirm wurde schwarz, und dann war eine Videoaufnahme aus dem schwarzen Kanal zu sehen — die Silhouette eines Manns, dessen Stimme schwer verzerrt war. »Man hat mir mitgeteilt, dass der Kopfgeldjäger Wraith den Auftrag erhalten hat, den Aufenthaltsort der Familie Maydoon ausfindig zu machen. Weisen Sie Wraith an, mich direkt über ihren Aufenthaltsort zu informieren, sobald er ihn herausgefunden hat. Die Bezahlung erfolgt sofort, wenn der Ort entsprechend bestätigt werden konnte.« Die Gestalt hielt inne. »Ich... freue mich herauszufinden, wer den Namen von *Wraith* übernommen hat.«

Am Ende der Aufnahme meldete sich die Cockpitbeleuchtung wieder zurück. »Ich bin berühmt«, witzelte Keel. »Diese ganzen intriganten Admirale der

Republik brennen darauf, sich mit meiner Wenigkeit abzugeben.«

»Mit dir?«, fragte Ravi. »Oder mit Wraith?«

Keel winkte ab. »Ein und dieselbe Person.«

»Mutter Ree war da nicht so sicher...«

Keel runzelte die Stirn. »Mutter Ree war eine Verrückte.« Er rieb sich nachdenklich übers Kinn. »Ich frage mich, wer dieser Admiral ist.«

»Wir haben Garret an Bord«, warf Ravi ein. »Vielleicht ist er ja in der Lage, das zu entschlüsseln?«

»Gute Idee.« Keel aktivierte die schiffsinterne Kommunikation. »He, Garret, kannst du mal ins Cockpit kommen?«

Kurz darauf tauchte der Hacker bei ihnen auf. »Captain Keel?«

Keel rief das Video das Admirals aus dem schwarzen Kanal auf. »Kannst du das entschlüsseln?«

Garret lächelte. »Das ist schon entschlüsselt. All diese Nachrichten verwenden dasselbe Verschlüsselungsverfahren. Als ich eine von denen gehackt habe, hatte ich alle gehackt. Eine Sekunde.«

Der dürre Hacker wühlte kurz nach einem Datenlaufwerk, entrollte es und brachte das dreieckige Gerät am Übertragungsport der VI an. Sekunden später begann sich die schwarze Silhouette aufzuhellen in Grautöne. Das erst noch pixelige Bild wurde immer schärfer und wechselte auf Farbe, sodass am Ende das Bild des Admirals so realistisch vor ihnen zu sehen war, als ob er vor ihnen stehen würde.

Keel wurde flau im Magen. Von allen Leuten in der Galaxie...

»He, den Typen kenne ich«, warf Garret ein. »Woher kenne ich den Kerl?« Er schnippte mit den Fingern. »Das muss gewesen sein, als ich noch in der Schule war. Er war eine ganz große Nummer. Der Held... Der Held von Kublar!« Der Hacker lächelte, als wäre er stolz auf sich, sich an ihn erinnern zu können.

»Admiral Silas Devers«, sagte Keel. Er stand auf. »Ravi, ich werde meine Panzerung anlegen und dem Admiral mitteilen—«

Pieps-pieps! Pieps-pieps!

Die Kommunikationskonsole blinkte erneut, doch diesmal in einem merkwürdigen Orangeton. Ravi nahm den Anruf privat entgegen, sodass nur er ihn hören konnte. »Hier spricht Nachtschatten... Ja.«

Keel verzog verwirrt das Gesicht. »Nachtschatten? Ravi, mit wem—«

Der Navigator hielt einen Finger hoch. »Andalore. Und da bist du dir sicher? Tyrus Rechs ist gerade abgeflogen? Sehr gut. Von woher? Umso besser. Die Hälfte der Bezahlung wird sofort übertragen. Der Rest folgt, wenn die Information bestätigt ist. Ich muss dir nicht sagen, was passieren wird, wenn... Gut.«

Ravi wandte sich lächelnd an Keel. »Nachtschatten ist ein Deckname, den ich mir zugelegt habe. Ein Informationshändler mit einem bescheidenen Netzwerk. Die meisten von ihnen sind Piraten und Säufer, aber diesmal weiß ein Pirat namens Beltazar Gex, wohin Rechs gerade fliegt. Andalore. Wir sind tatsächlich an einer Position, dass wir vor ihnen dort ankommen könnten, vorausgesetzt, der Hyperraumantrieb wird rechtzeitig repariert.«

»Gex?« Keel verschränkte die Arme. *»Dieser* Mistkerl?«

Ravi zuckte mit den Achseln. »Ein Pirat *bei* Gex, aber wenn ich bedenke, wie er zuerst gezögert hat, um seinen lächerlichen Sprachstil zu überspielen, dann halte ich es für 62% wahrscheinlich, dass es Gex persönlich war.«

Garret mischte sich in das Gespräch ein. »He — ich habe gerade einen Hinweis zum Kriegs-Bot bekommen. Telos.«

»Ja«, sagte Ravi. »Das war die Information, die sie mir gegeben haben. Anscheinend sind sie gerade in den Hyperraum gesprungen. Du kannst diese Erkenntnis dazu nutzen, herauszufinden, mit welcher Verzögerung dein Peilsender arbeitet.«

»Okay, super!«, sagte Garret. Er klang ehrlich begeistert, dass er genau das jetzt machen konnte. »Da kommt mir ein Gedanke. Müsste dieser Kerl, dieser Gex, deine Stimme nicht wiedererkennen, Ravi? Sie ist schon ziemlich markant...«

»Ah, ja, das stimmt natürlich. Aber ich habe mit einem Stimmverzerrer zu ihm gesprochen. Kein Problem.«

»Andalore«, sagte Keel. Der Planet war für diesen Sektor des Republikanischen Raums wichtig. War da nicht eine Art Datenarchiv? Keel konnte sich nicht erinnern. »Ich werde meine Panzerung anlegen und die Nachricht übermitteln, damit wir diesen Auftrag abschließen können. Setze Kurs auf Andalore, sobald wir dazu in der Lage sind.«

Ravi musterte Keel mit seinen großen, ausdrucksstarken braunen Augen. »Du wirst diese Information tatsächlich mit Admiral Devers teilen? Ich — in Anbetracht der Dinge, die du mir über deine Vergangenheit erzählt hast, dann wäre die von mir berechnete Wahrscheinlichkeit fast gleich Null...«

Keel lächelte ihn finster an. »Dann hast du die zweihundertfünfzig Millionen Credits nicht einberechnet.«

Obsidian Crow
Hyperraum

»Verzeihen Sie mir bitte meine Dummheit, Mr Rechs, aber ist Andalore nicht eine Sektorenhauptstadt? Dorthin zu fliegen scheint mir eine schlechte Idee für jemanden, der wie Sie von den dortigen Behörden so intensiv gesucht wird.« KRS-88 gab kurze, klickende Geräusche von sich.

»Halt die Klappe, Crash«, sagte Prisma. Sie sah über Rechs' Schulter und ließ sich keine einzige Bewegung entgehen, als er im Cockpit mit ruhigen Gesten die Vorbereitungen dafür traf, unter Lichtgeschwindigkeit zu gehen. Rechs streckte die rechte Hand aus und packte den Gashebel. Dann zog er ihn langsam zurück und warf dabei einen Blick auf die Sternenkarte. Als ihm die Anzeige meldete, dass sie die Sprungkoordinaten erreicht hatten, zog er den Gashebel schlagartig zurück, und das eben noch an ihnen vorbeihuschende Sternenfeld nahm wieder normale Formen an.

Vor ihnen tauchte eine große Welt in Grün und Blau auf.

Auf Backbord von ihnen befand sich ein kleiner Waldmond in ihrem Orbit.

»*Zergagi aru antanku tak?*«, fragte der Wobanki, während er das Flugdatenbussystem zurücksetzte und einen Blick auf die Energieversorgungsanzeige warf.

»Wir schleichen uns rein«, sagte Rechs und ließ seinen Blick über die Sterne schweifen. »Werden sie nicht unseren Transponder im Auge behalten?«, fragte Prisma. Rechs war überrascht, wie gut sie sich mit den Grundlagen des Weltraumflugs auskannte.

Aber was hätte er auch erwarten sollen? Die jungen Leute wurden mit jedem Tag schlauer.

»Normalerweise ja. Aber bis wir den inneren Verkehrsknotenpunkt erreichen, geben wir den gestohlenen Code eines Bergbauraumschiffs ab. Erst wenn wir uns im Endanflug auf Andalore befinden, müssen wir uns vollständig verifizieren.«

»Oh.« Prisma schien die Antwort zu akzeptieren — aber wie immer hatte sie sofort danach ein Dutzend weitere Fragen. Rechs hatte gelernt, dass sie sehr gerne Fragen stellte. Und ihm machte es nicht wirklich was aus, sie zu unterrichten. Er hatte sich entschlossen, ihr im Lauf des Sprungs die Grundlagen zu Blasterpistolen beizubringen, und hatte mit den absoluten Standards angefangen. Er hatte ihr beigebracht, wie man die Standardblasterpistole auseinandernahm. Wie man sie reinigte. Wieder zusammensetzte. Sie justierte.

Aber noch nicht, wie man sie abfeuerte. Zumindest noch nicht. Er hatte ihr nur die simpelsten Dinge zum Abfeuern einer Waffe erklärt. Einschließlich den philosophischen Grundannahmen, die das Leben jedes Kopfgeldjägers bestimmten — eine Philosophie, die laut Rechs' eigener Meinung die Entscheidungen jeder Person leiten sollte, die jemals eine Waffe in die Hand nahm.

»Ich weiß, dass du diesen Mann töten willst«, hatte er zu ihr gesagt, während sie unter seinen aufmerksamen Blicken arbeitete. »Das verstehe ich. Aber du schießt niemals mit deinem Herzen, Mädel. Oder deinen Gefühlen. Die haben nichts mit dem zu tun, was passiert, wenn du dich entscheidest, dies hier auf jemanden zu richten.

Er hielt einen T19-Mini-Blaster in der Hand. Er hatte ihn bei Attentaten eingesetzt. Leicht zu verbergen. Die Blastersignatur war schwer festzustellen. Auf zwanzig

Meter genau. Kein Rückschlag. Langer Lauf. Sie brauchte beide Hände, nur um das Ding hochzuheben und es ruhig zu halten. Aber er würde ihr Übungen beibringen, mit denen sie lernte, ihren Arm ruhig zu halten, und die ihr die Kraft antrainierten, die sie brauchte, um ihre Waffe in einer Hand halten zu können. Ihm war klar, dass sie eines Tages, mit dem richtigen Training, in der Lage sein würde, in beiden Händen eine Waffe zu halten. Aber noch nicht. Eins nach dem anderen.

Sie ist nur ein Mädchen, ermahnte ihn eine Stimme. Und:

»Bleib am Rand. Warte.«

Immer wieder mischte sich die Stimme unter seine Gedanken, während er ihr beibrachte, die tödliche Waffe zu reinigen, sie einsatzbereit zu halten und sich darauf vorzubereiten, sie abzufeuern.

»Du schießt mit deinem Verstand, Prisma.«

Bei diesen Worten hatte sie das Gesicht verzogen. Und leise gekichert. Es war das erste Mal gewesen, dass er sie hatte lachen hören.

»Was denn?«, fragte Rechs. Seine Stimme klang alt und schroff im Vergleich zu ihrer Jugend, die ihre Stimme so perfekt verkörperte.

»Mir hat man in der Schule beigebracht, dass es so etwas wie den Verstand nicht gibt.«

Rechs hatte darüber nachgedacht, als er die Waffe, die sie gerade reinigte, in die Hand genommen und gemustert hatte. Sie war mit reichlich Rußspuren verschmiert gewesen. Er ließ sie jede einzelne Kante, jede Vertiefung an der Waffe reinigen. Ihre Hände waren schmutzig, und auf ihrem Gesicht zeigten sich Spuren ihrer Arbeit, wo sie sich den Schweiß weggewischt hatte. Ihm fiel auf, dass sie sich oft auf die Zunge biss, wenn sie sich auf ein bestimmtes Problem konzentrierte. Das war keine gute Angewohnheit.

Er reichte ihr die Waffe zurück und deutete auf eine Stelle, um die sich noch einmal kümmern musste.

»Und was denkst du darüber?«, fragte er.

»Über was?«, fragte sie, während sie sich wieder ans Reinigen machte.

»Der Verstand. Gibt es ihn, oder ist das alles bloß Gehirn und Fleisch?« »Nun, der Rat der Vernunft sagt, es handelt sich nur um das Gehirn. So etwas wie den Verstand gibt es nicht.«

»Ich habe dich nicht gefragt, was *sie* sagen. Ich habe *dich* gefragt, Prisma. Was denkst du?«

»Tja...« Sie setzte den Reinigungsdraht an der Stelle an, auf die er sie hingewiesen hatte. Sie biss sich auf die Zunge, während sie den Draht mit Entschlossenheit vor und zurück bewegte.

»Tief durchatmen«, ermahnte er sie. »Du musst bei einer Schießerei immer atmen. Dann zielst du nicht nur besser. Du denkst auch besser. Und lebst weiter. Wenn du atmest.«

Sie atmete tief ein und aus. Er sah, wie sich ihre winzigen Schultern hoben und senkten. Er wusste diese unauffällige, unbewusste Reaktion mittlerweile zu schätzen, selbst wenn sie es selbst nicht bemerkte. Sie bereitete ihm Freude, und Tyrus Rechs konnte sich nicht daran erinnern, in den letzten Jahren viel Freude empfunden zu haben. Oder überhaupt.

Aber er wusste, dass... vor langer, langer Zeit... es Dinge in seinem Leben gegeben hatte, die ihn erfreuten. Und es hatte auch solche Menschen gegeben. Zu sehen, wie sie jedes Mal diese unbewusste Reaktion zeigte, obwohl sie gar nicht bemerkte, was sie da tat, war für ihn eine Erinnerung an all die guten Dinge, die er verloren hatte. Sie erschien ihm vertraut, aber Tyrus Rechs wusste nicht warum.

»Ich glaube...« Sie atmete erneut tief durch. »Ich glaube, dass manchmal — zum Beispiel, wenn ich krank bin und mein ganzer Körper wehtut —, mein Verstand sagt, das ist schon in Ordnung, Prisma. Du wirst schon wieder. Das hält nicht ewig an. Oder wenn ich traurig bin, selbst wenn eigentlich alles mit mir okay ist. Das ist mein echtes Ich. Das Ich in mir, das mit mir redet, selbst wenn ich mich auf eine bestimmte Art und Weise fühle. Nicht mein Gehirn. Also war ich nie derselben Meinung wie die Leute in meinem Schulunterricht. Aber ich habe ihnen die Antworten gegeben, die sie hören wollten, denn das muss man in der Republik tun. Papa sagt—«

Und dann verstummte sie. Schlagartig. Sie konzentrierte sich ganz auf die Stelle, die er ihr zu reinigen aufgetragen hatte, aber er vermutete, dass sie sie in diesem Augenblick nicht sah. Sie bürstete weiter und hielt ihre Augen offen, bis die Träne in ihrem Augenwinkel getrocknet war.

Rechs wartete.

Dann...

»Ich denke, du hast recht, Prisma.«

Sie sah zu ihm auf. Die Träne war kaum noch zu erkennen.

Er nickte. »Das ist dein Verstand, Mädchen. Damit schießt du, wenn um dich herum die Situation mit jedem Augenblick schlimmer wird. Nicht mit deinen Gefühlen, nicht mit deinen Reaktionen. Deinem Verstand. Du denkst, bevor du schießt, und während du schießt — und dann, hinterher, nicht mehr so sehr.«

Tyrus rutschte ein wenig hin und her. Das Sitzen bereitete ihm langsam Schmerzen. »Der wichtigste Teil beim Schießen ist der Teil davor. Denn wenn du erst mal mit dem Schießen angefangen hast, kannst du den Geist nicht mehr in die Flasche zurück zwingen, wie sie früher sagten. *Während* der Schießerei schießt du mit deinem Kopf, denn du musst den Blastertreffer erkennen, dem du nicht ausweichen kannst. Du musst den Typen erschießen, der dich erschießen will... bevor er es tut. Danach... versuchst du nicht so viel drüber nachzudenken. Denn du wirst für den Rest deines Lebens über all die Leute nachdenken, die du erschossen hast.«

Nach einem kurzen Augenblick der Stille gab sie ein leises ‚Okay' von sich und arbeitete weiter an dem Mini-Blaster. Rechs war sich sicher, dass sie sich an alles erinnern würde, was er ihr gesagt hatte — auch wenn es ihr jetzt nicht wirklich wichtig erschien.

Er hatte noch niemandem diese Dinge erzählt. Aber er hatte über sie nachgedacht.

Rechs bemerkte wie ein Bergbaufrachter von der Oberfläche des Waldmonds abhob. Er schob Prismas Erinnerungen beiseite. »Bring uns an das Raumschiff ran«, befahl er dem Wobanki.

Er drehte den Pilotensitz herum und aktivierte den Scan. Er nutzte die Radarschüssel der *Crow*, um den Frachter einem EM-Hochleistungsscan zu unterziehe, und kurze Zeit später hatte er einen ziemlich guten Plan seines Aufbaus. Hoffentlich war das Raumschiff vollständig automatisiert. Er musterte den Plan einige Minuten lang und entdeckte genau das, wonach er gesucht hatte.

In der Zwischenzeit hatte der Wobanki die *Crow* dem riesigen Erzfrachter folgen lassen und näherte sich seinem Heck. Das riesige Raumschiff hatte auf maximalen Antrieb geschaltet, um sich von dem Mond zu lösen. Es änderte bereits seinen Kurs in Richtung Andalore Prime.

»Was machen wir?«, fragte Prisma.

Rechs gab einige Änderungen ein und ließ die *Crow* schneller fliegen, bis sie sich direkt unterhalb des riesigen Erzfrachters befanden. Er passte ihre Geschwindigkeit dem anderen Raumschiff an, drehte die *Crow* um ihre Achse und richtete die Nase nach unten aus, um sich dem Frachterrumpf zu nähern. »Wir nutzen dieses Schiff als Deckung und fliegen rein, ohne dass die republikanischen Erfassungsscanner das mitbekommen. Wenn wir erst mal da unten einen Ort gefunden haben, an dem wir uns ins Planetennetzwerk einhacken können, können wir rausfinden, ob unser Zielobjekt dort war oder nicht. Die *Crow* ist ziemlich schnell, also könnten wir vor ihnen angekommen sein.«

»Das sieht ziemlich leicht aus«, meinte Prisma.

»Ist es aber nicht«, lautete Rechs' trockener Kommentar. Er hielt sich ganz nah an dem automatisierten Frachter, bis sie sich kurz vor dem Eintritt in die Atmosphäre von Andalore befanden. »Du hast den Sturz noch nicht miterlebt. Sag mir danach nochmal, ob das leicht ist, Mädchen.«

Prisma verzog ihren Mund zu einer Schnute. Rechs vermutete, dass sie gerade darüber nachdachte, was er mit dem ‚Sturz' meinte.

»Schnall dich an, wir sind gleich in der Atmosphäre, und da wir uns so nah am Rumpf befinden, kriegen wir eine Menge ab.«

Er hatte den Satz gerade ausgesprochen, da begann das Raumschiff zu klappern und zu schlingern. Der Wobanki und Rechs mussten hart kämpfen, um den Kurs unterhalb des an Geschwindigkeit zulegenden Frachters beizubehalten. Der Wobanki schien allerdings ziemlich daran gewöhnt zu sein. Ab und zu ertönten zwar Warnsignale, und das Gewackele im Raumschiff erinnerte mittlerweile an ein Erdbeben, aber das Katzenwesen wirkte entspannt und vermeldete regelmäßig ihren Abstand zum anderen Raumschiff. Rechs widmete seine gesamte Aufmerksamkeit der Aufgabe, sie vor einer plötzlichen Kollision zu bewahren.

»*Nachu twivonki meks*«, verkündete der Wobanki.

»Okay... Jetzt fängt der Spaß erst richtig an«, sagte Rechs. »Zwanzig bis zum Sturz. Halt dich fest und kotze nicht. Was immer du auch tust, Prisma, tu das nicht... Denn du wirst das selbst aufwischen müssen.«

Das Wackeln des Raumschiffs wurde noch schlimmer.

»Machen Sie sich keine Sorgen, Miss Prisma«, flüsterte KRS-88. »Ich wische das für Sie auf.«

Dann machte das Raumschiff plötzlich einen Satz.

»Ist das der Sturz?«, fragte Prisma vorsichtig. Rechs konnte die Angst in ihrer Stimme hören.

»Noch lange nicht«, sagte Rechs und grinste. »Aber mach dir keine Sorgen. Ich habe das schon mal gemacht. Es hilft, wenn du dir einredest, dass du Spaß hast.«

Prisma drehte sich zu KRS-88 um, der sich mit aller erdenklichen Mühe am Korridor zum Flugdeck festklammerte, und flüsterte: »Wir haben Spaß, Crash.«

»Wenn Sie das sagen, junge Miss.«

Innerhalb des Frachters öffnete sich ein riesiger Schlund, und glänzend-metallische und silberne Felsbrocken fielen herab, offensichtlich auf dem Weg zu irgendeinem abgelegenen Ort auf Andalore.

»Nachu funfvon meks!«, brüllte der Wobanki, um das Gewackele und den Lärm im Cockpit zu übertönen. Kollisionswarnsignale meldeten sich lautstark und in panischer Wiederholung.

»Jetzt!«, brüllte Rechs.

Rechs schaltete den Antrieb komplett aus. Der Ausblick vom Cockpit drehte sich schlagartig von der Unterseite des riesigen, automatisierten Frachters weg, und dann stürzte die *Obsidian Crow* wie ein Felsbrocken hinab.

Es fühlte sich an, als flöge man in einer Lawine Richtung Oberfläche.

Und es war der Kriegs-Bot, der zuerst zu ächzen begann. Der tiefe Bass seines Schreckenslauts machte deutlich, dass er das Ende seiner Laufzeit auf sich zukommen sah. Dann schrie Prisma kurz, aber laut auf, und der Wobanki gab etwas von sich, was vermutlich Kampfgeheul sein sollte. Rechs biss einfach die Zähne zusammen. Er hatte mehr als genug damit zu tun, den kleinen, um sie ebenfalls herabstürzenden Brocken in Asteroidgröße auszuweichen und gleichzeitig den Höhenmesser im Auge zu behalten. Sie mussten unter sechshundert Meter fallen, bevor er den Antrieb wieder einschalten konnte. Der Sturz hatte auf einer Höhe von dreitausend Metern begonnen.

Die bewaldeten Gebirge von Andalore rasten ihnen entgegen, und Prisma merkte, wie sie sich gegen ihren Sitz stemmte, während die Felsbrocken an ihrem Schiff vorbeirasten auf ihrem Weg in die riesige Schlucht unter ihnen.

»Neustartprotokoll aktivieren«, befahl Rechs.

Der Wobanki kippte einige Hebel um — und nichts passierte. Der Wobanki brüllte. Und das war kein fröhliches Brüllen. Rechs griff zu ihm hinüber und schlug mit der Faust gegen den Hauptantriebsneustartregler. Das Ding begann zu flackern, und tatsächlich meldete sich der Antrieb, wenn auch mit wenig Begeisterung.

»1.100 Meter... Energie auf den Antrieb, jetzt. Volle Kraft auf die Ventraldeflektoren«, brüllte Rechs, um das Geheule des Atmosphäreneintritts außerhalb des Cockpits zu übertönen.

Sie fielen weitere dreihundert Meter. Rechs gab Vollschub in dem Augenblick, als sie unter sechshundert Meter fielen. Dann schossen sie von den herabregnenden Feldbrocken fort in Richtung der nebelumwölkten Berge von Andalore.

»Na gut...«, sagte Rechs. »Dann suchen wir uns mal eine Relaisstation und finden heraus, was hier los ist.«

KAPITEL 23

Der Park vor dem Gelände der republikanischen Sektorensicherheitsverwaltung auf Andalore war ein perfekt gepflegter Exerzierplatz, der der Öffentlichkeit nicht zugänglich war. Der Hauptplatz war mit allerlei Statuen geschmückt und wurde für die Feier hochrangiger Beförderungen und große Abendveranstaltungen mit der Elite der Republik genutzt. Andalore Prime, die Hauptstadt von Andalore, befand sich außerhalb dieses sauber gepflegten Bereichs mit allen Regierungsgebäuden, der die beste Lage in der Stadt einnahm. Die meiste Zeit war es hier sehr ruhig, fast schon friedlich.

Aber jetzt und hier war ein kleiner Krieg ausgebrochen. Überall waren republikanische Legionäre und feuerten auf alles und jeden. Angriffsshuttles brachten immer mehr Trupps auf die Oberfläche. Ein Raumschiff der Bruderschaft hatte in einem Blitzangriff die Hauptzitadelle der Sektorenverteidigung angesteuert. Das große Raumschiff war ohne Genehmigung auf der Plattform gelandet und hatte die dortige Wachmannschaft sofort ausgeschaltet. Kopfgeldjäger der Bruderschaft hatten dann die Plattform und das Dach unter ihre Kontrolle gebracht. Was immer auch im Inneren der Zitadelle gerade passierte, war der Legionärs-Befehlskette im Augenblick nicht klar.

Captain Antullus, der ernannte Offizier, der die Legionärs-Eingreiftruppe vor Ort kommandierte, hatte den Befehl erteilt, die Zitadelle zu stürmen und alle Beteiligten auszuschalten und dabei, wenn möglich, zivile Verluste so gering wie möglich zu halten. Anders ausgedrückt hatte er das totale Chaos ausgerufen, bei dem auf beiden Seiten echte Profis ihre Arbeit taten. Die Bruderschaft feuerte auf die Legionäre hinab, die Antullus' miserable Entscheidung gezwungen hatte, im Innenhof zu landen, anstelle die Plattform aus der Luft anzugreifen und damit den Höhenvorteil für sich zu nutzen, wie es Legionärs-Sergeant Mach vorgeschlagen hatte. Ein Vorschlag, der natürlich keine Beachtung gefunden hatte.

Mitten in diesem Chaos befand sich Tyrus Rechs. Der Kopfgeldjäger und der Wobanki waren aus Versehen in der wilden Schießerei gelandet, während sie ihre Umgebung auszukundschaften und irgendein Mitglied der Bruderschaft zu identifizieren versuchten, die vermutlich genau dasselbe bei ihnen taten. Jetzt waren sie im schweren Kreuzfeuer der beiden gegnerischen Parteien gefangen, bei dem eine Legio-Gruppe und die Scharfschützen der Bruderschaft auf der Zitadelle ihre Blastergewehre einsetzten, um den Feind zu töten.

Der Wobanki tauchte aus seiner Deckung auf und entleerte beide Magazine seines Blastergewehrs auf den in ihrer Nähe befindlichen Unteroffizier der Legionäre, der gerade dabei gewesen war, eine Art Flankenangriff zu koordinieren. Dadurch ging das Gespür, die Kampferfahrung und der gesunde Menschenverstand dieses Unteroffiziers verloren — Sergeant Mach. Antullus erhielt später eine Belobigung für seinen Einsatz und die Beförderung zum Major.

Rechs zückte eine Splittergranate und warf sie über die Statue, die ihm als Deckung diente. Dabei bemerkte er zwei Dinge.

Erstens, den sich langsam voran bewegenden Kriegs-Bot, der durch den Innenhof marschierte und mit Schüssen zu beiden Seiten Legionäre erledigte. Dem Kriegs-Bot auf dem Fuße folgte die winzige Prisma Maydoon, die einen Mini-Blaster in ihren Händen hielt.

Und zweitens, die Statue, über die er gerade die Granate geworfen hatte. Es war eine Statue von *ihm selbst*. Aber aus den guten, alten Zeiten. Aus den Zeiten, als Andalore während der Barbarischen Kriege ein Hauptkampfgebiet war. Damals hatte man ihn den Schlächter von Andalore genannt. Nur war an dieser Statue eine Bronzeplakette angebracht, die ihn als den *Befreier* von Andalore feierte.

Rechs verdrängte die unzähligen Bilder dieses furchtbaren Konflikts aus seinen Gedanken und wartete darauf, dass die Splittergranate genau dort explodierte, wo der Unteroffizier zweifellos von jungen Legios medizinisch versorgt wurde, die sich um ihm versammelt hatten, um den Verwundeten zu schützen. Genau das geschah, und die Explosion schleuderte die Legios in die Luft.

Solche Dinge — wie eine Granate auf Leute zu werfen, die versuchten, einen verletzten Soldaten zu retten, einen verwundeten Legio —, solche Dinge waren der Grund, warum man den Spitznamen ‚der Schlächter' bekam.

Solche Dinge, nur in viel größerem Stil.

Dann ermahnte er sich, dass er immer um den Sieg gekämpft hatte, egal, was er dafür hatte er tun müssen. Zumindest in der Schlacht. Es gab keine Regeln. Und es konnte nur eine Seite gewinnen.

Das war immer das Problem gewesen. Das Haus der Vernunft und der Rat des Senats bestanden immer darauf, dass die Regeln eingehalten wurden, dass alles kontrolliert werden musste, dass es nur akzeptable

Verlustquoten gab. Das waren die Gründe, die Caspo und so viele andere dazu getrieben hatten, die Sache selbst in die Hand nehmen, in der irrigen Annahme, sie könnten damit die Republik vor sich selbst schützen.

Die Republik hatte die Legion gehasst. Sie hasste die Tatsache, dass sie die Legion brauchte, um sich zu verteidigen. Und sie hasste vor allem Typen wie Rechs und Caspo. Typen, die solche Sprüche zu verantworten hatten wie: »Zieht die Legion in den Krieg, dann gibt es nur den Sieg.« Eine Gruppe Legionäre hatte im Eingang zum Park Position bezogen und deckte den Feind mit heftigem Feuer aus ihrem N50-Blastergeschütz ein. Selbst der große Kriegs-Bot musste jetzt Deckung suchen. Sein Körper aus verstärktem Impenetrastahl hielt in der Regel den meisten leichten Waffen stand, aber die durchschlagsstarke N50 konnte ihn erledigen. Und sollten die Legios sogar noch panzerbrechende Waffen zücken, dann wäre es für die Tötungsmaschine vorbei.

Zwei Legios versuchten Rechs zu flankieren und nutzten die Statuen als Deckung, um so nahe wie möglich an ihn ranzukommen. Rechs lehnte sich an den Sockel unterhalb der Statue und kauerte sich hin. Er wartete, bis sein Fadenkreuz auf den vorderen Soldaten fiel, dann betätigte er den Abzug und blies dem Typen den Schädel weg. Der andere Krieger tauchte ab und schaffte es noch, sich in Sicherheit zu bringen, während Rechs seinem Weg mit Feuerstößen folgte.

Das schwere, bemannte N50-Geschütz am Parkeingang sorgte weiterhin dafür, dass alles, was sich bewegte, damit aufhörte.

Also bewegte sich Rechs nicht.

Der zweite Legionär tauchte aus seiner Deckung auf und schoss Rechs mit seinem Blastergewehr auf die

Brustpanzerung. Rechs' Panzerung gab kurz den Geist auf und setzte zum Neustart an, doch Rechs hatte den Kerl schon aufs Korn genommen. Seine Handkanone bellte einmal kurz und zerfetzte die billige Verbundpanzerung, die man heute Legionären zur Verfügung stellte. Der Legio war damit nicht mehr kampffähig und wahrscheinlich auch tot.

Auf Sieg spielen.

Die Scharfschützen der Bruderschaft erkannten ihre Chance und eröffneten das Feuer. Um Rechs lösten sich Marmor und Bodenplatten in ihre Bestandteile auf, als er sich von der Mauer abstieß und schnell bessere Deckung suchte.

Er hörte, wie KRS-88 einen Blastertreffer mit einem lauten *Peng* abbekam.

Dann hörte er ein leises, summendes Dröhnen am Himmel — ein republikanischer Buzz-Flieger, der jenseits des Parks und des Turms über die Stadt flog.

»Alle runter!«, brüllte Rechs.

Er widerstand seinen Instinkten und ließ sich erst zu Boden fallen, nachdem er Prisma es hatte tun sehen. Sie drückte ihr Gesicht auf den Boden des breiten Fußwegs, der sich durch den Park schlängelte. Sie konnte sich weder hinter einer Mauer noch hinter einer Statue in Sicherheit bringen, aber ihr Bot bot ihr besseren Schutz als jedes andere aufrechte Objekt es konnte.

Braves Mädchen.

Im Angesicht dieses über ihnen auf sie zufliegenden Todesengels richteten die Scharfschützen der Bruderschaft ihre Waffen auf die Bugwindschutzscheibe in dem verzweifelten Versuch, sie zu durchschlagen und den Piloten zu verletzen. Der Buzz-Flieger wackelte nur leicht, richtete sich aber dann wieder aus und entfachte einen Blasterfeuertornado. Die Scharfschützen und mit ihnen die Gebäudefassade, hinter der sie Deckung gesucht hatten, wurden in rauchende Trümmer verwandelt. Die Legionäre, die immer bereit waren, den Feind mit noch mehr Feuerkraft einzudecken, schossen vom Parkeingang aus auf die Bruderschaft. Das war aber gar nicht nötig. Als das schnelle Dauerfeuer der Blasterkanonen des Buzz-Fliegers jeden auf dem Dach der Zitadelle ausgelöscht hatte, erinnerte das Waffengeräusch Rechs an das Massaker auf Andalore. Und an alle anderen Massaker, deren die Galaxie offensichtlich nie müde wurde.

Auf Sieg spielen.

Rechs wischte die kurze, nebelhafte Erinnerung zur Seite. Jetzt, da die Bruderschaft ausgeschaltet war, konnten sich die Legionäre ganz auf ihn konzentrieren. Er musste schnellstens hier raus.

Er sah sich die Einsatzkarte auf seinem Head-up-Display an, in der Hoffnung, die Landschaftsgestaltung oder die Statuen irgendwie zu seinem Nutzen verwenden können. Oder einen Teil des Parks, auf den niemand achtete, sodass er ausweichen und in den Rücken der republikanischen Einheiten gelangen konnte.

»Crash! Wo gehst du hin?«

Rechs wirbelte herum in Richtung der Stimme des Mädchens. Der Kriegs-Bot war aufgestanden und bewegte sich nun durch den Park auf eine Ehrenhalle zu. Die N50 sandte auch weiterhin einen wahren Strom an Blasterblitzen hinter dem Bot her, und um ihn herum verwandelte sich der Boden in eine Wolke aus Erd- und Permabetonbrocken.

»Wegtreten und zurück auf Position!«, befahl Rechs. Aber der Bot ignorierte seinen Befehl. Er ging mit gleichmäßigen Schritten durch das Blastergewitter.

»Crash!«, schrie Prisma, als einer der Blasterblitze den Bot an der Schulter traf. Der Bot nahm dies dank seiner Panzerung gelassen hin — es brauchte mehr als nur ein paar Streifschüsse, um diese Bestien zu erledigen. Aber das Mädchen... das Mädchen reagierte darauf. Reagierte, ohne nachzudenken.

Und lief ihrem Kriegs-Bot hinterher. »Crash! Crash!«

»Prisma!«, rief Rechs. »Bleib unten!«

Was hatte er sich nur gedacht? Er hatte das kleine Ding in eine Kriegszone mitgenommen. Hatte er wirklich gedacht, dass sie ihren Kopf unten halten würde, bloß weil er ihr einige Weisheiten hatte zukommen lassen und etwas über einen Blaster beigebracht hatte?

Das Mädchen rannte dem Bot hinterher. Rechs wusste nicht, ob sie ihn ignorierte oder nicht hören konnte. Er rannte knurrend hinter den beiden her. Als er an dem Katzenwesen vorbeikam, rief er »komm schon«, und ging davon aus, dass Skrizz ihnen folgen würde.

Der Bot hatte die Ehrenhalle betreten, und Prisma war direkt hinter ihm. Sie verschwand in den Schatten, und Rechs hörte sie schreien — aber nur kurz. Der Schrei brach abrupt ab.

Rechs beschleunigte sein Tempo.

Die N50 versuchte ihn zu führen. Um ihn herum lösten sich Statuen und Bodenplatten in Staub auf. Er machte sich nicht die Mühe auszuweichen oder Zickzack zu laufen.

Das war es dann war also. Du stürmst in einen geschlossenen Raum, ohne den Feind zu kennen.

Er rannte weiter.

Dumm. Such einen anderen Eingang. Wirf erst eine Splittergranate rein. Das Mädchen hat sich das selbst eingebrockt. Auf Sieg spielen. Denk immer daran.

Aber er überhörte diese bitteren Stimmen einfach und rannte, so schnell er konnte, in der Hoffnung, sie noch zu erwischen.

Er erreichte die Tür. Der Wobanki folgte ihm auf dem Fuße.

Rechs erwartete eigentlich von einer ganzen Blasterbatterie in Empfang genommen zu werden. Ein Teil von ihm fragte sich, ob Goth Sullus eine Falle gelegt hatte, für den Fall, dass irgendein Kopfgeldjäger nach ihm fragen kam.

Solche Typen, die am Rande der Galaxie Kriegsherr/Gangster spielten, die waren schlau und hatten so was drauf. Hier draußen war das auch dringend nötig. Denn es war jederzeit alles möglich.

Rechs zielte mit der Handkanone in die Dunkelheit und bereitete sich darauf vor, so viele Leben zu nehmen wie möglich — und hoffentlich das Mädchen lebend da raus zu kriegen.

Das ist dir jetzt wichtig?, fragte die Stimme.

Er blieb stehen. Nur zwei Blastermündungen zielten auf ihn.

Eine davon gehörte dem Bot. Der einfahrbare Unterarmblaster in seinem linken Arm zielte direkt auf Rechs; die rechte Hand lag auf Prismas Mund. Sie schien verängstigt. Neben ihr kniete eine endurianische Prinzessin — auf dem Planeten waren alle Prinzen und Prinzessinnen. Die Endurianerin mit der rosafarbenen Haut versuchte... Prisma zu trösten?

Rechs fragte sich, ob sich sein Verstand, wie schon seit langer Zeit angedroht, nun endgültig verabschiedet hatte. *Wie viel davon ist echt, und wie viel davon einfach nur mein Verstand, der die Arbeit einstellt?*

Ein Teil seiner Gedanken widmete sich dieser Frage. Der andere Teil — der Stratege, der General, der Killer, der Schlächter... der Überlebende. Dieser Teil beurteilte seine Lage. Und die Schlussfolgerung war, dass dieser Anblick dazu gedacht war, ihn abzulenken.

Rechs sah den Lauf hinter der zweiten Blastermündung entlang, die auf ihn gerichtet war. Ein Hinterschaftlader, der eine ordentliche Durchschlagskraft versprach. In der Hand eines... Legionärs? Aber nein. Eine umgerüstete Panzerung der älteren Variante, etwa zehn Jahre alt. Victory Company. Die auf Kublar gewesen war, in diesem Mist. Die letzte Panzerung, bevor die Republik die Legios in diesen lächerlichen, spiegelnden Billigkram gesteckt hatte, die mehr zur Schau gedacht waren, nicht um das Überleben zu garantieren.

»Du bist kleiner als die Legenden sagen, Tyrus Rechs.« Der Legionär — der keiner war — sprach wie eine Art Geist. Seine Stimmmodulation hörte sich an wie Sand, der durch Impenetrastahl rieselte. Eine trockene, harte Art zu sprechen. Auf den Punkt gebracht. Wahrscheinlich jemand mit Feldbeförderung. Ein echter Legio. Nicht irgend so ein Ernannter des Hauses der Vernunft.

Der Legionär — der vermutlich eine Art Söldner war — war nicht allein. Ein dürrer Bursche mit Brille, der sich fehl am Platze zu fühlen schien, trat aus den Schatten hervor und hielt eine Art Gerät in den Händen. Und im Hintergrund stand ein Sikh mit Turban. Was Rechs sofort an ein Schlachtfeld während der Barbarischen Kriege denken ließ, das er zu spät erreicht hatte. Die Berge der Toten und der Sterbenden, die verbrannt wurden. Ein grausamer Anblick.

Die Bioscans seines Visiers teilten Rechs mit, dass der Sikh gar nicht da war. Ein Geist? Er hatte schon seltsamere Dinge gesehen. Aber nein — sein Visier hatte auch die TT3-Bots gekennzeichnet, die den Trick des Hologramms möglich machten.

Der Wobanki schloss zu ihnen auf und bremste, wie es nur ein Katzenwesen konnte, direkt neben Rechs. Er keuchte schwer und wartete offensichtlich ab, was Rechs als Nächstes tun würde. Sein doppelläufiges Blastergewehr wechselte zwischen den Zielen durch. Jetzt waren die Waffen ausgeglichen, wenn man nicht die Tatsache einrechnete, dass der Kriegs-Bot darauf programmiert war, Widerstand in Kompaniegröße zu brechen.

»Kriegs-Bot!«, rief Rechs. »Gib das Mädchen frei und richte deine Waffe auf diesen Legionär.«

Der Legionär — oder auch nicht — neigte seinen Kopf, als ob er fragen wollte: »Echt jetzt?«

»Erlaubnis zu feuern?«, fragte der Bot in seiner leisen, schrecklichen Stimme. Eine, die programmiert worden war, um Angst und Schrecken bei den Sterblichen zu verbreiten, die er im nächsten Augenblick abschlachten würde.

»Erlaubnis erteilt«, antwortete Rechs und machte sich auf den Kampf bereit.

Aber der Bot bewegte sich nicht. »Erlaubnis verweigert«, flüsterte der geisterhafte Legionär.

Der Kriegs-Bot hielt seinen Blaster auf Rechs gerichtet. »Autorisationscode: Guilde-Zyan-6!«, versuchte es Rechs mit einem älteren Code, der höchsten Zugangsberechtigung, an die er sich im Augenblick erinnern konnte.

Aber der Kriegs-Bot verblieb in seinem Zielerfassungsmodus. Er schien ausschließlich daran interessiert, Rechs zu töten.

Der dürre Bursche sagte: »Das bringt nichts. Ich hatte während unserer Sprünge genügend Zeit, dich einzuholen, um das hier richtig hinzubekommen.« Er schüttelte kurz das Gerät in seiner Hand. »Deine Codes und Freigaben? Sind nicht mehr. Der Große da drüber gehört jetzt uns.«

Der Wobanki zischte den Burschen an — der unmissverständliche Jagdruf eines Raubtiers. Der dürre, junge Mann, vermutlich ein Hacker, zupfte an der Schweißerbrille, die von seinem Hals herabhing und zog sich in sich zurück, senkte den Blick und machte sich ganz klein, um bloß jeden Blickkontakt mit dem Katzenwesen zu vermeiden. Wobanki konnten einem die Arme aus den Sockeln reißen, nachdem sie mit ihren Krallen deinen Unterleib aufgeschlitzt hatten. Sie fanden oft eine Anstellung bei einem Kriegsherrn, der gerne seine Ruhe haben wollte.

Das Hologramm trat vor. »Wir sind hier hergekommen, um mit Ihnen zu sprechen, Tyrus Rechs, und ich möchte an dieser Stelle darauf hinweisen, dass wenn wir die Absicht gehabt hätten, Sie umzubringen, wir dies schon mehrfach hätten tun können. Aber, offensichtlich... haben wir das nicht getan.«

Rechs sagte nichts.

»Hätten wir dem Kriegs-Bot den Befehl ereilt, das Feuer auf Sie zu eröffnen, während sie Deckung vor dem Angriff des Buzz-Fliegers gesucht haben, dann wäre dieser Überraschungsangriff mit einer 77.6%-igen Wahrscheinlichkeit tödlich gewesen.« Das Hologramm spielte mit seinem gezwirbelten Schnurrbart und warf einen Blick auf das Katzenwesen. »93% für ihren Freund, den Wobanki.«

Skrizz' Antwort war ein lautes Knurren.

Rechs musterte das Hologramm kühl. »Mit Leuten zu reden, die mit ihren Blastern auf mich zielen, erweckt in mir den Wunsch, ihnen ins Gesicht zu schießen.«

Der Sikh nickte. »Ja, das verstehe ich. Allerdings, und selbst wenn ich sechzig Prozent von dem abziehen würde, was über Sie als Legende vermittelt wird — und ich vermute, dass diese Zahl nicht ausreichen würde —, dann war die Wahrscheinlichkeit, dass Sie auf uns schießen würden, bevor Sie Fragen stellten, einfach zu hoch, als dass wir uns Ihnen unbewaffnet nähern konnten. Ihr ehemaligen Legionäre lasst ja eine Menge hinter euch, aber TSZ gehört nicht dazu.«

Rechs senkte seine Waffe und bedeutete dem Wobanki, es ihm gleichzutun.

Der geisterhafte Legionär schloss sich ihnen an. Er rief dem Bot zu: »Gefechtsbereitschaft aufheben, aber halte Maydoon fest.«

Rechs straffte die Schultern und trat vor den Legionär. Sie glichen zwei Revolverhelden beim Showdown. »Du weißt, wer ich bin«, sagte Rechs. »Aber wer bist du?«

Der Blick des Hologramms huschte kurz zum Legionär. Anscheinend war es neugierig auf seine Antwort.

Vielleicht wäre es ja eine falsche Identität...

»Ich bin Du ohne die Marketingkampagne. Man nennt mich Wraith.«

Rechs lockerte die Schultern. »Ich habe genügend Gerüchte über einen *Wraith* gehört, um zu glauben — wenn du es denn wirklich bist —, dass du auf dem besten Wege bist, dafür zu sorgen, dass man irgendwann ein paar Legenden über dich erzählen wird, Junge. Wozu auch immer das heutzutage noch gut sein mag.«

Rechs sah zu Prisma hinüber. Sie hatte sich beruhigt. Und sie achtete auf jedes einzelne Wort. Alle hörten aufmerksam zu. Denn sie wollten wissen, was als Nächstes geschehen würde.

»Warum lässt du nicht einfach das Mädchen gehen«, schlug Rechs vor. »Ich bin die einzige Kopfgeldprämie, die du noch eintreiben musst. Egal, ob es nun um Geld geht... oder den Ruhm.«

Wraith schüttelte den Kopf. »Sie könnte schreien. Ravi!?

Das Hologramm räusperte sich kurz, ein origineller, kleiner Trick, um Menschlichkeit vorzutäuschen. »Die Legionäre erhalten in diesem Augenblick eine Reihe widersprüchlicher Befehle, die sie von ihrem eigentlichen Auftrag abhalten und beschäftigt halten werden, während wir hier zu einem Abschluss kommen. Wraiths... besondere Zugangsberechtigungen erlauben es uns, uns Zeit für dieses Gespräch zu nehmen. Aber die hysterischen Hilfeschreie eines Mädchens würden sie bestimmt untersuchen wollen. Die republikanischen Standardvorgehensweisen weisen sie an, nach etwas zu suchen, was das Haus der Vernunft als ‚öffentlichkeitswirksame Momente heldenhaften Handelns' bezeichnet.«

»Ganz schön beeindruckender Trick«, gab Rechs zu. »Legionären zu sagen, wo es hinzugehen hat.«

»Das hält nur so lange an, bis sie von ihrem befehlshabenden Offizier zusammengeschissen werden«, sagte Wraith.

»Also, wer bist du sonst?«, fragte Rechs. »Unter der Panzerung. Deine Mama hat dir nicht Wraith als Namen gegeben, mein Junge. Und ich wette darauf, dass sie dir auch nicht den falschen Namen gegeben hat, den du mir gerade nennen wolltest. Sei doch so nett, und tue einem alten Kameraden aus der Legion den Gefallen der Ehrlichkeit, bevor ich dich abknalle.«

»Mich aufzufordern, meinen Helm abzunehmen, ist gegen den Kodex«, sagte Wraith.

Rechs lachte leise. »Wir wissen doch beide, dass du kein Gildenmitglied bist.«

Wraith schien kurz darüber nachzudenken, dann zog er seinen Helm aus. »Mein Name ist Aeson Keel. Captain der *Indelible VI*.«

»Das hat vermutlich was zu bedeuten, wie auch Wraith... aber ich habe schon vor langer Zeit aufgehört, alle Leute im Auge zu behalten, die versuchen mich umzubringen. Tut mir leid — noch nie von dir gehört.«

Keel schenkte ihm ein schiefes Grinsen. »Das war auch der Plan.«

»Na gut.« Rechs' Finger bewegten sich langsam zur Handkanone an seiner Seite. Es war dumm von Keel, ihm die Chance auf einen Schuss zu geben. Der Versuch, mit dem Selbstbewusstsein und dem hitzigen Temperament eines jungen Manns zu spielen, hatte nicht ausgereicht, um ihn zu einer Dummheit zu verleiten. Rechs beschloss, es einfach darauf ankommen zu lassen. Schließlich standen die Chancen zu seinen Gunsten. Selbst jetzt noch.

»Also, was passiert—«, setzte Rechs an.

Blitzschnell griff er nach seiner Waffe. Aber kaum hatte er seine Waffe gepackt, da hatte Keel seine Blasterpistole bereits gezogen und zielte direkt auf Rechs' Stirn.

Der Wobanki gab ein beeindrucktes Schnurren von sich. Selbst der Hacker pfiff leise.

Keel setzte ein breites Grinsen auf. »Ravi hatte berechnet, dass wir gleichzeitig ziehen.« Er schien fast zu kichern. »Und zwar wirklich fünfzig zu fünfzig. Ich habe ihm gesagt, er wäre verrückt. Du könntest unmöglich so schnell sein wie in den Geschichten. Nur ich bin so schnell.«

Er lächelte.

Wann war das letzte Mal, dass jemand tatsächlich schneller gezogen hat als du, Rechs? Ist das überhaupt jemals passiert?

Er wusste, was los war. Galaktische Revolverhelden hatten schon oft versucht, ihn auf die Probe zu stellen. Dieser junge Kerl musste sich und der Galaxie beweisen, dass er nicht nur der Mann war, der den großen, bösen Tyrannosaurus-Rechs in die Falle gelockt hatte. Er musste auch beweisen, dass er *besser* als der alte Mann war. Der neue, schießwütige Sheriff in der Stadt.

»Ah, das war es dann also?«, meinte Rechs. »Dann los, zieh den Abzug durch. Du hast mich gefunden, gefangen, und jetzt gehört dir die Belohnung.«

»Belohnung?«, fragte Keel, als ob er das Wort zum ersten Mal hörte.

»Spiel nicht den Dummen«, platzte es aus Rechs heraus, der merkte, dass sein Temperament mit ihm durchzugehen drohte. »Zweihunderttausend.«

»Pass auf«, sagte Keel und steckte seine Waffe wieder weg. »Ich habe gerade *zehn Mal so viel* verdient, indem ich einfach nur die letzte, überlebende Maydoon gefunden habe.« Er deutete auf Prisma. »Es gibt da einen Admiral, der gerade seine gesamte Flotte hier herbringt.«

Rechs seufzte schwer. »Darum geht es also in Wirklichkeit, hm? Finde das Mädchen, dann findest du mich. Ich muss lebend gefangen werden, damit man mich vor den Senat und das Haus der Vernunft zerren kann. Tu mir einen Gefallen und knall mich einfach ab.«

Zorn huschte kurz über Keels Gesicht. »Das könnte ich immer noch«, sagte er. »Hör mal, dieser Admiral ist ein Haufen Twark-Scheiße in einer weißen Uniform. Wenn es nicht um diese riesige Menge Kohle ginge, dann hätte ich ihm gesagt, er würde Prisma auf Kublar finden, und dann hätte ich ihm in dem Augenblick, in dem er aus seinem Shuttle ausgestiegen wäre, einen Schuss zwischen die Augen gejagt. Dich will er gar nicht. Er will *sie* finden, weil er glaubt, dass sie ihn zu jemandem namens Goth Sullus führt.«

Prisma schnappte nach Luft.

»Sullus«, wiederholte Rechs langsam.

»Kennst du ihn?«, fragte Keel. »Na, hervorragend. Weißt du, ich würde gerne wissen, warum. Warum ist die Suche nach Goth Sullus so viele Credits wert? Wer ist er eigentlich?«

»Und du bist nicht hier, um mich umzubringen?«, sagte Rechs.

»Dich? Du bist ein Fossil. Das macht doch keinen Spaß. Ich bin nur für mich selbst hier. Die Geschichte bietet mir mehr Credits, als ich bisher verdient habe. Und bisher habe ich ein Vermögen gemacht.«

»Dann... bist du ein Söldner«, stellte Rechs fest.

Keel schien über diesen Richtungswechsel in ihrem Gespräch kurz nachzudenken.

»Nun gut, ich möchte dich anheuern«, fuhr Rechs fort. »Sullus ist hier. Wir wollen ihn auch finden. Ich bezahle dir das Doppelte deines letzten Auftrags, wenn du für mich arbeitest und ihn umbringst.«

Keel starrte ihn mit großen Augen an. »Sullus ist *hier*?« Er lachte und rieb sich die Hände. »Tja, ich dachte ja, ich hätte noch Arbeit vor mir, wenn ich erst mal das Mädchen und den Bot gefunden habe.

Ravi, teile unserem… *Freund* Lao Pak mit, wo er Sullus finden kann. Stelle sicher, dass Lao Pak die Bezahlung erhält, *bevor* er Sullus' Aufenthaltsort an unseren Klienten weitergibt. Und mache ihm deutlich, dass ich nicht hier bin.«

»Ich habe dir ein Angebot gemacht«, sagte Rechs.

»Das habe ich verstanden«, sagte Keel und wandte sich ihm wieder zu. »Aber lass mich dir kurz mal die Zahlen erläutern. Ich erhalte zweihundertfünfzig *Millionen* als Prämie. Bist du bereit, das zu verdoppeln?« Keel verschränkte die Arme, als ob er Rechs tatsächlich zu der Lüge verleiten wollte, er besäße wirklich ein solches Vermögen.

Die Ohren des Wobanki legten sich an seinen Kopf, was deutlich machte, wie sehr er sich solch unvorstellbare Mengen Geld wünschte.

Ravi hob mahnend einen Finger. »Eigentlich bekommst du nur die Hälfte der Summe, denn so lautet deine Vereinbarung mit Lao Pak.«

»Worte sind Schall und Rauch, Ravi«, sagte Keel.

»Na gut«, sagte Rechs. »Einverstanden.«

»Ach, wirklich?« Keel ging kurz auf die Fußspitzen und warf seinem Navigator einen Blick zu. »Hast du das gehört, Ravi? *Er ist einverstanden*. Na gut, Mr Tyrannosaurus-Rechs, in dem Fall…«

Rechs sprach unbeeindruckt weiter. »Alles, was ich von dir brauche, ist, dass du auf das Mädchen aufpasst, während ich losziehe und Goth Sullus umbringe. Dann kannst du die Prämie einfordern. Ich will ihn einfach nur tot sehen, und dann verschwinden wir. Ich gehe hier raus in die Zitadelle. Du kehrst zu deinem Raumschiff zurück und schaust, ob die *Siren of Titan* versucht, von dieser Plattform abzufliegen.«

Keel beäugte den alten Kopfgeldjäger misstrauisch. Diesem Kerl zu vertrauen war dumm, aber es ging auch um eine Menge Geld. »Und das ist alles?«

»Du lässt den Wobanki, den Bot und das Mädchen gehen. Sie müssen es zu meinem Schiff zurück schaffen. Ja, das ist alles. Mehr oder weniger. Du bist hiermit angeheuert.«

Keel hätte fast gelacht. Er hatte als Kopfgeldjäger schon viele Leute gefangen genommen, und er wusste, mit welch verzweifelten Vorschlägen die Leute versuchten, ihrer Verhaftung zu entkommen. Aber keiner von ihnen hatte ihm einfach mal fünfhundert *Millionen* Credits angeboten. Das war mutig. Die Vorstellung, dass dieses Fossil über ein solches Vermögen verfügte, war so absurd... dass sie schon wieder wahr sein konnte.

Wenn er die Wahrheit sagte, dann wären das die leichtverdientesten fünfhundert Millionen Credits, die er jemals eingesackt hatte. Außerdem hätte er *sowieso noch* die zweihundertfünfzig Millionen vom eigentlichen Auftrag. Er hatte Sullus gefunden, oder? Es war ja nicht seine Schuld, wenn Sullus von diesem alten Kerl getötet wurde, bevor der Admiral mit ihm reden konnte.

Außerdem hatte Keel nicht die Absicht, Admiral Devers noch lange mit *irgendjemandem* reden zu lassen.

Er sah zu Ravi hinüber. Das Hologramm zuckte mit den Achseln.

Am Ende gewann seine Gier. Nein, nicht Gier. Vernünftige Finanzpolitik. Keel würde sich eine Luxusjacht kaufen. Eine von denen, die auf Wellen segeln konnte und ebenso leicht durch den Weltraum.

Keel richtete seinen Blick wieder auf Rechs. »Okay. Aber ich werde dich an dein Versprechen erinnern. Denn offensichtlich weiß ich, wie ich dich finden, gefangen nehmen und töten kann. Bis dahin... Partner. Einverstanden.«

»Nein«, sagte Rechs, und plötzlich zielte die Handkanone auf Keels Kopf. »Wir sind keine Partner. Du arbeitest jetzt für mich, Junge.«

KAPITEL 24

Der Junge — Wraith — war gut, dachte Rechs. Vielleicht sogar besser. Wenn er es lebend aus dieser Schießerei raus und alle zu den Raumschiffen schaffte, dann war er vielleicht sogar großartig. Oder würde es sein, wenn er lange genug lebte.

Aber das mussten sie erst noch herausfinden.

Die wirklich spannende, neue Frage aber war: Warum interessierte sich ein Admiral der Republik für Goth Sullus? Für einen unbedeutenden Schläger vom Rand, von dem noch nie jemand etwas gehört hatte. Und warum sollte ein so unbedeutender Schläger vom Rand einen so großen Einsatz auf eine Sektorenhauptstadt und ihre Sicherheitsverwaltung durchführen? Am helllichten Tage?

Goth Sullus' Tod hatte für Rechs allein mit Prisma zu tun — aber er wusste nur zu gut, dass es um viel mehr ging.

Bleib am Rand. Warte.

Vielleicht war das Warten endlich vorbei.

Er zog das schwere Blastergewehr von seinem Rücken und bewegte sich unter heftigem Beschuss in Richtung der Zitadelle. Er jagte und tötete Legionäre wie ein Raubtier aus dem Dschungel. Wraiths Hacker hatte den Legios ein Dutzend widersprüchliche Befehle erteilt, und Rechs bewegte sich durch sie hindurch wie ein Hai, der eine Blutspur im Wasser erschnuppert hatte.

Er erreichte den großen Säulengang, eine Reihe von Treppenabsätzen, die dem Senat keine Schande gemacht hätten und in das Zentrum der örtlichen, republikanischen Macht führten. Reichlich prachtvoller tyrasianischer Marmor. Man scheute keine Kosten und Mühen, um die Fassade republikanischer Macht aufrechtzuerhalten, die notwendig war, um die Kontrolle über eine verhungernde Galaxie zu bewahren, die sich ständig im Krieg mit sich selbst befand.

Während Rechs die Stufen hinaufrannte, zog er eine seiner speziellen Blendgranaten heraus und durchtrennte die Verbindungsdrähte von beiden Gehäusen. Er ignorierte den Beschuss, wirbelte die Blendgranate über seinen Kopf und schleuderte sie in den Haupteingang zur Zitadelle.

Ein lauter Knall hallte durch den marmornen Eingangsbereich. Wenn alles funktioniert hatte, dann hatte die Explosion einige von ihnen getötet und alle anderen geblendet und betäubt. Rechs rannte in die Eingangshalle und schoss auf die Überlebenden.

Vier Legionäre stürmten am anderen Ende der Eingangshalle in den Raum, um einen Durchbruch zu verhindern. Vermutlich war der Legionärsfunk mittlerweile wieder hergestellt, dachte sich Rechs, und diese Männer hatte man aus dem laufenden Kampf gegen die Bruderschaft in den Etagen über ihnen abgezogen — damit sie einen möglichen Gegenangriff von hier unten verhinderten.

Rechs verletzte drei der Legionäre mit heftigem Blasterbeschuss und rammte dem vierten den Gewehrschaft ins Gesicht, als er sich auf ihn stürzte. Der letzte Typ versuchte noch in einem sinnlosen Versuch seine N4 hochzureißen, um aus der Bauchlage feuern zu können, aber Rechs trat sie ihm aus der Hand und rammte dem Legio das zweite Mal den Gewehrschaft gegen den Helm, um wirklich sicher zu sein. Entgegen aller Wahrscheinlichkeit bekam der Helm des Legios einen Riss. Der Mann ging zu Boden.

»Tja, sie machen sie nicht mehr wie früher.«

Rechs huschte in den Aufzug und zog einen der toten Legios mit sich. Er nahm die Entschlüsselungskarte aus einer Tasche seines Ausrüstungsgürtels und rammte sie in die Aufzugkonsole.

»Befehlsüberbrückung, schließe die Türen«, rief er in Richtung Konsole.

Mit einem Multifunktionswerkzeug frickelte er die Schutzplatte vom Helm-Update-Anschluss des Legios und verband ihn mittels Kabel mit seinem eigenen Helm. Einen Augenblick später las er alle Übertragungen von einem Idioten namens Antullus an den Rest des Zugs. Er merkte schnell, was los war: Im Grunde genommen sorgte der Ernannte dafür, dass alle umgebracht wurden, weil er sie überallhin laufen ließ, anstelle dem Prinzip des konzentrierten, überlegenen Feuers zu folgen. Jeder Legio lernte das in seiner Ausbildung, die vor langer Zeit von Rechs angeordnet worden war. Ihm taten all die jungen Burschen leid, die er gleich töten würde. Sie wurden von einem Idioten angeführt. Aber das lief schon seit Jahren so.

Was immer du dir auch einreden musst, damit du dich deswegen nicht schlecht fühlst, ermahnte ihn die andere Stimme. *Wegen der Burschen, die du jetzt gleich töten wirst. Fühl dich deswegen nicht schlecht, Rechs.*

Rechs drückte den Aufzugsknopf, der ihn zum Verteidigungsnetzwerks-Gewölbe bringen würde. Vom Funkverkehr unter den Legios ausgehend schien es so, als ob die Bruderschaft den größten Teil ihrer Energie darauf konzentrierte. Warum sollte sich irgendein hiesiger Gangster dafür interessieren, was das Verteidigungsnetzwerk zu bieten hatte?

Du bist nicht hier, um das herauszufinden. Du bist hier, um den Mann zu töten, der Maydoon getötet hat. Für das Mädchen. Für Prisma. Mehr nicht. Die Republik konnte niemand mehr retten. Caspo und Telos hatten das gezeigt.

Die Etagen rauschten an ihm vorbei.

Er hörte Maras Stimme, die heute Mutter Ree war, wie sie ihm sagte — nein, ihn daran erinnerte —, dass er eine Art Ritter auf einer endlosen Suche war, nur konnte er sich nicht mal mehr daran erinnern, diesen Auftrag erhalten zu haben.

Fast da.

Was soll es sein, Rechs?, fragte er sich selbst. Die Aufzugtür öffnete sich.

Schlecht fühlen oder… auf Sieg spielen?

Er blickte auf die Rücken eines Legionärs-Zugs, der sich entlang des Korridors, der den Zugang zu den Schutzräumen der Sektorensicherheitsverwaltung bildete, ein heftiges Feuergefecht mit der Bruderschaft lieferte.

Er schoss den Legios in den Rücken, bis sein schweres Blastergewehr zu heiß wurde.

Einer drehte sich um und zielte auf Rechs. Rechs zog schnell wie eine Hyperschlange die Handkanone aus seinem Oberschenkelholster und pumpte dem Legio drei Kugeln in den Leib. Dem jungen Mann. Wer immer er auch für jemanden gewesen sein mochte.

Der Junge brach an Ort und Stelle zusammen. Die Einschusslöcher in seiner schillernden Panzerung rauchten.

Die Mörder der Bruderschaft hatten ihr Dauerfeuer eingestellt und sahen zu, wie der in einer alten Mark-I-Panzerung kämpfende Kopfgeldjäger die Legionäre umbrachte, die sie zu töten versucht hatten. Bis er sie ins Visier nahm.

Er aktivierte seinen tragbaren Verteidigungsschild gerade noch rechtzeitig, um drei Treffer abzuwehren. Diesen hielt er zwischen sich und der Bruderschaft hoch, nur um an seinem flüchtigen roten Schimmern vorbeizugreifen und mit der Handkanone das Feuer zu eröffnen. Ein Typ ging in die Knie, hielt sich den Unterleib und schrie wie am Spieß. Bei einem anderen zerplatzte der Schädel und verwandelte sich schlagartig in roten Nebel. Andere Opfer wurden von dem Aufprall der Überschallgeschosse aus abgereichertem Uran zurückgeschleudert, die mit unglaublicher Gewalt ihre Körper durchlöchern.

Blastertreffer waren eine Sache. Projektilwaffen waren um ein Tausendfaches brutaler.

Der Gruppenanführer der Bruderschaft hielt sein Funkgerät in der Hand und befahl ihnen, sich paarweise zum Schutzgewölbe zurückzuziehen.

»Sofortiger Rückzug. Marsch! Marsch!«

Rechs folgte ihnen und feuerte, geschützt durch seinen Energiedisruptorschild. Dreißig Sekunden später versagte dieser Schutz, aber das spielte keine Rolle mehr. Rechs befand sich nun mitten unter ihnen und feuerte mit einer Hand aus nächster Nähe auf ihre Verbundpanzerungen und führte seine kohlefaserverstärkte Machete mit der anderen. Einem hässlichen Dantha schoss er ins Gesicht, und einem anderen Killer zerfetzte er die Kehle, als der Typ mit einem fiesen Vibromesser auf ihn zustürmte.

Zwei weitere versuchten ihn mit ihren Blastergewehren zu erwischen, aber Rechs duckte sich und warf seine Machete, die einen Augenblick später in der Brust eines der Männer steckte. Rechs schoss mit der Handkanone auf den anderen. Rohe Gewalt aus nächster Nähe, von Mann zu Mann, in einer abgehackten Abfolge gewaltsamen Todes.

Als er beide Schützen erwischt hatte, schnappte er sich seine Klinge und machte sich daran, die nächste Verteidigungslinie zu durchbrechen. Er nutzte seine Handkanone nun im Dauerfeuer, um so viele Schüsse wie möglich auf die Ziele vor ihm zu richten. Schlecht gezielte Schüsse prallten neben ihm an der Wandverkleidung ab, und Rauch und Dunst im Korridor erschwerten mittlerweile den freien Blick. Das Heulen der Blastergewehre vermischte sich mit dem *Brrrrp* der Handkanone.

Rechs wechselte auf Infrarot, um besser zielen zu können. Er näherte sich dem Gegner inmitten des Korditdunsts und den Blastergasen und schlug dann mit seiner Machete auf sie ein, während sie husteten und zu fliehen versuchten.

Einer von ihnen schlug ihm mit einer Disruptorkeule auf die linke Schulter. Nahezu unerträgliche, brennende Schmerzen rasten von seiner Schulter den Arm hinab — die gesamte Körperseite fühlte sich an, als hätte sich ein Schwarm tödlicher Mumien-Bienen dort eingenistet. Die Machete entglitt seinem Griff. Seine Panzerung warnte ihn vor einem Herzinfarkt. Mehrere Herzschläge waren einfach aus seiner Telemetrie verschwunden.

Rechs rammte dem Typen den Schaft seiner Handkanone ins Gesicht und erschoss ihn noch zur Sicherheit, als er zu Boden gefallen war.

Dann schrie er vor Schmerzen. Das stechende Brennen verwandelte sich in ein Gefühl, als ob Napalm durch seine Adern flösse.

Er stolperte vorwärts und zerrte seine linke Körperhälfte mit. Dann tastete er mit seiner tauben Hand nach einem Gegengift-Injektor und rammte ihn sich in den Oberschenkel. Er hatte keine Ahnung, ob das überhaupt was bringen würde.

Immerhin ein bisschen.

Direkt vor ihm schloss sich die Sprengtür des Netzwerkgewölbes wie sich die menschliche Pupille bei Lichteinfall verengte. Durch die schnell kleiner werdende Öffnung konnte er das dahinter liegende, strahlend weiße Schutzgewölbe sehen. In dem Raum standen zwei große Mitglieder der Bruderschaft und ein Mann in einem schwarzen Kapuzenumhang. Der Mann stand vor dem Sektorenverteidigungs-Leitsystem und hielt eine Akkreditierungsdatenkugel in der Hand.

Rechs steckte seine Waffe wieder weg und packte die Tür zum Schutzgewölbe.

»Maximale Leistung!«, brüllte er seiner Panzerung zu.

Die hydraulischen Kräfte verdreifachten sich und erreichten den roten Bereich, als Rechs die riesige Metalltür auseinanderriss. Die Energiereserven seiner Panzerung lagen nun unter zwanzig Prozent.

Als Rechs durch die Öffnung tat, wurde er von einer Salve Blasterschüsse empfangen. Einer erwischte ihn am Unterarm, doch seine Panzerung lenkte die Energie ab, die in die Decke zuckte. Trotzdem war es ein heftiger Schlag. Er zog seine Handkanone und erwiderte das Feuer.

Die drei Mitglieder der Bruderschaft wichen zurück und flohen in die Katakomben, die zum zentralen Knotenpunkt des Netzwerks führten. Von hier aus wirkte es, als ob man sich im Zuhause eines riesigen Roboterinsektenschwarms befand.

Durch seinen Schallmelder hörte Rechs das Geräusch sich nähernder Legionärsstiefel. Dann sollte es wohl so sein. Er bewegte sich vorwärts, die Handkanone im Anschlag, und betrat den Netzwerkknoten. Zwei Räume später den Korridor entlang wurde er vom Kreuzfeuer schwerer Blastergewehre empfangen.

Als er die Löcher in den Wänden des wabenförmigen Netzwerks betrachtete, wusste Rechs, dass man diese Waffen auf Überlastung geschaltet hatte, und dass dies ausreichte, um seiner Panzerung ordentliche Löcher zu verpassen. Blastergewehre auf dieser Einstellung abzufeuern war sehr gefährlich. Was bedeutete, dass sie etwas über seine Panzerung wussten. Sie wussten, dass ihm durchschnittliches Blasterfeuer nicht wirklich etwas anhaben konnte. Anders ausgedrückt wussten dies zwei Männer, die für Goth Sullus arbeiteten, wer immer er auch war. Und sie wussten, dass er auf der Jagd nach ihnen war.

»Warnung!«, verkündete eine automatische Ansage des Netzwerkverteidigungssystems. »Unautorisierter Zugriff ist erfolgt.«

Rechs schlug über einen anderen der röhrenförmigen Korridore einen Haken und kam in den Rücken eines der Männer, die ihn ins Kreuzfeuer genommen hatten. Er erschoss den Typen. Er feuerte auf den anderen, der ihm gegenüber Position bezogen hatte, aber er verfehlte sein Ziel. Er hörte, wie er zurückwich und dabei wie wahnsinnig kicherte.

»Wir wussten immer, dass du auftauchen würdest, Rechs! Wir haben eine große Überraschung für dich!«

Rechs rannte los. Alles, was jetzt noch zählte, war maximale Geschwindigkeit. Diese Drohung, dieser Spott, diese Herausforderung, all das hatte ihn bloß ablenken und aufhalten sollten. Zumindest hatte es diesen Eindruck auf Rechs gemacht. Aber selbst Rechs wusste, dass es auch eine Art Einladung war, ihnen zu folgen.

Sie brauchten Zeit, um das zu tun, was sie hier erreichen wollten. Aber nicht ewig.

Rechs rannte den Hauptzugangskorridor entlang und stürmte in den zentralen Netzwerkknotenpunkt, die Waffe im Anschlag. Blinkende Warnleuchten und Tragbalken in gelben Warnfarben machten ihm deutlich, welche Gefahren in diesem Raum drohten. Aber es war niemand mehr da. Man hatte alle Konsolen verschlüsselt, um zu verbergen, welcher Zugriff hier stattgefunden hatte.

Es gab nur eine einzige Sache, die hier von Bedeutung war. Rechs war lange genug General der Republik gewesen, um dies zu begreifen — und noch einiges andere, das niemand jemals erfahren würde. Er wusste genau, wofür die Sektorenverteidigungsnetzwerke eigentlich gedacht waren. Sicherheitsrelevante Informationen im Fall von weitreichenden Auseinandersetzungen. Automatisierte Schutzmaßnahmen, Codes und Zugangsberechtigungen. Krieg. Es ging hier nicht um Überfälle irgendeiner Art oder Entführungen, sondern um einen intergalaktischen Krieg.

Deswegen hatte Goth Sullus Maydoons Akkreditierungsdatenkugel haben wollen. Deswegen hatte er Prismas Vater getötet. Der Mann hatte eine geheime Zugangsberechtigung für alle Sicherheitsebenen besessen, selbst für die, von denen eigentlich niemand wissen sollte.

Aber er fragte sich erneut, warum irgendein hiesiger Gangster, der sich am Rand der Galaxie mit Schmuggelware einen Namen machen wollte, sich Gedanken um das große Ganze machte. Wollte sich Goth Sullus vielleicht bei den RMK einschmeicheln? Wer sich gegen eine echte Reaktion der Republik wehren wollte, der brauchte Großkampfraumschiffe und eine Armee in der Größenordnung der Legion, selbst wenn man alle Informationen aus dem Verteidigungsnetzwerk besaß. Man musste sich immer noch gegen einen drohenden, totalen Krieg wehren können. Man brauchte Raumschiffe, Kriegs-Bots, Kämpfer. Man brauchte eine weitere Legion, um gegen die Legion antreten zu können.

Und die gab es nicht.

All das war im Besitz der Republik, und die besaß mehr als genug von dem Zeug. Das war die Wahrheit: Wenn die Republik beschloss, dich zu vernichten, dann könnte sie das tun. Problemlos. Wenn sie die Zeit dazu hatte.

Wenn man sich ins Verteidigungsnetzwerk hackte, dann würde man lediglich herausfinden, wie sie dabei vorgehen würde.

Dem alten Kopfgeldjäger lief es kalt den Rücken hinunter. *Das ist er.*

Bleib am Rand. Warte.

Goth Sullus... Wer immer er ist... das ist er. Aber nur, wenn du dich erinnern kannst, wer ‚er' ist.

Hast du es nicht schon die ganze Zeit gewusst?

Nur kann ich mich nicht an das erinnern, was ich weiß. Verdammt nochmal, ich lebe schon viel zu lange.

Er stürmte durch den Raum in den Korridor auf der anderen Seite. Er warf sich neben den nächsten Treppenabsatz und sah nach oben.

Weit über ihm kletterte eine Gestalt in einem Umhang in die dunklen Winkel unterhalb des Dachs.

Rechs zwang sich zum Laufen und nahm bei jedem Schritt zwei Stufen auf einmal. Und schnappte nach Luft. Blasterblitze prallten um ihn herum an den Wänden ab, während er nach oben rannte. Er hörte das plötzliche Zischen eines pneumatischen Tors und wusste, dass seine Zielperson es durchschritten hatte. Er rannte trotzdem weiter.

Als er das Tor erreichte, hatten sie es bereits verriegelt. Er warf einen Blick auf seine Energiereserven und musste feststellen, dass sie sich schnell ihrem Ende näherten.

Er zog sein schweres Blastergewehr und feuerte auf das Tor. Nichts.

Auf der anderen Seite hörte er, wie der Antrieb eines Raumschiffs kurz vor dem Abheben aufheulte.

Er zog eine Splittergranate und klatschte sie auf das Tor. Dann zog er den Sicherungssplint und wich einige Schritte zurück. Die plötzliche Explosion aus Energie und Hitze durchschlug das Tor. Rechs hörte Schritte und sah nach unten. Noch mehr republikanische Legionäre kamen hinter ihm die Treppe hinauf.

Dass jemand das Verteidigungsnetzwerk gehackt hatte, bereitete ihm zunehmend Sorgen. *Schieß das Raumschiff ab*, ermahnte er sich. *Halte es auf, bevor es anfangen kann. Halte Goth Sullus auf, bevor die Galaxie wieder in Brand gerät. Bist du nicht deswegen hier draußen? Hast du nicht deswegen hier gewartet?*

Etwas Unbekanntes hatte beschlossen, den Stand der Dinge in der Galaxie zu verändern. Und bei allen

Schwächen hatte die Republik doch einen Vorteil: Sie war eine bekannte Größe. Mit ihr konnte man arbeiten. Aber das Unbekannte... Tja, das war der Punkt. Niemand kannte es. Wer wusste schon, welche Form die Galaxie als Nächstes annehmen würde? Es gab Albträume, und es gab völlig verrückte Albträume. Rechs hatte sie hier draußen am Rand selbst gesehen, jenseits der Republik. Albträume, die leider wahr werden konnten, wenn sich die Macht in den falschen Händen befand.

Er trat durch die rauchende Öffnung.

Die *Siren of Titan* hob bereits von der Plattform ab. Rechs stürmte vor und feuerte auf die empfindlichsten Stellen an der Raumschiffsunterseite, in der Hoffnung, dass er damit das Raumschiff zerstören konnte. Aber keiner seiner Schüsse fand sein Ziel, und das Raumschiff raste hinauf in das strahlende orangefarbene Dämmerlicht über Andalore. Wenige Sekunden später war es ein neuer Stern auf seinem Weg in die Dunkelheit der Galaxie. Rechs sah ihm hinterher.

Er hörte, wie die Legios unter ihm Jagd auf ihn machten.

Er hatte kaum mehr Energie. Die Munition war auch praktisch alle. Und er war müde. Aber er würde kämpfen. Er würde wahrscheinlich kämpfen, bis er starb, was in den nächsten Augenblicken der Fall sein konnte. Aber die Republik war in Schwierigkeiten — und er würde alles tun, wie er es schon immer getan hatte, um sie noch einen weiteren Tag zu beschützen.

Er hörte, wie sie über den L-Kanal tote Punkte ausriefen, Deckung suchten, heiß darauf waren, gegen ihn zu kämpfen, aber Angst hatten, ihn zu stellen.

Die Legion kam, um sich Tyrus Rechs zu holen.

KAPITEL 25

»Na los, schneller!«, rief Keel über die Schulter zurück. Er rannte eine schmale Gasse außerhalb des Regierungsbezirks und seinem Park entlang, und nur Ravi und der Wobanki hielten Schritt mit ihm. Als er die Kreuzung zur Straße erreichte, bedeutete er dem Katzenwesen mit seiner Blasterpistole, Deckung hinter einem umgekippten Müllcontainer zu suchen.

Keel warf einen schnellen Blick um die Ecke auf die Straße und ging dann wieder in Deckung. »Vier Legionäre«, teilte er Ravi mit. »Die stehen bloß rum. Wahrscheinlich, um die Straße abzuriegeln.«

Das Hologramm spielte mit seinem Schnurrbart warf einen Blick zurück auf die anderen, die sich bemühten, zu ihnen aufzuschließen. »Captain, du musst dein Tempo anpassen. Die anderen können nicht mit dir mithalten. Die Prinzessin kümmert sich um das Mädchen — das eben nur ein Mädchen ist —, und Garret ist wohl kaum ein Beispiel für sportliche Konditionierung.«

Nicht angesprochen blieb das unschlüssige Wanken des Kriegs-Bots. Man hatte sie gebaut, um zu töten, nicht um zu rennen.

»Tja, wenn sie sich nicht ein bisschen beeilen, werde ich sie zurücklassen.«

Ravi runzelte die Stirn. »Das Mädchen hat seine Eltern verloren. Du schlägst doch nicht etwa vor, sie hier stehen zu lassen?«

Keel warf einen weiteren Blick auf die Legionäre, lehnte sich dann an die Wand und überprüfte das Batteriepack seiner Blasterpistole. »Die Galaxie ist voller Waisen, Ravi. Sie sind nicht alle mein Problem.«

»Ja, aber das Geld, das Tyrus Rechs dir versprochen hat, setzt voraus, dass sie zu deinem Problem wird.«

Keel verdrehte die Augen. »He, Skrizz. Hattest du irgendeine Ahnung, dass dein Fossil von einem Partner reich ist?«

Das Katzenwesen gab ein ablehnendes Zischen von sich. »Aber du meinst doch auch, dass er das bezahlen kann, oder?«

Der Wobanki maunzte zweifelnd, knurrte dann aber einige kurze, leise Tonfolgen.

»Ist ja nicht meine Schuld, dass du nicht mit ihm verhandelt hast, bevor du dich ihm angeschlossen hast.« Keel wandte sich wieder an Ravi. »Na gut, ich werde langsamer vorrücken. Es sind einfach zu viele Credits im Spiel. Ich habe da eine Idee.«

Leenah tauchte neben ihm auf. Sie hielt Prisma an der Hand und beide schnappten nach Luft.

»Ich will bei Crash sein!«, jammerte Prisma. Das Mädchen schien die Prinzessin mit ihrer rosafarbenen Haut ins Herz geschlossen zu haben, aber das hinderte sie nicht daran, ständig über die Schulter zu ihrem Kriegs-Bot zurückzublicken.

»Tja, tut mir leid«, sagte Keel freiheraus. »Der Bot zieht Blasterfeuer magisch an. Wenn du mit ihm durch die Straßen läufst, wirst du dich dem Rest deiner Familie anschließen.«

»Das ist mir egal. Wir stecken da jetzt alle zusammen drin«, sagte Prisma und reckte ihm trotzig das Kinn entgegen.

»Mir ist es *nicht* egal«, sagte Keel und beugte sich hinunter, um Prisma direkt in die Augen schauen zu können. »Ich verdiene eine Menge Geld, wenn ich dich am Leben halte. Du kannst aber auch dumm sein und dafür sorgen, dass du früher stirbst. Außerdem brauche ich den Bot für...« Er richtete sich wieder auf. »Warum diskutiere ich mit einem Kind?«

Leenah legte schützend eine Hand auf Prismas Schulter. »Für Prisma ist unser Tempo zu schnell.«

»Ja«, pflichtete Garret ihr bei, als er zu ihnen aufschloss. Er rang förmlich nach Luft. »Für mich auch.« Der Bot traf direkt nach ihm ein.

Der Hacker ist wirklich nicht in Form, wenn er kaum schneller als ein Kriegs-Bot laufen kann, dachte Keel.

»Ich habe eine Lösung«, sagte er. Er setzte seinen Helm auf und wurde wieder zu Wraith. »Hört mal, versteckt alle eure Waffen und streckt eure Hände so aus.« Er hielt seine Arme vor sich, als ob sie in Handfesseln steckten. »Außer, ähm, du, Crash.«

Die Truppe folgte seinem Befehl. Sie steckten ihre Waffen unter Jacken und Hosenbünde und taten so, als wären sie gefangen genommen worden.

Keel gab seinem Navigator ein Zeichen. »Ravi, lass deine TT3-Bots über alle Handgelenke Energiefesseln projizieren.«

Kurz darauf trugen Prisma, Garret, Skrizz und Leenah über ihren Handgelenken holografische Handfesseln.

»Ich glaube, ich weiß, was du vorhast«, sagte Ravi und nahm das Aussehen eines Gefangenen an, bevor er sich selbst Energiefesseln anlegte.

»Gut«, sagte Keel. »Folgt mir. Crash, du kommst als Letzter. Halte deinen Blaster auf den Wobanki gerichtet, aber erschieß ihn nicht. Außer ich sage es.«

Skrizz knurrte warnend.

»Entspann dich«, sagte Keel. »War ja nur ein Scherz.«

Keel marschierte in der geübten, disziplinierten Schrittweise des Legionärs auf die Straße. Seine Gefangenen folgten ihm mit gesenktem Blick. Crash bildete stampfend die Nachhut.

Keel hob eine Hand hoch. »Ihr vier!« Die Legionäre drehten sich überrascht um.

»Wer bist du denn?«, fragte der Legionär mit den Abzeichen eines Sergeants.

Keel nutzte seinen Helm, um sich in den L-Kanal einzuklinken und mit den Legionären direkt zu sprechen. »Wie sieht das für dich aus, Legio? Ich gehöre zu Dark Ops.«

»Man hat uns nicht mitgeteilt, dass Dark Ops auf dem Planeten im Einsatz sind«, antwortete ein anderer Legionär.

»Das ist ja genau der Trick«, sagte Keel. »Wir brauchen eine Bestä—«

Keel schickte jedem der Legionäre per Infrarotwelle eine direkte Übertragung. Auf ihren Head-up-Displays war nun die höchste Freigabestufe zu erkennen, neben dem Rang und Rufzeichen: Wraith.

Die Legionäre nahmen schlagartig Haltung an. »Entschuldigen Sie, Sir.«

»Es sieht wie folgt aus«, sagte Keel und ignorierte die Entschuldigung. »Mein Team kämpft gerade gegen Söldner der Bruderschaft, aber ihr Anführer, Tyrus Rechs, macht ihnen das Leben zur Hölle. Das hier ist Rechs' Mannschaft. Ich habe den Befehl vom Rat des Senats, sie auf der Stelle vom Planeten weg und in die Hauptstadt zu bringen. Ihr vier seid meine neue Eskorte.«

»Selbst das Kind?«, fragte der Sergeant.

»Was geht dich das an, Legio?«, blaffte Keel. »Ist sie deine Tochter?«

»Wir haben den Befehl vom Sektor-Colonel diese Straße freizuhalten.«

Keel schüttelte den Kopf. »Betrachtet ihn als aufgehoben. Und gern geschehen. Die Ernannten stellen wieder jede Menge Mist an. Vermutlich vergessen sie, dass ihr hier seid und ordnen einen Buzz-Flieger-Angriff auf eure Position an.«

Einer der Legionäre trat vor. »Ich bin zufälligerweise vom Haus der Vernunft als Second Lieutenant ernannt wurden, und—«

»Dann wissen Ihre Männer genau, wovon ich rede«, unterbrach ihn Keel. »Auf geht's.«

Er ging weiter in dem Wissen, dass die Legionäre sich ohne jeden weiteren Kommentar fügen würden. Und das taten sie auch. Je zwei von ihnen marschierten zu seiten der Gefangenen.

Diese spielten ihre Rolle hervorragend und sahen auf ihre Schuhe hinab, ohne ein Wort zu sagen.

»Ähm, Sir?«, fragte einer der Legionäre über die L-Frequenz.

»Was denn, Legio?«, fragte Keel brüsk, aber nicht so harsch, dass sich der Soldat dafür geschämt hätte, sich zu melden.

»Ist das da... ein Kriegs-Bot hinter uns?«

Keel drehte sich gespielt gründlich um, als ob er sehr genau nachschauen wollte, von welchem Kriegs-Bot der Legionär da sprach. »Oh ja. Wenn du ihn in Ruhe lässt, wird er dich auch in Ruhe lassen.«

Sie waren nur noch eine Minute von den Landebuchten entfernt, als eine Meldung über den L-Kanal reinkam. »Spiral Company, hier Major Bex. Der L-Kanal ist durch einen unbekannten Angreifer kompromittiert worden. Die *Intrepid* wird eure Verbindung in dreißig Sekunden neu verschlüsseln. Allerdings gilt für alle die Warnung, dass ein Kriegs-Bot aus den Barbarischen Kriegen eindeutig als unser nächstes Hauptziel festgelegt worden ist. Ihr seid gewarnt. Ihr seid informiert. Spiral-1, Ende. TSZ.«

Die Legionäre blieben wie angewurzelt stehen, und ihre Gefangenen taten es ihnen gleich.

Keel drehte sich langsam zu seiner gekaperten Eskorte um. »Wahrscheinlich ein anderer Bot«, sagte er. »Der hier gehört zu meinem Team. Nicht wahr, Kriegs-Bot?«

»Ich diene der Republik«, dröhnte Crash in seiner schrecklichen Stimme.

»Seht ihr?«, meinte Keel. Er hoffte, dass das ausreichen würde.

Einige Sekunden lang standen die Legionäre schweigend da. Dann richteten sie alle ihre N6-Blastergewehre gleichzeitig auf Keel.

»Warum haben Sie uns nicht über den L-Kanal geantwortet?«, fragte einer der Legionäre über seinen externen Helmlautsprecher. »Wir haben den Kanal gewechselt, und Sie reagieren nicht auf unsere Anfragen.«

»Tja, Jungs«, sagte Keel und schaltete geschickt auf stur. »Ich bin schließlich nicht auf der *Intrepid* hierhergekommen, oder?«

»Dark Ops oder nicht«, sagte der ernannte Lieutenant und ging auf Keel zu, »wir müssen das kontrollieren und Sie in Gewahrsam nehmen, bis der Rep-ND Sie bestätigt.«

»Das verstehe ich vollkommen«, sagte Keel. Er legte den Hebel an seinem Hinterschaftlader auf Maximalleistung. So wie die Legios standen, konnte er vielleicht wieder zwei mit einem Schlag erwischen.

»Vierzehn Prozent«, sagte Ravi, was ihm einen misstrauischen Blick vom Legionär neben ihm einbrachte.

Vierzehn Prozent? Es war absolut unmöglich, dass diese Legionäre, die ohne es zu ahnen von einer feindseligen Mannschaft und einem Kriegs-Bot umgeben waren, so gute Chancen hatten. Außer natürlich...

Keel drehte sich langsam um. Ein Zug regulärer Infanteristen der Republiksarmee kam auf der Straße auf sie zu, flankiert von zwei Kampfgleitern.

Jetzt ergab Ravis Berechnung wesentlich mehr Sinn.

»Ja, das verstehe ich«, sagte Keel und entspannte sich. »Aber ich kann keine Verzögerung in Bezug auf diese Gefangenen akzeptieren. Ich werde euch begleiten, und der Bot kann auch mitkommen. Aber können zwei von euch wenigstens diese Truppe hier zur Landebucht bringen? Ein Transportshuttle wartet dort auf uns.«

Die Legionäre mussten dies über einen sicheren Kanal besprechen, denn Keel bekam keine direkte Antwort. »Gefangene«, blaffte Keel. »Auf die andere Straßenseite.« Er deutete auf die Seite des Straßenblocks, der den Landebuchten des Raumhafens am nächsten war.

Leenah brachte Prisma dorthin, und Skrizz und Garret folgten ihnen.

»He!«, meldete sich der ernannte Legionär.

Ravi stand reglos mitten auf der Straße. Keel nickte ihm zu. Ravi erwiderte das Nicken.

»Oh, nein!«, rief Keel gespielt überrascht. »Der da hat ein Schwert!«

Aus den vielschichtigen Falten des Universums tauchte ein großes, glänzendes Khanda in Ravis Hand auf. Der Navigator hob es über seinen Kopf und stürzte sich auf die Legionäre, während Keel zur restlichen Mannschaft hinüberrannte.

Zuerst schien es so, als ob diese neue Bedrohung in den Köpfen der Legionäre gar nicht angekommen war. Sie standen wie angewurzelt da, während Ravi auf sie zustürmte. Das Hologramm schlug mit dem Schwert auf den ersten Legionär ein und durchtrennte die spiegelnde Panzerung des Manns, als ob sie aus dünner Folie bestünde.

Der Legionär schrie auf und brach zu Ravis Füßen zusammen.

Das weckte die anderen Legionäre aus ihrer Starre. Sie feuerten gemeinsam auf Ravi, aber ihre Blasterblitze schossen wirkungslos durch ihn hindurch. Einer der Schüsse traf einen der anderen Legios mitten in die Brust, was ihn zu Boden gehen ließ.

Die das Hologramm projizierenden TT3-Bots gingen in Flammen auf und fielen wie dicke Fliegen zu Boden, die man mit einer Insektenfalle erwischt hatte, da sie von mehreren Blasterblitzen getroffen wurden.

Keel bedeutete seiner Mannschaft sich in die nächste Gasse zu begeben. »Los jetzt! Direkt zu den Raumschiffen! Bleibt nicht stehen! Tragt das Kind, wenn es sein muss!«

»Warte!«, widersprach ihm Garret. »Die TT3s! Er kämpft immer noch — irgendwie, aber wie?«

»Denk über die wirklich tiefsinnigen Fragen später nach«, schrie Keel und stieß den Hacker an, damit er loslief.

Ravi ließ das Schwert über seinen Kopf wirbeln und entwaffnete seine Feinde in einem Schwung. Blastergewehre klapperten zu Boden, und die beiden überlebenden Legionäre hielten entsetzt ihre Hände hoch.

»Ihr solltet fliehen«, empfahl ihnen Ravi. »Eure Leben sind wichtiger, als man es euch in der Ausbildung beibringt.«

Der Zug kam nun schnell auf sie zu, eröffnete aber nicht das Feuer — wahrscheinlich aus Furcht, die beiden überlebenden Legionäre zu treffen.

Zwei Blasterblitze kamen von Keels Seite der Straße, und die beiden Legionäre brachen tot zusammen.

Ravi drehte sich zu seinem Captain um. Er sah aus, als ob er gegen die Tatsache, dass Keel die Legionäre erschossen hatte, protestieren wollte, aber er wusste, dass Keel ihm kein Gehör schenken würde.

»Crash!«, rief Keel dem Kriegs-Bot zu. »Verschaff uns ein bisschen Zeit gegen diese Infanteristen!«

»Verstanden«, blaffte der Bot in einer so tiefen und furchterregenden Stimme, dass man hätte glauben können, dass sie den Boden zum Beben brachte.

Der Bot hob seinen Arm und deckte die Legionäre mit einem Blastergewitter ein. Zahlreiche Infanteristen gingen bei diesem Beschuss zu Boden, einige versuchten ungeschickt, das Feuer zu erwidern, während andere wiederum die vermeintliche Sicherheit von Eingangstreppen und Nebengassen aufsuchten.

Ratt-tatt-tatt! Der Kampfgleiter mischte sich mit seinem Zwillingsgeschütz in den Kampf ein. Seine Treffer rissen das Kopfsteinpflaster auf und rasten durch Ravi hindurch. Ein Treffer erwischte den Bot auf seiner gepanzerten Brustplatte, was ihn einen Schritt zurückweichen ließ, um nicht zu stürzen.

Ein Kleinformatrakete mit hoher Detonationskraft tauchte aus einem Fach auf Crashs Schulter aus. Die Rakete startete mit einem Zischen und einer grauen Rauchspur. Sie raste auf den Kampfgleiter zu und traf ihn direkt unterhalb der Bugrepulsoren. Die Explosion wirbelte den Gleiter in die Luft und ließ Soldaten in alle möglichen Richtungen fliegen.

»Munition aufgebraucht«, verkündete der Kriegs-Bot. Diese Maschinen konnten ordentlich austeilen, aber nicht allzu lang. Sie brauchten bald Nachschub, wenn sie an einer längeren Auseinandersetzung teilnehmen sollten. »Erwarte neue Befehle.«

»Lauf!«, brüllte Keel.

Der Captain hatte schon bald zu seiner Mannschaft aufgeschlossen. Skrizz hatte sich neben einen Müllschlucker gekniet, um Keel Feuerschutz zu geben. Keel suchte Deckung und schoss dann auf die Soldaten, damit Skrizz zur Landebucht laufen konnte. »Lauf zu deinem Schiff!«, rief ihm Keel zu.

Aber das Katzenwesen blieb an Ort und Stelle. Er plapperte irgendetwas in seiner jaulend vorgetragenen Sprache und hielt eine Fernsteuerung hoch.

»Todsichere Methode, um dein Raumschiff abschießen zu lassen«, sagte Keel »Egal, wie schlau eure KI ist.«

Ravi kam langsam auf Keel zu, und das war gut so. Die Infanteristen feuerten weiter auf das Hologramm und fragten sich zweifellos, warum sie keinen sauberen Treffer landen konnten. Das sorgte dafür, dass Keels Kopf frei von vorbeischießenden Blasterblitzen blieb, und das war ganz im Sinne von Aeson Keel.

Der Bot stampfte vorwärts, um zum Captain und dem Wobanki aufzuschließen. Mit jedem seiner schweren Schritte erbebte die Straße. Da er immer noch darauf programmiert war, ihren schrittweisen Rückzug zu unterstützen, blieb er bei ihnen stehen und verkündete: »Munition aufgebraucht.«

»Ja, ich weiß.« Die Wand direkt über Keels Kopf bekam einen Blastertreffer ab, was Mauerwerk und Funken auf ihn herabregnen ließ. »Bleib hier und tu, was du kannst, damit Skrizz auf sein Schiff kommt.«

Keel wandte sich an den Wobanki. »Sie landet auf der Kreuzung hinter uns?«

Skrizz knurrte zustimmend.

Keel nickte. »Okay. Wir stellen im Orbit eine Verbindung her und teilen die Sprungkoordinaten.«

Der Wobanki knurrte eine Frage in Richtung Keel.

»Nein«, sagte Keel und kam auf die Beine. »Sie kommt mit mir mit. Ich will sicherstellen, dass Rechs auch wirklich seine Schulden bezahlt. Ich würde ja dich mitnehmen, aber das alte Fossil schien sich mehr für ihr Wohlergehen zu interessieren als für dich, nichts für ungut.«

Skrizz , Jaulen machte klar, dass ihm das nichts ausmachte, und er feuerte weiter auf den Gegner, während Keel die restliche Strecke zur *Indelible VI* rannte.

KAPITEL 26

Keel duckte sich kurz, als die Laderampe der *VI* sich hinter ihm schloss. Er warf seinen Helm auf das Deck und ging in Richtung Cockpit.

»Alle anschnallen, das wird knackig!«, rief er — und blieb dann kurz stehen, als er erkannte, dass sie alle schon auf den Notsitzen angeschnallt waren, selbst das Mädchen. »Oh, schön.«

»Wo ist Crash?«, verlangte Prisma zu wissen. Ihre Stimme war leise, aber es klang trotzdem fast wie ein Befehl. Wie ein reiches Mädchen, das von einem Diener eine Antwort erwartete.

»Er hilft deiner Katze an Bord des Raumschiffs vom alten Mann zu kommen«, sagte Keel, während er die Schichten seiner Panzerung ablegte und die *VI* im Hintergrund die Vorbereitungen für den Abflug traf. Er wusste, dass Ravi seine Intelligenz zum Raumschiff hatte springen lassen und er alles, was noch von den TT3-Bots übrig war, zurückgelassen hatte.

»Was?«, rief Prisma.

»He, es ist alles in Ordnung«, sagte Leenah tröstend. »Wir werden dir nicht wehtun. Hier bist du sicher.«

»Nein!«, protestierte Prisma lautstark und stemmte sich gegen die Gurte. »Ich sollte auf der *Crow* sein, mit Crash und Skrizz und Rechs! Ich werde entführt!«

Keel beugte sich zu ihr hinunter und hielt Prisma seinen Zeigefinger vors Gesicht. »Nein! Entführer wollen ihre Opfer mitnehmen. Ich kann es kaum erwarten, dich zurückzugeben!«

Prisma versuchte, Keel in den Finger zu beißen, aber die Reflexe des Captains waren zu schnell.

»Du solltest niemanden beißen«, wies Leenah sie zurecht.

Garret wedelte mit den Händen, um Keel auf sich aufmerksam zu machen. »Captain Keel, ich habe gesehen, wie Ravi ohne seine TT3-Bots funktionierte, und er ist ohne sie auf dem Raumschiff aufgetaucht, nur kurz nachdem wir an Bord gegangen sind. Wie—«

Keel winkte ab. »Du hast wahrscheinlich bessere Arbeit mit den Bots geleistet, als dir klar war, und er konnte wohl ein paar aufgeben. Im Notfall kann er immer von den Bots zum Raumschiff, frag mich aber nicht wie. Du wirst ihm halt ein paar Neue bauen müssen.«

»Ich bin mir nicht sicher, ob ich die Zeit—«

»Ich habe leider auch keine Zeit mehr fürs Plaudern«, sagte Keel. Er lief in Richtung Cockpit.

Und wie erwartet saß Ravi bereits dort. Keel ließ sich in seinen Stuhl fallen, während Ravi die *VI* aus ihrer Landebucht gen Himmel steuerte.

Ein pfannkuchenförmiger, leichter Frachter flog in einer geraden Linie an ihnen vorbei. Er war ziemlich alt und ramponiert, und die Pilotenkuppel aus metallverstärktem Glas saß in seiner Mitte. Sein Antrieb heulte laut auf, als er zum Landeanflug auf der Kreuzung ansetzte, wo sich Skrizz und Crash aufhielten. Die restlichen Infanteristen bewegten sich auf ihre Position zu.

»Lass uns ihnen ein bisschen Feuerschutz geben und dann in den Orbit fliegen«, sagte Keel.

Keel ließ die *VI* erst aufsteigen und steuerte sie dann zur Seite nach unten, um zu einem Tiefflugangriff durch die Stadt anzusetzen. Die Unterseitengeschütze deckten die Straße unter ihnen, auf der es vor Infanteristen der Republiksarmee nur so wimmelte, mit heftigem Blasterbeschuss ein. Das Fußvolk sprang panisch zur Seite, als die *VI* mit ihrem aufheulenden Antrieb den Himmel zu zerreißen schien.

»Okay«, sagte Keel ruhig. »Lassen wir mal die Atmosphäre hinter uns.«

Ein Piepsen ertönte, begleitet von einer rot blinkenden Warnleuchte. »Die Sensoren teilen mir mit, dass wir von einem republikanischen Buzz-Flieger verfolgt werden«, sagte Ravi, während seine Hände über die Konsolen huschten. »Angriff?«

Keel schob den Gashebel nach vorn. »Lass uns ihnen davonfliegen. Aber nicht zu schnell. Sie sollen ja nicht das Interesse verlieren und beschließen, auf den Wobanki zu warten.«

»Magst du diesen Katzenmann?«, fragte Ravi mit einer erhobenen Augenbraue.

»Er hat so eine Art verdrehten Charme«, gab Keel zu. »Es schadet dem Geschäft nie, wenn man bei Verhandlungen einen Verrückten dabei hat.«

Die *Indelible VI* raste direkt über der Dachlinie der kleineren Gebäude hinweg und an den dunklen Hochhäusern vorbei, die die Republik aus Stolz und im Namen des Fortschritts errichtet hatte. Der Buzz-Flieger versuchte an ihnen dranzubleiben, schaffte es aber nie, sie wirklich in Reichweite zu bekommen.

»Ich sehe, dass das Raumschiff des Wobanki abgehoben hat«, stellte Ravi fest. Er sah zu Keel hinüber. »Aber das Raumschiff ist noch nicht auf dem Weg in den Orbit.«

»Wahrscheinlich holen sie den alten Mann ab«, murmelte Keel. »Das ist ihr gutes Recht. Lass uns in den Tiefenraum verschwinden, bevor die Zerstörer auftauchen.«

Ein Ping ertönte, begleitet von einem blauen Blinken.

Ravi warf einen Blick auf die Kommunikationskonsole. »Ich frage mich, wer das sein könnte?«

Bevor der Navigator die Leitung aktivieren konnte, war Rechs' Stimme schon über die Cockpitlautsprecher zu hören.

»Wraith. Folge dem Schnellschiff nordnordwestlich von deiner Position auf dem Weg in den Orbit. Verlier es unter keinen Umständen aus den Augen. Goth Sullus ist an Bord, und wir müssen ihn erwischen. Ich meine das ernst, Junge, wenn ich es hier nicht rausschaffe, dann wird die Galaxie verdammt schnell von mies zu richtig beschissen wechseln.«

Keel rieb sich über das Kinn. »Naja, für diese Art Auftrag bekomme ich eigentlich die Hälfte als Vorschuss...«

»Wirf einen Blick auf dein Konto, Junge. Ich bezahle immer direkt nach dem Handschlag.«

Keel verdrehte die Augen und sah zu Ravi hinüber, als ob er sagen wollte: »Na klar.«

Der Navigator rief ihr außermondliches Bankkonto auf und pfiff leise. »Ich weiß nicht, wie er so schnell deine Identität herausfinden und dein Konto lokalisieren konnte, aber...« Ravi ließ den Kontostand direkt vor Keels Augen auftauchen, während sich mit lautem Klingeln eine Zielerfassungswarnung meldete.

Dem Captain blieb der Atem weg. Dann schluckte er mehrmals schwer. »Wir sind reich, Ravi. *Reich*, reich. So reich, dass wir uns einen Planeten kaufen und in Rente gehen können.«

»Mach dir mal nicht in die Hose wegen der ganzen, neuen Nullen auf deinem Bankkonto«, warf Rechs sein. »Am Ende bedeutet das sowieso alles nicht das Geringste. Kannst du mir glauben.«

»Aber sicher«, antwortete Keel. Er sah zu Ravi hinüber und verdrehte die Augen. Er schenkte den Weisheiten des alten Kopfgeldjägers keine Sekunde lang Glauben. Und stellte die Leitung auf stumm. »Okay, Ravi, dann jagen wir mal die«, — er las den Namen des Raumschiffs auf dem Monitor ab —, »*Siren of Titan*. Du musst dringend Gas geben, wenn wir sie noch einholen wollen, bevor sie springen.«

Ravi steuerte die *VI* durch die Mesosphäre. Als sie bis auf Rufweite an die *Siren* herangekommen waren, aktivierte Keel die Leitung aber nicht. »Schauen wir doch mal, ob wir nahe genug rankommen können, um einen Peilsender am Rumpf anzubringen, ohne die Aufmerksamkeit auf uns zu lenken.«

Ravi nickte. »Wir sind bloß ein harmloser Frachter, der versucht, von diesem Planeten wegzukommen, weil die Republik wieder das totale Chaos losgetreten hat.«

»Genau.«

Grüne Blasterkanonenblitze zuckten auf die *VI* zu und schlugen auf ihr ein. Die Schilde des Schiffs absorbierten die hellen Lichtblitze.

»Noch nicht mal ein Warnschuss? Das ist aber sehr unhöflich.« Keel rollte zur Seite, um weiteren Treffern auszuweichen. Dann ließ er sein Raumschiff fast auf Höchstgeschwindigkeit beschleunigen, die er nur deswegen nicht ausreizte, weil sie noch den Peilsender abfeuern wollten.

Das Geschützfeuer der *Siren* raste hinter der *Indelible* her, aber ihre Zielerfassung konnte Keels davonrasendes Raumschiff nicht wirklich aufs Korn nehmen.

»Ich bemerke eine Energiespitze in ihrem Antrieb«, sagte Ravi in drängendem Tonfall. »Sie werden gleich springen.«

»Noch ein bisschen näher...«

Keel ließ die *VI* um ihre Achse rotieren und feuerte den Peilsender nach seiner besten Schätzung ab. »Da!«

Ravis Finger huschten über die Konsole. »Am Rumpf angedockt. Signal ist stark.«

Die Blasterblitze um sie herum hörten auf, als die *Siren* in den Hyperraum eintauchte und die *Indelible VI* hinter sich ließ. Keel war überrascht, dass keins der republikanischen Raumschiffe versucht hatte, sie aufzuhalten. Vielleicht hatte die Bruderschaft ihre Raumhäfen ausgeschaltet?

»Ich berechne mögliche Sprungziele.« Ravi zupfte an seinem Bart, während er die Daten vor sich musterte. »*Warte*... Hier stimmt etwas nicht. Ich habe das Signal verloren. Captain Keel, mir liegen nicht genügend Daten vor, um zu einer verlässlichen Entscheidung zu kommen!«

Keel zischte frustriert. »Sie müssen ihren Rumpf beim Sprung ionisiert haben. Damit neutralisiert man natürlich jeden Peilsender. Tja, Plan B. Was ist deiner Ansicht nach der wahrscheinlichste Planet, Ravi?«

Der Navigator schüttelte den Kopf. »Es stehen 372 mögliche Zielplaneten zur Auswahl, alle innerhalb einer akzeptablen Fehlertoleranz.«

Keel hielt entgeistert die Hände hoch. »Na, hervorragend. Einfach hervorragend.« Er legte sein Kinn auf eine Faust und dachte nach. Dann fiel ihm etwas ein. Mutter Ree.

»Tusca. Ravi, gib den Kurs nach Tusca ein.«

»Ich sehe das nicht als einen der möglichen Zielorte.«

»Muss es aber sein. Als wir im Kloster waren... Die alte Frau mag ja eine Menge Dinge sein, aber sie irrt sich selten.«

»Jawohl, Captain. Kurs nach Tusca ist eingegeben.«

Keel streckte die Hand aus und ließ das Raumschiff springen. »Wir sollten allerdings einen gewissen Abstand halten, damit sie unsere Ankunft nicht bemerken.«

Ravi nickte.

Keel lehnte sich in seinem Stuhl zurück, als die sanft wogenden Wellen des gefalteten Raums in ihren flüchtigen blauen Schattierungen am Cockpitfenster vorbeizogen. »Ravi«, sagte er und tippte sich mit den Fingerspitzen gegen das Kinn, »hast du genug von den TT3-Bots retten können, um das Raumschiff wieder verlassen zu können? Ich könnte deine Unterstützung gebrauchen.«

»Ich bedaure, Nein sagen zu müssen«, sagte der Navigator. »Wir stehen wieder am Anfang.«

Mit einer Präzision, die kein Navigations-Bot erreichen konnte, ließ Ravi die *VI* aus dem Hyperraum zurückkehren. Wären sie noch ein paar Sekunden weitergeflogen, dann wären sie automatisch vor dem Aufprall auf dem Planeten abgebremst worden. So aber hatten sie während ihres

Subraumflugs nach Tusca zwei Stunden Zeit, sich vorzubereiten.

Als das Kommunikationsrelais wieder mit dem Raumschiff synchronisiert war, scrollte Keel durch die Textnachrichten und holte die des Wobanki auf den Bildschirm. »Sie haben unseren Peilsender gefunden. Sie sollten etwa eine Stunde hinter uns sein, außer sie springen direkt zum Planeten.«

»So dumm sind sie nicht«, sagte Ravi. »Nein, das sind sie nicht.«

Eine eingehende Verbindung meldete sich mit einem Klingeln, und Keel runzelte die Stirn. »Lao Pak.«

»Wir können es auch genauso gut endlich hinter uns bringen.«

Keel rief den Piratenkönig auf, und sein Gesicht füllte den Bildschirm. Lao Pak setzte sofort zu einer Breitseite ausgesuchter Schimpfwörter an. Keel hörte ihm schweigend zu, denn er wollte den unflätigen Piraten auf keinen Fall noch weiter reizen. Keel hatte bereits sein Geld — jetzt musste er versuchen, den Hacker noch ein wenig länger bei sich behalten zu können und vielleicht noch mehr zu verdienen.

Lao Pak schien schließlich zu bemerken, dass das Gespräch bisher recht einseitig verlief. »Du werden sagen etwas, oder hast Angst zu viel vor mir, ,alter Freund'?«

»Hör mal, Lao Pak«, sagte Keel und hielt beschwichtigend die Hände hoch. »Es tut mir leid.«

»Ich wussten, du sagen das!«, fuhr Lao Pak ihn an. »Ich wussten, du sagen — Moment, was du sagen?«

»Ich sagte, dass es mir leidtut.« Keel gab sich alle Mühe, wie ein verlassener, süßer Terro-Welpe dreinzublicken. »Ich habe einem guten Freund versprochen, ich würde ihm nicht seinen Hacker stehlen, und dann habe ich dieses Versprechen gebrochen. Es tut mir leid.«

»Und du nicht nehmen meine Anrufe!«

»Das auch«, sagte Keel. Er hielt einen Finger hoch. »Aber ich habe sie mir angehört. Wraith hat dem Admiral mitgeteilt, dass Prisma auf Andalore sein würde.«

»Ja«, sagte Lao Pak und ließ deutlich erkennen, dass das für ihn Schnee von gestern war. »Admiral Devers jetzt dort sein.«

»Das ist das Problem«, sagte Keel, und in seiner Stimme schwang immer noch ehrlich empfundene Reue mit. »Maydoon war dort. Jetzt ist sie auf Tusca.«

»Tusca!« Erneut brach sich ein Schwall schlimmster Flüche Bahn. »Warum sie auf Tusca? Das kein wichtiger Ort.«

»Ich weiß es nicht.« Dann fügte Keel sarkastisch hinzu: »Vielleicht gab es auf Andalore nicht genügend hübsche Hotels.«

»Warum du sagen ‚sie‘?«, fragte Lao Pak »Maydoon Mann.« »Der Mann ist tot. Ich habe seine Tochter ausfindig gemacht, aber glaub mir, sie ist die Person, nach der der Admiral sucht.«

Lao Pak dachte darüber nach. »Sie hübsch?«

»Sie ist ein kleines Mädchen«, knurrte Keel.

»Sie hübsches, kleines Mädchen? Gomarianer nehmen sie, weißt du? Bezahlen mehr. Mehr Geld aufzuteilen.«

»Du wirst sie schon selber abholen müssen«, sagte Keel »Okay, wichtig ist Hauptsache. Ich rufe Admiral, sagen er nach Tusca.«

Keel nickte zustimmend auf sehr übertriebene Weise, als ob er einem König die Ehre erweisen würde.

»Um mehr bitte ich dich ja gar nicht. Da wäre aber noch eine Sache.«

»Was Sache? Du schon wieder hinterhältig? Wieder?«

»Nein!«, wiegelte Keel ab. »Wir sind doch Kumpel, oder?«

»Klar. Ich mich erinnern zu erinnern.«

»Du musst dem Admiral mitteilen, dass Wraith nicht da sein wird, um sein Geld abzuholen. Mach ihm ganz klar deutlich, dass Wraith nicht in dem System sein wird. Sag ihm, dass Wraith einen Job am anderen Ende der Galaxie angenommen hat. Lass ihn dir direkt das Geld schicken.«

Lao Pak beäugte Keel misstrauisch über den Holobildschirm. »Warum du mir vertrauen Geld? Ich können verschwinden. Ich vertrauen dir nicht mit so viel Geld.«

»Nun, ich vertraue dir, alter Freund. Außerdem wissen wir beide, dass Wraith dich finden und töten würde, wenn du ihn hintergehst. Sorg einfach dafür, dass es läuft, und dann teilen wir alles 62 zu 38 auf.«

»Ich bekommen großen Teil, ja?«

»Ja.«

»Okay.« Lao Pak befeuchtete seine Lippen. »Du schlechten Handel. Einfache Arbeit für zehn Millionen Credits.«

Keel lächelte kurz. »Du warst schon immer gut im Rechnen. Deswegen bekomme ich als weiteren Teil der Vereinbarung deinen Hacker.«

Lao Pak öffnete den Mund, um zu widersprechen.

»Oder es gibt keinen Deal«, drohte ihm Keel.

Der Piratenkönig kniff die Augen zusammen. »Gut. Er nicht wert so viel Geld. Du dumm, Keel. Nicht wie Ravi. Er schlau. Aber du, du dumm. Du sterben eines Tages an dumm. Dann lachen ich, ,haha'.«

»Immer eine Freude, Geschäfte mit dir zu machen, Lao Pak.« Keel beendete die Verbindung.

»Ich verstehe noch nicht, was du vorhast«, sagte Ravi mit einem Kopfschütteln. »Wir sind stinkreich, ja, aber du solltest nicht ohne erkennbaren Grund so viel Geld wegwerfen. Es gibt eine Reihe Wohltätigkeitsorganisationen, die diese Credits mehr verdient haben als Lao Pak.«

Keel zuckte mit den Achseln. »Admiral Devers soll sich sicher sein, dass Wraith weit weg ist.«

»Und warum?«

»Damit ich ihn umbringen kann.«

KAPITEL 27

Keel landete die *Indelible VI* hinter einer natürlichen Felsformation, von der aus sie einen guten Überblick über den wichtigsten Raumhafen von Tusca hatten. Er war niedrig und leise reingeflogen und hatte sich die letzten, vergänglichen Stunden tuscanischer Dunkelheit zunutze gemacht.

Die Störsender des Raumschiffs und die Tarnelemente an seiner Hülle hatten auch nicht geschadet.

Garret folgte Keel hinaus in die schwindende Nacht und zu einem besseren Aussichtspunkt. Keel trug einen langen, schwarzen Koffer mit sich, auf dem das Wort ‚Twenties' prangte.

»Ich dachte«, keuchte Garret, »wir würden normal per Atmosphäreneintritt zum Raumhafen fliegen und uns umschauen.

»Machen wir auch«, sagte Keel. »Nach dem hier.«

Er kniete sich hin und öffnete den Koffer. Darin lag eine N18, die so aussah, als hätte sie schon einige Schlachtfelder hinter sich. Keel begann die Waffe zusammenzusetzen, schraubte den Lauf auf und brachte Schaft und Griff an.

»Wofür ist das?«, fragte Garret und warf einen Blick über Keels Schulter.

Keel sah mit einem kühlen Blick zu dem Hacker hoch. »Zum töten. Wir lassen sie teuer bezahlen.«

»Oh.«

Der Rest des Scharfschützengewehrs wurde in nahezu völliger Stille zusammengebaut. Selbst Garrets lautes Keuchen hatte aufgehört, als Keel mit seiner Arbeit fertig war.

Keel legte sich auf den Bauch, blickte durch das Zielfernrohr und nahm einen großen Brunnen in der Mitte des Raumhafens ins Visier. »Es geht immer um den äußeren Schein, nicht wahr, Devers?«

»Hm?«, meldete sich Garret.

Keel stand zufrieden auf. »Bist du mit diesen TT3-Bots fertig?«

»Bis wir im Raumhafen Treibstoff aufnehmen, bin ich mit einem von ihnen fertig. Ich muss nur dringend mal in einen Mech-Laden, um noch ein paar Teile zu besorgen. Bis dahin kann Ravi das Raumschiff nicht verlassen.«

Keel nickte, und sie kehrten zur *VI* zurück.

Die Atmosphäre auf Tusca ließ sich mit Andalore nicht vergleichen. Hier war es ruhig — ganz normal. Anscheinend schienen sich Sullus und seine Leute bedeckt halten zu wollen. Vielleicht war ja der Raumhafen ihre Operationsbasis?

Wie Garret versprochen hatte, schaffte er es, einen TT3-Bot so zu aktivieren, dass Ravi Keel außerhalb des Raumschiffs begleiten konnte. Noch besser war, dass der Junge sich einverstanden erklärt hatte, nach diesem Auftrag eine Zeit lang mit Keel und Ravi durch die Galaxie zu fliegen. Tatsächlich hatte er sich darum gerissen. Natürlich war das, nachdem er gehört hatte, wie viel Geld

Keel nun besaß. Es ergab schließlich keinen Sinn, die Gesellschaft der Reichen aufzugeben, wenn man selbst reich werden wollte.

Keel lehnte sich an eine Wand und genoss das Sonnenlicht. Ravi stand an seiner Seite, die Arme verschränkt, und sah zu, wie sich die Straßen des Raumhafens langsam füllten.

Sie warteten.

Fünf Minuten später tauchte Leenah auf, die Prisma an ihrer Hand hielt. Als sie an Keel vorbeigingen, ließ sich die Prinzessin nicht anmerken, dass sie wusste, wer er war. Prisma hingegen versuchte Keel gegen das Schienbein zu treten.

»Sie sollten ihr Kind mal an die Leine nehmen, Lady«, rief Keel Leenah hinterher, als sie zu einem Frühstücks-Café gingen.

Leenah blickte nicht zurück, machte aber eine uralte Handbewegung, die Keel deutlich wissen ließ, was sie von diesem Ratschlag hielt.

Keel lachte über die Beleidigung.

»Du klingst fast schon glücklich«, stellte Ravi fest.

»Gibt eine Menge Dinge, über die wir glücklich sein können, Ravi.« Keel stieß sich mit dem Fuß von der Wand ab auf die Straße. »Na komm, wir verschaffen uns einen Überblick, bevor Rechs auftaucht.«

»Oder die Republik«, fügte Ravi hinzu. »*Vor allem* die.«

Ravi ging an Keels Seite. Nach einem Augenblick sagte er: »Ich bin sehr überzeugt davon, dass es töricht von dir ist, deinen Plan umzusetzen.«

Keel blieb mitten auf der Straße stehen, was die Fußgänger zwang, an beiden Seiten um ihn herumzugehen, wie ein Luftstrom um einen

Raumschiffsrumpf. »Ich bedaure nur wenige Dinge in meinem Leben, Ravi, aber zuzulassen...«

Er merkte, dass er wütend wurde und die Leute anfingen, ihn anzustarren. Er beruhigte sich wieder und senkte seine Stimme. »Dieser Mann ist eine Beleidigung für jeden echten Offizier und muss sterben.«

»Warum hast du ihn dann nicht schon früher umgebracht?«, fragte Ravi.

Keel ging weiter die Straße entlang. »Lassen wir das Thema.«

»Es tut mir leid«, sagte Ravi und lief hinter ihm her.

»Ist schon in Ordnung«, sagte Keel und winkte ab. »Du hast immer noch die Landebuchtnummer, die Garret dir genannt hat?«

»Ja. Die *Siren of Titan* nutzt die Landebuchten dreißig bis vierzig.«

Keel schüttelte den Kopf. »Ich werde niemals kapieren, warum jemand etwas fliegt, das mehr Platz braucht als eine Landebucht.«

»Wahrscheinlich brauchen sie ihn, um alle Söldner unterzubringen, die Goth Sullus begleiten.«

»Ja, ich weiß, Ravi.« Keel lächelte. »Und deswegen sind wir jetzt reich. Wir können den Job ganz allein erledigen.«

Sie erreichten Landebucht vierzig. Einige Söldner der Bruderschaft lungerten am Eingang herum. Sie schienen nur die Zeit totzuschlagen.

»Ich frage mich, worauf sie warten?«, fragte Keel. »Lass uns mal die gesamte Straße langgehen und uns umschauen.«

Er mischte sich unter die Weltraumreisenden und die Besatzungen, die gut gelaunt zwischen den Landebuchten und Cantinas umherschlenderten. Er achtete sorgfältig darauf, den Wracks aus dem Weg zu gehen, die betrunken zu ihren Raumschiffen zurückstolperten und stolz darauf waren, ein Versprechen gehalten zu haben — nicht mit dem Trinken aufzuhören, bevor die Sonne aufging.

Immer wieder erhaschte er einen Blick auf die *Siren*, wenn sie an einer offenen Landebucht vorbeikamen. Das Raumschiff war von Raumhafenmitarbeitern unterschiedlichster Aufgabenbereiche umgeben, die alle unter den wachsamen Blicken der Männer der Bruderschaft arbeiteten. Nichts Ungewöhnliches. Wenn Keel nicht persönlich das Chaos auf Andalore miterlebt hätte, dann hätte hier tatsächlich nichts auf etwas anderes hingewiesen als eine reisende Gilde, die hier für Reparaturen und Nachschub gelandet war.

Und dann sah er die Legionäre. Nicht den billigen Abklatsch der Legion mit den miserablen Panzerungen. Nein. Sie trugen keine Teile der von der Republik ‚inspirierten', spiegelnden Panzerung. Die Panzerung dieser Männer sah aus wie die von Keel — nur dunkler und ohne die Veränderungen. Ein poliertes Schwarz, mit einem breiten roten Streifen, der von beiden Schulterklappen hinablief. »Ravi«, sagte Keel und nickte in Richtung der Legios. »Was hältst du davon?«

»Dark Ops?«, schlug Ravi vor.

»Nein, ich glaube eher nicht. Das Rot würde einfach nicht gehen. Zu offensichtlich. Das ist etwas anderes.«

»Etwas anderes wie...?«

»Ich bin mir nicht sicher. Als ich damals auf Corsica diesen Typen, Kimer, ordentlich durchgeschüttelt habe, da hat er Legionäre erwähnt, die genau so aussahen. Ich dachte, er würde einfach nur ein paar Söldner mit angemalten, billigen Panzerungskopien meinen, aber die hier gehören zu Sullus.«

Ravi strich sich über den Bart. »Und sind sie wirklich Legionäre?«

Darauf hatte Keel keine Antwort. Und selbst wenn er sie gehabt hätte, dann hätte er nicht die Gelegenheit gehabt, sie auszusprechen, weil ihn jemand über Funk zu erreichen versuchte.

»Wraith, hier ist Rechs«, ertönte es über die Leitung.

»Hier Wraith«, sagte Keel.

»Wo ist das Mädchen?«

»Sie ist in Ordnung«, sagte Keel und ließ seine Stimme so klingen, als wäre er beleidigt, dass irgendjemand glauben könnte, es wäre anders.

»Das sollte sie auch sein«, lautete die drohende Reaktion.

»Ja«, sagte Keel und war genauso sauer über dieses Gespräch wie er neugierig war bezüglich der Legionäre in der Landebucht. »Weil ich mich bereit erklärt habe, dir eine obszöne Menge an Kohle abzunehmen, nur um eine Ausrede zu haben, genau die eine Sache zu tun, die mich durchdrehen lässt.«

»In der Galaxie gibt es eine Menge Perverser, Junge.«

Keel stellte sein Mikrofon auf stumm. »Ich weiß, ich rede mit einem.« Ravi johlte bei diesen Worten.

»Was kannst du mir über die *Siren* und Sullus sagen?«

Keel schaltete das Mikrofon wieder ein. »Ich bin vor Ort und habe ein Auge auf die *Siren*. Sullus ist aber nirgendwo zu sehen.«

»Warum nicht?«

Keel verdrehte die Augen. »Ich weiß es nicht. Vielleicht hat er in seiner Unterkunft ein Vibrationsbett. Ich bin schon vor Sonnenaufgang hier gewesen, und seitdem hat nichts diese Landebucht verlassen.«

»Hast du einen Querschnittpartikelscan durchgeführt? Und den mit der Strahlungssignatur der *Siren* verglichen?«

»Natürlich«, sagte Keel ungeduldig. Und stellte die Leitung wieder auf stumm. »Haben wir, Ravi?«

Das Hologramm nickte.

»Gut«, sagte Rechs. »Also, wo ist die *Siren*?«

»Landebuchten dreißig bis vierzig. Ich sehe sie gerade vor mir. Sullus scheint sich außerdem eigene Legionäre rekrutiert zu haben. Schwarze Panzerung. Die stehen alle in bequemer Stellung drinnen, direkt am Raumschiff.«

»Was für ein Glück.« Rechs' Stimme wurde beinahe vom Donnern der *Crow* übertönt, als sie schnell und sehr niedrig angeflogen kam. Sie schwebte nun direkt über Sullus' Hangar. »Und wo genau ist das Mädchen jetzt?«

»Sie isst ihr Frühstück neben Landebucht achtundneunzig.«

»Perfekt.«

Zahlreiche Raketen schossen zischend aus der *Crow* hervor und schlugen im Dach der Landebucht ein. Ihnen folgte ein vernichtendes Trommelfeuer aus den Blasterkanonen des Raumschiffs. Weltraumfahrer aller Art brachen in Panik aus. Zahlreiche Raumschiffe ignorierten alle geltenden Sicherheitsprotokolle und hoben aus ihren Landebuchten ab, um sich aus dem folgenden Kampf raushalten zu können.

Die Laderampe der *Crow* senkte sich, und Rechs sprang von seinem Schiff hinab. Er nutzte die Schubdüsen seines Raketenantriebs, um seinen Fall zu verlangsamen. Als er mit einem dumpfen Geräusch auf der gepflasterten Straße landete, hinterließ sein schwerer Mark-I-Anzug eine erkennbare Delle im Boden.

Kaum hatte er sich aufgerichtet, da rannten bereits zwei Söldner der Bruderschaft auf ihn zu. Rechs verpasste beiden mit seiner Handkanone ein klaffendes Loch in der Brust, bevor er sich an Keel wandte. »Du hättest deine Panzerung anziehen sollen.«

»Ich war doch — wie nennt man das? — inkognito!«, erhob Keel Widerspruch.

Blasterblitze zuckte an den dreien vorbei.

»Jetzt nicht mehr. Außerdem TSZ, Legio. Was hast du denn gedacht, was ich tun würde?«

Der alte Verrückte schien das Chaos um ihn herum zu genießen. Tatsächlich schien er sich darin zu verlieren. Zielen, feuern, töten. Zielen, feuern, töten. Er wirkte wie eine seelenlose Maschine.

Und über allem schwebte die *Obsidian Crow*, die sich um ihre Achse drehte und auf die Söldner und die seltsamen Legionäre in ihren dunklen Panzerungen feuerte.

Keel zog seine Blasterpistole und erledigte zwei dunkle Legionäre. Aus den Löchern, die er ihnen in ihrer Panzerung verpasste, schlugen ihm Flammen entgegen. Er warf einen Blick auf seine Blasterpistole. »Scheint, dass die neue Panzerung dich immer noch nicht aufhalten kann, hm, Mädel?«

»Wir stürmen das Raumschiff«, befahl Rechs und rannte zur Landebucht.

Keel nahm es gerne hin, dass der gepanzerte Rechs den größten Teil des Feuers auf sich zog und dabei mit jedem Schuss gezielt sowohl Mitglieder der Bruderschaft als auch Legionäre ausschaltete. Ravis Schwert richtete bei jedem Kämpfer schwere Schäden an, der ihm zu nahe kam. Sterbende Männer schrien ihre Verwunderung über ein Phantom hinaus, dass sie nicht berühren konnten, das aber sie problemlos erledigte.

»Vielleicht sollte *ich* ja Wraith sein, hm?«, frohlockte Ravi.

Rechs und Keel erreichten das Innere des Hangars, als die versprengten Söldner und Soldaten sich neu formierten. Die Legionäre schickten den Eindringlingen eine Salve entgegen, die schnellstens Deckung hinter einer riesigen Aufladestation suchten. »Wenn sie ihr Geschäft verstehen«, sagte Rechs, als er seine uralte Projektilwaffe mit uralten Geschossen nachlud, »werden sie versuchen, an unseren Seiten vorbei in unseren Rücken zu kommen. Aus der Flanke—« »—aufs Maul«, vervollständigte Keel den Spruch. »Ich geh nach links.«

Die beiden feuerten auf die vorrückenden dunklen Legionäre und erledigten die Soldaten, bevor die Soldaten ihnen für einen sauberen Treffer zu nahe kommen konnten.

»Wenn ich da draußen wäre«, stellte Rechs beim Nachladen fest, »dann hätte ich schon längst eine Splittergranate geworden.«

»Sie haben wahrscheinlich Angst, unsere ‚Deckung‘ zu beschädigen«, warf Ravi ein. »Wenn sie die Aufladestation treffen, hinter der wir uns gerade verstecken, dann könnte das zu einer Detonation führen, die die gesamte Landebucht dem Erdboden gleichmacht.«

»Stimmt schon, aber ich trage eine *ordentliche* Panzerung«, sagte Rechs. »Also würde ich die Splittergranate trotzdem werfen.«

»Schön für dich. Was ich gerade trage, ist sehr dünn und würde mich nicht mal vor einem Papierschnitt schützen«, brüllte Keel, und verpasste einem Söldner der Bruderschaft, der auf ihre Position vorrückte, einen

Schuss in die Stirn. Der Mann brach an Ort und Stelle zusammen. »Solltest du ein paar Granaten haben, dann wirf sie in die Richtung.«

»Die hebe ich mir für später auf«, sagte Rechs. »Und hier kommt unser Mitstreiter, der für faire Verhältnisse im Kampf sorgen wird.«

Das wuchtige Metallskelett des Kriegs-Bots tauchte im Eingang zu Landebucht auf. Ein Mittelstrecken-Splittergranatenwerfer tauchte aus seiner Brust auf und schleuderte mehrere dieser Granaten unter die Legionäre.

»Oh, nein«, jammerte der Kriegs-Bot mit der Stimme des unterwürfigen Diener-Bots. »All das fühlt sich so… unnatürlich an.«

Skrizz kam in den Hangar gelaufen und erledigte alle, die die Explosionen überlebt hatten und sich kriechend in Sicherheit bringen wollten. Ganz das überlegene Raubtier.

Rechs steckte seine Projektilwaffe ein und richtete sich auf. »Bei der Übernahme des Kriegs-Bots hat dein Hacker erstklassige Arbeit geleistet. Hat mich eine Menge Zeit gekostet, das rückgängig zu machen«, sagte er zu Keel. »Ich halte mich ja eher für einen Bastler als alles andere. Aber wenn man genügend Zeit hat, dann beherrscht man eine Menge Dinge.«

Keel folgte Rechs an den Schauplatz des Gemetzels. Niemand schoss mehr auf sie. Die Wachen der Bruderschaft und die Legionäre waren allesamt kampfunfähig. »Tja, und was machen wir jetzt? Gehen wir an Bord? Bestimmt ist dir aufgefallen, dass keinerlei Verstärkung die Rampe runtergelaufen kam, als die Schießerei angefangen hat.«

»Was wahrscheinlich bedeutet, dass Sullus sich irgendwo eingebunkert hat«, rief Rechs über die Schulter zurück.

»Das, oder du hast ihn verloren.«

Skrizz knurrte und winkte Rechs zu sich. Der Wobanki stand über einem schlimm zugerichteten Söldner der Bruderschaft.

»Ein Überlebender, hm?«, fragte Rechs.

Der verletzte Söldner rang um Atem. Skrizz schien Spaß daran zu haben, seine Krallen über die Brust des Verletzten zu ziehen.

»Lass ihn mal in Ruhe«, befahl Rechs.

Der Wobanki gehorchte, und der Söldner atmete tief ein.

»Goth Sullus«, sagte Rechs in der Stimme, die seine Helmlautsprecher so geisterhaft klingen ließ. »Wo ist er?«

Der Söldner beschimpfte ihn zischend in einer Sprache, die Keel nicht erkannte.

Rechs nickte. »Da liegst du nicht falsch.« Er bückte sich zu dem Söldner hinab, packte ihn am Hals und hob den Verletzten hoch, bis seine Füße hilflos in der Luft zappelten. »Sullus«, verlangte er ein zweites Mal zu wissen. Er drückte zu, und verstörende Schmerzensschreie drangen aus der Kehle des Söldners.

»*Korba che Sullus*«, keuchte der Söldner. »*Suma lerich che.*«

Rechs ließ den Söldner wieder zu Boden fallen. »Das war doch gar nicht so schwer, oder?«

Bevor der Söldner darauf reagieren konnte, hatte Rechs ihm einen Schuss aus seiner Projektilwaffe in den Schädel gejagt.

Er wandte sich an Keel. »Scheint, dass Sullus ‚mit den anderen' abgereist ist, noch vor Sonnenaufgang. Bist du dir sicher, dass du da schon nach ihm gesucht hast?«

»Ja«, sagte Keel. »Das muss dann passiert sein, bevor wir gelandet sind.«

»Möchten Sie, dass ich dieses Durcheinander für Sie aufräume?«, warf der Kriegs-Bot fragend ein.

»Lass es, wie es ist.« Rechs trat hinaus in die wärmende Morgensonne. Und erstarrte. Der Boden erzitterte. Ein weiteres Mal. Noch einmal. Und noch einmal.

Keel folgte dem Blick des alten Kopfgeldjägers und hörte sich selbst schwer schlucken. Auf sie kam ein vier Stockwerke hoher JK-PZ-Mech zu. Auf seinem gedrungenen Torso und den viel zu langen Beinen waren schwere Geschütze zu erkennen, die über einer ganzen Armee in Schwarz gepanzerter Legionäre saßen.

»Unsere Überlebenschancen erhöhen sich um sechsundfünfzig Prozent, wenn wir jetzt zur *Indelible VI* zurückkehren«, meldete sich Ravi.

»Ja«, sagte Keel und wich einige Schritte zurück. »Lasst uns das mal tun.«

Rechs widersprach ihm nicht. Ein Jagd-Killer-Planetenzerstörer würde aus seinem Mark-I-Anzug Löcherkäse machen. Kurz darauf rannte die gesamte Truppe schnellstens in Richtung ihrer Raumschiffe, während Blasterblitze hinter ihnen in den Boden einschlugen.

KAPITEL 28

Die dunklen Legionäre hatten sie fast schon eingeholt.

Rechs schob sich durch die panische Menge, die wie wild wegrannte. Er hatte Skrizz und Keel aus den Augen verloren, aber die beiden konnten auf sich selbst aufpassen. Und der Bot... Niemand würde sich dem Bot nähern.

Rechs rannte in eine Nebengasse hinein, ließ eine Nahkampfmine hinter sich fallen und eilte weiter. Er konnte ihr verräterisches Heulen hören, kurz bevor sie explodierte. Er blieb nicht stehen, um herauszufinden, wie viel Schaden sie angerichtet hatte. Schnell kehrte er zu den canyonartigen Wänden der Landebuchten und den verwinkelten Wartungskorridoren zurück, die Arterien gleich zwischen den Raumschiffen verliefen, die schon bald wieder vagabundierend durch das Weltall ziehen wollten.

Der riesige Mech schien von seiner überlegenen Position aus auf völlig willkürliche Ziele zu feuern. Seine riesigen Blastergeschütze heulten und zischten pausenlos, und große Teile des Raumhafens verwandelten sich schlagartig in Trümmerwolken.

Er musste Prisma hier wegbringen. Er musste sicherstellen, dass sie am Leben war und dass sie in Sicherheit gelangen würde. Und dann musste er Goth Sullus töten. Für sie und für die Republik. Weitere Legionäre in dunklen Panzerungen strömten in die Menge.

Kein Zeichen von Sullus. Aber das Geräusch einer schweren Intec-Blasterpistole ließ Rechs wissen, dass sich Keel in der Nähe befand. Er sah, wie fünf Legios kurz hintereinander zu Boden gingen. Der Bursche *war* gut, da gab es keinen Zweifel. Und solange er das Mädchen rettete, konnte er sich gerne der Größte nennen. Rechs würde ihm nicht widersprechen. Bei der Endabrechnung spielte das ohnehin alles keine Rolle mehr.

Keel wechselte sein Batteriepack aus, während sein holografischer Navigator mit seinem Schwert technologische Wundertaten beging und irgendwie mit seiner Klinge durch Panzerungen schnitt, die eigentlich gegen so etwas gefeit sein sollten. Irgendetwas an den Bewegungen des Sikh erinnerte Rechs an... an... wahrscheinlich nichts von Bedeutung. Was war schon real und was das Produkt seines rapide alternden Verstandes und der Erinnerungen, die wem auch immer gehörten? All dies vermischte sich nun in seinem Kopf, in einem Leben, das er schon lange nicht mehr klar und deutlich überblickte. Zumindest nicht mit der entsprechenden Verlässlichkeit.

Der Sikh kämpfte, und er kämpfte gut. Mehr brauchte es nicht. Die Söldner und auch einige Legionäre gingen zu Boden wie frisch geernteter Weizen am Ende eines warmen Sommers.

Irgendeine trübe Vision schien sich vor Rechs' geistiges Auge schieben zu wollen. Die Erinnerung an einen Tag, an dem der Weizen gemäht und geerntet worden war, und dann war da noch das grelle rote Licht der Raketen.

Bist du dieser Erinnerungen nicht müde?, fragte die Stimme. Die Stimme, die er selbst war. Und sie war immer er selbst gewesen. Sie versuchte ihn aus einer

Vergangenheit zurückzuholen, an die er sich nicht mehr erinnern wollte, eine Vergangenheit, die er zugleich vermisste.

»Die Vergangenheit ist vorbei«, fluchte er, sich selbst ermahnend. Die Zukunft findet jetzt und hier statt.

Vorwärts für das, was noch an Zeit übrig war.

Er sah, wie Keel zur Landebucht seines Raumschiffs sprintete und dabei von Blasterblitzen verfolgt wurde. Dann hielt der Junge kurz inne, um Rechs Deckung zu geben, genau wie er selbst es auch tat. Dann bemerkten sie den flinken Skrizz und den Koloss von einem Kriegs-Bot vor der Landebucht, die hinter einem der Frachtmodule Deckung gesucht hatten.

»Wo ist das Mädchen?«, fragte Rechs Keel. Er sah sich schon fast verzweifelt um.

Ravi streckte eine Handinnenfläche nach oben, als ob er den alten Krieger beruhigen wollte. »Ich bin gerade in Kontakt mit der *Indelible VI*. Sie ist an Bord und sicher.«

»Gut«, sagte Rechs. »Bringt sie hier weg. Ihr müsst alle fort. Und zwar sofort. Ich werd sie von der Landebucht ablenken. Hebt ab und verschwindet aus dem System.«

Skrizz knurrte ihn fragend an. »Ja, du auch.«

Keel zog seine Blasterpistole und feuerte auf eine sich nähernde Legionärsgruppe, die sich um ihren Offizier geschart hatte. »Du kommst niemals mit all denen klar.«

»Muss ich wohl, Junge. Ich glaube, dass es aus dieser Geschichte keine Rückkehr mehr gibt.« Rechs zog eine Splittergranate von seinem Ausrüstungsgürtel, machte sie scharf und warf sie mitten zwischen die heranrückenden Männer. »Aber nicht vergessen, du arbeitest jetzt für mich. Also, Abmarsch, und schau nicht noch mal zurück.«

Gruppen der dunklen Legionäre rückten nun in den Versorgungskorridor ein, der zur Landebucht führte. Das Blasterfeuer, das ihnen nun entgegenschlug, war erdrückend. Keel zögerte nur einen Moment, bevor er zur Landebucht rannte, wo die *VI* auf ihn wartete.

Rechs flog senkrecht in die Luft. Er versuchte immer, sparsam mit seinen Sprungtreibstoff umzugehen, aber er wollte einen besseren Überblick und gesehen werden. Er schoss auf die heranströmenden Legionäre unter sich und fand mehrere Ziele, was die anderen hektisch Deckung suchen ließ. Er verschwand auf einem hohen, ausladenden Dach, bevor sie das Feuer erwidern konnten.

Er sah hoch. Weit über ihnen, in Tuscas gleißend blauem Himmel, zeichneten sich die zarten Umrisse einer Zerstörerflotte ab.

Der Admiral war da.

Keel rannte zur *VI*. Der Kriegs-Bot war bereits an Bord gestampft. »Kommst du mit?«, fragte Keel den Wobanki.

Skrizz hielt seine Fernsteuerung hoch und schüttelte den Kopf. Keel konnte die *Crow* bereits schnurstracks auf sie zufliegen sehen, um ihn zügig abzuholen.

»Ganz wie du willst.«

Blastertreffer krachten in die Wände neben ihnen. Rechs hatte die meisten Söldner und Legionäre abgelenkt, aber nicht alle. Der Wobanki und Keel erwiderten das Feuer.

Keel wollte gerade schon anbieten, Skrizz Deckung zu geben, bis das Schiff gelandet war, als der Wobanki die Fernsteuerung zu schütteln und drauf einzuschlagen begann. Das Raumschiff landete nicht, sondern wechselte den Kurs und flog in die Gegenrichtung zurück. Das Katzenwesen gab eine lange Reihe von gezischten Kraftausdrücken von sich.

»Habe ich dir doch gesagt«, meinte Keel. »Komm schon!«

Skrizz rannte die Laderampe der *Indelible* hinauf, während Keel noch kurz stehen blieb und zwei weitere Blasterschüsse auf die herannahenden Legionäre abgab. Als der Wobanki sicher an Bord war, eilte auch der Captain in die Sicherheit des Schiffsinneren. Die dunklen Legios mühten sich nun draußen ab, eine mittelschwere Blasterkanone aufzubauen.

»Los! Los! Los!«, schrie Keel, als er den Korridor entlangrannte.

Ravi, der sich bereits im Cockpit befand, wartete noch, dass Keel sich anschnallen konnte. »Alle sind an Bord«, verkündete das Hologramm. »Vollgas!«

Die *VI* hob auf ihren Repulsoren ab, drehte sich auf der Stelle und raste aus dem Landebuchthangar gen Himmel. Ihr Abflug ließ die Legionäre und ihre nur zum Teil zusammengebaute Blasterkanone hilflos durch die Luft fliegen.

Der Wobanki und Leenah kamen zu Keel und Ravi ins Cockpit.

»Wie nett«, sagte Keel und wich weiterem Beschuss aus. »Eine Party in meinem Cockpit.«

Der Wobanki knurrte ihn nervös und stotternd an.

»Noch nicht«, antwortete Keel und schob den Gashebel nach vorn, um reichlich Abstand zwischen sein Raumschiff und den Raumhafen zu bringen. »Ich muss noch ein paar Sachen erledigen, bevor wir uns von Tusca verabschieden können. Wie geht es dem Mädchen?«, fragte er Leenah.

»Sie hat Angst«, lautete die Antwort der endurianischen Prinzessin. »Sie hat ihren Bot bei sich, und das scheint sie zu beruhigen. Garret zeigt ihr ein paar Tricks der Maschine, von denen Prisma noch nichts wusste.«

Keel nickte und übergab Ravi die Steuerung. »Flieg uns auf einem Kurs Richtung Süden weiter, Ravi, und flieg dann in einer Kurve zurück. Aber lass dir Zeit. Nicht so schnell, dass sie unsere Rückkehr bemerken können.«

»Garret hat mir was von einem anderen Trick erzählt«, sagte Leenah und packte Keel am Arm, bevor er das Cockpit verlassen konnte. »Den, den du durchziehen willst. Du willst ernsthaft hier auf dem Planeten bleiben, während eine komplette Sektorenflotte der Republik eine Invasion durchführt?«

»Ja.« Keel sah auf die Hand hinab, die ihn sanft festhielt. Er befreite sich aus ihrem Griff und ging in seine Unterkunft, wo er die Tür hinter sich verriegelte und damit jede weitere Diskussion verhinderte.

Während die *Indelible* über den Planeten hinwegraste, legte Keel langsam seine Panzerung an — die von Wraith. Beine, Stiefel, Oberkörper, Schulter und Arme. Alles, was noch fehlte, war der Helm. Er trat an die alte Truhe heran, die am Fußende seines Betts stand, und schob die auf ihr liegende, schwere Wolldecke zur Seite. Zwei Helme standen ihm zur Auswahl. Der erste gehörte zu seiner Ausrüstung als Söldner: für den Kampf optimiert, nahezu unzerstörbar. Der zweite war sein alter Legionärshelm: schwarz, seit Jahren nicht mehr getragen.

Er setzte sich seinen alten Knitterfreien auf.

Dünne schwarze Rauchsäulen stiegen vom Raumhafen auf. Der JK-PZ wütete auch weiterhin in den Straßen, und die Legionäre versammelten sich an einem Punkt im Zentrum. Aus dem Cockpit betrachtet konnte sich Keel ziemlich gut vorstellen, auf wen sie alle zustürmten.

Shuttles setzten zur Landung an, die von der republikanischen Flotte im Orbit entsandt worden waren. Doch die Legionäre und Infanteristen, die aus ihnen hervorquollen, griffen Sullus' Truppen nicht an. Es schien ein gespenstischer, stillschweigender Waffenstillstand zwischen ihnen zu bestehen. Das sah gar nicht gut aus, aber für Keel war es ohne Bedeutung. Er hatte die *Indelible VI* sofort bei der Landung verlassen. Dann war er mit entschlossenen Schritten zu dem Scharfschützennest geeilt, das er noch am selben Morgen angelegt hatte. Das, von dem aus er den perfekten Überblick auf den toten Raumhafen hatte.

Alles, was jetzt noch zählte — das Einzige, was noch zählte —, war hier zu sein, bevor das Shuttle mit dem Admiral an Bord landete.

Keel warf sich auf den Bauch, nahm die Waffe zur Hand und sah durch das Zielfernrohr auf den Kampf in fünf Kilometer Entfernung. Es war niemand zu sehen. Hatte er sich verrechnet? War er zu spät?

Die Besatzung der *Indelible VI* schlich hinter ihm aus dem Raumschiff. Keel wusste, warum sie herauskamen. Nur selten durchbrachen leichte Brisen die Stille in dieser

Wüste, und er konnte sie alle atmen hören. Aber das war nicht wichtig.

Das hier war wichtig.

»Nur noch ein wenig Geduld, Jungs«, flüsterte Keel all den Geistern der Vergangenheit zu, die ihn seit seinen Tagen auf Kublar verfolgten. »Ich habe es euch versprochen.«

Wie gerufen tauchte die schattenhafte Gestalt eines Commanders in glänzender Panzerung auf, der seine Legionäre zu einem bestimmten Punkt in der Schlacht führte. Er wurde von einer Ehrenformation aus dunklen Legionären begleitet, die niedrigschwellige Schnellfeuerwaffen mit sich trugen, und deren Panzerung noch schmutzfrei glänzte.

Keel riss sich vom Anblick dieses Manns los und sah in den Himmel.

Da!

Da kam das Shuttle der Elixir-Klasse. Der Lieblingstransporter des Admirals.

Keel sah durch das Scharfschützengewehr eines alten Freunds, der schon lange in seinem Grab lag. Er sah zu und wusste, dass Admiral Silas Devers, der ‚Held von Kublar‘, in diesem Shuttle auf den Planeten kam.

Ein Teil von Keel wollte sofort den Abzug betätigen. Und so lange auf das Raumschiff im Landeanflug feuern, bis es außer Kontrolle geriet und in einer schweren Explosion auf dem Boden aufschlug.

Twenties hätte diesen Treffer gelandet.

Keel wusste, wonach Devers suchte. Er wollte Sullus. Er wollte eine Allianz mit ihm. Er war bereit, eine Viertelmilliarde Credits zu zahlen und ihm eine Sektorenflotte zu überreichen, um diese Allianz einzugehen. Der alte Mann hatte recht. Es war schlimmer, als sie sich jemals hatten vorstellen können. Dies war der Anfang vom Ende der Republik. Dies war ein Regimewechsel, und dieser Schleimscheißer Devers wollte als erster den neuen Chef kennenlernen. Sullus wäre ein Narr, wenn er ein solches Angebot von einem Sektorenadmiral ablehnte. Damit hatte er sofort eine Flotte zur Verfügung.

Und in dem Augenblick, in dem sie ihre Vereinbarung trafen, würde Keel Devers' Leben ein Ende setzen.

Das Shuttle setzte zur Landung an. Es hatte beinahe den Boden erreicht. Beinahe...

Keels Wache wurde vom vertrauten Surren eines Truppentransporters gestört, der sich ihnen schnell näherte. Er konnte spüren, wie um sie herum der Staub aufgewirbelt wurde. Konnte hören, wie Ravi und die anderen ihm zubrüllten, er solle zum Raumschiff zurückkommen. Aber er konnte den Blick nicht vom Zielfernrohr nehmen. Selbst wenn er es versucht hätte. Für ihn war es mittlerweile eine Sucht. Eine Sucht, die befriedigt werden musste. Ein Lied, das zu Ende geschrieben werden musste. Er behielt das Shuttle im Auge. Wartete auf Devers. Um Devers endlich abzuknallen...

Er würde sie nicht wieder im Stich lassen. Er würde es in Ordnung bringen.

KAPITEL 29

»Captain, wir müssen sofort los!«, brüllte Ravi Keel zu, während sich über ihnen republikanische Legionäre aus ihrem Truppentransporter abseilten. Es hatte keinen Sinn. Keel hörte auf niemanden mehr, denn die Rache hatte völlig von ihm Besitz ergriffen.

Blasterfeuer zischte am Raumschiff entlang, als sich die Legionäre näherten. Skrizz und die anderen wurden zum Rückzug in die *VI* gezwungen, doch irgendwie wurde Prisma von den anderen getrennt und ging in der plötzlichen Verwirrung des chaotischen Feuergefechts unter dem Hauptfahrwerk verloren. Zwei der dunklen Legionäre stürzten sich auf sie, und sie schrie.

»Maydoon! Ergeben Sie sich!«, rief einer der Legionäre über den offenen Gruppenkanal. Seine elektronisch verstärkten Worte klangen seelenlos und maschinenhaft.

Da tauchte Crash auf. Er gab zwei gezielte Schüsse aus seiner Handkanone ab, die beide Legionäre von ihren Armen befreiten. Bei dem Anblick wurde Prisma schlecht. Sie wandte den Blick ab und sah, wie Ravi zu ihr eilte, indem er sich einen Weg durch die gepanzerten Mörder kämpfte.

Immer mehr Legionäre umschwärmten das Raumschiff. Einer lief um die Laderampe und feuerte mit einer EMP-Waffe auf den Bot, was seine Hauptsysteme schlagartig deaktivierte. Ganz offensichtlich hatten sie sich vorbereitet.

Prisma duckte sich hinter Ravi, während er mit seinem gleißenden Schwert nach jedem Legionär schlug, der sich ihnen zu nähern wagte — und das waren viele. Sie alle starben. Dutzende von ihnen. Dieser Geist vor ihnen verwirrte die Männer, und die Legionäre schossen möglichst hoch, damit sie nicht versehentlich Prisma trafen.

Selbst im Kampf versuchte Ravi Prisma zu beruhigen. »Wir haben eine vierprozentige Chance zu überleben. Und selbst wenn unsere Chancen schlecht stehen, so besteht doch immer Hoffnung.«

Jeder seiner Schläge blendete Prisma. Bis das Blasterfeuer immer weiter zunahm. Bis er zu flackern begann und schwankte. Bis der TT3-Bot in einem Funkenregen explodierte und es schien, als würde sich Ravi auflösen. Und dann löste er sich wirklich auf, wurde immer durchscheinender, einer dünnen Schneedecke gleich, die die Sonne schon bald verschwinden lassen würde.

Die Legionäre rückten näher an Prisma heran. Dies war das Ende. Sie würde sterben, während Sullus und der Rest der Galaxie einfach weiterlebten. Es war nicht fair, dass Sullus leben sollte und ihr Papa... tot war. Diese Dunkelheit war nicht fair.

Und dann kehrte Ravi zurück.

Er war so dünn, dass er fast schon nicht mehr da zu sein schien, aber er kehrte zurück. Er kehrte zurück und bekämpfte die Legionäre, die wieder zurückweichen mussten.

»Ich will nicht sterben«, schrie das Mädchen.

Ravi schenkte ihr ein freundliches Lächeln. »Der Körper ist nur die leere Hülle der Seele und wird beim Tode abgelegt. Schau mich an...«

Am Himmel regte sich etwas Dunkles — und Ravi flackerte erneut und löste sich endgültig auf.

Prisma sah ihn nie wieder.

Die Legionäre eilten mit erhobenen Blastergewehren auf sie zu.

Prisma schrie noch einmal.

Verschaff ihnen ein wenig Zeit, dachte Rechs, als er in die letzte Schießerei seines Lebens marschierte.

Goth Sullus war auf dem Weg nach Whatta, draußen in der Salzwüste, irgendwo in den felsigen, unfruchtbaren Einöden von Tusca. Dort oben, auf einem Granitgrat, schlummerten die Ruinen der Alten, die diese Gebäude errichtet hatten, lange bevor die ersten Menschen in das Große Dunkel gesprungen waren. Es würde wahrscheinlich niemand mehr herausfinden, warum irgendein Kundschafter oder eine Wüstenratte diesem Ort den Namen Herzschmerzpass gegeben hatte.

Rechs wusste, dass der Junge, Wraith, alles tun würde, um sie jetzt in Sicherheit zu bringen. *Mehr kann ich nicht für dich tun, Prisma.*

Und dann begann er so viele der dunkel gepanzerten Legionäre zu erschießen, wie er nur konnte, und wich Straßenzug um Straßenzug zurück. Er ließ sie für jeden gewonnenen Meter bezahlen. Die letzte Schlacht für den Tyrannosaurus Rex der Legion.

Aber die Typen waren nicht dumm. Bei ihnen gab es keine plötzlichen Flankenbewegungen oder Angriffe aus ungeschützten Positionen. Sie bewegten sich langsam, sie bewegten sich vorsichtig, und forderten Unterstützung von dem großen JK-PZ an. Sie schossen nur aus der Deckung und gaben dabei der nächsten Gruppe Feuerschutz, die sich dann nach vorne bewegen konnte und Rechs jeweils einen Straßenblock zurückdrängte. Scharfschützen nahmen ihn von Wohnungs- und Lagerhausdächern aufs Korn, und aus dunklen Nischen und Ecken. Sie hingen nicht aus Fenstern raus, wo er sie einfach hätte abknallen können.

Das waren Profis. Man hatte sie ausgebildet, wie er und Caspo die allerersten Legionäre ausgebildet hatten. Zur Anfangszeit der Republik. Vor dem Goldenen Zeitalter, wie es einige Leute mal genannt hatten.

Egal, was Goth Sullus plante, er hatte nur die Besten angeheuert. Oder zumindest ziemlich gute Leute.

Rechs' nächster Schuss traf einen der Revolverhelden der Bruderschaft, der sich unter die Legionäre gemischt hatte. Der riesige Killer brach auf der sandigen Straße zusammen und verblutete im Staub dieser alten Welt.

Blasterblitze zischten und prallten an und um Rechs herum ab. Jeder verpasste Treffer erfüllte ihn mit einer gewissen Zufriedenheit. *Seine* Legionäre hätten ihn niedergeknallt, wenn er einfach so im Freien herumgelaufen wäre.

Allerdings sah es mit der Funktionsfähigkeit seiner Panzerung langsam richtig mies aus.

Er bemerkte, wie sich die *Indelible VI* aus dem Hangar erhob und über der Straßenschlacht gen Himmel stieg.

Sie haben es geschafft.

Rechs wich einen weiteren Straßenzug zurück. Immer weiter von dem leeren Hangar weg, aus dem Wraiths Raumschiff voller Überraschungen gerade aufgestiegen war. Er hackte sich in den Helm eines toten

Legionärs ein und fand heraus, wo genau Goth Sullus hingegangen war. Einen Ort namens Herzschmerzpass tief in der tuscanischen Wüste. An dem Ort standen Ruinen der Alten.

Jetzt lief er eine Straße entlang, die mit den unterschiedlichsten Frachtgütern zugemüllt war.

»Lyra«, sagte er in seine Funkverbindung, als er zu seiner nächsten Feuerstellung hechtete. »Lande am Raumhafen. Such dir irgendeine Landebucht aus und warte dort.«

Dann wich er weiter langsam zurück.

Es dauerte nicht lange, da hatten ihn die Bruderschaft und die dunklen Legionäre ins Kreuzfeuer genommen. Es gab im wahrsten Sinne des Wortes keinen einfachen Ausweg von dem Fleck, an den sie ihn gezwungen hatten. Nachdem er an einer Art Reflexionsbecken vorbeigekommen war, hatte er Schutz in einer alten Kapelle dahinter gesucht. Er zog seine letzte Splittergranate ab und warf sie durch die offene Tür zu den Gegnern hinaus. Die Explosion schien sie ein wenig aufzuhalten.

Sein rechter Arm brannte wie Feuer. Ein direkter Blastertreffer hatte die Panzerung an der Stelle zerstört. Er riss den sich langsam auflösenden Impenetrastahl ab und warf ihn zur Seite. Der darunterliegende Neoprenanzug war auch durchgebrannt. Und darunter begrüßte ihn verbranntes Fleisch.

Seine Panzerung teilte ihm mit, wie schlecht seine Situation war. Sehr schlecht.

Rechs verbarg sich hinter irgendwelchen Containern, die jemand in der alten Kapelle übereinandergestapelt hatte. Von den Dächern in der Nähe kam schweres Blasterfeuer, das die alten Buntglasfenster in einen Sprühregen aus bunten Splittern verwandelte.

Sie würden ihn unter keinen Umständen lebend aus diesem Gebäude entkommen lassen. Sie würden niemals zulassen, dass er die Ruinen draußen in der Wüste erreichte oder Goth Sullus.

Warum?

Wer war Goth Sullus?

Der Boden begann zu erzittern. Ein Wanken. Noch ein Wanken. Weitere Buntglassplitter regneten auf den Boden des alten Gebäudes.

Der JK-PZ war eingetroffen.

Er hörte das mechanische Heulen der starken Servomotoren, die die Füße des gigantischen Mech in Richtung der Schlacht bewegten. Durch eins der hohen, zerschmetterten Fenster konnte er über den Dächern den furchterregenden Kopf erkennen. Er feuerte und zerfetzte einen der oberen Bereiche der alten Kapelle.

Söldner und Legionäre stürmten das Gebäude.

Rechs ließ seine Handkanone auf Dauerfeuer über ihre Reihen schwenken und mähte so viele wie möglich von ihnen nieder.

Um ihn herum zerfiel das gesamte Gebäude, als sich der JK-PP näherte, um ihm den Todesstoß zu versetzen. Er konnte durch ein in einer Wand klaffendes Loch sehen, wie er auf seinen wuchtigen Beine auf ihn zustapfte, bereit, seine riesigen Waffen auf ihn zu richten.

Rechs tötete drei weitere Gegner, aber er hatte den Eindruck, sie wurden direkt durch zwanzig neue dunkle Legionäre ersetzt, die durch das langsam zerfallende Gebäude auf seine Position vorrückten. Sie hatten ihr gesamtes Feuer auf ihn gerichtet, und er konnte nicht mehr weg. Nun mussten sie nur noch darauf warten, dass ihm der Mech den Garaus machte.

Einer solchen Feuerkraft konnte auch die Mark-I nicht widerstehen. Er kauerte sich hinter die Container und ging auf der Suche nach einem ganz bestimmten Trick seiner Panzerung durch die Menüs. Ein Trick, der seit Jahren nicht mehr funktioniert hatte. *Wann hast du den das letzte Mal ausprobiert?* Ein Bild von Mutter Ree, als sie noch die junge Mara gewesen war, tauchte auf der wackeligen Festplatte seines Verstandes auf.

Das ist nun wirklich schon lange mehr.

Seitdem hatte das nicht mehr funktioniert. Er hatte es schon versucht, die Energiedisruptorbatterien wieder neu kalibrieren lassen, aber es hatte nie jemand geschafft, diese außerordentliche Technologie aus der Vergangenheit wieder zum Laufen zu bringen. Aber es war nicht ungewöhnlich — und darauf hoffte er in diesem Moment sehr —, dass die geheimnisvolle Nano-Technologie seines Kampfanzugs sich selbst reparierte, wenn ihr danach war.

Das Blasterfeuer wurde eingestellt. Sie hatten kein Interesse daran, seine Position zu stürmen. Wenn der riesige Mech seine Arbeit getan hatte, würden sie seine Leiche bergen. Was immer davon übrig blieb, würde ihnen reichen.

Er fand den Menüpunkt.

Unglaublicherweise war der alte Trick tatsächlich noch aktiviert. Eine Energiefeld-Disruptionsschutzblase. Früher hatte die mal ganze fünf Minuten gehalten. Wer konnte schon ahnen, wie lange sie jetzt halten würde?

Wer wusste schon alles?

»Lyra«, sagte er über seine Leitung. »Hier, Captain.«

Rechs war noch nie ein sentimentaler Mensch gewesen. Er würde es jetzt auch nicht mehr werden. »Lass die Nuklearmine von Romula explodieren.«

Die Mörder umrundeten das, was von dem Gebäude noch übrig war, oder hatten Deckung gesucht, aus der sie ihm zubrüllten, er solle rauskommen und sterben.

Rechs aktivierte die Energiefeld-Disruptionsschutzblase. »Wie Sie wünschen, Captain. Adieu.«

Das Raumschiff zündete die Waffe, die den Raumhafen zerstörte und alles, was sich in einem Radius von über drei Kilometern darum befand.

KAPITEL 30

»Nein«, sagte Keel zu sich selbst. »Nicht so.«

Er hatte gerade beobachtet, wie Devers' Shuttle panisch vom Raumhafen weggerast war — und dann hatte Tusca eine kleine Atomexplosion erlebt.

Alles war ihm wie in Zeitlupe erschienen. Erst die Energiewelle, die im Handumdrehen durch jedes Gebäude gerast war — und dann die Druckwelle, die die andere zu jagen schien und alles mit sich in die leblose Wüste gerissen hatte. Schließlich stieg die Wolke auf.

Es war noch nicht mal ein Pilz, als Keel sich umdrehte, seiner Chance beraubt und völlig orientierungslos.

Dann nahm er wie in Trance die Gefahr wahr. Er sah nach seinem Raumschiff, doch wo es eben noch in der Ferne gestanden hatte, sah er nun nichts als einen Haufen toter Legionäre.

Und dann erfüllte ein Schrei seinen Kopf, der sogar den fernen Lärm des nahenden Fallouts übertönte. Der Schrei eines kleinen Mädchens.

Keel raste den Hügel hinab. Prisma rannte um ihr Leben, und eine Gruppe Legionäre rannte hinter ihr her. Die wenigen Wolken über ihnen schienen sich dem Rennen anschließen zu wollen, denn sie wurden von der heranrasenden Druckwelle weggeschoben.

»Auf Betäubung stellen«, rief einer der dunklen Legionäre. Das war ein Trick. Damit er in seiner Wachsamkeit nachließ. Keel hob sein Gewehr und feuerte auf den Soldaten. Die Kameraden des Legionärs warfen sich zu Boden, und Keel konnte sehen, wie sie in ihren Köpfen diese neue Bedrohung einzuschätzen versuchten.

Keel rannte mit einer Geschwindigkeit, die die meisten Legionäre nicht kannten. Als er an den verwirrten Legios vorbeirannte, ließ er eine Splittergranate zwischen sie fallen. Hektisch versuchten sie der Explosion auszuweichen. Keel rannte einfach weiter auf Prisma zu.

Als er sie erreichte, hob er sie einfach hoch und wurde nicht einmal langsamer. Prisma schrie laut auf, weil sie Keel anscheinend mit einem der anderen Legionäre verwechselte. In einem schwachen Versuch des Widerstands schlug sie mit ihren winzigen Fäusten auf seinen Helm ein.

»Hör auf damit, Kleine, okay?«, sagte er über die externen Helmlautsprecher.

Prisma umschlang seinen Hals mit den Armen und begann zu schluchzen.

Die *Indelible VI* tauchte hinter einem großen Felsbrocken auf und verharrte in der Luft vor ihm.

Die Druckwelle war da. Hinter Keel wurden die dunklen Legionäre wie Spielzeuge zur Seite geschleudert, die Opfer eines Wutanfalls eines unvorstellbar großen Kindes.

Die *VI* schwebte lässig in der Luft und wartete so lange wie möglich auf Keel und das Mädchen. Keel griff nach oben in den Fahrwerksschacht und hielt sich am Fahrwerk fest.

Plötzlich bestand die Luft aus einem unerträglichen Schrei, und das Raumschiff kippte buchstäblich auf die Seite, weil seine Stabilisatoren nicht in der Lage waren, den Aufprall zu kompensieren.

»Ravi!«, brüllte Keel über Funk. »Bring uns hier weg! Ich glaube, der verrückte, alte Kerl hat gerade sich und alle anderen atomisiert. Fahr das Fahrwerk nicht ein, bis wir die innere Wartungsluke erreicht haben.«

Doch an Ravis Stelle hörte man den Wobanki bejahend knurren.

Als Keel spürte, wie sich seine Füße vom Boden hoben, versuchte die Druckwelle ihn in ihren Mahlstrom zu saugen. Er hielt sich mit einer Hand an einer Laderampenstütze fest und schob Prisma, deren Haare ihm über das Gesicht peitschten, mit der anderen näher an die Wartungsluke heran.

Der Schließmechanismus klackte laut, und die Wartungsluke öffnete sich mit einer Drehung. Leenah und Garret halfen ihnen hinein, und das Raumschiff gewann an Höhe.

Keel warf seinen Helm aufs Deck. Leenahs Blick hatte ihm alles gesagt, was er wissen musste. Ravi war nicht zum Raumschiff zurückgesprungen.

Leenah kümmerte sich darum, Prisma anzuschnallen. Das Mädchen warf Crash einen besorgten Blick zu, der reglos auf dem Boden lag.

»Wir kriegen ihn schon wieder fit«, sagte Garret.

Leenah schnallte sich neben Prisma an und sah zu Keel auf. »Skrizz spring mit uns in den Hyperraum, sobald wir die tuscanische Atmosphäre hinter uns haben. Du solltest dich besser hier hinten anschnallen.«

Keel schenkte ihr ein schiefes Grinsen. »Ich werde doch keine *Katze* die *VI* fliegen lassen.«

Er verschwand im Cockpit.

Rechs rannte durch den apokalyptischen Mahlstrom aus verstrahltem Staub und Dreck, der sich nun über ihm sehr schnell zu einem Atompilz formte. Selbst mit aktivierter Disruptionsschutzblase hatte die Panzerung Schwierigkeiten, die Kühlung aufrechtzuerhalten. Er rannte so schnell er konnte, denn er wusste, dass der Schild nicht mehr lange halten würde.

Und das stimmte. Er hatte den Krater fast schon verlassen, als er versagte, aber er befand sich immer noch im Wirbelsturm aus verstrahlten Trümmern und Staub. Die von seiner Panzerung zu absorbierende Temperatur näherte sich nun tausend Grad. Er zündete seinen Raketenantrieb und raste durch den Sturm, wobei er nach der Temperatur steuerte. Sein Arm stand in Flammen, und das Fleisch schmolz, als ob der heißeste Schürhaken aller Zeiten und zehn seiner Kumpels auf das freigelegte Stück Fleisch einprügelten.

Er tauchte aus dem Stiel des Atompilzes auf. Dieser erhob sich weit über ihm, mittlerweile schon über dreitausend Meter. Der Raketenantrieb gab seinen Geist auf, und er krachte in die brennende, verkohlte Landschaft, rollte einige Mal durch Asche und Feuer und blieb dann liegen.

Eine drohende Bewusstlosigkeit versuchte ihn zu verschlingen, wie das Maul eines hungrigen Wesens einer fernen Finsternis.

»Nein«, grunzte er. Wenn er jetzt ohnmächtig wurde, dann würde er an einer Verbrennung oder einer Strahlungsvergiftung sterben.

Er hatte die *Crow* sehr lange besessen.

Mühsam kam er auf die Knie. Während die Wolke immer höher stieg, fuchtelte er an einem Dermalpflaster herum. Er klatschte es sich auf die verletzte Stelle — viel würde das nicht bringen — und spürte, wie die Schmerzmittel alle Schmerznerven ruhigstellten. Das Pflaster würde versuchen, das Fleisch zu retten und eine Entzündung zu verhindern, aber der Arm war jetzt nutzlos. Rechs wusste das. Er hing leblos an seiner Seite herab.

Um ihn herum waren die für Tusca typischen, niedrigen Bäume und alle Sträucher in einer Richtung zu Boden gedrückt worden. Sie alle brannten.

Rechs stand auf. Er salutierte halbherzig dem, was noch von der *Obsidian Crow* übrig war — verstrahlter Feinstaub, der immer höher in die Atmosphäre stieg. Irgendwann würde sich alles wieder beruhigen, und der Staub würde auf die tote Welt zurücksinken.

Und über deine Leiche, dachte er.

Seine Panzerung kam mit der Strahlung problemlos zurecht. Sie war für den Weltraum zugelassen, also konnte Strahlung ihr nichts anhaben. Tatsächlich wandelte sie Umgebungsstrahlung über ihre Regenerationszellen in Energie um.

Rechs rief eine Karte auf und entdeckte östlich von sich eine Raststation. Er ließ sein Head-up-Display den Weg anzeigen und begann in die Richtung zu stapfen.

Die Zwillingssonnen brannten auf Rechs' Panzerung herab. Er drehte sich auf dem eisengrauen Grat noch einmal um, um einen Blick auf die Überreste des Raumhafens zu werfen. Brände zogen sich über die Landschaft, ließen tausend schwarze Rauchsäulen aufsteigen und trieben die Reste des Atompilzes auf die Wüste hinaus.

Dann nahm er seinen Weg wieder auf. Weit unter sich sah er schon die Station.

Dort fand er bestimmt ein Fahrzeug.

Und dann, dann würde er Goth Sullus finden.

KAPITEL 31

Das Hoverbike schien so ziemlich das Einzige zu sein, was in den staubigen, alten Überresten dieser Anlage funktionierte. Die Raststation war schon seit Jahren keine richtige Station mehr. In letzter Zeit schien sie die Absteige eines ziemlich alten H♠-Junkies gewesen zu sein, der sich wahrscheinlich ordentlich was reingezogen hatte, in die Wüste gegangen und nie zurückgekehrt war. Wer weiß, wie viele Jahre das her sein mochte?

Aber das Bike funktionierte noch. Es handelte sich um ein altes, schrottreifes Hogg, das man aus hunderten verschiedenen Hoverbikes zusammengeschraubt hatte. Rechs setzte sich in das radförmige Gestell und kickstartete die alte Maschine. Sie kam surrend in Schwung, und Sekunden später hatte er die Pedale hochgeklappt und flog durch die Wüste davon, direkt auf den Granitgrat zu, den ihm sein Head-up-Display als Herzschmerz anzeigte.

Im Westen sank eine der Sonnen in die Wüste hinab, und die Landschaft verwandelte sich in feuriges Orange. Die verkrümmten, vom Wind niedergedrückten Bäume, schienen ihn im Vorbeifliegen zu mustern. Er hatte das Gefühl, dass er sich beeilen musste, bevor Goth Sullus den Planeten verlassen konnte. Sullus' Raumschiff, die *Siren of Titan*, war mit allem anderen in Tusca in Flammen aufgegangen, aber über ihnen schwebte immer noch die republikanische Flotte. Rechs wollte kein Risiko eingehen.

Als er die kurvenreiche Strecke zum Herzschmerzpass hochfuhr, erwartete er, dass irgendeine Vorhut ihn in einen Hinterhalt locken würde.

Doch stattdessen fand er nichts vor. Niemand war hier, nur die Stille der leblosen Wüste.

Keine Bruderschaft.

Keine Fallen.

Kein Kriegs-Bot im Überfallmodus.

Er scannte den roten Felsen über sich nach Lebenszeichen. Als er keine entdeckte, warf er ein paar Schmerztabletten ein und fuhr weiter. Er fuhr den kurvenreichen Pass hinauf, immer wieder zwischen niedrigen, gezackten Bergen hin und her, und erreichte schließlich eine windumtoste Hochebene.

Er hatte die Ruinen der Alten schon entdeckt, als er noch durch die Kurven weit darunter gefahren war. Sie waren riesig, wie alle anderen auch. Eckig und seltsam, geheimnisvoll und merkwürdig, wie all die Ruinen, die man auf zehntausend Welten in der gesamten Galaxie gefunden hatte.

Aber warum war Goth Sullus hier hergekommen?

War er doch nur ein weiterer Verrückter, der glaubte, die Alten hätten ihm eine Art Prophezeiung geschenkt, mit der er die Galaxie in Brand stecken konnte? Das hatten schon andere vor ihm getan.

Oder...

... war das alles nur eine Falle?

Rechs erreichte die glühend heiße Kammlinie und verschaffte sich einen Überblick über die Ruinen, die sich vor ihm erstreckten. Wie bei allen anderen Ruinen der Alten waren die einzigen noch erhaltenen Gebäude gedrungene Pyramiden ohne erkennbaren Zweck. Man hatte nie auch nur eine Tür gefunden, die in das Innere dieser Strukturen geführt hätte. Sie waren undurchdringlich, auch wenn sie anscheinend aus normalem Gestein gebaut waren; die beim Bau verwendeten Steine stammten immer von der jeweiligen Welt. Aber es handelte sich um Felsen, die so unglaublich eng nebeneinander saßen, als ob man sie unter hohem Druck zusammengepresst oder miteinander verschmolzen hätte. Völlig unantastbar.

Weder Funkwellen noch Radar hatten jemals die Geheimnisse dieser Gebäude offenbaren können. Also hatte die Galaxie sie irgendwann nicht mehr beachtet und einfach weitergemacht. Und doch standen sie hier, Wachposten gleich, stets gerade außerhalb der kleinen Außenposten im Großen Dunkel.

Rechs hielt das Hogg auf den Steinplatten des Hofs direkt vor der Hauptpyramide an, die am fremdartigsten wirkte. Es war niemand hier. Er stieg ab. Seine Panzerung nahm das sanfte Rauschen des Windes wahr und teilte es ihm durch den Umgebungsschallmelder mit. Wie immer in diesen Ruinen glich es einem geisterhaften Flüstern.

Er wirbelte herum und betrachtete eine der kleineren Pyramiden. Und hatte das deutliche Gefühl, beobachtet zu werden. Der sechste Sinn, der jedem Legio mitteilte, wenn ein Scharfschütze einen von einem Versteck aus aufs Korn nahm. Aber außer dem Rauschen des Windes und den schweigsamen Pyramiden war nichts hier.

»Rechs!«, rief eine Stimme.

Doch als er sich umdrehte, war nichts zu sehen.

Nur konnte er jetzt ein leises, verstohlenes Flüstern hören. Das Flüstern vieler Stimmen. Immer mehr Stimmen. Das Geflüster drohte seine Welt und seinen Verstand zu übertönen, als es immer lauter wurde. Er schlug sich gegen den Helm, um sicherzustellen, dass es keine Fehlfunktion war. Dann befahl er ihm, ein Diagnoseprogramm laufen zu lassen. Es war alles im grünen Bereich. Und dennoch konnte er das leise Stimmengewirr hören. War es vielleicht der Wind?

Er nahm den Helm ab und klemmte ihn sich unter den Arm.

Das geisterhafte Flüstern verstummte. Jetzt war wieder alles totenstill.

Der Wind wehte kühl über sein Gesicht. Er konnte den alten und doch vertrauten Duft der fremden Wüste riechen. Es roch nach Salbei und Staub und verbranntem Holz, wie bei allen anderen Wüsten auch. Ein niedriger Energieimpuls zuckte durch die Luft. Er neigte den Kopf und konzentrierte sich, um seinen Ausgangspunkt zu bestimmen.

Was als Nächstes geschah, hätte er sich nie vorstellen können.

Ein kleiner Teil der großen Pyramide faltete sich Stein um Stein in sich zusammen. Entlang der gesamten Vorderseite lösten sich die Steine und fielen nach innen in ein Nichts — als ob ein Ereignishorizont sie verschluckt hätte. Dahinter lag geduldige Finsternis. Irgendwie schien es sich aber nicht nur um leeren Raum zu handeln... sondern eine Art von wahnwitzigem Nichts, das ein normaler Verstand nicht erfassen konnte.

Und dann sprach wieder diese Stimme. Die schon seit so vielen Jahren immer wieder mit ihm gesprochen hatte. Die Stimme eines alten, längst vergessenen Freunds. Nah und greifbar. Eine Stimme, die ihm so bekannt war, dass sie fast seine eigene hätte sein können.

Vielleicht hatte er sie nicht wiedererkannt, weil sie so viele, verschiedene Verkleidungen getragen hatten. Aber als er sie jetzt hörte...

Das war Admiral Caspo. Und Asper Sulo.

Daq Sula.

Jasen Solis.

John… John *irgendwer*, aus dem Zeitalter, als atombetriebene Fast-Lichtgeschwindigkeitsschiffe zu den ersten Welten aufbrachen. Das war damals im Äußeren Vangora gewesen. Während dieses Krieges… wo all die Leute gestorben waren.

Josh Sulliman. Mars. Nein, noch nicht.

Auf dem Mars war er… Sullivan gewesen. Casper Sullivan.

Lieutenant Commander Sullivan, NASA. Erster Offizier auf der *Intrepid*.

Sullivan war die Stimme. Und das Geflüster. Und der Ruf aus der Dunkelheit in der Pyramide der Alten.

»Es ist schon lange her… alter Freund. Sehr lange her.«

Rechs ging langsam auf den furchterregenden Schlund zu und starrte völlig ungläubig in die Dunkelheit. Ein Teil von ihm wollte hineingehen… und endlich all die Geheimnisse verstehen, die in den vergessenen Orten der Galaxie spukten.

Was sich innerhalb der Orte der Alten befand, war die Erklärung für diese Dinge.

Aber was anderes konnte es sein als Zerstörung?

Er blieb stehen. Er fühlte sich wie betäubt, aber er wusste nicht, ob von den Schmerztabletten oder der Leere, die nach ihm rief.

In diesem Augenblick zerfaserte sein Verstand oder was von ihm noch übrig war, als ob der Ereignishorizont ihm zuflüsterte und ihn zugleich zu sich heranzog. Wie sonst konnte er die Stimme seines alten Freundes von dort drinnen kommen hören?

»Du bist tot!«, schrie er der Dunkelheit entgegen.

Ein heiseres Lachen. Es erinnerte Rechs an den Staub, der sich auf den Gräbern der Toten sammelte. Es stammte aus einem leeren Ort im Universum... dem Ort, der hier auf ihn wartete.

Ich verliere den Verstand, dachte er. *So war es nun mal.*

»Nein, das tust du nicht, Rechs.« Die Stimme klang glasklar. »Tust du nicht. Das hier ist so real, wie es nur sein kann. Ich bin damals an diesem Tag auf Telos nicht mit dem Raumschiff untergegangen. Ich ließ sie in Flammen aufgehen, als sie auf die Atmosphäre prallte. Eine gute Gelegenheit, mich zu verabschieden... ohne dass es jemand bemerkte. Die perfekte Gelegenheit zu verschwinden und meine Suche aufzunehmen.«

»Warum?«, fragte Rechs. Warum?

»Du weißt genau, warum!« Die Stimme hallte durch die vergessenen Räume seines Verstands. »Ich war es leid, mitansehen zu müssen, wie eine Horde von aufdringlichen Weltverbesserern das ruinierten, was du und ich und die anderen im Schweiße unseres Angesichts aufgebaut hatten. Die braven Herdentiere hatten irgendwann das Sagen, und sie brauchten die Löwen nicht mehr.«

»Wo... wo bist du gewesen, Sullivan?«

Wieder das heisere Grabgelächter.

»Erinnerst du dich an den Quantum-Palast, alter Freund? Ich bin all den Spuren gefolgt, die du beschlossen hattest zu vergessen, Rechs. Ich hatte die ganze Zeit daran gearbeitet. Ich lüftete das Geheimnis dieses Ortes, und was er mit uns angestellt hatte, und ich folgte den Spuren. Ich habe da draußen, jenseits des Randes der Galaxie, etwas Wundervolles entdeckt. Ganz weit draußen, in der Leere zwischen hier und dem fernen Andromeda. Da draußen ist die Ewigkeit, Rechs. Die Entfernungen sind atemberaubend. Ich fand die Antwort auf alle Probleme der Galaxie auf einem winzigen Planeten, der einen verlorenen Stern umkreist. Und jetzt bin ich zurückgekehrt, um zu heilen und zu zerstören. Ich bin mit der Macht zurückgekehrt, all das tun zu können, was getan werden muss.«

»Warum?«

»Du weißt, warum. Du weißt genau warum, mein Freund. Du hast jetzt die Chance, an meiner Seite zu stehen, jetzt an dieser Stelle, und ein letztes Mal die Dinge in Ordnung zu bringen, für alle Ewigkeit… und das sage ich, obwohl ich, mein ältester aller Freunde, kurz ausgedrückt, schon weiß, welche Antwort du mir geben wirst.«

Der Wind frischte auf und begann zu flüstern. Der Himmel nahm eine blutrote Färbung an, als die zweite Sonne zu ihrem Untergang ansetzte. Die schlimmste Hitze des Tages war vorüber, aber es war immer noch warm.

»Du wirst die Republik übernehmen, Sullivan.«

Goth Sullus.

»Nein, Rechs. Ich werde sie zerstören. Sie ist ohnehin schon tot.« Der Wind rauschte und heulte, flog über staubige Steinplatten hinweg und nahm feinste Kieselsteine mit, um sie einige Zentimeter weiter wieder abzulegen.

»Ich werde ein Imperium errichten, wie es die Galaxie noch nie zuvor gesehen hat. Die Starken werden die Schwachen beschützen, wie es schon immer hätte sein sollen. Ich werde all die Dinge tun, die getan werden müssen, Rechs. So wie ich es schon immer gesagt habe. Es wird zehntausend Jahre existieren… und ich auch.«

Die Wüstenwinde der Nacht begannen ihren Tanz. Die zweite Sonne berührte den Horizont und machte sich daran, in der Dunkelheit zu verschwinden. Alles in der Wüste, selbst die Pyramiden und die Steinplatten, waren nun in altes, rostiges, vertrocknetes Blutrot getaucht.

Das Ende eines Tages auf Tusca. Das Ende von allem.

»Entscheide dich, Rechs.« Stille. »Aber ich denke, wir wissen beide schon, wie das hier enden wird.«

»Maydoon?«

»Er war einer der besten Spione, die die Republik je erschaffen hat. Und ein ziemlich begabter Assassine. Er wusste, wo alle Leichen begraben lagen. Er hatte alle Zugangsberechtigungen, auf Lebenszeit. Sie behielten ihn als eine Art Ausfallsicherung gegen sich selbst... auch wenn man es sich kaum vorstellen kann, dass jemand so töricht handelt. Typisches Herdendenken. Keiner von ihnen wollte, dass einer von ihnen zu viel Macht über die anderen bekam. Hatten Angst, dass jemand für Ärger sorgen und mal etwas Gutes tun könnte. Er war sozusagen die Versicherung. Ein Mann ohne eigenen Ehrgeiz, dem man alle Geheimnisse verriet, damit er sie alle vor sich selbst bewahren konnte. Seine Akkreditierungsdatenkugel hat mir den Zugriff auf das Verteidigungsnetzwerk verschafft. Auf die Befehle, die die Republik vor sich selbst schützen sollen und dafür sorgen, dass sie stets gegen die unvorstellbaren Schreckgespenster ferner Welten verteidigt werden kann.«

Rechs dachte an Prisma.

Er war nicht perfekt, aber er war mein Papa.

»Nun... ihr Schreckgespenst ist hier. Es gibt einen Weg für dich, mein ältester Freund, dass du all dies überstehst. Du kannst dich mir anschließen, und gemeinsam werden wir die Galaxie regieren. Doch damit das geschehen kann, müssen die Maydoons sterben. *Müssen.* Er hat einen Chip in ihr untergebracht. Einen Chip, der den Standort der Kriegs-KI beinhaltet. Eine KI-gesteuerte Bot-Armee und Flotte, die die Galaxie stets schlafend umkreist und nur darauf wartet, die Republik gegen ein Schreckensszenario wie dieses zu verteidigen. Entscheide dich jetzt, Rechs. Entscheide dich, ob du der General sein kannst, der du mal warst... oder ob du nur irgendein Kopfgeldjäger auf Vorschussbasis sein willst, der so etwas Belangloses wie Rache ausübt. Gemeinsam können wir Großes erreichen, Rechs, du und ich. Wir haben zu viel zusammen durchgestanden, um nicht die entscheidenden Schritte vorzunehmen, die getan werden müssen. Ich möchte es nicht anders haben. Ich möchte dies nicht ohne dich tun.«

Rechs wartete und zog all das in Erwähnung, was Sullivan aus der Leere der Pyramide zu ihm gesagt hatte. Ob es der Wahrheit entsprach oder nicht, spielte keine Rolle. Er hatte schon zu viele Tyrannen und völkermörderische Machthaber erlebt, die sich in ihren kleinen, miesen Albträumen ausgetobt hatten. Man hatte ihm zu oft befohlen, sie an ihrem Tun zu hindern.

Zu oft hatte er gesehen, wie Macht die Seele korrumpierte. Und absolute Macht... korrumpierte absolut.

Es würde immer Leute geben, die der Ansicht waren, sie könnten über andere herrschen, ohne die Beherrschten vorher zu befragen. Es würde immer Tyrannei und Tyrannen geben. Immer...

Und dann war da noch Prisma.

»Er war nicht perfekt. Aber er war mein Papa, und ich habe ihn geliebt.«

Rechs hob seinen Helm wie ein alter Ritter, der das letzte Mal an einem Turnier teilnahm, eine letzte Runde mitkämpfte, und dann zog er ihn an. Er rastete ein und versiegelte sich mit einem sanften Zischen.

Er hörte das Flüstern in seinem Kopf, das aus einem leeren Ort in der Galaxie stammte, der nicht existieren dürfte.

»Ich sehe, dass du dich entschieden hast, alter Freund. So dumm... so unglaublich dumm.« Das finstere Flüstern, das früher einem Freund gehört hatte, wurde erneut zu Grabgelächter. »Nun, dann ist es an der Zeit, dass du deine Ablösung kennenlernst, Legionär.«

Ziele tauchten auf Rechs' Head-up-Display auf. Vier. Er erhielt keine Informationen zu ihrer Panzerung, aber er konnte sehen, dass sie ihre Waffen bereithielten. Er wandte sich nach rechts und sah, wie der erste von ihnen sich materialisierte — als ob er aus einer Art Tarnvorrichtung auftauchte.

Legio-Panzerung, aber wesentlich besser als das neue Zeug. Vielleicht sogar besser als das, was die dunklen Legionäre in Tusca trugen. Ganz in schwarz, kein roter Streifen.

Rechs drehte sich und sah, wie der nächste auf der Spitze einer kleineren Pyramide auftauchte. Dieselbe Panzerung, und dieser Typ trug ein schweres Scharfschützengewehr, das aussah wie ‚tödlich mit großer Reichweite'. Der nächste hatte eine Art bionisches Skelett, damit er in der Lage war, den größten und tödlichst aussehenden Schnellfeuer-Automatik-Blaster zu tragen, den er je gesehen hatte. Er sah aus wie eine N50 mit drei Läufen.

Der letzte Soldat trat direkt aus der Dunkelheit des Ereignishorizonts heraus, der sich auf der Oberfläche der Pyramide befand. Er trug Schwarz und eine Handkanone, die der von Rechs ähnelte. Eine Projektilwaffe mit großem Kaliber. Nur war diese Waffe neu, und irgendwie vermittelte ihr graphitschwarzes Äußeres, dass sie noch tödlicher war.

»Erlaube mir, dir meine Legionäre vorzustellen, Rechs. Ihre Panzerung ist wie deine... aber nicht ganz. Ich bin ganz ehrlich — das ist das Beste, was wir im Augenblick hinbekommen. Deine... Deine hingegen war absolut einzigartig. Es gibt nichts, was sich damit vergleichen ließe. Aber gegen die Legionäre der Republik reichen diese völlig aus. Die sind ja auch, wie man so schön sagt, nicht mehr das, was sie mal waren — nicht wahr, alter Freund? Ich freue mich, dir meine Legionäre vorzustellen, General Rex. Ich nenne sie meine Stoßtruppe.«

Rechs aktivierte seinen Raketenantrieb und feuerte gleichzeitig auf den Legio mit dem dreiläufigen Blaster. Der Scharfschütze schoss einen Energieblitz ab, der ihn nur knapp verfehlte. Eine Reihe von Blasterblitzen aus der N50 jagte Rechs über den glühend heißen roten Abendhimmel. Er landete in einer Wolke aus Staub und Kies hinter dem Typen mit der Handkanone. Das Blitzgewitter der dreiläufigen Waffe richtete sich auf den Mann und erledigte ihn in Sekunden.

Rechs zog dem sterbenden Mann die Handkanone aus der Hand, ließ sich zu Boden fallen, rollte sich ab und schoss auf den Soldaten mit der kleinen Blasterpistole. Er musste mit der linken Hand schießen, denn seine Rechte war nutzlos.

Der Soldat aktivierte einen Energieschild und näherte sich ihm, geduckt und kontinuierlich feuernd, während Rechs' Treffer wirkungslos blieben. So viele Treffer, wie er nur konnte. Der Schild des Soldaten versagte. Er wechselte auf einen beidhändigen Angriff und stürmte auf Rechs zu. Rechs tat dasselbe und feuerte sechs Kugeln quer über die Panzerung des Kerls. Sechs rauchende Kondensstreifen zischten hinter dem Mann in die rote Wüste, als er auf die Steinplatten krachte.

Rechs beschleunigte zu einem Sprint, und der Scharfschütze auf der kleineren Pyramide erwischte ihn mit maximaler Ladung. Brennende Schmerzen rasten durch Rechs' Bauchgegend, und seine Beine versagten ihm den Dienst. Er stürzte auf das Pflaster der alten Tempelanlage.

Auf seinem Head-up-Display stritten sich die Warnmeldungen um seine Aufmerksamkeit. Medizinische Notfallmaßnahmen übernahmen die Steuerung und begannen mit den Reparaturen. Aber der Schmerz war nahezu unerträglich. Er konnte sein verbranntes Fleisch riechen, und es fühlte sich an, als ob sein Bein abgeschossen worden wäre.

Was nicht der Fall war.

Aber es fühlte sich auf jeden Fall so an.

Sein Head-up-Display teilte ihm mit, dass er nur noch zwei Kugeln in seiner Handkanone hatte, und dass die Waffe, die er dem ersten Mann abgenommen hatte, auch nur noch ein halbvolles Magazin aufwies. Er ließ beide Waffen fallen und suchte in einer Ausrüstungstasche nach einer Schmerzmittelspritze. Er rammte sich das Ding direkt oberhalb des Oberschenkels ins Bein.

Nicht einmal eine Sekunde später waren alle Schmerzen verflogen.

Die Medikamente überfluteten den beschädigten Bereich und schalteten alle Schmerzrezeptoren aus, bis hoch zum Rückgrat. Jetzt fühlte er sich nur noch taub. Das würde nicht lange anhalten, aber es reichte hoffentlich, für das, was noch zu erledigen war.

Er hörte die Schritte schwerer Stiefel auf dem Pflaster auf sich zukommen.

Er rollte sich auf den Bauch und versuchte, sich vom Boden hochzuwuchten. Ein letztes Mal aufzustehen.

Stattdessen bekam er einen Tritt ab, der ihn wieder auf den Boden schickte.

Einen Augenblick lang blieb ihm die Luft weg, aber dann zwang er sich auf die Knie. Warnmeldungen in seinem Head-up-Display versuchten ihm alle möglichen, schlimmen Dinge näherzubringen, die aber immer unbedeutender für ihn wurden.

Der Mann mit der dreiläufigen Waffe holte aus, um Rechs' Helm zu zertrümmern. Rechs' Handkanonen waren außer Reichweite. Die eine lag auf einer Steinplatte hinter ihm, die andere in Reichweite seiner unbrauchbaren Hand. In Rechs' von Schmerzen vernebeltem Gehirn quälte sich der Gedanke an die Oberfläche, dass er doch nach seiner Machete greifen sollte.

Er hatte keine Zeit mehr. Der Soldat schlug hart mit der Waffe auf Rechs' Helm, was ihn erneut zu Boden gehen ließ.

Er war nur eine Sekunde lang ohnmächtig, aber sein Körper schien eine Art Autopilot zu besitzen, der ihn zur Seite kriechen ließ. Als ob der Lebenswille in ihm sich weigerte aufzugeben, obwohl er eigentlich schon tot war. Oder vielleicht hatte ihm der Typ einfach ein paar heftige Tritte verpasst.

Als er das Bewusstsein wiedererlangte, hörte er erneut Kampfstiefel auf sich zukommen. Sie hörten sich genau wie Legio-Stiefel an.

Verdammt, dachte er, *sie sind Legios... nur anders.*

Irgendwie neu. Aber nicht besser.

Niemals.

Erneut gelang es ihm mit Mühe, auf die Knie zu kommen.

Der Soldat hob seine Waffe, um zuzuschlagen.

Doch diesmal zog Rechs seine Machete, und als die schwere Waffe herabkam, schlug er mit einer schnellen Bewegung dem Mann die Arme am Ellbogen ab.

Die N50 fiel klappernd auf die Steinplatten. Der Mann wich hyperventilierend zurück, starrte auf die beiden Stümpfe und krachte dann auf den Rücken.

Der Scharfschütze feuerte auf Rechs, der sich zu Boden warf. Der energiereiche Schuss zischte über ihm vorbei. Rechs robbte und schlängelte sich wie eine Klapperschlange über den Boden, hin zu seiner Handkanone. Es war ein Rennen. Konnte der Scharfschütze sich neu auf sein Ziel ausrichten und das Gewehr für den nächsten Schuss schnell genug wieder aufladen, bevor Rechs seine Waffe erreichte?

Als Rechs spürte, wie sich sein Handschuh um die Waffe schloss, wusste er, dass der Scharfschütze den Finger am Abzug hatte. Auf der blutroten Pyramide legte der Soldat in seiner schwarzen Panzerung auf ihn an. Die untergehende Sonne spiegelte sich auf seinem Zielfernrohr.

Bei einer solchen Entfernung waren die meisten Handwaffen nutzlos.

Die Zielerfassung seiner Panzerung übernahm die Steuerung und justierte nach. Rechs gab einen Schuss ab. Mehr Zeit hatte er nicht.

Das Geschoss zerfetzte den Hals des Scharfschützen. Das lange Blastergewehr klapperte die glatte Außenseite der Pyramide hinab, und der Mann fiel nach hinten und verschwand aus dem Blickfeld.

Rechs kam mühsam auf die Beine und legte das Gewicht auf das Bein, das ihn noch tragen konnte. Er wandte sich der Leere des Ereignishorizonts in der Pyramidenoberfläche zu.

Ein Mann im Kapuzenumhang trat hervor. Sullivan.

Oder...

Goth Sullus.

Wo kam er her, in dem Augenblick, bevor er hier auftauchte? Wohin führte dieses schwarze Nichts?

Nirgendwohin... alter Freund. Und... *Lebewohl.*

Sein alter Freund kam aus dem Nichts.

Alle Fragen, dachte Rechs. *Und alle Antworten.*

Das heisere Gelächter erhob sich über dem Ende des Tages, als die zweite Sonne endgültig hinter dem Horizont versank.

»Gut gemacht, alter Freund. Sehr gut.« Rechs hob die Handkanone und zielte.

Der Mann zog die Kapuze seines Umhangs zurück, ohne sich um die Kugel zu kümmern, die ihm Rechs gleich durch den Schädel jagen würde. Wie Rechs wirkte er jung für einen Mann, der über tausend Jahre gelebt hatte. Gerade mal mittleren Alters. Ein glatter, knollenförmiger Schädel mit hoher Stirn. Eisengraue Haare, die er nach vorne gekämmt hatte. Und graue Augen, die eine andere Form des Lebens in sich zu tragen schienen.

Hatte er schon immer grauen Augen?, fragte sich Rechs in der Nanosekunde, bevor er den Abzug betätigte.

Es spielt keine Rolle, wer er einmal war. Jetzt ist er Goth Sullus.

Und Goth Sullus hat einen Mann getötet. Schulden mussten beglichen werden.

Rechs feuerte.

Ich hätte Prisma das Foto zurückgeben sollen, dachte er, als sich die Kugel aus dem Lauf löste und auf Goth Sullus zuschoss..

... der beiläufig mit der Hand das Geschoss ablenkte, und es in eine andere, völlig willkürliche Richtung schickte.

Rechs' Beine gaben nach. Er brach auf dem immer noch heißen, trockenen Pflaster dieses alten Orts zusammen, begleitet von einem mitleiderregenden Knacken seiner Panzerung, während der Mann, der jetzt Goth Sullus war, auf ihn zutrat.

»Ich habe es dir gesagt«, meinte Goth Sullus, »da draußen, jenseits des Randes, wartet etwas Wunderbares. Lebewohl, Rechs. Der zweite Stern von rechts... bis zum Morgengrauen, mein ältester Freund.«

Und dann brach Goth Sullus Tyrus Rechs mit nicht mehr als einem Schnippen seines Zeigefingers den Hals, ohne ihn zu berühren.

Die Mark-I-Panzerung kippte nach vorn und blieb liegen.

Über ihnen kamen die ersten Sterne hervor.

Der Mann in dem dunklen Umhang lachte im Anblick der Galaxie, die er erobern würde.

Und das war schrecklich.

EPILOG

Das merkwürdige graue Shuttle landete in der Nacht. Sein unheilbringendes Wummern übertönte das Knistern des Scheiterhaufens, den der Mann in dem dunklen Umhang, den man nur als Goth Sullus kannte, errichtet hatte.

Auf dem Scheiterhaufen wurde die Leiche von Tyrus Rechs von Flammen verzehrt.

Sullus stand daneben und sah zu, wie sich sein ältester Freund in Asche verwandelte. Funken und aufgewirbelte Asche bildeten einen leuchtenden Kontrast zu den Sternen am Rand der Galaxie.

In der Nähe lag seine Panzerung.

Als die Soldaten einen schützenden Kreis um das Shuttle gebildet hatten, verließen die vier Admiräle das Shuttle. Vorsichtig näherten sie sich dem Mann, den man nur als Goth Sullus kannte. Der Mann im schwarzen Kapuzenumhang. Er hatte ihnen den Rücken zugedreht.

»Sir, unsere Flotte ist eingetroffen.« Die Admiräle in ihren eng anliegenden schwarzen Uniformen traten zur Seite und gaben den Blick frei auf einen Mann in der weißen Kleidung eines republikanischen Admirals. »Silas Devers, Admiral der Republik, würde gerne mit Ihnen sprechen.«

Sullus nickte.

Devers trat vor, beugte das Knie und senkte den Kopf. »Sir, ich entbiete Ihnen zum Wohle der Galaxie die Flotte des dritten Sektors der Republik.«

Der Wind heulte auf und schickte einen Funkenregen in die Nacht.

»Gut«, sagte Goth Sullus. Er drehte sich zu ihnen um.

»Ihr könnt mit dem Angriff beginnen.«

Die Autoren im Portrait

Jason Anspach und Nick Cole sind zwei Autoren von der US-Westküste, die sich zusammengetan haben, um ihre Science-Fiction-Reihe »Galaxy's Edge« zu schreiben.

Jason Anspach ist ein Bestsellerautor, der mit seiner Frau und seiner ganz eigenen siebenköpfigen (kein Tippfehler!) Legionärstruppe in Puyallup, Washington, lebt. Er wuchs in einer Militärfamilie auf (Go Army!), verbrachte seine prägenden Jahre in der Nähe der Joint Base Lewis-McChord und ist in mehreren gemeinnützigen Organisationen für Kriegsveteranen aktiv. Jason geht gerne wandern und campen im wunderschönen Pazifischen Nordwesten. Im Armdrücken ist er gegen seine ganze Familie ungeschlagen. Er ist stolz auf sein deutsches Erbe, denn sein 14. Urgroßvater, Johannes Anspach, wanderte um 1716 von Steinbach im Taunus in den deutschsprachigen Teil von Pennsylvania aus. Jasons Mutter ist in Deutschland geboren und aufgewachsen, namentlich in Hanau, wo Jasons Großmutter und ihre Familie, die Kupferschmidts, lebten.

Nick Cole ist ein mit dem Dragon Award ausgezeichneter Schriftsteller, der vor allem für »The Old Man and the Wasteland«, »CTRL ALT Revolt!« und die »Wyrd Saga« bekannt ist. Nachdem er in der US Army gedient hatte, zog Nick nach Hollywood, um eine Karriere als Schauspieler und Autor einzuschlagen. Dort wohnt er mit seiner Frau, einer professionellen Opernsängerin, südlich von Los Angeles, Kalifornien.

www.ingramcontent.com/pod-product-compliance
Lightning Source LLC
Chambersburg PA
CBHW070231200726

48293CB00005B/1576